빌헬름 텔 · 간계와 사랑

Wilhelm Tell · Kabale und Liebe

세계문학전집 277

빌헬름 텔·간계와 사랑

Wilhelm Tell · Kabale und Liebe

프리드리히 실러

홍성광 옮김

민음사

차례

빌헬름 텔 7

간계와 사랑 223

작품 해설 467

작가 연보 497

빌헬름 텔

빌헬름 텔의 배경이 되는 당시의 스위스 발트슈테테 지도

등장인물

헤르만 게슬러[*] 슈비츠와 우리(Uri) 주의 태수

베르너 폰 아팅하우젠 남작[**] 방기(方旗) 기사

울리히 폰 루덴츠 남작의 조카

슈비츠 주 주민들 베르너 폰 슈타우파허, 콘라트 훈, 이텔 레딩, 한스 아우프 데어 마우어, 예르크 임 호페, 울리히 데어 슈미트, 요스트 폰 바일러

우리 주 주민들 발터 퓌르스트, 빌헬름 텔, 신부 뢰셀만, 성구(聖具) 관리인 페터만, 목부 쿠오니, 사냥꾼 베르니, 어부 루오디

운터발덴 주 주민들 아르놀트 폼 멜히탈, 콘라트 바움가르텐, 마이어 폰 자르넨, 슈트루트 폰 빙켈리트, 클라우스 폰 데어 플뤼에, 부르크하르트 암 뷔엘, 아르놀트 폰 제바

파이퍼 폰 루체른

쿤츠 폰 게르자우

예니 어부의 아들

제피 목부의 아들

게르트루트 슈타우파허의 아내

헤트비히 텔의 아내, 퓌르스트의 딸

베르타 폰 브루네크 부유한 상속녀

농부의 아내들 아름가르트, 메히트힐트, 엘스베트, 힐데가르트

발터, 빌헬름 텔의 아들들

프리스하르트, 로이트홀트 용병들

루돌프 데어 하라스 게슬러의 마부장

[*] 합스부르크가의 오스트리아 황제가 임명한 행정관.
[**] 1300년에 선출된 우리 주의 주지사. 당시 주지사는 임기가 끝나면 전쟁 때 주의 군기 (방기)를 메고 출진하는 영예를 누렸음.

요하네스 **파리치다**[*] 슈바벤의 공작

슈튀시 전담 관리인

우리 주의 황소[**]

제국의 전령

부역 감독관

석수 장인, 기능공들과 막일꾼

소리쳐 알리는 사람

수도회 의료 봉사 수도사들

게슬러와 란덴베르거의 기병들

많은 농부들, 발트슈테테[***]**의 남녀들**

---

[*] 파리치다(pariccida)는 라틴어로 '근친' 내지는 '부친 살해범'이라는 뜻.

[**] 우리 주의 군대는 황소 뿔로 만든 호른으로 신호를 올렸는데, 그 일을 하는 사람을 편의상 '황소'라고 부름.

[***] 우리, 슈비츠, 운터발덴. 이들 세 주를 초기 주 또는 발트슈테테(산림 지역)라고 하며, 이곳 사람들을 산림 지역 주민들이라고 부름.

1막

1장

피어발트슈테터 호수*의 높다란 바위투성이 호숫가, 슈비츠 주 맞은편.

호수는 육지 쪽으로 만을 이루고 있고, 호숫가에서 멀지 않은 곳에 오두막 한 채가 있으며, 어부의 아들이 조각배에 타고 있다. 호수 너머로는 밝은 햇살을 받고 있는 푸른 초원들, 슈비츠 주의 마을과 농가 들이 보인다. 관객의 왼편으로는 구름으로 에워싸인 하켄 산맥의 뾰족한 봉우리들이 보인다. 멀리 있는 배경의 오른편으로는 빙하로 덮인 산이 보인다.

막이 오르기 전에 목동들이 가축 떼를 불러 모으는 소리와 가축들의 목에 달린 방울에서 나는 은은한 소리가 울려온다. 그 소리는 막이 오른 후에도 한동안 계속된다.

---

* 우리, 슈비츠, 운터발덴, 루체른 등 스위스 내륙 지방 네 개의 주에 둘러싸인 호수.

고기잡이 소년 (조각배를 타고 노래 부른다. 가축 떼를 불러 모으
　　　　　 는 노래의 선율.)
　　　　　 호수는 미소 지으며, 멱 감으라 하네,
　　　　　 소년은 푸른 물가에서 잠이 들었네,
　　　　　　　그때 달콤한
　　　　　　　플루트 소리가,
　　　　　　　천국에 있는
　　　　　　　천사들의 목소리가,
　　　　　　　그에게 들리네.
　　　　　 그리고 황홀한 기분으로 깨어나자
　　　　　 물결이 그의 가슴에 찰랑거리네.
　　　　　　　저 깊은 곳에서 소리치네,
　　　　　　　사랑스러운 소년이여, 그대는 나의 것!
　　　　　　　난 잠꾸러기를 꾀어
　　　　　　　안으로 끌어들이네.

목동　　　 (산 위에서. 가축 떼를 불러 모으는 소리의 변주곡.)
　　　　　 잘 있게, 그대 초원이여,
　　　　　 그대 양지바른 목장이여!
　　　　　 목동은 떠나가야 해,
　　　　　 여름은 가 버렸네.
　　　　　　　우린 산으로 갔다가, 되돌아올 거야,
　　　　　　　뻐꾸기가 울고, 노랫소리 깨어나면,
　　　　　　　대지가 새로 꽃으로 뒤덮이면,
　　　　　　　사랑스러운 5월에 샘물이 흐르면.

잘 있게, 그대 초원이여,
그대 양지바른 목장이여!
목동은 떠나야 해,
여름은 가 버렸어.

알프스의 사냥꾼 (맞은편 바위 꼭대기에서 나타난다. 두 번째 변주곡.)
산 위에서 우르릉 쾅 하는 소리 울리고,* 좁은 판자
다리는 흔들리네.
어지러운 길을 가면서도 궁수는 두렵지 않네,
얼음으로 덮인 들판을
그는 보란 듯이 걸어가네.
봄기운은 완연하지 않고,
어린 가지엔 푸른 싹이 나지 않았네.
발밑은 안개의 바다,
인간들의 도시는 흔적도 없이 사라져 버렸네.
구름의 틈새로만
그는 세상을 바라보고,
물 깊은 곳에선
푸르러 가는 들판을 보네.

(경치가 바뀌고, 산에서 우르릉 쾅 하는 소리가 둔중하게 울려온다.
구름의 그림자가 땅 위를 지나간다. 어부 루오디는 오두막에서 나오
고, 사냥꾼 베르니는 바위에서 내려오며, 목부 쿠오니는 젖 짜는 그

---

* 눈사태를 암시함.

룻을 어깨에 메고 온다. 일손을 거드는 꼬마 제피가 그를 따라온다.)

루오디   서둘러라, 예니. 나룻배를 들여 놓아라.
        음침한 골짜기의 태수가 오시려는지, 만년설에선 포
        효 소리 들리고,
        뮈텐슈타인*은 두건을 걸쳤구나,
        그리고 바람구멍에선 찬 바람이 불어오는구나,
        생각지도 못한 폭풍우가 올 모양이야.
쿠오니   비가 오네요, 사공. 내 양들은 걸신들린 듯
        풀을 뜯고 있고, 양치기 개는 땅을 파헤치는군요.
베르니   물고기들은 튀어 오르고, 물닭은
        물속으로 들어가네요. 뇌우가 다가오고 있어요.
쿠오니   (사내아이에게) 제피야, 가축이 흩어지는지 살펴봐라.
제피   방울 소리로 갈색 털 리젤이 있는 곳을 알 수 있어요.
쿠오니   그럼 아무리 멀리 가도 잃어버릴 염려가 없겠구나.
루오디   목부 양반, 댁은 아름다운 소리를 내는 방울을 가
        졌네요.
베르니   그리고 멋진 가축도요……. 모두 당신 건가요?
쿠오니   난 그렇게 부자가 아니라오……. 아팅하우젠 나리의
        것인데,
        마릿수를 세어서 나에게 맡겼지요.
루오디   암소의 목에 두른 띠가 참 멋지군요.
쿠오니   암소도 자기가 소 떼를 이끈다는 걸 알고 있답니다.

_____

* '전설의 돌'이라는 뜻으로 호수 안쪽으로 암벽이 돌출된 지점.

	그래서 내가 띠를 잡으면 먹는 걸 멈추지요.
루오디	말도 안 되는 소리 마세요! 아무것도 모르는 짐승이 뭘 안다고!
베르니	그렇게들 말하지만, 짐승에게도 분별력이 있답니다.
	영양을 사냥하는 우리는 알고 있지요,
	그들은 영리하게도 풀을 뜯으러 가는 곳에 선발대를 세워 두지요,
	사냥꾼이 다가오면 귀를 쫑긋 세우고,
	피리처럼 날카로운 소리로 경고를 한답니다.
루오디	(목부에게) 이제 가축들을 집으로 몰고 가는 건가요?
쿠오니	알프스 목장의 풀들은 다 뜯어 먹었어요.
베르니	집에 잘 돌아가세요, 목부 양반!
쿠오니	댁도요, 사냥 나갔다가 돌아오지 못하는 경우도 가끔 있을 테니까요.
루오디	저기 웬 남자가 황급히 달려오고 있어요.
베르니	아는 사람이군요, 알첼렌의 바움가르텐이지요.

(콘라트 바움가르텐이 숨을 헐떡이며 들이닥친다.)

바움가르텐	큰일 났어요, 사공, 배를 좀 태워 줘요!
루오디	자, 자, 왜 그리 서두르는 거요?
바움가르텐	돛을 펴시오!
	죽음에서 날 구해 줘요! 날 건네줘요!
쿠오니	이보시오, 무슨 일인데 그러시오?
베르니	누가 쫓아오기라도 하는 거요?

바움가르텐 (어부에게) 어서 서둘러요, 그자들이 벌써 내 뒤를
　　　　　　바짝 따라왔어요!
　　　　　　태수의 기병들이 나를 뒤쫓고 있어요,
　　　　　　그들에게 붙잡히면 난 끝장이오.
루오디　　　왜 기병들에게 쫓기고 있지요?
바움가르텐 우선 나를 구해 주시오.
　　　　　　우선은 구해 주시오. 그러고 나면 이유를 말하겠소.
베르니　　　당신은 피로 더럽혀져 있는데, 무슨 일이 있었소?
바움가르텐 로스베르크를 지키는 왕의 태수가…….
쿠오니　　　그 볼펜쉬센이? 그자가 당신을 추적하도록 했단 말
　　　　　　인가요?
바움가르텐 그는 더 이상 나를 해치지 못합니다. 내가 그를 때
　　　　　　려죽였거든요.
모두　　　　(뒤로 주춤 물러나며) 하느님의 자비가 있기를! 무슨
　　　　　　일을 했다고요?
바움가르텐 내 입장에 있는 자유민이라면 누구라도 그렇게 했
　　　　　　을 거요!
　　　　　　나는 나의 명예와 아내를 능욕한 자에게
　　　　　　당당하게 가택 불가침권을 행사했소.
쿠오니　　　성주가 당신의 명예를 손상했단 말이오?
바움가르텐 그가 사악한 욕정을 채우지 못하도록
　　　　　　하느님과 나의 훌륭한 도끼가 막아 주었지요.
베르니　　　도끼로 그의 머리를 쪼갰단 말이오?
쿠오니　　　오, 전부 다 말해 보시오, 아직 시간이 있으니까요,
　　　　　　호숫가에서 배의 돛을 펼 때까지는 말이오.

바움가르텐 숲에서 나무를 베고 있을 때였어요,

그때 아내가 사색이 되어 달려왔어요,

성주가 우리 집에 누워서는 아내에게

자신의 목욕 준비를 하라 일렀대요.

그러고는 그녀에게 부정한 짓을 요구했답니다,

아내는 도망쳐 나를 찾아온 겁니다.

그래서 나는 눈에 불을 켜고 달려갔지요,

그리고 목욕하는 그놈을 도끼로 요절내 버렸지요.

베르니 잘하셨소, 아무도 당신을 나무라지 못할 거요.

쿠오니 그 폭군 말이군요! 그자는 이제 응분의 대가를 치른 거요!

운터발덴 주민한테 그런 일을 당해도 싸요.

바움가르텐 그 일이 널리 알려지는 바람에, 난 추적을 당하는 거요…….

우리가 말하는 중에도…… 주여…… 시간이 흘러가고 있어요.

(천둥치는 소리가 들리기 시작한다.)

쿠오니 어서요, 사공…… 이 충직한 사람을 건네주구려.

루오디 안 돼요. 심한 뇌우가 다가오고 있어요.

기다려야겠어요.

바움가르텐 이런, 젠장!

난 못 기다려요. 한시도 지체할 수 없단 말이오…….

쿠오니 (어부에게) 앞일은 하느님께 맡기고, 이웃을 도와줘

야 해요,

우리 모두 같은 일을 당할 수 있어요.

(거친 물결 소리와 천둥소리.)

루오디 뢴이 불고 있어요. 당신도 보시다시피 거칠게 파도
가 치고 있어요.
난 폭풍우와 파도에 맞서 노를 저을 수 없어요.

바움가르텐 (그의 무릎을 껴안으며) 당신이 나를 가엾게 여기듯
하느님께서 당신을 도울 겁니다…….

베르니 사활이 걸린 문제요, 자비를 베푸시오, 사공.

쿠오니 그는 가장이고, 처자식도 있어요!

(천둥소리가 계속 들린다.)

루오디 뭐라고요? 나에게도 잃을 목숨이 있어요.
그처럼 나도 집에 처자식이 있어요……. 저것 보시오.
파도가 바위에 부딪쳐 부서지고 물결치며 소용돌이
를 일으키지 않소,
그리고 깊은 곳에서 물이 요동치고 있소.
……나도 저 충직한 사람을 꼭 구해 주고 싶어요,
하지만 당신이 직접 보듯 도저히 불가능한 일입니다.

바움가르텐 (여전히 무릎을 꿇은 상태로) 그럼 난 적의 손아귀에
떨어지게 됩니다,
구원의 호숫가가 바로 지척에 있는데!

……저기 말입니다! 눈으로 그곳에 도달할 수 있고,
목소리의 울림은 건너편에 다다를 수 있어요,
날 건네줄 조각배도 여기 있는데, 난 어찌할 바를 모르고 여기 누워,
겁에 질려 있어야 하다니요!

쿠오니　저기 누가 오고 있어요!

베르니　뷔르글렌*의 텔이군요.

(석궁을 든 텔이 등장한다.)

텔　도와 달라 애원하는 저 사람은 누구지요?

쿠오니　알첼렌 사람이지요. 그는 자신의 명예를 지키려고
볼펜쉬센을 때려죽였다오.
로스베르크를 지키는 왕의 태수 말이오.
태수의 기병들이 그를 뒤쫓고 있어요,
그는 사공에게 건네 달라 애원하지만
사공은 폭풍우가 무서워 배를 띄우려 하지 않아요.

루오디　텔이 왔군요, 그도 노를 저을 줄 아니,
배를 띄워도 될지 물어봅시다.

텔　사공, 필요하다면 무슨 일이든 해야죠.

(격렬한 천둥소리, 호수가 솨솨 소리내기 시작한다.)

---

* 텔이 나고 자란 우리 주의 마을.

루오디	내가 지옥의 아가리에 몸을 던져야 할까요?
	정신이 멀쩡한 사람이라면 누가 그런 짓을 하겠소.
텔	용감한 사람은 자신을 맨 나중에 생각하지요.
	하느님을 믿고 곤경에 처한 자를 도와주시오.
루오디	안전한 항구에서는 느긋하게 그런 충고를 할 수 있겠지요,
	여기에 배가 있고, 저기에 호수가 있으니 어디 해 보시오!
텔	호수는 자비를 베풀 수 있지만, 태수는 그러지 않을 거요,
	해 보시오, 사공!
목부와 사냥꾼	그를 구해 주세요! 구해 주세요! 구해 주세요!
루오디	내 형제와 사랑하는 자식은 어떡하라고요, 그럴 수 없어요,
	오늘은 시몬과 유다의 날*이오,
	호수가 저렇게 미쳐 날뛰며 제물을 바치라네요.
텔	쓸데없는 말은 여기서 아무 소용이 없어요,
	시간은 촉박하고, 저 사람은 도움이 필요해요.
	말해 보시오, 사공, 배를 띄울 건가요?
루오디	안 돼요, 난, 안 돼요!
텔	정 그렇다면 할 수 없지! 배를 이리 주시오!
	미약한 힘이나마 내가 해 보겠소!

---

* 10월 28일. 명명 유래는 알려져 있지 않음. 시몬과 유다는 로마에 무력으로
대항할 것을 주장하던 열혈 당원으로 후에 순교했음.

쿠오니 아, 용감무쌍한 텔!

베르니 정말 사냥꾼답군요!

바움가르텐 당신은 나의 구세주이시며, 천사입니다, 텔!

텔 어쩌면 태수의 폭력에서는 내가 당신을 구해 낼 수
있겠지만,
폭풍우의 위험은 다른 분이 도와야 해요,
하지만 인간의 손에 떨어지는 것보다,
하느님의 수중에 떨어지는 게 더 나을 거요!
(목부에게) 이보시오, 내가 혹시 변이라도 당하면
내 아내를 위로해 주시오,
내가 모른 척할 수 없는 일을 했다고. (조각배에 풀
쩍 뛰어오른다.)

쿠오니 (어부에게) 노를 젓는 데는 당신이 명수요.
당신이 할 수 없는 일을 텔인들 감히 어찌 해내겠소?

루오디 아마 텔과 견줄 만한 사람은 아무도 없을 거요.
산속에서 그만한 사람은 둘도 없지요.

베르니 (바위 위로 올라가) 벌써 출발했어요. 하느님의 가호
가 있기를, 용감한 뱃사공이여!
보시오, 작은 배가 물결 위에서 흔들리고 있어요!

쿠오니 (호숫가에서) 물결 위에서 홀연히 사라져 버렸어……
더는 보이지 않는구나.
아니, 잠깐, 저기 다시 나타났어요! 그 용감한 자는
파도를 헤치며 힘차게 나아가고 있어요.

제피 태수의 기병들이 부리나케 달려오고 있어요.

쿠오니 틀림없이 그들이야! 간신히 살았구나.

(란덴베르거*의 기병들이 등장한다.)

첫 번째 기병 숨겨 놓은 살인자를 내놓아라.

두 번째 기병 그놈이 이리로 왔어. 숨겨 봐야 소용없어.

쿠오니와 루오디 누구 말인가요, 기병 나리들?

첫 번째 기병 (나룻배를 발견하고) 아니, 저게 뭐야! 젠장!

베르니 (위에서) 자네들이 찾고 있는 게 나룻배 안에 있는
모양이지? ……말 타고 가 보시지!

　　　　　냉큼 쫓아가면 따라잡을 수 있을 텐데.

두 번째 기병 제기랄! 달아나 버렸어.

첫 번째 기병 (목부와 어부에게) 너희가 그놈을 도와 달아나게
해 주었지,

　　　　　죗값을 치러야겠어…… 이자들의 가축들을 해치워
버려!

　　　　　오두막을 부수고 불태워 없애 버려! (급히 떠나간다.)

제피 (뒤따라 쫓아가며) 아, 내 양들!

쿠오니 (따라가며) 아이고, 내 팔자야! 내 가축들!

베르니 극악무도한 놈들!

루오디 (두 손을 비비며) 하늘의 정의,

　　　　　구세주는 언제 이 땅에 오시려나? (그들을 뒤따라간다.)

---

* 운터발덴 주의 태수.

2장

슈비츠 주의 슈타이넨.

슈타우파허의 집 앞 길가에는 보리수가 한 그루 서 있고, 그 옆에는 다리가 있다.

베르너 슈타우파허와 파이퍼 폰 루체른이 대화를 나누며 오고 있다.

파이퍼   그래, 그래요, 슈타우파허 씨, 제가 말했듯이
            피할 수만 있다면 오스트리아에 서약하지 마세요.
            지금까지 그랬듯이 굳건하고 용감하게 나라를 지키
            세요.
            하느님께서 옛날 그대로의 자유를 지켜 줄 겁니다!
            (그와 진심으로 악수하고는 가려고 한다.)
슈타우파허 내 아내가 올 때까지 그대로 좀 계셔 주세요……
            슈비츠에서는 당신이 손님이고, 루체른에서는 제가

손님이니까요.

파이퍼　대단히 감사합니다! 하지만 오늘 중으로 게르자우에
　　　가야 하거든요.
　　　태수들의 탐욕과 오만불손으로 고초를 겪더라도 참
　　　아 내십시오!
　　　곧 상황이 변할 수도 있습니다,
　　　다른 황제가 즉위할지도 모르거든요.
　　　당신이 일단 오스트리아에 속하게 되면, 영원히 그
　　　럴 거니까요. (퇴장한다.)

(슈타우파허는 걱정 어린 표정으로 보리수 아래 벤치에 앉는다. 아내
인 게르트루트가 그를 발견하고 옆에 가 앉아서 한동안 남편을 말없
이 물끄러미 바라본다.)

게르트루트　여보, 무얼 그리 심각하게 생각해요? 알다가도 모
　　　르겠어요.
　　　무슨 슬픈 일이라도 있는지 이마를 잔뜩 찌푸리고
　　　벌써 며칠 동안 말도 안 하고 있으니 말이에요.
　　　당신은 남모르는 근심에 짓눌리고 있어요,
　　　저는 당신의 충실한 아내이니 저를 믿으세요,
　　　슬픔의 반을 저에게 나누어 주세요.
　　　(슈타우파허는 말없이 그녀에게 손을 건네준다.)
　　　당신이 무엇에 들볶이는지 말해 주세요.
　　　당신이 근면한 덕택으로, 이렇게 행복을 누리고 있
　　　잖아요,

곳간은 가득 찼고, 다행히도 잘 먹여 기른 소 떼와

살진 말들은 겨울을 나기 위해

산에서 안락한 외양간으로 들여놓았어요.

저기 멋진 목재로 새로 지은

저택처럼 호화로운 당신의 집이 있어요,

표준 척도에 따라 제대로 짜 맞추었지요,

문장(紋章)을 새긴 방패가 그려진

수많은 창문에는 아늑하고 밝은 햇살이 비치고 있어요,

나그네는 거기 서서 지혜로운 격언을 읽어 보고

그 뜻에 감탄을 금치 못하지요.

슈타우파허 집은 잘 짓고 짜 맞추었지,

　　　　　하지만 아…… 우리 집의 토대가 흔들리고 있어.

게르트루트 여보, 그게 무슨 말이에요?

슈타우파허 얼마 전에 난 오늘처럼 보리수 아래 앉아 있었소,

　　　　　멋진 새 집을 바라보며 즐거운 생각에 잠겨서 말이오,

　　　　　그때 퀴스나흐트 성주*가 말을 타고 왔소,

　　　　　자신의 기병들을 데리고 말이오.

　　　　　그는 이 집 앞에 멈추더니 경탄을 금치 못하더군,

　　　　　하지만 난 재빨리 일어나서 의당 그래야 하듯

　　　　　공손한 태도로 나리에게 다가갔지,

　　　　　그는 이 땅에서 황제의 재판권에 관해 설명했소.

　　　　　"이 집이 누구 거요?"

---

* 헤르만 게슬러.

그는 잘 알면서도 음흉한 마음으로 물었어.
하지만 나는 분별 있게 재빨리 응수했지.
"나리, 이 집은 저와 당신의 군주이신 황제의 소유
이고,
그의 봉토입니다." ……그러자 그가 대답하더군.
"난 황제를 대신해 이 땅을 다스리는 통치자다.
나는 농부가 자신의 힘으로 집을 짓고
마치 나라의 주인인 양 살아가는 것을 원치 않는다,
나는 너희가 그러지 못하게 할 거야."
이런 말을 남기고 그는 거들먹거리며 떠나갔소,
하지만 나는 그 나쁜 녀석이 남긴 말을 곱씹으며
이렇게 슬픔에 잠겨 있는 거라오.

게르트루트 사랑하는 주인이자 남편이여!
아내에게서 솔직한 말을 들으시겠어요?
전 고귀한 이베르크, 세상 경험이 많은
그분의 딸이라는 게 자랑스러워요.
긴긴 밤마다, 우리 집에서 주민 대표들이 모여
옛 황제들이 내려 주신 자유민 증서를 읽고, 분별
있는 대화를 나누며,
주의 안녕을 걱정할 때 우리 자매들은 물레질을 했
어요,
그럴 때면 저는 분별 있는 사람이 무슨 생각을 하
는지,
선한 사람이 무엇을 원하는지 지혜로운 말에 귀를
쫑긋 기울였어요,

그리고 조용히 그 말을 가슴에 새겼죠.
이젠 제 이야기를 듣고 귀 기울여 주세요,
무엇 때문에 당신이 괴로워하는지
전 진작부터 알았으니까요.
태수는 당신을 싫어해서 해치고 싶어 해요,
슈비츠 주 사람들이 새 왕가에 굴복하지 않고,
고귀한 선조가 해 온 대로
충성스럽고도 굳건하게 나라를 지키려 해서
그에게 방해가 되니까요, 그렇지 않아요, 여보?
제 말이 틀렸다면 어디 말씀 좀 해 보세요!
슈타우파허 그렇소, 게슬러가 나에게 앙심을 품은 거요.
게르트루트 그가 당신을 시기하는 것은
물려받은 유산으로 당신이 행복하게 살고 있기 때
문이지요.
그는 유산을 못 받았거든요.
당신은 황제와 나라로부터 이 집을 봉토로 받았어요.
그리고 당신은 기독교 세계의 최고 권력자* 말고는
누구든 당신을 지배할 수 있다고 인정하지 않으니
까요.
영주가 자기 땅을 명시하듯
당신도 이 집을 명시할 수 있어요.
게슬러는 집안의 장남이 아니라서

---

* 독일 신성로마제국의 황제. 사실 역사적으로 루돌프 1세와 그의 아들 알브
레히트는 황제의 자리에 오르지 않았음.

기사 외투 말고는 자기 것이 없어요.

그래서 그는 충직한 사람들의 행복을

악의에 찬 질시 어린 시선으로 보는 거예요.

오래전부터 그는 당신을 파멸시키겠다고 다짐했지만

당신은 아직 건재하지요.

그런데 그가 자신의 사악한 욕망을 채울 때까지

당신은 기다릴 건가요?

현명한 사람은 만일에 대비하는 거지요.

슈타우파허 무얼 어떻게 하란 말이오!

게르트루트 (보다 가까이 다가가) 제 충고를 들으세요! 아시다시피

여기 슈비츠 주의 모든 정직한 사람들은

총독의 탐욕과 폭정을 불평하고 있어요.

저 건너편 운터발덴과 우리 주의 사람들도

억압과 학정에 분명 넌더리를 내고 있을 거예요.

여기서는 게슬러가 그렇듯이, 호수 건너편

란덴베르거도 파렴치한 짓을 할 테니까요.

이쪽으로 오는 배들마다

태수들이 저지르는 새로운 만행과 횡포를 전해 주

고 있어요.

그러니 억압에서 벗어나고 싶으면

터놓고 이야기할 수 있는 몇몇이 모여

조용히 협의해 보는 게 좋겠어요.

제가 장담하건대 하느님께서는 당신들을 버리지 않고

정의로운 일에 자비를 내리실 거예요. 말해 보세요,

우리 주에 흉금을 터놓을 수 있는 친한 친구가 없

으세요?

슈타우파허 난 그곳의 용감한 사람들을 많이 알고 있소,
　　　　　나에게 비밀을 털어놓을 수 있고 나와 무척 친하며,
　　　　　명망이 있고 훌륭한 영주들도 말이오.
　　　　　(일어서서) 여보, 당신은 잔잔한 내 가슴에
　　　　　위험한 생각의 폭풍을 일으켰소!
　　　　　내 가슴속 깊이 감추어져 있던 것을
　　　　　백일하에 드러나게 했소,
　　　　　그리고 내 스스로 금하고 생각하지 않았던 것을
　　　　　당신이 가벼운 혀로 대담하게 표현해 주었소.
　　　　　나에게 충고한 내용을 당신도 곰곰 생각해 보았소?
　　　　　당신은 이 평화로운 골짜기에
　　　　　격심한 불화와 무기 소리를 부르고 있소.
　　　　　우리 같은 약한 목부더러
　　　　　감히 세상의 군주와 투쟁을 하라고요?
　　　　　이 가련한 땅에 저들의 군인들을 풀어놓고
　　　　　승리자의 권리로 통치하려고,
　　　　　저들이 기다리는 것은 그럴 듯한 명분뿐이오,
　　　　　그러고는 공정한 징계라는 허울 좋은 명분으로
　　　　　유서 깊은 자유민 증서를 빼앗아 버리려는 거요.

게르트루트 당신들도 도끼를 휘두를 줄 아는 남자예요,
　　　　　그리고 하느님께서는 용감한 자들을 도우실 거예요!

슈타우파허 아, 여보! 전쟁이란 끔찍하게 미쳐 날뛰는 공포라오,
　　　　　전쟁은 가축과 목부를 두들겨 팰 거요.

게르트루트 그게 정녕 하늘의 뜻이라면 참아 내야죠,

가슴이 고결한 자는 부당한 것을 참아 내지 못하는
법이예요.

슈타우파허 우리가 새로 지은 이 집을 당신이 얼마나 기뻐했소,
참혹한 전쟁은 그것을 잿더미로 만들 거요.

게르트루트 제 마음이 한낱 속세의 재물에 얽매여 있다면
제 손으로 불 질러 버릴 거예요.

슈타우파허 당신은 인간성을 믿고 있구려! 하지만
전쟁은 요람 속의 갓난아이라도 봐주지 않는다오.

게르트루트 죄가 없다면 하늘이 도와주실 거예요!
여보, 뒤를 보지 말고 앞을 보세요.

슈타우파허 우리 남자들은 용감히 싸우다가 죽을 용의가 있소,
하지만 당신네 여자들의 운명은 어찌 되겠소?

게르트루트 제일 약한 사람도 최후의 선택은 마음대로 할 수
있어요,
이 다리에서 떨어지면 자유의 몸이 되지요.

슈타우파허 (그녀의 두 팔에 와락 안겨) 이렇게 누군가의 가슴을
품에 안은 자는
가축과 농장을 위해 기꺼이 싸울 수 있소,
그리고 왕의 군대도 두렵지 않소.
난 곧장 우리 주로 가겠소,
그곳에 내 친구 발터 퓌르스트 영주가 살고 있소,
나처럼 이 시대를 걱정하는 사람이오.
아팅하우젠 남작도 거기서 만날 거요,
그는 신분이 높지만 민중을 사랑하고, 옛 풍습을
존중한다오.

이 나라의 적을 어떻게 용기 있게 물리칠 수 있을지
두 사람과 상의해야겠소. 잘 있구려!
내가 없는 동안 슬기롭게 이 집을 다스려 주시오.
성지로 참배하러 가는 순례자에게,
수도원을 위해 모금하는 경건한 수도사에게,
넉넉히 적선하고, 잘 대접해서 보내도록 하오.
슈타우파허의 집은 숨어 있지 않아요.
사람들이 붐비는 대로변에 있으니
길을 지나가는 온갖 나그네를 환대하는
안식처가 돼야 하오.

(두 사람이 무대 뒤로 사라지는 동안 빌헬름 텔이 바움가르텐과 함
께 무대 앞으로 걸어 나온다.)

텔   (바움가르텐에게) 당신은 이제 더 이상 내 도움이 필
        요하지 않소,
        곤경에 처한 사람들의 아버지인
        슈타우파허가 살고 있는
        저 집으로 들어가 보시오.
        그런데 보시오, 그 사람이 저기 있네요,
        나를 따라오시오, 어서요!

(두 사람이 슈타우파허가 있는 곳으로 가는 사이 장면이 바뀐다.)

3장

알트도르프 근처의 공공 광장.

뒤로 보이는 언덕에서 성채를 짓고 있는 모습이 보인다. 벌써 상당히 진척되어서 전체적인 형태가 드러난다. 뒤쪽은 완성되었고, 앞쪽은 막 짓고 있다. 비계(飛階)가 세워져 있어, 그 옆으로 일꾼들이 오르락내리락한다. 맨 꼭대기에는 석판 지붕을 이는 사람이 매달려 있다……. 다들 움직이며 작업 중이다.

부역 감독관. 석수 장인. 기능공과 막일꾼들.

부역 감독관 (막대기를 들고 일꾼들을 부리며) 오랫동안 쉬지 말

　　　　고, 어서 서둘러! 벽돌을 이리로!

　　　　석회, 모르타르를 빨리 넘겨주고!

　　　　태수께서 작업의 진척을 보러 오실 텐데,

　　　　달팽이처럼 느려 터졌으니.

　　　　(짐을 진 막일꾼에게) 그것도 짐을 진 건가? 두 배는

더 져야지!

자신의 의무를 다하지 않는 게으름뱅이들 같으니!

기능공 1 우리를 가둬 놓을 성채와 감옥을 지을 돌을

우리 스스로 날라야 하다니 너무 가혹하군!

부역 감독관 너 방금 뭐라고 투덜댄 거야?

가축들 젖이나 짜고, 게으르게

산에서 어슬렁거리는 것밖에 모르는

한심한 종내기들 같으니.

노인 (주저앉아 쉬며) 더는 못 하겠어.

부역 감독관 (그를 흔들며) 이봐, 노인네, 어서 일 안 하고 뭐해?

기능공 2 제대로 몸을 가누지도 못하는 늙은이에게

고된 노역을 시키다니

대체 당신네는 감정도 없는 거요?

석수 장인과 기능공들 천벌을 받을 거요.

부역 감독관 너희 걱정이나 해라, 난 내 임무를 다하고 있어.

기능공 2 감독관, 우리가 지금 짓고 있는

이 성채를 대체 뭐라고 부를 거요?

부역 감독관 츠빙 우리*라고 부를 거야,

이 속박의 성채 아래서는 다들 허리를 굽힐 거니까.

기능공들 츠빙 우리라!

부역 감독관 뭐 우스운 거라도 있나?

기능공 2 이 성채로 우리 주를 억압하려는 거요?

기능공 1 두고 봅시다, 하나의 산이 될 때까지

---

* '우리 주를 억압하는 요새'라는 뜻.

앞으로 얼마나 많은 흙더미를 쌓아 올려야 하는지,
그래 봐야 우리 주에서 가장 보잘 것 없는 산이 되
겠지!

(부역 감독관이 뒤쪽으로 간다.)

석수 장인 이 저주스러운 성채를 짓는 데 사용한 이 망치를
　　　　　호수의 가장 깊은 곳에 던져 버릴 테야!

(텔과 슈타우파허가 온다.)

슈타우파허 오, 내 생전에 이런 걸 보게 되다니!
텔　　　　　여긴 좋지 않아요. 더 가도록 합시다.
슈타우파허 내가 자유의 땅인 우리 주에 온 게 맞소?
석수 장인 오, 나리, 먼저 탑 아래의 감옥을
　　　　　보셨어야 하는데요!
　　　　　거기 사는 사람은 더 이상 닭 우는 소리를 듣지 못
　　　　　할 겁니다!
슈타우파허 원 세상에!
석수 장인 이 측면과 버팀목을 좀 보세요,
　　　　　영원히 무너지지 않을 것처럼 보입니다!
텔　　　　　손으로 지은 것은 손으로 무너뜨릴 수 있어요.
　　　　　(산 쪽을 가리키며) 하느님께서는 우리에게 자유의
　　　　　집을 지어 주셨지요.

(북소리가 들리며, 모자가 걸린 막대기를 든 사람들이 온다. 소리쳐
알리는 사람이 그들을 뒤따른다. 아낙네들과 어린이들이 떠들썩하게
뒤쫓는다.)

기능공 1 웬 북소리지? 주의해 들어 보세요!
석수 장인 사육제 행렬 같구나, 그런데 저 모자는 뭐지?
기능공들 좀 조용히 해요! 들어 봅시다!
소리쳐 알리는 사람 우리 주의 사람들아, 이 모자를 봐라!
        이것을 알트도르프의 한가운데 있는
        제일 높은 곳, 높다란 기둥 위에 걸 것이다,
        그리고 태수의 뜻과 생각은 이러하다.
        '그분을 대하듯 이 모자에 경의를 표해야 한다,
        모자를 벗고 허리를 굽힌 채 존경을 표시해야 하느
        니라.'
        그걸로 왕께서는 복종하는 자를 알아보려고 하신다.
        이 계율을 무시하는 자의 목숨과 재산은
        왕께 몰수당할 것이다.

(사람들이 크게 소리 내어 웃고, 북소리가 진동하는 가운데 이들은
지나간다.)

기능공 1 태수가 여태 들어 보지 못한 새로운 짓거리를 생각
        해 냈구나!
        모자에다 경의를 표하라고!
        말해 봐! 지금껏 그런 이야기를 들어 본 적이 있는가?

석수 장인 모자에다 무릎을 꿇으라고!

참으로 품격 있는 사람들을 데리고 장난치는 건가?

기능공 1 저게 황제의 왕관이라고?

저건 오스트리아의 모자야!

봉토를 수여할 때 저게 옥좌 위에 걸려 있는 걸 봤다고!

석수 장인 오스트리아의 모자라고! 주의해!

그건 우리를 오스트리아에 팔아넘기려는 함정이야!

기능공들 명예를 존중하는 사람이라면 이런 치욕을 참지 못할 겁니다.

석수 장인 이리들 오게나, 다른 사람들과 상의를 해 봐야겠어.

(이들은 무대 뒤쪽으로 간다.)

텔 (슈타우파허에게) 이젠 사정을 아시겠지요. 그럼 이만, 베르너 씨!

슈타우파허 어딜 가시려고요? 아, 그렇게 서둘러 떠나가지 마십시오!

텔 집에서는 가장을 기다리고 있소. 그럼 안녕히 계십시오!

슈타우파허 내 마음은 당신과 이야기를 나누고 싶은 생각으로 가득 차 있습니다.

텔 말을 한다고 무거운 마음이 가벼워지지는 않습니다.

슈타우파허 하지만 말이 우리를 행동하게 만들지요.

텔 이제 우리가 할 수 있는 유일한 행동이란 참고 침묵하는 겁니다.

슈타우파허 참을 수 없는 것을 참으라는 건가요?

텔 폭력을 휘두르는 군주들은 잠시밖에 통치하지 못합니다.

협곡에서 푄이 불면 사람들은 불을 끄고,

배들은 급히 항구를 찾지요. 그러면 강력한 바람은 아무런 해를 끼치지 않고 흔적도 없이 지상을 스쳐지나가지요,

모두 집에서 조용히 살아가면

평온한 사람에게 평화가 주어지는 법이지요.

슈타우파허 그렇게 생각하시오?

텔 뱀이란 건드리지 않으면 물지 않는 법이오.

사람들이 조용히 지내는 걸 보면

결국 그들도 지치고 말 겁니다.

슈타우파허 우리가 단결만 한다면 잘해 낼 수 있을 텐데요.

텔 배가 난파할 때 서로 도와주기 더 쉽지요.

슈타우파허 공동으로 대처할 일을 그렇게 냉정하게 버려둘 건가요?

텔 확실하게 믿을 건 자기 자신밖에 없어요.

슈타우파허 약한 사람들도 힘을 합치면 강해지지요.

텔 강한 사람은 혼자일 때 가장 강합니다.

슈타우파허 조국이 절망에 빠져 정당방위를 호소할 때도 당신을 믿고 의지할 수 없다는 말인가요?

텔 (그에게 악수를 청하며) 텔은 잃어버린 양을 절벽에서 끌어올립니다,

그런데 하물며 자기 친구들을 모른 체하겠어요?
하지만 여러분이 하는 일에 나를 끌어들이지 마십
시오!
나는 오랫동안 재거나 선택하는 일은 못합니다,
여러분이 어떤 행동을 하는 데 내가 필요하다면 텔
을 불러 주십시오,
그러면 나는 반드시 함께할 겁니다.

(둘은 서로 다른 쪽으로 물러간다. 비계 주위에 갑작스레 사람들이
모여든다.)

석수 장인 (그쪽으로 서둘러 가며) 무슨 일이지?
기능공 1 (소리치면서 앞으로 나와) 기와장이가 지붕에서 떨어
졌어요.

(시종들과 함께 베르타가 등장한다.)

베르타 (후닥닥 뛰어 들어와) 그의 몸이 으스러졌나요? 뛰어
가 구해 주고, 도와주세요!
도울 수 있다면 구해 주세요, 여기 금이 있어요! (사
람들 사이로 자신의 장신구를 던진다.)
석수 장인 너희는 금을 가지고…… 모든 걸 살 수 있겠지,
너희는 아이들한테서 아버지를, 아내한테서 남편을
빼앗았지,
그리고 뭇 사람들에게 비탄을 안겨 주고는,

금으로 보상하려고 들다니…… 꺼져 버려!
너희가 오기 전엔 우리는 즐거웠어,
너희와 함께 절망도 따라왔단 말이야.

베르타 (되돌아오는 감독관에게) 살았어요?

(부역 감독관이 반대 표시를 하자) 오, 저주로 지어진
불행한 성, 그대에게 저주가 깃들 것이다! (물러간다.)

4장

발터 퓌르스트의 집.
발터 퓌르스트와 아르놀트 폼 멜히탈이 다른 쪽에서 동시에
들어온다.

멜히탈   발터 퓌르스트 씨.
발터 퓌르스트 어이쿠, 깜짝이야!

　　　　　거기 그대로 서 있게나. 우린 염탐꾼들에게 둘러싸
　　　　　여 있어.

멜히탈   운터발덴에서 저에게 아무 소식도 오지 않았나요?
　　　　　우리 아버지한테서도 안 왔나요? 죄수처럼 한가로
　　　　　이 누워 있는 것을
　　　　　더 이상 참을 수가 없어요,
　　　　　마치 살인자처럼 숨어 지내야 할 정도로 제가
　　　　　커다란 죄를 저질렀나요? 저는 태수의 분부랍시고

쟁기질을 제일 잘하는 황소 두 마리를 제 눈앞에서

끌고 가려던 뻔뻔스러운 하인의 손가락을

막대기로 부러뜨린 죄밖에 없어요.

발터 퓌르스트 자네는 너무 성급했어. 그 하인은 태수가 보낸

사람이었어,

자네의 관할 관청에서 파견한 사람이었지,

자넨 처벌을 받을 거야, 힘든 일이겠지만

조용히 벌금을 치르는 게 좋을 거야.

멜히탈 그 뻔뻔스러운 녀석이 "농부가 빵을 먹고 싶으면 직

접 쟁기를 끌어야지!"라며

경솔하게 한 말도 참았어야 한다고요?

그 녀석이 제 쟁기에서 멋진 황소들을 끌어당길 때

제 가슴이 찢어지는 듯 아팠어요,

황소들도 부당하단 생각이 드는 듯

둔중한 소리로 울부짖으며 뿔로 밀어 댔어요,

그러자 전 정의로운 분노에 사로잡혀,

저 자신을 다스리지 못하고, 그 심부름꾼을 두들겨

패 버렸어요.

발터 퓌르스트 오, 우리도 감정을 주체하지 못하는데,

불같은 젊은이가 어떻게 자신을 다스리겠는가!

멜히탈 아버님이 걱정될 뿐입니다,

돌봐 드려야 하는데 아들이 멀리 떨어져 있으니까요,

태수는 아버님을 미워했지요,

언제나 정의와 자유를 위해 성실하게 싸워 오셨으

니까요.

그 때문에 그들은 연로한 아버님을 괴롭힐 겁니다,

그리고 그분이 수모를 겪지 않게 해 줄 사람이 아무

도 없어요,

어떤 일이 있어도 난 그곳으로 가야 합니다.

발터 퓌르스트 운터발덴에서 기별이 올 때까지만이라도,

참고 기다려 보게나,

문 두드리는 소리가 들려, 저리 가게,

태수의 사자일지도 모르니, 저 안으로 들어가게,

폭군들이 서로 손을 잡았기 때문에,

우리 주라 하더라도 란덴베르거의 손아귀에서 안전

하지 못하지.

멜히탈 저들은 우리가 어떻게 해야 할지 가르쳐 주고 있어요.

발터 퓌르스트 들어가게나!

여기가 안전해지면 자넬 다시 부르도록 하지.

(멜히탈이 들어간다.)

가엾은 사람이야, 불길한 예감을 말해 줄 수도 없고,

누가 문을 두드리는 거지?

문에서 소리가 날 때마다 불길한 예감이 들어.

사방에 배반과 불신의 분위기가 감돌고 있어,

집 안 깊숙한 곳까지 권력의 주구들이 파고든단 말

이야,

즉시 문에 자물쇠와 빗장을 채워 놓아야겠어.

(문을 열다가 화들짝 놀라 뒤로 물러선다. 베르너 슈타

우파허가 들어오고 있기 때문이다.)

아니, 누구세요? 베르너 씨! 이럴 수가!

이렇게 소중하고 귀하신 분이…… 이렇게 훌륭한 분이

우리 집에 오시다니요!

우리 집에 오신 걸 대환영합니다!

어떻게 이곳에 오시게 되었나요? 여기 우리 주에 무슨 볼일이라도?

슈타우파허 (악수를 청하며) 옛 시절과 옛 스위스를 찾아서요.

발터 퓌르스트 당신이야말로 그것들을 가지고 오셨어요…….

보세요,

당신을 보니 기분이 좋아지고, 마음이 훈훈해지는군요.

앉으세요, 베르너 씨. 지혜로운 이베르크의 분별 있는 따님이며,

당신의 서글서글한 부인이신 게르트루트는 어디 두고 혼자 오셨습니까?

독일 땅에서 마인라트의 암자를 거쳐 이탈리아로 가는 나그네들은

한결같이 당신 집을 칭찬하더군요, 손님을 반가이 맞아 준다고요.

그런데 말씀해 보세요, 플뤼엘렌에서 이리로 막 오시는 길인가요?

그리고 이 집에 들르기 전에

그 밖의 다른 곳은 둘러보지 않으셨나요?

슈타우파허 (자리에 앉으며) 놀랄 만큼 새로운 건축물을 짓는 걸 보았어요,

결코 기뻐할 수 없는 일이지요.

발터 퓌르스트 오, 이보세요, 당신 눈으로 직접 보셨군요!

슈타우파허 우리 주에 그런 일이 없었는데,

유사 이래 여기에 호화 궁성은 없었어요,

무덤 말고는 그렇게 공고한 건물은 없었지요.

발터 퓌르스트 군이 이름을 붙인다면

그건 자유의 무덤이지요.

슈타우파허 발터 퓌르스트 씨, 당신에게 숨길 생각은 없습니다,

제가 이곳에 온 건 한가로운 호기심 때문이 아닙니다,

전 커다란 걱정거리에 시달리고 있어요,

절박하고 힘든 일을 집에 남겨 두고 왔는데, 여기도

마찬가지군요.

우리가 겪는 일은 도저히 참고 견디기 어려운 일이

니까요,

그리고 이러한 핍박은 끝이 보이지 않아요,

스위스 사람은 태곳적부터 자유로웠고,

우리는 정중한 대접에 익숙해져 있어요,

목부가 산에서 가축을 방목하는 한

결코 그런 일을 겪지 않았어요.

발터 퓌르스트 그래요, 그들이 하는 일은 유례가 없어요,

옛 시절을 겪은 아팅하우젠 남작도

더는 참을 수 없다고 생각하지요.

슈타우파허 저편 숲 아래서도 심각한 일이 벌어져,

유혈이 낭자했어요, 로스베르크를 지키는 왕의 태

수인

볼펜쉬센이 욕정을 품고 못할 짓을 했답니다,

알첼렌에서 살림하는 바움가르텐의 아내를

파렴치하고 부당하게 겁탈하려고 했지요,

그래서 그녀의 남편이 그자를 도끼로 때려죽였습니다.

발터 퓌르스트 오, 신의 심판은 정의로우십니다!

바움가르텐이라고 하셨나요? 분별 있는 사람이지요!

그는 목숨을 건지고 안전하게 숨어 있나요?

슈타우파허 당신의 사위가 호수를 건네주고 그를 도망치게 해

주었어요,

내가 슈타이넨의 우리 집에 그를 숨겨 주었지요,

그 사람은 자르넨에서 일어난

더욱 끔찍한 일을 나에게 알려 주었어요,

충직한 사람이라면 심장이 터져 피를 흘릴 일이지요.

발터 퓌르스트 (주의를 기울이며) 말해 보오, 대체 무슨 일인지?

슈타우파허 케른스로 들어가는 입구인 멜히탈에

정의로운 남자가 살고 있어요,

하인리히 폰 데어 할데라는 사람인데,

그 지역에서 신임을 얻고 있는 사람이지요.

발터 퓌르스트 누구나 다 아는 사람이지요! 그에게 무슨 일이

일어났나요? 마저 말씀해 보세요!

슈타우파허 그의 아들이 하찮은 잘못을 저질렀다고

란덴베르거가 그를 처벌하려고,

그의 가장 좋은 황소 두 마리를 쟁기에서 끌러 오

게 했답니다,

그러자 그 아들이 하인을 두들겨 패고 도망쳤답니다.

발터 퓌르스트 (극도로 긴장해) 그런데 그의 아버지는…… 그는
어떻게 되었나요?

슈타우파허 란덴베르거가 아들을 당장 데려오라고
그의 아버지를 다그치고 있지요.
그런데 노인은 아들이 어디로 도망쳤는지
정말로 모른다고 맹세하고 있어요,
그러자 태수는 고문하는 사람을 데려오게 했지요.

발터 퓌르스트 (벌떡 일어나 그를 다른 쪽으로 데려가려고 하며)
오, 쉿, 이제 그만하세요!

슈타우파허 (어조를 높이며) "아들은 달아났지만 자네는 내 손
아귀에 있어!" 하면서
노인을 땅에 쓰러뜨리고는
뾰족한 칼로 눈을 찌르게 했답니다.

발터 퓌르스트 아니, 그럴 수가!

멜히탈 (뛰쳐나와) 눈을 찔렀다고요?

슈타우파허 (깜짝 놀라 발터 퓌르스트에게) 이 젊은이는 누구입
니까?

멜히탈 (발작하듯 격렬하게 그를 붙잡고) 눈이라고요! 말씀해
보세요!

발터 퓌르스트 오, 가련한지고!

슈타우파허 누군데요?
(발터 퓌르스트가 신호를 보내자) 아들이라고요? 오!
하늘도 무심하시지!

멜히탈 그런데도 저는 멀리 떨어져 있어야 하다니!
두 눈을 다 찔렀나요?

발터 퓌르스트 자제하고, 사나이답게 참아야지!

멜히탈   제가 지은 죄 때문에, 제가 저지른 행패 때문에!
　　　　그럼 눈이 멀게 되었나요? 정말 눈이 멀었나요,
　　　　앞이 완전히 안 보이게 되었나요?

슈타우파허 그런 모양이야. 시력의 원천이 밖으로 흘러나왔어,
　　　　두 번 다시는 햇빛을 보지 못할 거야.

발터 퓌르스트 그분의 고통을 덜어드려야 할 텐데!

멜히탈   결코! 아, 결코 다시는!
　　　　(손으로 눈을 가리고 한동안 말이 없다가, 다른 쪽으로
　　　　몸을 돌리고는 목이 메는 부드러운 목소리로) 오, 눈의
　　　　빛은 고귀하신 하늘이 주신 선물입니다,
　　　　모든 생물체들, 모든 행복한 피조물은 빛으로 살아
　　　　가지요,
　　　　식물조차도 즐거이 빛을 향합니다.
　　　　그런데 아버지는 밤에, 영원한 어둠 속에
　　　　더듬거리며 앉아 있어야 합니다…… 목장의 따사로
　　　　운 풀밭도,
　　　　꽃의 향내도 더는 그에게 위안이 되지 않습니다,
　　　　석양을 받아 붉게 빛나는 만년설을 더 이상 볼 수
　　　　없습니다,
　　　　죽음은 아무것도 아니지요,
　　　　하지만 살아서 보지 못한다는 것은 불행한 일입니다,
　　　　무엇 때문에 저를 그렇게 가엾게 바라보십니까?
　　　　저에게 싱싱한 두 눈이 있지만
　　　　화려하고 눈부시게 제 눈에 들어오는 빛의 바다로

부터

한 줄기 어슴푸레한 빛조차도

눈먼 아버지에게 드릴 수 없습니다.

슈타우파허 아, 나는 자네의 비통함을 어루만져 주는 대신에

더욱 크게 만들어 버렸구나,

태수가 그에게서 모든 걸 빼앗아 갔기 때문에,

그에게는 더 많은 것이 필요하지요!

눈멀고 벌거벗은 채 집집마다 돌아다닐 수 있게,

그에게 남은 거라고는 지팡이밖에 없답니다.

멜히탈 죄다 빼앗아 가고, 눈먼 노인에게 지팡이밖에 없다고요!

가장 가난한 자들의 공공 재산인 빛마저 앗아 가다니,

이제 누구도 제게 남아 있으라느니, 숨어 있으라느니

더 이상 말하지 못할 겁니다,

제가 얼마나 비겁하고 비열한 사람인지 모르겠습니다,

아버지의 안전은 생각하지도 않고 저의 안전만 생각했으니까요.

사랑하는 아버지를 폭군의 손아귀에 저당 잡히다니!

이제 비겁한 신중함은 떠나보내고,

피비린내 나는 보복만 생각할 겁니다,

그곳으로 가겠습니다…… 아무도 절 말리지 마십시오,

태수한테 아버지의 눈을 요구할 겁니다,

그의 모든 용병들 가운데서 그를 찾아낼 겁니다,

제 목숨 같은 건 중요하지 않습니다, 그의 피를 보고,

말할 수 없는 엄청난 고통을 삭일 수 있다면 말입

　　　　　　　니다. (가려고 한다.)

발터 퓌르스트　거기 있게!

　　　　　　　자네가 그자에게 맞서 뭘 할 수 있겠나?

　　　　　　　그는 자르넨의 높은 성채의 안전한 요새에 앉아

　　　　　　　자네의 무기력한 분노를 비웃을 걸세.

멜히탈　　　그가 비록 슈레크호른의 얼음 궁전에 산다 해도,

　　　　　　　또는 영겁 이래로 융프라우가 면사포를 쓰고 앉아

　　　　　　　있는,

　　　　　　　보다 높은 곳에 살고 있다 해도,*

　　　　　　　저와 생각이 같은 스무 명의 젊은이와 함께

　　　　　　　장애물을 뚫고 그에게 가서

　　　　　　　그의 요새를 부수고 말 겁니다.

　　　　　　　그리고 만약 다들 자기 오두막과 가축 떼가 걱정되어

　　　　　　　아무도 저를 따르지 않고,

　　　　　　　폭군의 압제에 굴복하고 만다면,

　　　　　　　저는 산속, 저기 자유로운 하늘 아래,

　　　　　　　아직 감각이 생생하고 마음이 건강한 그곳에,

　　　　　　　목부들을 불러 모아 놓고

　　　　　　　끔찍하게 소름끼치는 이야기를 들려줄 겁니다.

슈타우파허　(발터 퓌르스트에게) 그자의 횡포는 절정에 달했어
　　　　　　　요……

　　　　　　　최악의 것이 올 때까지 우리 기다려 봅시다……

---

* 베른 알프스의 슈레크호른과 융프라우는 실러 시대에만 해도 올라갈 수 없
는 산으로 여겨졌는데, 융프라우 위에는 한 소녀가 면사포를 쓰고 앉아 있다
는 전설이 있음.

멜히탈　　움푹 들어간 곳에 있는 눈알마저 더 이상 안전하지
　　　　　못한 곳에서
　　　　　두려워해야 할 최악의 것이 아직 뭐가 남아 있단 말
　　　　　인가요?
　　　　　우리에게는 저항할 힘도 없다는 말인가요?
　　　　　활을 당기고 전투용 도끼를 휘두르는 법을 배운 이
　　　　　유가 뭡니까?
　　　　　절망적인 공포에 휩싸인 생물체에겐 다 비상 무기가
　　　　　있는 법입니다,
　　　　　기진맥진한 수사슴은 사냥개에게 무서운 뿔을 들이
　　　　　대고,
　　　　　영양은 사냥꾼을 절벽으로 밀어뜨립니다,
　　　　　온순한 가축인 쟁기 끄는 소조차도
　　　　　멍에를 맨 채 목의 엄청난 힘을 참고 있다가
　　　　　성이 나면 풀쩍 뛰어올라, 막강한 뿔을 내지르며
　　　　　적을 하늘로 내동댕이칩니다.
발터 퓌르스트　세 주가 우리 세 사람처럼만 생각한다면
　　　　　뭔가를 해낼 수 있을지도 모르겠는데요.
슈타우파허　우리 주가 외치고, 운터발덴 주가 도와준다면
　　　　　슈비츠 주 사람들은 옛 맹약을 존중할 겁니다.
멜히탈　　운터발덴 주에는 제 친구들이 많습니다,
　　　　　다른 사람들이 뒷받침해 주고 보호해 준다면
　　　　　누구나 기꺼이 자신들의 피와 살을 바칠 겁니다,
　　　　　오, 이 땅의 신심 깊은 아버지들이여!
　　　　　경험 많은 여러분들 사이에 저는 애송이로 끼어 있

을 뿐입니다,

민회 때 저는 겸손히 침묵하지 않을 수 없습니다,

제가 어리고 경험이 많지 않아서가 아닙니다,

저의 충고와 말을 무시하셔도 좋습니다,

저를 몰아대는 것은 모험심에 불타는 젊은이의 피가 아니라,

바위도 불쌍한 마음이 들게 할 정도로

말할 수 없이 비참한 상태에서 나오는 고통스러운 힘입니다.

두 분도 아버지이시며, 한 집안의 가장이십니다,

그리고 두 분은 자신의 신성한 곱슬머리를 존경하고,

두 분의 눈동자를 경건하게 지켜 주는

품행이 바른 아들을 원하십니다,

오, 두 분은 본인들이 신체와 재산에

아무런 해를 입지 않았다고 해서,

본인들의 눈이 아직 밝고 활기차게 움직인다고 해서

우리의 고통이 남의 일로 들리지 않을 겁니다.

두 분 머리 위에도 폭군의 칼날이 걸려 있고,

두 분은 이 땅을 오스트리아로부터 지켜 왔습니다.

저의 아버지가 덮어쓴 죄목도 그와 다르지 않았습니다,

두 분도 공범이라 같은 벌을 받을 겁니다.

슈타우파허 (발터 퓌르스트에게) 결단을 내리십시오, 난 따라갈 용의가 있습니다.

발터 퓌르스트 우리 고매하신 질레넨의 귀족들과 아팅하우젠

남작이
무슨 충고를 하는지 들어 보기로 합시다,
그분들의 이름이 동지들을 얻게 해 줄 거요.

멜히탈 숲으로 둘러싸인 산악 지대에서
두 분의 이름만큼 존경받는 이름이 어디 있습니까?
사람들은 이 땅에서 평판이 좋은 그 이름들의 진가
를 믿습니다,
두 분은 아버지의 덕으로 유산을 넉넉히 물려받아,
그것을 많이 늘렸습니다,
귀족의 이름이 무슨 소용이 있습니까?
이 땅에 우리밖에 없더라도 우리끼리 완수하도록
합시다.
제 말은 우리가 스스로를 보호하자는 뜻입니다.

슈타우파허 귀족들은 우리와 같은 고통을 겪지 않습니다,
낮은 지역에서 맹위를 떨치고 있는 폭풍우가
아직은 높은 지역에 도달하지 않았습니다,
일단 이 주에서 무기를 들고 일어서는 것을 보면
그들도 우리를 도우려 들 겁니다.

발터 퓌르스트 우리와 오스트리아 사이에 중재 심판관이 있다면
정의와 법을 판정 내리겠지만,
우리를 억압하는 자가 바로 우리의 황제이자
최고 재판관이란 말입니다. 그러니 하느님께서는
우리의 팔을 통해 우리를 도울 수밖에 없습니다.
당신은 슈비츠 주의 남자들을 조사해 보시오,
나는 우리 주에서 동지들을 구해 보겠소.

그런데 누구를 운터발덴으로 보내지?

멜히탈   저를 보내 주십시오, 누구에게보다 제게 중요한 일
　　　　이니까요.

발터 퓌르스트   허락할 수 없네,
　　　　자네는 내 손님이고, 난 자네의 안전을 보장해야 하네.

멜히탈   저를 보내 주십시오!
　　　　저는 샛길과 암벽의 비탈길을 알고 있습니다,
　　　　또한 적에게서 저를 숨겨 주고, 저에게 피난처를 제
　　　　공해 줄 친구들도 많이 있어요.

슈타우파허   운명은 하느님께 맡기고 그를 건너가게 하지요.
　　　　저 건너편에는 배반자가 없습니다,
　　　　폭정을 너무 싫어해서 꼭두각시는 없답니다,
　　　　알첼렌 사람 바움가르텐도 니트 뎀 발트에서 동지
　　　　를 규합하고
　　　　그 주 사람들을 선동할 겁니다.

멜히탈   폭군의 의심을 피하기 위해
　　　　어떻게 하면 서로 안전하게 기별을 보낼 수 있을까요?

슈타우파허   상선들이 상륙하는 브룬넨이나
　　　　트라이프에서 모이면 어떨까요?

발터 퓌르스트   일을 그렇게 공개적으로 해선 안 됩니다.
　　　　제 의견을 들어 보십시오, 브룬넨으로 가다 보면
　　　　호수 왼편으로, 뮈텐슈타인 바로 맞은편
　　　　덤불 속에 은밀한 풀밭이 하나 있습니다,
　　　　숲의 덤불을 제거했다고 해서
　　　　목부들은 그곳을 뤼틀리라고 부르지요,

거기서 우리의 주 경계와

(멜히탈에게) 당신의 주 경계가 인접하지요.

그리고 조금만 더 가면

(슈타우파허에게) 조그만 배가 당신을 슈비츠에서 이

리로 건네줄 거요.

밤에 황량한 오솔길을 따라 걸으며

조용히 상의할 수 있을 거요.

우리와 마음이 맞는 열 명의 친한 남자들을

그곳으로 데려오도록 하십시오,

그러면 우리는 공동 관심사를 함께

이야기하고, 하느님의 도움으로

대번에 결단을 내릴 수 있을 겁니다.

슈타우파허 그러도록 하지요.

이제 당신의 믿음직한 오른손을 내미시고,

자네도 오른손을 내밀도록 하게, 그럼 이제 우리 세 사람이

서로 손을 합친 것처럼, 솔직하고 정직하도록 합시다.

이렇게 우리 세 주도 생사를 걸고

공수 동맹을 맺도록 합시다.

발터 퓌르스트와 멜히탈   생사를 걸고!

(서로 손을 합친 채 한동안 침묵한다.)

멜히탈   눈멀고 연로하신 아버지!

더 이상 자유의 날을 보실 수는 없겠지만,

들으실 수는 있겠지요,
알프스 곳곳에 불빛 신호가 활활 타올라
폭군의 견고한 성이 무너지면
아버지의 오두막에 스위스 사람이 떼로 몰려가
아버지의 귀에 기쁨의 소식을 전할 겁니다,
그러면 아버지의 어둠 속에 광명의 날이 밝아 올 겁
니다.

(흩어진다.)

2막

1장

아팅하우젠 남작의 저택.

문장이 새겨진 방패와 투구로 장식된 고딕식 기둥. 자태가 고상하고 기품 있는 58세 노인인 남작이 가죽 재킷을 입고 알프스 영양의 뿔로 장식된 지팡이를 짚고 있다. 쿠오니와 여섯 명의 하인이 갈퀴와 큰 낫을 들고 그를 빙 둘러싸고 있다. 울리히 폰 루덴츠가 기사 복장으로 들어온다.

루덴츠   저 왔습니다, 숙부님. 무슨 일이세요?
아팅하우젠 집안의 오래된 관습에 따라 하인들과 아침 술을
           마시기로 했으니 잠깐 기다려라.
           (술잔을 들이켠 다음 잔을 돌리며) 전쟁터에선
           내 깃발이 그들을 이끌었듯,
           평소에는 내가 들과 숲에 나가서
           그들이 열심히 일하는지 몸소 지켜보았지만,

이젠 관리인 노릇밖에는 못 하겠구나,
따스한 햇살이 내게 내려오지 않으면
더는 햇살을 찾아 산 위로
올라갈 수도 없게 되었어.
그래서 나는 만물이 정지한 듯 느릿느릿 움직이는
좁은 테두리 안에서 늘 그저 꼼지락거릴 뿐이야,
나는 내 그림자에 불과하고, 얼마 안 있으면 내 이
름만 남게 되겠지.

쿠오니　(술잔을 들고 루덴츠를 향해) 한잔하시지요, 도련님.
(루덴츠가 술잔을 받지 않고 머뭇거리자) 어서 마시세
요! 이 잔을 마시면 한마음이란 뜻입니다.

아팅하우젠　너희는 가라,
그리고 저녁 일이 끝나면
주의 일에 대해서도 이야기하자꾸나.

(하인들이 물러가고 아팅하우젠과 루덴츠만 남는다.)

아팅하우젠　장비를 갖추고 무장을 했구나,
알트도르프의 헤렌부르크*로 가려는 거냐?

루덴츠　네, 숙부님, 더는 지체할 수 없어서요.

아팅하우젠　(자리에 앉으며) 그렇게도 급하단 말이냐? 어째서
그러하냐?
늙은 숙부와 함께하는 시간도 아껴야 할 만큼

---

* 게슬러의 성.

젊은 너의 시간이 그렇게 빡빡하단 말이냐?

루덴츠 숙부님에게 제가 필요하지 않은 것 같아서요,

저는 이 집에서 이방인일 뿐입니다.

아팅하우젠 (오랫동안 조카를 찬찬히 훑어본다.) 그래, 안됐지만

사정이 그렇단다.

안타깝게도 네게 고향이 낯설어졌구나! ……울리!

울리야!

이젠 너를 알아보지 못하겠구나.

화려한 비단옷을 입고, 보란 듯이 공작 깃털을 과시

하며,

어깨엔 자색 외투를 걸쳤구나,*

너는 농부들을 멸시하듯 바라보고,

그들의 친밀한 인사를 창피하게 생각하는구나.

루덴츠 농부들이 가져 마땅한 명예는 기꺼이 인정합니다만,

그들이 탈취한 권리는 인정할 수 없습니다.

아팅하우젠 주 전체가 황제의 무서운 분노에 떨고 있다,

충직한 사람들의 가슴은 우리가 참고 견디는

폭군의 횡포 때문에 슬픔에 잠겨 있지,

모두 고통스러워하는데 너만은 꿈쩍도 않는구나,

조국이 화를 입으며 피를 흘리는 동안

너는 적의 편에 서서 네 편을 배반하고,

경박한 쾌락을 좇으며 우리의 고통을 빈정대면서

군주의 총애를 얻으려 애쓰는구나.

---

* 공작 깃털과 자색 외투는 합스부르크가 봉신 및 귀족의 공식적인 상징물.

루덴츠   주가 힘든 상황에 처해 있습니다……. 왜 그럴까요,
          숙부님?
          누가 주를 이런 곤경에 처하게 했나요?
          당장이라도 핍박에서 벗어나
          자비로우신 황제의 마음을 얻기 위해서는
          그저 한마디 말이면 족할 텐데요,
          정말 가장 좋은 분께 저항하도록
          사람들의 눈을 가리는 자들은 화를 입어야 합니다.
          주변의 모든 주들이 맹세했는데도
          발트슈테테가 오스트리아에 충성을 맹세하지 못하
          도록
          그자들이 방해하는 이유는 자신들의 이익 때문입
          니다.
          그들은 귀족과 함께 귀족석*에 앉고 싶어 하는 거
          지요,
          다른 주인을 모시지 않으려고 황제를 주인으로 모
          시는 거죠.
아팅하우젠 내가 그런 말을 들어야 하다니, 그것도 네 입에서!
루덴츠   숙부께서 저에게 요청하셨으니,
          끝까지 이야기하게 해 주세요.
          숙부님 자신이 이곳에서 하시는 역할이 무엇입니까?
          숙부님이 여기서 주지사나 방기 기사로 있거나

---

* 당시 법정에서 귀족이 앉던 자리. 귀족과 평민은 법정 심리 때 배석해서 동
등한 표결권을 행사했음.

이러한 목부들을 데리고 다스리는 것보다
더 높은 자부심이 있지 않으십니까?
어떠세요? 숙부님 자신의 하인들과 같은 신분이 되어
농부와 함께 법정에 앉는 것보다
황제의 화려한 임시 궁전에 합류해서
그에게 충성하는 것이 더 명예로운 선택 아닌가요?

아팅하우젠   아, 울리! 울리!
내가 모를 리 있겠느냐, 그 유혹의 목소리를!
그 소리가 너의 열린 귀를 사로잡고,
너의 가슴에 독을 넣었구나.

루덴츠   그래요, 그걸 숨기지 않겠습니다,
우리를 귀족 농부라고 흉보는
이방인들의 조소가 가슴 깊은 곳에서
제 마음을 아프게 합니다, 주변의 귀족 청년들이
사방에서 합스부르크의 깃발 아래로 모여드는 동안,
저는 여기 유산 위에 한가로이 누워
너절하게 하루하루를 살아가면서
청춘을 잃어버리는 걸 참을 수 없습니다.
다른 곳에서는 사건들이 일어나고,
이 산 저편에서는 영예로운 세상이 찬란하게 요동
치는데
저의 투구와 방패는 방구석에서 녹슬고 있습니다,
전쟁 나팔의 용맹무쌍한 울림과
마상 무술 시합에 참가하라는 전령의 외침,
그런 것이 이 골짜기엔 들려오지 않습니다,

여기서 들리는 것이라곤 가축 떼를 불러 모으는 목
동의 소리와,
가축들의 목에 달린 방울의 단조로운 소리밖에 없
습니다.

아팅하우젠 눈먼 녀석, 헛된 영화에 유혹되다니!
자신이 태어난 땅을 업신여기다니! 태곳적부터 내
려온
조상들의 경건한 풍속을 부끄럽게 여기다니!
언젠가는 뜨거운 눈물을 흘리며 고향의 산천과
네가 거만하게 진저리를 치며 업신여기는,
가축 떼를 불러 모으는 소리를 그리워하게 될 거다,
타향에서 그 선율이 너에게 울려오면
넌 고통스러운 그리움에 사로잡힐 것이다.
오, 조국의 생동하는 힘은 강하도다!
낯선 허위의 세계는 네가 갈 곳이 아니야,
네가 아무리 충성을 바친다 해도,
거기 자랑스러운 황궁은 너에게 영원히 낯설 것이다!
그 세계는 네가 골짜기에서 얻게 된 것과는
다른 덕목을 요구해.
가라, 너의 자유로운 영혼을 팔아,
봉토를 받고 군주의 종이 되어라,
거기서 너는 전제 군주가 되고,
너 자신의 유산과 넓은 땅을 가진
영주가 될 수 있겠지.
아, 울리! 울리! 가족들 곁에 있지 그러니!

알트도르프로 가지 마라,

오, 네 조국의 성스러운 일을 버리지 마라!

난 우리 가문의 마지막 남자라서,

내 성은 나와 함께 끝이 난다.

저기 투구와 방패가 걸려 있어,

그것들을 내 무덤에 함께 넣어 주겠지.

내가 마지막 숨을 거둘 때 네게 봉토를 하사하는

새로운 임시 궁전으로 가기 위해,

그리고 신에게서 자유롭게 받은

나의 귀중한 영지를 오스트리아에게서 돌려받기 위해

내가 죽기만을 네가 기다릴 거라 생각해야겠느냐?

루덴츠　왕에게 저항해 봐야 아무 소용이 없습니다,

세상이 그의 것이거든요,

우리만 고집스럽게 버티고 서서

그가 우리 주위에 엄청난 규모로 쳐 놓은

쇠사슬을 끊어야 할까요?

시장이며 법원, 상인의 거리도 그의 것입니다,

그리고 고트하르트 고개*를 넘는 짐 싣는 말조차

그에게 세금을 바쳐야 합니다.

우리는 그물을 치듯 그의 땅이

사방으로 씌워 놓은 올가미에 에워싸여 있습니다.

제국이 우리를 지켜 줄까요?

힘이 커지는 오스트리아에 맞서

---

* 스위스에서 이탈리아로 가는 알프스의 고갯길.

제국이 스스로를 지켜 낼 수 있을까요?

하느님이 우리를 도와주시지 않는다면 황제도 우리를 도와줄 수 없어요.

황제들이 제국 독수리*의 보호를 받으려 도망친 도시들을

재정난과 전쟁으로 인한 어려움 때문에

저당 잡히고 제국에 양도해도 된다면**

황제들의 약속을 어떻게 믿을 수 있겠습니까?

안 됩니다, 숙부님! 이렇게 서로 분열하는 힘든 시기에는

힘센 지도자의 편에 가담하는 것이 유익하고 현명한 처사입니다.

황제의 관은 가문에서 가문으로 옮겨 가므로***

충성을 다해 헌신한 것을 기억하지 못합니다,

하지만 군주****를 위해 공을 세우는 것은

미래를 위해 씨앗을 뿌리는 행위입니다.

아팅하우젠 네가 그렇게도 현명하단 말이냐?

너는 값비싼 보석과도 같은 자유를 위해

생명과 재산을 버리며 용감하게 싸웠던

너의 고귀한 선조들보다 네가 더 명석하다고 생각

---

* 독일 제국의 문장에 독수리가 그려져 있음.

** 황제는 자유 제국 도시들을 저당 잡히거나 양도할 수 있었는데, 그렇게 할 경우 이 도시들은 제국 직할령의 지위를 잃게 됨.

*** 황제는 선출되고 지위 세습이 되지 않음.

**** 황제와 달리 군주의 통치권은 세습됨.

한단 말이냐?
배를 타고 루체른으로 내려가서 오스트리아의 통치
가 주들을
얼마나 괴롭히는지 물어봐라.
그들은 우리의 양과 소의 수를 세고,
우리의 알프스를 측량하러* 올 거다,
저들은 우리의 탁 트인 숲에서 큰 짐승을
사냥하지 못하게 할 것이고,
우리의 다리와 성문에 차단기를 설치할 것이다,
우리는 얼마 안 되는 재산으로 저들의 땅을 사고,
우리의 피로 전쟁을 치를 것이다.
안 돼, 우리는 우리 자신을 위해 피를 흘려야 해,
굴종보다 자유를 사들이는 것이
보다 싸게 먹힐 것이다!

루덴츠 목부 무리가 알브레히트의 군대와 맞서다니요!

아팅하우젠 얘야, 목부들과 사귀어 봐라!
난 전쟁터에서 지휘해 봐서, 그들을 알고 있지,
파벤츠 전투**에서 그들이 싸우는 모습을 봤어.
네가 와서 우리에게 굴종을 강요하다니,
우리가 참지 않기로 결정한 굴종을!
오, 네가 어떤 혈통인지 느끼도록 해라!

---

* 세금을 매기기 위해 알프스의 목장과 초지를 측량한다는 뜻.
** 1240~1241년 발트슈테테 군인 600명이 프리드리히 2세를 도와 이탈리아
라벤나 근처의 파벤츠를 정복한 전투. 이때 군인들은 뜻이 모호한 자유민 증
서를 받음.

헛된 영화와 화려함을 위해
주옥같은 너의 품위를 떨어뜨리지 마라,
오로지 사랑 때문에 너에게 진심으로 헌신하고
충실히 너와 함께 싸우고 생사고락을 같이하는
자유로운 사람들의 지도자로 불리는 것,
그것이 너의 자긍심이고, 귀족의 자랑이다.
너는 타고난 유대 관계를 돈독히 하고
소중한 조국에 가담해서
온 마음을 다 바쳐 조국을 붙들어라.
네 힘의 강력한 뿌리는 여기에 있다,
저기 낯선 세계에는 너밖에 없고,
너는 폭풍우 칠 때마다 부러지고 흔들리는 갈대에
불과해.
자, 오너라, 넌 오랫동안 우리를 보지 못했어,
하루만이라도 우리와 함께 지내자,
오늘만은 알트도르프로 가지 마라!
내 말 알아듣겠느냐, 오늘은 안 돼,
단 하루만이라도 너의 가족에게 헌신해 보렴! (조카
의 손을 붙잡는다.)

루덴츠   저는 약속했어요…… 절 놓아 주세요…… 전 묶인
몸입니다.

아팅하우젠 (그의 손을 놓아 주고 진지하게) 묶인 몸이라고……
그래, 불행한 녀석!
그렇지만 너는 말과 맹세가 아니라
사랑의 끈으로 묶여 있는 거야!

(루덴츠가 딴청을 피우자) 숨길 테면 숨겨 봐라. 그 여
자 때문이지,
베르타 폰 브루네크가 너를 태수의 성으로 끌어들여,
왕에게 봉사하도록 너를 옭아맨 거야.
넌 조국을 배반해 기사의 딸을 얻으려는 거지,
속지 마라! 너를 유혹하려고 그녀를 보낸 거야,
하지만 그녀는 순진무구한 너에겐 어울리지 않아.

루덴츠   말씀은 충분히 들었습니다. 안녕히 계십시오! (물러
간다.)

아팅하우젠 정신 나간 녀석, 가지 마라! ……가 버렸구나!
난 그 애를 붙들 수도 없고, 구해 낼 수도 없어,
그 볼펜쉬센이 이렇게 자기 땅을 배반했고,
다른 사람들이 그의 뒤를 따를 거야,
낯선 마력이 산들을 넘어 물밀 듯 들어오면서
젊은이들의 마음을 사로잡았구나.
오, 낯선 것이 조용하고 행복한 골짜기에 찾아들어
경건하고 순진무구한 풍속을 파괴하는
불행한 시간이구나!
새것이 막무가내로 밀어닥치고,
옛것, 품위 있는 것은 물러나는구나.
다른 시대가 오고 있어,
다르게 생각하는 세대가 살고 있어!
내가 여기서 무얼 할 수 있단 말인가?
함께하며 같이 살던 자들은 모두 땅에 묻혔어.
나의 시대는 벌써 땅에 묻혀 있어,

더는 새것과 더불어 살 필요가 없는 자에게
복이 있기를! (물러간다.)

2장

높은 바위와 숲으로 둘러싸인 목초지.

바위 위에는 난간이 달린 좁고 가파른 계단이 있으며 사닥다리도 있다. 잠시 후 사닥다리로 사람들이 내려온다. 뒷배경으로 호수가 보이고, 그 너머로 처음에는 쌍무지개가 보인다. 높은 산들이 무대의 배경을 가로막고 있고, 산들 뒤로는 보다 높은 빙산들이 우뚝 솟아 있다. 무대는 한밤중이고, 호수와 하얀 빙하만이 달빛을 받아 반짝이고 있다.

멜히탈, 바움가르텐, 빙켈리트, 마이어 폰 자르넨, 부르크하르트 암 뷔엘, 아르놀트 폰 제바, 클라우스 폰 데어 플뤼에와 다른 네 명의 사람들이 무장해 있다.

멜히탈 (무대 뒤에서) 산길이 열려 있으니, 걱정 말고 나를
      따르시오,
      난 바위와 그 위의 교차점을 알고 있소.

목적지에 다 왔소, 여기가 뤼틀리입니다. (바람막이를 씌운 등을 가지고 나타난다.)

빙켈리트   쉿!

제바   텅 비었는데.

마이어   아직 사람들이 오지 않았군,

우리 운터발덴 사람들이 제일 먼저 왔어.

멜히탈   얼마나 밤이 깊었소?

바움가르텐   젤리스베르크의 화재 감시원*이

방금 2시를 외쳤소.

(멀리서 종소리가 들린다.)

마이어   쉿, 조용!

암 뷔엘   숲에 있는 성당의 새벽 미사 종이

슈비츠 주에서 이쪽으로 밝게 울려오는군요.

폰 데어 플뤼에   공기가 맑아서 이렇게 멀리까지 소리가 전해지지요.

멜히탈   몇몇이 가서 나뭇가지에 불을 붙이시오,

사람들이 오면 활활 타오르게요.

(두 사람이 간다.)

제바   아름다운 달밤이오.

---

* 특히 뢴이 불 때 큰불이 일어나지 않도록 감시하는 야경꾼.

　　　　　　　호수가 편평한 거울처럼 잔잔하군요.

암 뷔엘　　　그들이 호수를 건너오기 쉽겠군요.

빙켈리트　　(호수 쪽을 가리키며) 어, 보시오!

　　　　　　　저길 좀 보시오! 아무것도 안 보이오?

마이어　　　대체 뭐가 말이오? ……아, 정말이네!

　　　　　　　한밤중에 무지개가 떴군요!

멜히탈　　　달빛이 만들어 낸 거요.

폰 데어 플뤼에　희한하고도 놀라운 징표군요!

　　　　　　　저걸 보지 못한 사람들이 많지요.

제바　　　　둘입니다, 보시오, 저 위에 그보다 흐릿한 게 떠 있

　　　　　　　어요.

바움가르텐　저 아래 나룻배 한 척이 방금 왔어요.

멜히탈　　　슈타우파허가 자신의 배를 타고 온 모양입니다.

　　　　　　　그 충직한 분이 오래 기다리게 할 리가 없지요. (바

　　　　　　　움가르텐과 함께 호숫가로 간다.)

마이어　　　가장 늦는 사람들은 우리(Uri) 주 사람들일 겁니다.

암 뷔엘　　　태수의 끄나풀을 따돌리기 위해서

　　　　　　　멀리 산을 돌아와야 하니까요.

(그러는 동안 두 사람이 자리 한가운데 불을 지폈다.)

멜히탈　　　(호숫가에서) 거기 누구시오? 말해 보시오!

슈타우파허　(아래에서) 주의 친구들이오.

(오는 사람들을 마중하러 다들 아래로 내려간다. 슈타우파허, 이텔

레딩, 한스 아우프 데어 마우어, 예르크 임 호페, 콘라트 훈, 울리히 데어 슈미트, 요스트 폰 바일러와 다른 세 명의 사람들이 배에서 내린다. 이들도 역시 무장해 있다.)

모두   (소리친다.) 어서들 오세요!

(나머지 사람들이 아래에 머물며 서로 인사를 나누는 동안 멜히탈이 슈타우파허와 함께 앞으로 나온다.)

멜히탈   오, 슈타우파허 어르신!
           전 다시는 두 눈으로 저를 볼 수 없는 분을 뵈었습니다!
           그분의 두 눈에 제 손을 얹고
           시력을 잃어버린 그분의 눈에서
           이글거리는 복수심을 빨아들였습니다.
슈타우파허 복수 이야기는 하지 마시오!
           이미 일어난 일은 보복하지 말고
           닥칠 재앙에 대처하기로 합시다!
           이제 운터발덴 주에서 당신이 무슨 일을 했고,
           공통의 문제를 위해 어떤 일을 수행했으며,
           사람들이 어떻게 생각하는지,
           당신 자신은 배신의 함정을 어떻게 피했는지 말해보시오.
멜히탈   저는 끔찍한 주레넨 고갯길*을 넘고,
           독수리만이 목쉰 소리로 그르렁거리는

넓고 황량한 얼음 벌판을 지나,
알프스 초원에 도달했습니다,
그곳에서는 우리 주와 엥겔베르크에서 온 목부들이
서로 부르고 인사하며 함께 방목하고 있었습니다,
그들은 거품을 내며 개울 바닥을 흘러내리는
빙하가 녹은 차디찬 물로 저의 갈증을 풀어 주었습니다.
저는 목부들의 외딴 집에 들렀지요,
다정하게 어울려 사는 이들의 집에 들어가니
제가 주인이자 손님이 되어 있더군요.
이 골짜기에도 앞서 벌어진
새로운 만행**의 소문이 벌써 울려 퍼졌더군요,
그리고 제가 두드리며 돌아다닌 문 앞마다
경건한 외경심이 제 마음을 아프게 했습니다.
폭압적인 새로운 통치 때문에
이 마음씨 곧은 영혼들이 분노하고 있더군요,
그들의 알프스가 저들의 채소에 끊임없이 양분을 제공하고,
그들의 샘물은 한결같은 모습으로 흘러가며,
바람과 구름조차 변함없이 똑같은 방향으로 불어가듯,
이곳의 유구한 풍속은 선조에서 후손에 이르기까지

---

* 알트도르프에서 엥겔베르크로 가는 고갯길.
** 태수가 멜히탈의 아버지의 눈을 찔러 멀게 한 것.

옛날 그대로 존속했지요,
이들은 습관이 되어 몸에 밴 똑같은 생활을 하면서
무모한 혁신을 꾀하지 않습니다,
그들은 굳은살이 박인 손을 저에게 내밀고,
벽에서 녹슨 칼을 꺼내더군요.
그리고 제가 산사람들에게
당신과 발터 퓌르스트의 성스러운 이름을 들먹이자
기뻐하고 용기를 내며 눈빛을 반짝였습니다,
당신이 옳다고 생각하는 것이라면
그들은 뭐든지 하기로 맹세했습니다,
죽을 때까지 당신을 따르기로 맹세했지요.
그래서 저는 손님의 권리로 성스러운 보호를 받으며
집에서 집으로 안전하게 서둘러 이동했습니다,
그리하여 제 사촌들이 널리 퍼져 살고 있는
고향의 골짜기에 와서, 재산을 빼앗기고 눈멀게 된
아버지를 찾아가 보니, 그는 자비심 많은 사람들의
온정으로
남의 집 짚더미 위에서 살아가고 계시더군요.

슈타우파허 저런!

멜히탈   그래도 저는 울지 않았습니다! 격심한 고통의 힘을
무기력한 눈물로 쏟아 내지는 않았습니다,
그 고통을 값비싼 보석인 양 가슴 깊이
간직한 채 행동만을 생각했습니다.
저는 구불구불한 산모퉁이마다
기다시피 해서 통과했습니다,

골짜기를 찾아내어, 발이 얼음으로 뒤덮일 때까지
빙하에서 기다리며 염탐하다 보면
사람이 사는 오두막을 발견하곤 했지요,
발길이 닿는 곳마다
폭정을 증오하는 분위기를 읽을 수 있었습니다,
굳은 땅이 끝나고 생명체가 사는 마지막 한계선에
이르기까지
태수들의 탐욕이 약탈을 자행하기 때문입니다.
저는 이러한 모든 우직한 사람들의 마음을
가시 돋친 말로 자극했습니다,
그래서 그들은 우리와 몸과 마음이 하나가 되었습
니다.

슈타우파허　얼마 안 되는 기간에 큰일을 해냈군요.

멜히탈　그 외에 또 있습니다. 사람들이 겁내는 이유는
로스베르크와 자르넨이라는 두 성 때문입니다,
적이 그 암벽 요새 뒤에 편히 숨어 있다가
주에 해를 끼치기 때문입니다.
제 눈으로 직접 보고 싶은 나머지
자르넨으로 가서 살펴보았습니다.

슈타우파허　감히 호랑이 굴속에 들어가 봤단 말인가요?

멜히탈　저는 거기서 순례자 차림으로 변장해
태수가 식탁에서 포식하는 것을 보았습니다,
제가 마음을 다스릴 수 있었겠는지 판단해 보십시오,
저는 적을 보았고, 그를 때려죽이지 않았습니다.

슈타우파허　대담하게 행동했지만 정말 운이 좋았군요.

(그러는 동안 다른 사람들이 앞으로 나와, 두 사람에게
다가간다.)
그럼 이제 말씀해 주시오, 동지가 누구인지,
당신을 따르는 정의로운 남자들이 누구인지.
그들을 나에게 소개해 주시오, 우리가 서로
허물없이 가까워져 마음을 열 수 있도록 말입니다.

마이어 세 주에서 어르신을 모르는 사람이 누가 있겠습니까?
전 마이어 폰 자르넨이고, 여기 이 사람은
제 누이의 아들인 슈트루트 폰 빙켈리트입니다.

슈타우파허 낯설지 않은 이름이군요.
바일러* 근처 늪에서 사투를 벌이며
용을 때려죽이고 생을 하직한 분이
빙켈리트란 이름을 가진 사람이었지요.

빙켈리트 그분이 우리 조상이었습니다, 베르너 씨.

멜히탈 (두 사람을 가리키며) 이들은 숲 뒤에 사는 엥겔베르
크 수도원의 소작들입니다,
이들이 특이한 사람들이고,
우리처럼 신분이 자유롭지 않다고 해서
이들을 업신여기지는 않겠지요,
이들은 주를 사랑할 뿐더러, 평판도 좋습니다.

슈타우파허 (두 사람에게) 악수를 나눕시다. 지상의 어느 누구
에게도
몸 바칠 의무가 없는 사람은 칭찬받을 만하지요.

---

* 로스베르크 근처의 계곡. 이곳에 용이 살았다던 동굴이 지금도 남아 있음.

하나 신분이 어떠하건 솔직한 사람은 일이 잘 되어
가지요.

콘라트 훈   이분은 전임 주지사인 레딩 씨입니다.

마이어   난 이분을 잘 알고 있습니다. 오래된 유산을 둘러싸고
나와 법정에서 싸우는 상대이지요.
레딩 씨, 우린 법정에선 적이지만
여기서는 생각이 같습니다. (둘이 악수한다.)

슈타우파허   좋은 말씀입니다.

빙켈리트   들리세요? 그들이 오고 있습니다.
우리 주의 호른 소리를 들어 보세요!

(바람막이 등을 든 무장한 남자들이 바위 좌우로 내려오는 모습이
보인다.)

아우프 데어 마우어   보시오! 하느님의 경건한 종이신
품위 있는 신부도 함께 내려오시지 않습니까?
그분은 형극의 길도, 밤의 공포도 두려워하지 않고,
사람들을 보살피는 헌신적인 목부입니다.

바움가르텐   성구 관리인과 발터 퓌르스트 씨가 그를 따르고
있어요.
그런데 사람들 속에 텔이 보이지 않군요.

(발터 퓌르스트, 신부 뢰셀만, 성구 관리인 페터만, 목부 쿠오니, 어
부 루오디, 그리고 또 다른 다섯 명의 사람들, 모두 합해 서른세 명의
사람들이 앞으로 걸어 나와 불 주위에 둘러선다.)

발터 퓌르스트   우리는 우리 자신의 세습지이며 우리 조상의
              땅에서도
              살인자들이 하듯 은밀히 모여야만 합니다,
              그것도 광명을 싫어하는 음모나 범죄에만
              자신의 검은 외투를 빌려 주는 야밤에 말입니다,
              이제 우리는 찬란하게 열린 대낮의 품처럼 순수하
              고 명백한
              우리의 정당한 권리를 찾아와야 합니다.
멜히탈   그럼 이 정도로 합시다. 어두운 밤에 계획한 것이
              자유롭고 즐겁게 햇빛을 봐야 하니까요.
뢰셀만   들어 보시오, 동지들,
              하느님께서 내 마음에 주신 것이 무엇인지!
              우리는 여기 민회를 대신해서 모였으니
              주민 전체를 대표할 수 있습니다,
              그러니 평온한 시절에 했던 것처럼
              주의 오래된 관습에 따라 회의를 합시다,
              회의에 비합법적인 게 있더라도
              시대의 위급함이 용서해 줄 겁니다.
              그리고 정의가 지배하는 곳이라면
              어디서나 하느님께서 함께하시고,
              우리는 그분의 보호 아래 있을 겁니다.
슈타우파허   좋습니다, 옛 관습에 따라 회의합시다,
              비록 밤일지라도 우리의 정의는 빛을 발할 겁니다.
멜히탈   비록 숫자는 차지 않았지만, 모든 사람들의 가슴이
              여기에 있으며, 가장 훌륭한 분들이 참석했습니다.

콘라트 훈 비록 옛날 책들도 우리 수중에 없지만,

그것들은 우리 가슴속에 적혀 있습니다.

뢰셀만   자, 그럼, 권능의 칼들을 땅에 꽂도록

즉각 빙 둘러서도록 합시다.

아우프 데어 마우어 주지사는 자리에 앉으시고,

정리(廷吏)는 그의 옆에 서도록 하세요.

성구 관리인 세 주의 사람들이 모였는데,

민회의 대표는 누가 맡는 게 좋을까요?

마이어   이러한 명예를 얻기 위해서

우리 주와 슈비츠 주가 다투어도 좋습니다,

우리 운터발덴 주 사람들은 순순히 물러나겠습니다.

멜히탈   그렇게 하겠습니다, 우리는 힘 있는 친구들에게

도와달라고 간청한 사람들이니까요.

슈타우파허 그럼 로마에 행차할 때*도 우리 주의 군기가 늘

앞장을 섰으니, 우리 주가 칼을 받으십시오.

발터 퓌르스트 칼을 받는 영예는 슈비츠 주가 갖도록 합시다,

우리 모두 슈비츠 주의 혈통을 자랑스러워하니까요.

뢰셀만   이 고귀한 경쟁을 제가 무리 없이 조정하도록 하겠

습니다,

회의할 때는 슈비츠 주가, 싸움터에서는 우리 주가

앞장서도록 하십시오.

발터 퓌르스트 (슈타우파허에게 칼을 건네며) 자, 받으시오!

슈타우파허 아닙니다, 연세가 많으신 분이 이러한 명예를 가져

---

* 황제나 왕이 이탈리아 원정길에 나설 때나 로마 황제의 대관식에 참가할 때.

야 합니다.

임 호페   울리히 데어 슈미트가 최고 연장자입니다.

아우프 데어 마우어 그분은 용감하기는 하지만 자유민이 아닙
니다,

슈비츠 주에서는 자유민이 아니면 재판관이 될 수
없습니다,

슈타우파허 주지사를 역임하신 레딩 씨가 여기 계시잖습니까?

그분보다 더 적합한 사람이 누가 있겠습니까?

발터 퓌르스트 그를 지사 겸 회의의 의장으로 모십시다!

이에 동의하는 분들은 손을 드시오.

(모두 오른손을 든다.)

레딩   (가운데로 들어가) 저는 책 위에 손을 얹을 수 없으니,
결코 정의에 어긋나지 않겠다고
저 위의 영원한 별들에 맹세하겠습니다.
(그의 앞에 칼 두 개를 세우자, 사람들이 그의 주위에 빙
둘러선다. 슈비츠 주가 가운데를 차지하고, 우리 주는 그
오른쪽에, 운터발덴 주가 그 왼쪽에 자리한다. 그는 큰
칼에 몸을 기대고 서 있다.)
무엇이 밤늦은 시각 산악 지대의 세 주 사람들을
이 황량한 호숫가에 모이게 했습니까?
여기 별이 총총한 하늘 아래서
우리가 새로운 동맹을 맺는 취지는 무엇입니까?

슈타우파허 (원 안으로 들어가) 우리가 새로운 동맹을 맺는 게

아닙니다,
선조 때부터 내려온 아주 오래된 동맹을
새롭게 다지는 것일 뿐입니다! 아시겠소, 동지들!
호수와 산들이 우리를 갈라놓을지라도
부족마다 따로 통치한다 하더라도
우리는 한 민족이고 한 핏줄입니다,
그리고 우리가 떠나온 고향도 하나입니다.

빙켈리트   우리가 먼 곳에서 이곳으로 흘러들어 왔다는 게
노래에 있는 것처럼 사실인가요?
오, 새로운 동맹이 옛날처럼 강해지도록
당신이 알고 있는 걸 좀 말씀해 주세요,

슈타우파허 나이 든 목부들이 하는 이야기를 들어 보시오,
멀리 북쪽 오지에 큰 부족이 살고 있었는데,
심한 기근에 시달리고 있었지요.
이러한 곤경에 처하자, 제비를 뽑아 열 명 중 한 명씩 조국을 떠나기로
민회에서 결정을 내렸어요…… 그런 일이 있었지요!
그래서 기다란 행렬을 이룬 남녀들이
정오가 지난 후 슬픔에 젖어 길을 떠났지요,
칼로 치고받고 싸우며 독일 땅을 통과해
숲으로 뒤덮인 이 산악 지방으로 오게 되었지요.
그리고 지금 초원들 사이로 무오타 강이 흐르는
험준한 계곡에 들어올 때까지
대열은 지치지 않았답니다,
이곳은 사람의 흔적이라곤 찾아볼 수 없었고,

호숫가에 오두막 한 채만이 덩그렇게 서 있었지요,
거기에 한 남자가 앉아 나룻배를 띄울 궁리를 하고
있더랍니다,
하지만 호수가 사납게 요동치는 바람에
배를 타고 호수를 건널 형편이 아니었습니다.
그때 그들은 가까운 곳에 땅이 있는 걸 보았고,
목재가 풍부한 걸 목격했으며, 좋은 샘을 발견했습
니다.
그래서 사랑하는 조국에 있는 것 같은 생각이 들었
답니다.
그들은 그곳에 머물기로 결정하고
슈비츠의 옛날 마을을 건설했고,
뿌리가 얽히고설킨 숲을 개간하느라
힘든 나날을 보냈습니다.
그 후 땅이 부족해지자
검은 산*을 넘어갔고, 바이스란트**까지 나아갔습니다,
만년 빙하 뒤에 숨어 있는 그곳에는
다른 언어를 사용하는 다른 민족이 살고 있었습니다.
이들은 케른발트에 슈탄츠 마을을 건설했고,
로이스 계곡에는 알트도르프 마을을 건설했지요.
하지만 그들은 자신들이 떠나온 고향을 늘 잊지 못
했지요.

* 루체른 주와 운터발덴 주, 베른 주를 연결하는 브뤼니히 고갯길.
** 검은 산과 인접한 베른 주의 오버하슬리 계곡.

그 이후로 그들의 땅에 이주해 온 다른 모든 부족
과는 달리
슈비츠 주 남자들은 자신의 혈통을 생각하는
마음이 있음을 알게 되었답니다. (좌우로 손을 내민다.)

아우프 데어 마우어 그렇습니다, 우리는 한마음이고 한 핏줄입
니다.

모두 (서로 손들을 내밀며) 우리는 한 민족이니, 마음을 합
쳐 행동합시다.

슈타우파허 다른 민족들은 이방인의 압제를 받고 있어요,
그들은 승자에게 굴복했습니다.
우리 주의 변경에도 이방인의 명령을 따르는
많은 소작인들이 살고 있는데,
이들의 머슴살이는 자손들에게 계승됩니다.
하지만 우리, 진정한 스위스인은
늘 자유를 지켜 왔습니다.
우린 영주들에게 무릎을 꿇지 않았고,
자발적으로 황제의 비호를 선택했습니다.

뢰셀만 우린 자유 의지로 제국의 보호와 비호를 선택했습
니다,
프리드리히 황제의 허가증에도 그렇게 되어 있습니다.

슈타우파허 아무리 자유로운 민족도 군주는 필요하니까요.
다툼이 있을 때 판결을 내리려면
최고 재판관인 우두머리가 필요하지요,
그래서 우리 선조들은 옛날의 황무지에서 얻어 낸
땅을 위해 독일과 이탈리아 땅의 군주를 자처하는

황제에게 그러한 명예를 허락했습니다.
그리고 그의 제국의 다른 자유민들처럼
고귀한 병역의 의무를 그분께 맹세했지요,
그들 자신을 보호해 주는 제국을 지키는 것이
자유민의 유일한 의무이기 때문이지요.

멜히탈 그 이상은 노예의 표시나 다름없습니다.

슈타우파허 선조들은 총동원령이 내려지면
제국의 군기를 좇아, 적을 공격했습니다.
로마 교황이 행하는 황제 대관식에 참석하기 위해
그들은 무장을 하고 이탈리아로 따라갔습니다.
선조들은 옛 관습과 자신의 법에 따라
본국에서 즐겁게 자치했어요,
최고 형사 재판권은 황제에게만 있었지요.
그래서 이를 대행할 강력한 백작을 임명했지요,
그는 그 주에 살지는 않았고,
살인 사건이 생기면 그를 불러들여서는,
사람을 두려워하지 않고
야외에서 간단명료하게 판결을 내렸지요.
우리가 노예라는 흔적이 여기 어디에 있습니까?
다른 사실을 알고 있는 분은 말해 보시오!

임 호페 아니오, 모두 어르신이 말씀하신 그대로입니다.
우리는 전제 정치를 용납한 적이 결코 없었습니다.

슈타우파허 황제가 사제들을 위해 멋대로 법을 뜯어고치자
우린 그에게도 복종을 거부했습니다,
아인지델른 수도원 사람들은 조상 대대로 우리가

방목해 오던

목초지를 내놓으라고 요구했고, 수도원장은 주인 없

는 황무지를 하사받았다는 칙서를 끄집어냈기 때문

입니다,

우리의 존재는 뒷전으로 하고 말입니다.

그러자 우리는 말했지요. "그 칙서는 절취한 거야,

황제라도 우리의 것을 남에게 거저 줄 수는 없어.

그리고 제국이 우리의 권리를 거부한다면

우린 산악 지대에서 제국 없이 살아갈 수도 있어."

……우리의 선조들은 그렇게 말했습니다!

우리가 치욕스러운 새로운 압제를 참아야만 되겠습

니까?

황제의 힘으로도 우리에게 시키지 못한 일로

낯선 종놈*에게 시달려서야 되겠습니까?

우린 부지런히 일해 전에 곰이 살았던 거칠고

오래된 숲인 이 땅을 얻었습니다,

독으로 부어올라 늪에서 올라온 용의 새끼를 죽이고,

인간이 살 만한 곳으로 바꾸었으며,

이 황무지 주위에 영원히 잿빛으로 걸려 있던

안개의 장막을 찢어 버렸습니다,

단단한 바위를 폭파했고, 낭떠러지를 지나

안전한 오솔길로 나그네를 인도했습니다,

천 년 동안 지켜 온 이 땅은 우리 것입니다,

---

* 태수를 가리킴.

다른 주인을 섬기는 종이 와서
우리를 쇠사슬로 옭아매고, 우리 자신의 땅에서
우리에게 치욕을 안겨 줘야 하겠습니까?
그러한 핍박에 맞설 아무런 방도가 없단 말인가요?
(사람들이 술렁이기 시작한다.)
아닙니다, 폭군의 권력에는 한계가 있습니다,
억눌린 자가 어디서도 권리를 찾지 못하고,
부담을 견디지 못하게 되면, 용기를 내어 하늘에 호
소해서
저 위의 별들처럼 양도할 수도 깨뜨려 버릴 수도 없는
자신의 영원한 권리를 아래로 가져올 겁니다,
인간들끼리 서로 마주 보는 곳에서는
자연의 오래된 원상태*가 돌아옵니다,
다른 어떠한 수단도 소용없게 되면
최후의 수단으로 칼이 주어집니다,
우리는 폭력에 맞서 최고의 재산을 지켜야 합니다,
우리는 우리의 주와 처자식을 위해 나가 싸울 겁니다!

모두　(칼을 서로 부딪치며) 우리의 처자식을 위해 나가 싸
움시다!

뢰셀만　(원 안으로 들어서서) 칼을 잡기 전에 잘 생각해 보
시오,
여러분은 황제와 평화롭게 협상할 수 있습니다,
여러분이 한마디만 하면

---

* 인위적인 신분이나 계급의 차별이 없는 상태.

지금 여러분을 심하게 괴롭히는 전제 군주들은
여러분을 구슬리려고 할 겁니다,
여러분에게 종종 주어졌던 과제가 무엇인지 파악하
십시오,
여러분을 제국과 분리해서 생각하시고,
오스트리아의 주권을 인정하십시오.

아우프 데어 마우어 저 신부가 무슨 말을 하는 거지? 우리더러
오스트리아에 맹세하라고?

암 뷔엘 그의 말을 귀담아 듣지 마시오!

빙켈리트 주의 적이거나 배신자가 아니면
우리에게 그런 충고를 하지 못할 겁니다!

레딩 조용히들 하시오, 동지들!

제바 그런 치욕을 당하고도 오스트리아에 충성하다니!

폰 데어 블뤼에 폭력에는 달라붙으면서,
선의는 내팽개치다니!

마이어 그럼 우린 노예가 될지도 모르고,
그래도 싸지요!

아우프 데어 마우어 오스트리아에 복종하자고 말하는 자는
스위스인의 자격을 빼앗도록 합시다!
주지사님, 우리가 지금 말한 내용을
주법(州法) 제1조로 합시다.

멜히탈 그러는 게 좋겠습니다. 오스트리아에 복종하자고
말하는 자는
권리를 박탈하고, 모든 명예를 빼앗아야 합니다,
어떤 주민도 그를 따뜻이 맞아들여서는 안 됩니다!

모두   (오른손을 쳐들고) 그것을 법으로 합시다!

레딩   (잠시 쉬었다가) 그렇게 합시다.

뢰셀만   이제 여러분은 이 법으로 인해 자유롭습니다!
오스트리아는 우호적인 설득으로 얻지 못한 것을
폭력으로 빼앗아서는 안 됩니다.

요스트 폰 바일러 본론으로 들어가서, 계속합시다.

레딩   동지 여러분!
온건한 수단도 다 써 보셨나요?
어쩌면 우리가 고통을 당하고 있다는 사실을
왕이 알지 못할지도 모르고,
그게 그의 뜻이 아닐지도 모릅니다.
우리가 칼을 잡기 전에
그가 먼저 우리의 탄식을 듣도록
마지막 수단을 강구하는 게 좋을 것 같습니다.
아무리 정의로운 일이라 하더라도
폭력은 언제나 끔찍한 것입니다.
더는 인간이 어쩌지 못한다면
그때는 신만이 도울 수 있을 뿐입니다.

슈타우파허 (콘라트 훈에게) 이제 당신이 보고할 차례입니다, 말
씀하세요!

콘라트 훈 나는 태수들의 가혹한 핍박을 고발하기 위해,
보통 새로 즉위한 왕이면 재확인해 주는
우리의 옛 자유민 증서를 가져오기 위해,
중죄인을 재판하는 황제의 임시 궁전*이 있는 라인
펠트**에 갔습니다,

거기서 많은 도시들의 사자(使者),
슈바벤과 라인 강변 지역의
사자들을 만났지요,
다들 자신들의 자유민 증서를 받아들고
기뻐하며 자신의 나라로 되돌아갔지요.
그들은 여러분의 사자인 나에게 충고의 말을 해 주
었고,
"이번에 황제께서는 시간이 없어요,
그렇지 않으면 아마 우리를 생각해 줄 텐데요."라는
빈말로 위로하며 나를 내보냈습니다.
그런데 내가 슬픔에 젖어 궁성의 홀을 지나가고 있
을 때
한젠 공작***이 출창에서 울며 서 있는 게 보였어요,
그의 주위엔 귀족인 바르트와 테거펠트가 있더군요,
그들은 나에게 소리치며 말했어요.
"여러분 스스로를 도우시고,
황제에게 정의를 기대하지 마시오.
그는 자기 동생 자식의 재산을 빼앗지 않았소?
그런데 황제는 조카에게 정당한 유산을 남겼나요?"
공작은 이제 성년이 되어,
나라와 국민을 통치할 때가 되었으니
어머니의 유산을 달라고 황제에게 간청했지요,

---

* 제국의 중범 재판소가 있던 궁성.
** 취리히와 바젤 사이에 있는 조그만 도시.
*** 나중에 파리치다가 되는 요한 폰 슈바벤 공작.

그런데 그가 어떤 통보를 받았나요?

황제는 그에게 '청춘의 장식물'이라며

작은 화환을 얹어 주었을 뿐이지요.

아우프 데어 마우어 여러분, 들으셨지요. 황제에게 권리와 정의
를 기대하지 마시오!

여러분 스스로를 도우시오!

레딩   우리에겐 달리 뾰족한 수가 없습니다. 이제 어떻게
하면

슬기롭게 유종의 미를 거둘 수 있을지 충고해 주시오.

발터 퓌르스트 (원 안으로 들어가) 가증스러운 압제를 물리칩시다,

조상으로부터 물려받은 오래된 법을 지키면서

자제하는 가운데 새로운 것을 모색합시다.

황제의 것은 계속 황제의 것으로 남아 있을 것이고,

군주를 모시는 자는 당연히 군주를 섬길 것입니다.

마이어   난 오스트리아의 토지를 봉토로 받고 있습니다.

발터 퓌르스트 당신은 계속해서 오스트리아에 의무를 이행하
시오.

요스트 폰 바일러 난 라퍼스바일* 영주께 세금을 바칩니다.

발터 퓌르스트 당신은 계속 이자를 물고 세금을 바치도록 하
시오.

뢰셀만   난 취리히의 수녀원장**에게 서약한 몸이오.

발터 퓌르스트 수도원의 것은 수도원에 주도록 하시오.

---

* 취리히 호숫가에 있는 소도시.

** 당시 취리히의 수녀원장이 우리 주 성직자들에게 급료를 주었음.

슈타우파허 난 제국의 것 말고는 어떤 봉토도 받지 않습니다.

발터 퓌르스트 해야 할 만큼은 해야 하겠지만, 그 이상은 아닙
니다.
태수들과 그들의 노예들을 몰아내고,
단단한 성채를 부수어 버립시다,
하지만 그렇다 하더라도 피는 흘리지 않았으면 좋겠
습니다,
우리가 경외하는 경건한 의무를 저버린 게
어쩔 수 없는 일임을 황제도 알 것이오.
그리고 그는 우리가 분수를 지키고 있음을 알고
어쩌면 정치적 식견으로 분노를 억누를지도 모릅니다,
칼을 주먹에 쥐고 자제하는 어떤 민족은
적당한 두려움을 일깨우기 때문이지요.

레딩 하지만 말해 보시오! 어떻게 임무를 완수할 건가요?
적은 손에 무기를 갖고 있으며
순순히 물러가지 않을 게 분명합니다.

슈타우파허 무장한 적이 우리를 본다면 그렇겠지요,
적이 무장하기 전에 우리가 습격하는 겁니다.

마이어 말하기는 쉽지만 행하기는 어렵습니다.
우리 땅에는 견고한 성 두 개가 우뚝 솟아 있습니다,
왕이 우리 땅에 침입해 온다면
그 성들이 적을 비호하게 되어, 끔찍하게 됩니다.
세 주에서 칼을 들고 일어나기 전에
로스베르크와 자르넨을 정복해야 합니다.

슈타우파허 그렇게 오랫동안 꾸물거리면 적이 눈치채게 됩니다,

비밀을 알고 있는 사람들이 너무 많거든요.

마이어   발트슈테테에서는 배반자가 생기기 않을 겁니다.

뢰셀만   선한 사람이나 열성적인 사람도 배반할 수 있습니다.

발터 퓌르스트   미적거리다 보면 알트도르프에서 위압적인 성
채가 완성되고,

그러면 태수의 힘이 공고해집니다.

마이어   당신들 생각만 하는군요.

성구 관리인   부당한 건 당신들입니다.

마이어   (벌컥 성을 내며) 우리가 부당하다고요! 우리 주가 우
리에게 그렇게 나오다니요!

레딩   여러분이 맹세한 걸 생각하시오! 조용히 하세요!

마이어   그래요, 슈비츠 주와 우리 주가 서로 의견이 맞다면,
어쩜 우린 입을 다물어야 할지도 몰라요.

레딩   민회를 열기 전에 여러분에게 따끔하게 한마디 해
야겠습니다,

여러분의 마음이 격해져서 평화를 교란하고 있습니다!

우린 모두 같은 일을 위해 모인 게 아닙니까?

빙켈리트   우리가 주님의 축제인 성탄절 때까지 일을 미루면
소작인들 모두가 풍습에 따라

태수에게 줄 선물을 성으로 가져갑니다,

그러면 열 명이나 열한 명 정도는

감쪽같이 성채에 모일 수 있을 겁니다,

무기를 가지고는 성에 들어가지 못하니까

그들이 몰래 뾰족한 쇠꼬챙이를 갖고 가서

잽싸게 막대기에 달 수 있을 겁니다.

우선 한 무리가 숲에 매복하고 있다가,
다른 자들이 성문을 무사히
점령하면 뿔피리를 붑니다.
그리고 숲에 매복한 사람들이 달려 나오면,
쉽게 성을 점령할 수 있을 겁니다.

멜히탈   난 로스베르크에 올라가는 일을 맡겠습니다,
성안에 나를 좋아하는 소녀가 있으므로
그녀를 유혹하여 밤에 찾아갈 수 있게
줄사다리를 내려 달라 하지요.
내가 먼저 위에 올라가서 동지들을 끌어올리지요.

레딩   다들 그때까지 연기하는 것에 찬성하십니까?

(대다수가 손을 든다.)

슈타우파허 (동의한 사람들의 숫자를 세고) 스무 명 중에서 동의
하는 이가 열두 명이니 반수가 넘습니다.

발터 퓌르스트 정한 날에 성채가 무너지면
연기를 피워 이 산에서 저 산으로 신호를 보내고
주의 요충지에 신속히 민병대를 소집합시다,
우리의 결연한 전투 의지를 보면
태수들은 싸움을 포기할 겁니다.
그리고 자유 통행권을 확보해서
주 경계 밖으로 달아날 겁니다.

슈타우파허 게슬러만큼은 우리를 힘들게 하지 않을는지 염려됩
니다,

	그가 기병에 둘러싸이는 게 두렵습니다,
	그는 피를 흘리지 않고는 물러나지 않을 것이며,
	쫓겨나서도 이 땅에 끔찍하게 집착할 겁니다,
	그자를 다루는 것은 어렵고, 거의 위험하기까지 합니다.
바움가르텐	목숨이 위태로운 일이라면 나를 보내 주십시오,
	내가 목숨을 건진 건 텔의 덕분입니다,
	주를 위해서라면 목숨을 걸겠습니다,
	난 나의 명예를 지켰으며, 마음은 평정을 얻었습니다.
레딩	때가 오면 좋은 수가 생기니, 참고 기다리시오.
	어려운 순간에도 우리는 무언가를 믿고 맡겨야 합니다.
	그런데 보시오, 우리가 여기서 야간 집회를 하는 중에
	산꼭대기에는 벌써 아침이 이글거리는 하늘의 보초를 세웠어요,
	자, 어서 헤어지기로 합시다,
	한낮의 빛이 우리를 기습하기 전에.
발터 퓌르스트	걱정 마시오, 골짜기에서는 밤이 천천히 물러간다오.

(모두 자신도 모르게 모자를 벗고, 조용히 마음을 가다듬으며 아침 노을을 바라본다.)

뢰셀만	저 아래 안개 자욱한 도시에서,
	숨을 헐떡거리며 살아가는 모든 사람들의 안부를

우리에게 맨 먼저 전해 주는 이러한 햇살을 받으며,
새로운 동맹의 서약을 맹세합시다.
……한 민족의 형제가 되어,
어떤 어려움과 위험이 있더라도 갈라서지 맙시다.
(모두 손가락 세 개를 들고 따라 말한다.)
……우리의 선조들처럼 자유를 쟁취합시다,
굴욕적으로 사느니 차라리 죽음을 택합시다.
(다들 조금 전과 같이 한다.)
……지고한 신을 믿고,
인간의 권력을 두려워하지 맙시다.

(다들 조금 전과 같이 하고, 서로 부둥켜안는다.)

슈타우파허 이제 각자 자신의 길을 가시오,
          자신의 우정과 부락을 위해.
          목부는 자신의 가축이 조용히 겨울을 나게 하고,
          은밀히 동맹의 동지를 모으시오,
          그때까지 참아야 할 일은 참고 견디시오!
          어느 날 공적인 죄과와 개별적인 죄과를 치를 때까지
          폭군의 학정이 커지도록 내버려 두시오,
          다들 정의의 분노를 자제하고,
          전체를 위해 복수를 아껴 두시오,
          자신의 힘으로 일을 해 나가려는 자는
          공공의 재산을 약탈하는 거니까요.

(이들이 서로 다른 세 방향으로 아주 조용히 물러가는 동안, 갑자기 웅장한 오케스트라 소리가 울려 나온다. 무대는 잠시 텅 빈 채로 있다가, 빙산 너머로 해가 떠오르는 광경을 보여 준다.)

3막

1장

텔의 집 앞뜰.
텔은 목수용 도끼를 들고 있고, 헤트비히는 집안일에 몰두해 있다. 발터와 빌헬름은 낮은 곳에서 작은 활을 가지고 놀고 있다.

발터   (노래 부른다.) 화살과 활을 가지고
         산과 골짜기를 지나
         이른 아침 햇살을 당기며
         궁수가 온다네.

         공기의 나라에서는
         솔개가 왕이듯이……
         산과 협곡에는
         궁수가 마음대로 지배하네.

그의 화살이 미치는 곳
그 공간은 그의 것이네,
거기서 기어 다니고 날아다니는 것은
그의 전리품이라네.

(뛰어와서) 줄이 끊어졌어요. 줄을 만들어 주세요,
아빠.

텔   안 돼. 진정한 궁수는 스스로 하는 거야.

(아이들이 멀어진다.)

헤트비히   아이들이 벌써 활을 쏘기 시작하네요.
텔   명인이 되려면 일찍 연습해야지.
헤트비히   아, 하느님께서는 쟤들이 그걸 배우는 걸 원치 않으
         실 거예요.
텔   쟤들은 뭐든지 배워야 해요. 늠름하고 씩씩하게 살
         아가려면
         자신을 지키기 위해 무장을 하고 있어야 하지요.
헤트비히   아, 그런다고 해도 집에서 누구도 안심하지 못할 거
         예요.
텔   여보, 그건 나도 마찬가지요.
         나는 목부로 태어난 사람이 아니어서
         달아나는 목표물을 쉬지 않고 뒤쫓아야 하고,
         날마다 새로운 것을 포획할 때야 비로소
         삶을 제대로 즐길 수 있었소.

헤트비히   그런데 당신은 그동안 남편을 기다리며
당신이 무모한 일을 저질렀다는 하인들의 이야기에
무섭고 하늘이 노래져서 마음 졸이고 있는
아낙네의 근심 따위는 아랑곳하지 않는군요.
작별할 때마다 당신이 다시는 돌아오지 못할까 봐
내 가슴은 덜덜 떨려요,
당신이 험준한 빙산을 헤매며,
절벽에서 절벽으로 뛰어넘다가 잘못되는 모습이 보
이고,
영양이 뒤로 뛰다가 당신을 낚아채서
낭떠러지로 떨어지는 모습이 보여요,
바람으로 인한 눈사태에 당신이 파묻히고,
발밑의 믿을 수 없는 만년설이 무너지는 바람에
당신이 밑으로 떨어져, 소름끼치는 무덤 속에
산 채로 매장되는 모습이 보여요,
아, 죽음은 수백 가지 변화무쌍한 형태로
무모한 알프스 사냥꾼을 낚아채 가요.
그것은 당신의 목숨을 위태롭게
나락으로 인도하는 불행한 생업이에요.

텔   건전한 생각으로 주위를 잘 살피고,
하느님과 유연한 힘을 믿는 자는
어떠한 위험과 곤경에서도 쉽게 빠져나온다오.
산에서 태어난 사람은 산을 두려워하지 않아요.
(일을 끝마치고 도구를 치운 뒤) 이제 이 대문은 오랫
동안 끄떡없을 거요.

집에 도끼가 있으면 목수가 필요 없어요. (모자를 집
어 든다.)

헤트비히   어디 가시려고요?

텔   알트도르프의 아버님*한테요.

헤트비히   위험한 일을 꾸미려는 건 아니겠죠? 솔직히 말하세요.

텔   어째서 그런 생각을 하는 거요, 여보?

헤트비히   태수들에게 반기를 드는 일을 꾸미고 있잖아요…….
          저는 뤼틀리에서 회의가 열렸다는 걸 알고 있어요,
          당신도 동맹에 가담했다는 것도요.

텔   나는 거기에 참석하지 않았소…… 하지만 주에서
          부르면
          난 회피하지 않을 거요.

헤트비히   당신은 위험한 곳에 뛰어들 거예요,
          언제나 그렇듯이, 가장 힘든 일이 당신 몫이잖아요.

텔   각자 자신의 재산**에 따라 세금을 내는 거요.

헤트비히   당신은 폭풍우가 휘몰아치는데도
          운터발덴 사람을 도와 호수를 건네주었어요,
          당신이 용케 살아 돌아온 건 기적이에요,
          대체 처자식 생각은 하지 않았나요?

텔   여보, 왜 생각하지 않았겠소,
          그래서 그의 아이들을 위해 아버지를 구해 준 거라오.

헤트비히   호수가 미쳐 날뛰는데 배를 타고 건너다니요!

---

* 헤트비히의 아버지인 발터 퓌르스트.
** 원문에 쓰인 단어 'Vermögen'에는 '재산' 외에 '능력'이라는 뜻도 있음.

그건 하느님을 믿는 게 아니에요! 그건 하느님을 시험하는 일이에요!

텔 생각이 너무 많으면 행동을 못 하는 법이오.

헤트비히 그래요, 당신은 선하고 남을 돕기 좋아해서, 누구든 도와주지요,

그런데 정작 당신 자신이 곤경에 빠지면 아무도 당신을 돕지 않을 거예요.

텔 내가 도움 받을 일이 생기지 않게 하느님의 가호가 있기를. (석궁과 화살을 집어 든다.)

헤트비히 석궁을 가지고 뭘 하려고요? 여기에 놔두세요.

텔 나에게 무기가 없다면 팔이 없는 거나 마찬가지요.

(아이들이 되돌아온다.)

발터 아버지, 어디 가세요?

텔 알트도르프로 간다, 할아버지한테.

얘야…… 너도 같이 갈래?

발터 네, 몰론 같이 가고 싶어요.

헤트비히 태수가 지금 그곳에 있어요. 그러니 알트도르프에 가지 마세요.

텔 그는 오늘 떠날 거요.

헤트비히 그러니 그 사람이 떠난 다음에 가세요.

그 사람이 당신을 떠올리게 하지 마세요, 그가 우리를 싫어하잖아요.

텔 그자가 악의를 품고 있다 해도 나에게 별로 해를 끼

치지 못할 거요,

난 올바른 행동을 하고, 어떤 적도 두려워하지 않아요.

헤트비히 사실 그는 올바른 행동을 하는 사람을 제일 미워해요.

텔 자신이 그런 자들과 어울릴 수 없으니 그렇지…….

자신도 기사니까 나를 가만히 놔둘 거요.

헤트비히 그래요? 그렇게 생각하세요?

텔 얼마 전 나는 인적이 드문

세헨탈*의 황량한 땅으로 사냥을 떠났소,

머리 위에는 가파른 암벽이 걸려 있고,

아래에는 계곡물이 무섭게 흘러가고 있었기에

피할 수 없는 곳에서, 홀로

바위투성이의 오솔길을 따라가게 되었소.

(아이들이 그의 좌우에 바짝 다가와, 호기심 어린 눈으로 그를 빤히 쳐다본다.)

그때 태수가 나를 향해 다가오고 있었소,

그도 나와 마찬가지로 혼자였소,

오로지 인간 대 인간으로 대면했지,

우리 옆에는 낭떠러지가 있었소.

그런데 그자가 나를 보더니 얼마 전

자기가 사소한 이유로 중벌을 내린 사람임을 알아차리더군.

내가 훌륭한 무기를 지니고 걸어오는 것을 보자

그의 얼굴이 새파래졌어요,

---

* 우리 주에 있는 계곡.

그자의 두 무릎이 후들거리면서

　　마치 낭떠러지에서 떨어질 듯이 보이더군요.

　　……보기 딱해서 그에게 다소곳이 다가가서 말했지.

　　"접니다, 태수님."

　　하지만 그는 아무 소리도 내지 못하더군…….

　　단지 말없이 내 길을 가라고 손짓만 하더군,

　　그래서 난 계속 걸어가서, 그에게 호위병을 보내 주

　　었지.

헤트비히　그가 당신을 보고 공포에 떨었군요…… 큰일이에요!

　　　　　당신이 그의 약한 모습을 봤으니 결코 용서하지 않

　　　　　을 거예요.

텔　　　　그래서 난 그를 피하는 거요, 그가 나를 찾지는 않

　　　　　을 거요.

헤트비히　오늘만은 그곳에 가지 마세요. 차라리 사냥을 가세요.

텔　　　　무슨 당치도 않은 생각이오?

헤트비히　난 불안해요. 가지 마세요.

텔　　　　왜 그렇게 아무 이유 없이 괴로워하는 거요?

헤트비히　아무 이유가 없기 때문이에요. 여보, 가지 마세요.

텔　　　　여보, 난 가겠다고 약속했소.

헤트비히　꼭 가야 한다면 가세요…… 그런데 애만은 놔두고

　　　　　가세요!

발터　　　안 돼요, 엄마, 난 아버지와 같이 가겠어요.

헤트비히　밸티,* 넌 엄마 곁을 떠나고 싶니?

_____

* 발터의 스위스식 독일어 애칭.

발터   할아버지한테서 멋진 것을 받아 오겠어요. (아버지
         와 함께 간다.)
빌헬름   엄마, 난 엄마 곁에 있겠어요.
헤트비히 (그를 껴안으며) 그래, 넌 착한 아이다,
         너만 내 곁에 있구나! (안마당 문으로 가서, 떠나가는
         부자를 한참 동안 바라본다.)

2장

사방이 절벽으로 둘러싸인 황량한 숲 지대, 바위에서 급한 물
살이 물보라를 일으키며 떨어진다.
사냥복 차림의 베르타, 곧이어 루덴츠가 등장한다.

베르타　　그 사람이 날 따라오는구나. 드디어 내 생각을 밝힐
　　　　　수 있겠어.
루덴츠　　(급히 들어오며) 아가씨, 이제야 그대가 혼자 있는 걸
　　　　　보게 되는군요,
　　　　　우리는 사방으로 끝 모를 벼랑에 에워싸여 있어요,
　　　　　이처럼 숲이 우거진 곳에서는 누구한테 들킬 염려
　　　　　가 없지요,
　　　　　이러한 기나긴 침묵을 진심으로 마음에 간직하고
　　　　　싶어요…….
베르타　　사냥꾼 일행이 우리를 쫓아오지 않는 것이 확실하

지요?

루덴츠 사냥꾼 일행은 저쪽으로 갔어요…… 지금이 아니면
다시는 기회가 없어요!
난 이 귀중한 순간을 붙잡아야 해요…….
운명이 그대와 나를 영영 갈라놓을지라도
난 내 운명을 반드시 봐야 해요,
……아, 그대의 선량한 시선으로 이처럼 음울하고
매몰차게
바라보지 마십시오…… 나는 누구인가요,
대담하게 그대를 갖기를 바라는 나는?
난 아직 명예를 얻지도 못했고,
승리를 얻고 이름을 떨쳐서 당당하게 그대에게 구
혼하는
기사들과 견줄 바가 못 됩니다.
내가 갖고 있는 거라곤 진실과 사랑으로 가득 찬
가슴밖에 없어요.

베르타 (진지하고 매몰차게) 최우선으로 이행해야 할 의무에
충실하지 못한 사람이
어떻게 사랑과 진실에 관해 말하나요?
(루덴츠가 뒤로 물러선다.)
민족을 억압하는 이방인에게 자신을 팔아넘긴
오스트리아의 종이 말이에요.

루덴츠 아가씨, 그대한테서 이런 질책을 들어야 하다니요?
내가 적의 편에서 그대 말고 누구를 찾겠어요?

베르타 내가 배신의 편에 설 거라고 생각하다니요?

자신의 본분을 망각하고 적의 앞잡이가 되려는
스위스의 아들과 혼인하기보다는,
차라리 압제자인 게슬러와 혼인하겠어요!

루덴츠 나 원 참, 이런 소리를 들어야 하다니!

베르타 어째서요? 착한 사람에게
자신의 동족보다 더 중요한 문제가 뭐가 있겠어요?
고결한 마음씨를 가진 사람에게
억압받는 사람의 권리를 보호하고
죄 없는 사람들을 옹호해 주는 것보다
더 아름다운 의무가 뭐가 있단 말인가요?
……당신의 민족 때문에 내 영혼은 피 흘리고 있어요,
그토록 겸손하면서도 힘이 넘치는 그들을 사랑할 수
밖에 없기 때문에
난 그들과 함께 고통을 겪고 있어요,
그들은 내 마음을 온통 사로잡았어요,
날이 갈수록 더욱 존경하게 돼요.
하지만 자신의 본분과 기사의 의무로
그들을 지켜 주도록 태어난 당신은
민족을 저버리고, 의리 없이 적에게 넘어가서,
자신의 민족을 쇠사슬에 매고 있어요,
당신 때문에 내 마음이 상하고 화가 나요,
나는 당신을 미워하지 않도록 내 마음을 다스려야
해요.

루덴츠 우리 민족이 잘되기를 내가 어찌 바라지 않겠소?
오스트리아의 강력한 왕홀(王笏) 아래서 우리 민족

이 평화를 얻지 않을까요?

베르타   당신은 동족이 노예로 살아가게 하고 있어요!

당신은 아직 자유가 남아 있는 지상 최후의 성에서

자유를 몰아내려 하고 있어요.

민중은 자신의 행복을 더 잘 다룰 줄 알아요,

그들의 확고한 감정은 어떠한 허상에도 미혹되지 않

아요,

적이 당신 머리에 올가미를 씌웠어요.

루덴츠   베르타! 그대는 날 미워하며 경멸하고 있어요!

베르타   그럴 수 있다면 차라리 마음이 더 편하겠어요!

하지만 자기가 사랑하고 싶은 사람이 경멸당하는 것

을 보고,

경멸당할 만하다고 느끼는 것은……

루덴츠   베르타! 베르타!

당신은 나에게 더할 나위 없는 천상의 행복을 보여

주고는,

한순간에 나를 깊은 수렁에 빠뜨리는군요.

베르타   아니, 아니에요, 당신 마음속에 고결한 것이

완전히 시들어 버리지는 않았어요!

잠자고 있는 것일 뿐이니, 내가 그걸 깨우겠어요.

당신은 자신에게 폭력을 행사해서

물려받은 미덕을 죽이려 하고 있어요.

그래도 아마 미덕이 당신보다 더 강할 테니,

당신은 당신 자신에 맞서 선하고 고결하지요!

루덴츠   나를 믿어 주는군요! 오, 베르타,

	모든 것이 나로 하여금 당신의 사랑이 되게 하는군요!
베르타	훌륭한 자연이 당신을 만들어 놓은 그대로 살아가
	세요!
	자연이 당신에게 마련해 준 자리를 채우고,
	당신의 민족과 주의 편에 서서
	당신의 신성한 권리를 위해 싸우세요.
루덴츠	아, 슬프구나!
	내가 황제의 권력에 맞선다면
	어떻게 당신을 얻고 소유할 수 있겠소?
	친척들의 강력한 의지가
	당신의 손을 폭군처럼 지배하는 게 아니오?
베르타	나의 농장이 발트슈테테에 있어요,
	스위스인이 자유를 얻는다면 나도 자유를 얻어요.
루덴츠	베르타! 그런 눈길로 나를 쳐다보지 마세요!
베르타	오스트리아의 호의로 나를 얻을 생각일랑 마세요,
	그들은 내 유산에 손을 내뻗어,
	자신들의 커다란 유산과 합치려고 해요.
	당신들의 자유를 집어삼키려는 이러한 영토욕이
	나의 자유마저 위협하고 있어요!
	……오, 친구여, 아마 총애받는 측근에게 보답하기
	위해,
	난 희생물로 뽑힌 모양이에요…….
	거짓과 음모가 판을 치는 그곳,
	황제의 궁으로 나를 끌어당기려 해요,
	그곳에는 가증스러운 결혼이라는 족쇄가 나를 기다

리고 있어요,

나를 구해 줄 수 있는 것은 사랑밖에…… 당신의 사
랑밖에 없어요!

루덴츠　　여기서 살기로, 나의 조국에서
내 사람이 되어 살기로 결심할 수 있겠소?
오, 베르타, 먼 곳에 대한 나의 동경은
당신을 얻으려는 노력 말고 무엇이겠소?
난 명예를 얻는 도정에서 오로지 당신만을 찾았고,
나의 모든 공명심은 오직 내 사랑뿐이었소.
당신이 나와 함께 이 조용한 골짜기에 파묻혀
세상의 영화를 단념할 수 있다면,
아, 그러면 내가 노력하는 목적이 달성된 셈이오,
그러면 사납게 요동치는 세상의 폭풍우가
이 산들의 안전한 호숫가에 몰아쳐도 좋습니다…….
먼 곳으로 보내 버릴 덧없는 삶의 욕망이 나에겐
더 이상 없어요,
그러면 우리를 둘러싸고 있는 이 암벽들은
난공불락의 견고한 성벽이 될 거고,
막혀 있는 이 복된 골짜기만이
하늘을 향해 열리고 훤히 트일 겁니다!

베르타　　이제 보니 당신은 내가 예감하며 꿈꾸었던 그대로
군요,
나의 믿음이 나를 속이지 않았군요!

루덴츠　　나를 우롱하는 너, 허영에 찬 망상이여, 썩 물러가라!
난 고향에서 나의 행복을 찾아야 해.

소년이 즐겁게 뛰놀며 꽃피어 나고,

수천 가지 기쁨의 발자취가 나를 에워싸던 이곳,

온갖 샘물이 흐르고 나무들이 자라는 이 조국에서,

당신이 나의 아내가 되려고 하다니!

아, 난 언제나 조국을 사랑해 왔을지도 몰라! 그런 느낌이 들어,

지상에서 갖은 행복을 누리려면 조국이 꼭 필요하지.

베르타 여기 순진무구한 땅이 아니라면

어디서 극락의 섬*을 발견할 수 있을까요?

예로부터 신의가 포근하게 자리 잡고 있고,

거짓이 아직 둥지를 틀지 않은 이곳에선

어떤 시기심도 우리 행복의 샘물을 흐리게 하지 못하며,

시간은 영원히 밝게 우리를 비껴 지나갈 거예요.

······이곳에서 나는 참된 남자의 가치를 지닌 당신을 봐요,

자유롭고 평등한 자들 중에서 제일인자로

순수하고 자유로운 존경심으로 숭배를 받으며,

자신의 왕국에서 커다란 영향을 미치는 왕 같은 당신을요.

루덴츠 그곳에서 난 모든 여성들 중 으뜸인 그대가,

여성적인 매력을 풍기며, 우리 집을 천국으로 만드

---

* 고대 그리스인들이 생각한 축복받은 자들의 섬으로, 제우스가 좋아하는 영웅들과 신의 자식들이 걱정 근심 없이 사는 천국.

　　　　　는 걸 봐요,

　　　　　마치 봄이 여기저기 꽃들을 뿌려 놓듯

　　　　　나의 삶을 아름답고 우아하게 꾸며 주고

　　　　　주위의 모든 것을 생기 있고 행복하게 만드는 그대

　　　　　를 봐요.

베르타　보세요, 소중한 분이여! 이 최고의 삶의 행복을

　　　　　그대가 파괴하는 것을 보았을 때, 내가 왜 슬퍼했는

　　　　　지를⋯⋯

　　　　　아, 슬프구나! 내 심정이 어떨까요,

　　　　　내가 거들먹거리는 그 기사를 따라,

　　　　　주의 압제자를 따라 그의 음울한 성으로 가야 한다면!

　　　　　⋯⋯여기엔 성이 없어요. 내가 행복하게 해 줄 수 있

　　　　　는 민중과

　　　　　나를 갈라놓는 어떤 성벽도 없단 말이에요!

루덴츠　하지만 나를 어떻게 구한단 말이오?

　　　　　어리석게도 스스로 내 머리에 씌운 올가미를 어떻

　　　　　게 푼단 말이오?

베르타　남자다운 결단으로 끊어 버려요!

　　　　　그러다가 어떻게 되든 상관없이⋯⋯ 그대 동족의 편

　　　　　에 서세요,

　　　　　그것이 그대 본연의 자리예요.

　　　　　(멀리서 사냥꾼의 호른 소리가 들린다.)

　　　　　사냥꾼 무리가 점점 더 가까이 다가와요⋯⋯.

　　　　　가세요, 우린 헤어져야 해요⋯⋯.

　　　　　조국을 위해, 그대의 사랑을 위해 싸우세요!

우리 모두가 벌벌 떠는 하나의 적이 있어요.
그리고 하나의 자유가 우리 모두를 자유롭게 해 줄
거예요!

(둘이 물러간다.)

3장

알트도르프의 목초지.

무대 앞쪽에는 나무들이 서 있고, 뒤쪽에는 모자가 걸린 장대가 서 있다. 눈 덮인 산맥이 위로 우뚝 솟아 있는 반베르크 산 때문에 배경이 막혀 있다.

프리스하르트와 로이트홀트가 보초를 서고 있다.

프리스하르트 우린 쓸데없는 감시를 하고 있어.
              이쪽으로 지나가며 모자에 경의를 표하는 사람이 아
              무도 없어.
              평소에는 여기가 대목장 같았는데,
              저 허수아비가 장대에 걸리고부터는
              풀밭 광장에 이제 개미 한 마리 얼씬하지 않으니.
로이트홀트 형편없는 불량배들만 나타나서
              너덜너덜한 자기들 모자를 흔들어 대니,

우리 기분만 잡치고 있어.

제대로 된 사람들은 모자 앞에 고개를 숙이느니

차라리 마을을 반쯤 돌아 멀리 피해 가지.

프리스하르트 점심 때 시청에서 오는 사람들은

이 광장을 지나가야 해.

그러면 거든히 한 건 올릴 수 있을 거라 생각했지.

아무도 모자에 인사할 생각을 하지 않을 테니까.

장대를 본 뢰셀만 신부가

— 막 환자를 문병하고 돌아오는 길이었지 —

성체를 들고 바로 그 앞으로 가더군.

성구 관리인은 방울을 흔들지 않을 수 없었고,

그러자 다들 무릎을 꿇었는데, 나도 따라했지,

그런데 성체현시대에는 절을 했지만, 모자에는 절을

하지 않았어.

로이트홀트 이봐, 들어 봐, 우리가 여기 모자 앞에서

웃음거리가 되고 있다는 생각이 들기 시작해,

빈 모자를 걸어 놓고 보초를 선다는 건

기병에겐 수치스러운 일이야……

제대로 된 녀석이라면 다 우리를 경멸하겠지.

……모자 앞에 절을 하라는 건 정말이지 바보 같은

명령이야!

프리스하르트 빈 모자에 절하지 말라는 법이 어디 있어?

넌 머리통이 빈 사람에게는 고개를 숙이잖아.

(힐데가르트, 메히트힐트와 엘스베트가 아이들을 데리고 나타나 장

대 주위에 둘러선다.)

로이트홀트   그래, 넌 근무에 충실한 녀석이긴 하나
　　　　　　그러다 훌륭한 사람들을 불행에 빠뜨릴지 몰라.
　　　　　　모자를 그냥 지나치는 사람이 있어도
　　　　　　나는 두 눈을 감고 못 본 체할 거야.
메히트힐트   저기 태수가 걸려 있어…… 얘들아, 경의를 표해라.
엘스베트   정말이지 그가 떠나가고 모자만 남겨 뒀으면. 그래도
　　　　　우리 주 형편이 더 나빠지지는 않을 텐데!
프리스하르트   (그들을 위협해 쫓아 버리며) 썩 꺼지지 못해! 빌어
　　　　　　먹을 여편네들 같으니라고!
　　　　　　누가 너희더러 오라고 했어? 명령을 어길 만한 용기
　　　　　　가 있다면,
　　　　　　너희 남편들을 보내란 말이야. (여자들이 가 버린다.)

(석궁을 든 텔이 아이의 손을 잡고 나타난다. 그들은 모자에 절을 하
지 않고 그것을 지나 무대 앞쪽으로 간다.)

발터　　　 (반베르크 산 쪽을 가리키며) 아버지, 저기 산 위의 나
　　　　　무들은
　　　　　도끼로 내려치면 피가 난다는데 정말이에요?
텔　　　　 애야, 누가 그런 말은 하던?
발터　　　 양 치는 아저씨가요…….
　　　　　나무들이 마법에 걸려 있다고 그랬어요,
　　　　　나무를 해친 사람은 죽어서도 손이 자라난대요.

텔	나무들이 마법에 걸려 있단 말은 사실이야.
	……저기 뿔처럼 뾰족한 만년설이 보이지?
	하늘 높이 우뚝 솟아 있는 하얀 봉우리들 말이야.
발터	저것들은 밤에 우르릉 쾅 소리를 내며
	우리 마을에 눈사태를 일으키는 빙하들이잖아요.
텔	그건 그래, 저 위의 숲이
	방벽이 되어 막아 주지 않았더라면,
	알트도르프 마을은 산사태가 나서
	진작 눈에 파묻혔을 거다.
발터	(잠시 생각에 잠겼다가) 아버지, 산이 없는 주들도 있
	나요?
텔	우리가 살고 있는 고지대에서 내려가
	강을 따라 자꾸 내려가다 보면,
	넓은 평원에 도달하게 된단다, 거기서는
	계곡물이 더는 쏴쏴 거품을 내며 흐르지 않고,
	강물이 조용하고 유유히 흘러가지.
	거기는 온 사방이 훤히 트여 있고,
	넓고 아름다운 초지에서는 곡식이 자라고 있어,
	땅이 마치 정원처럼 보인단다.
발터	에이, 아버지, 그럼 여기서
	불안에 떨며 고생할 게 아니라, 왜 속히
	그 아름다운 땅으로 내려가지 않는 거죠?
텔	땅은 하늘처럼 아름답고 자비롭지,
	하지만 땅을 경작하는 자는
	그들이 심은 축복을 누리지 못한단다.

발터	그들은 물려받은 자신들의 땅에서
	아버지처럼 자유롭게 살지 못하나요?
텔	들판은 주교와 왕의 것이란다.
발터	그럼 그 사람들은 숲에서는 마음대로 사냥해도 되
	나요?
텔	숲의 사냥감과 새들은 영주의 것이지.
발터	그럼 강의 물고기는 마음대로 잡아도 되나요?
텔	강물이며 바다며 소금은 왕의 것이란다.
발터	모두 무서워하는 왕이 대체 누군데요?
텔	그들을 지켜 주고 먹여 주는 단 한 분이지.
발터	그들은 용감하게 스스로를 지킬 수 없나요?
텔	거기서는 이웃끼리 서로 믿을 수 없단다.
발터	아버지, 땅은 넓은데 살기 갑갑하겠어요.
	그러니 난 차라리 눈사태가 나는 곳에서 살겠어요.
텔	물론 그렇고말고, 얘야, 나쁜 사람들하고 함께 사는
	것보단
	뒤에 빙산이 있는 게 더 낫지.

(이들은 지나가려고 한다.)

발터	어, 아버지, 저기 장대 위의 모자 좀 보세요.
텔	모자가 우리와 무슨 상관이냐? 자, 그냥 가자.

(그가 가려고 하자 프리스하르트가 창을 들이대며 다가온다.)

프리스하르트 어명이다! 꼼짝 말고 게 서라!

텔 (창을 붙잡으며) 무슨 일이오? 왜 나를 못 가게 막는 거요?

프리스하르트 당신은 명령을 어겼소, 우릴 따라와야겠소!

로이트홀트 당신은 모자에 경의를 표하지 않았소.

텔 여보시오, 나를 가게 해 주시오.

프리스하르트 감옥으로 갑시다!

발터 아버지를 감옥에 넣는다고요? 도와주세요! 좀 도와 주세요!

  (무대를 향해 소리 지르며) 이쪽으로 와 보세요! 아저 씨들, 좋은 분들, 도와주세요,

  폭력, 폭력이에요, 그들이 아버지를 잡아가요.

(신부 뢰셀만과 성구 관리인 페터만이 세 명의 다른 남자들과 함께 이쪽으로 다가온다.)

성구 관리인 무슨 일이지?

뢰셀만 왜 이 사람을 잡아가나?

프리스하르트 그는 황제의 적, 배반자란 말입니다!

텔 (그를 세게 붙잡으며) 내가 배반자라고?

뢰셀만 이보게, 잘못 봤네,

  이 사람은 텔이라는 정직한 사람이고, 선량한 시민 이라네.

발터 (발터 퓌르스트를 보고 그에게 급히 달려가며) 할아버 지, 도와주세요, 아버지를 강제로 잡아가려 해요.

프리스하르트 어서 감옥으로 갑시다!

발터 퓌르스트 (급히 이쪽으로 달려오면서) 내가 보증을 서겠소,
　　　　　멈추시오!

　　　　　……아니, 대관절, 텔, 무슨 일이지?

(멜히탈과 슈타우파허가 온다.)

프리스하르트 그는 태수의 서슬 퍼런 권력을 업신여기고,
　　　　　인정하지 않으려 해요.

슈타우파허 텔이 그랬을 리가?

멜히탈　　자네, 거짓말하는 거지?

로이트홀트 그는 모자에 경의를 표하지 않았어요.

발터 퓌르스트 그 때문에 감옥에 가야 한다고?

　　　　　나의 보증을 받아들이고, 그를 풀어 주게나.

프리스하르트 자기와 자기 몸이나 보증하시지!

　　　　　우린 우리의 직무를 행하고 있소……. 그를 데려가!

멜히탈　　(다른 사람들에게) 아니, 말도 안 되는 횡포요!

　　　　　뻔뻔스럽게 우리 눈앞에서 끌고 가는 걸 참고 있나
　　　　　요?

성구 관리인 우리 힘이 더 셉니다. 여러분, 참지 맙시다,

　　　　　우리 뒤에는 다른 사람들이 있어요!

프리스하르트 태수의 명령에 거역하는 자가 누구요?

그 밖의 세 사람 (급히 이쪽으로 오면서) 우리가 당신들을 돕겠
　　　　　소. 무슨 일이요? 저들을 때려눕힙시다!

(힐데가르트, 메히트힐트와 엘스베트가 되돌아온다.)

텔　　　　나 혼자 해결하겠소. 가시오, 좋은 분들,

　　　　　내가 힘을 사용하려고 한다면

　　　　　저들의 창을 두려워할 것 같소?

멜히탈　　(프리스하르트에게) 우리가 있는 데서 그를 끌고 가기

　　　　　만 해 봐라!

발터 퓌르스트와 슈타우파허　차분히! 조용히들 하세요!

프리스하르트　(소리친다.) 폭동이야! 반란이야!

(사냥꾼의 호른 소리가 들린다.)

여자들　　저기 태수가 오고 있어요!

프리스하르트　(목소리를 높여) 모반이오! 폭동이오!

슈타우파허　목청이 터지도록 소리 질러 봐라, 나쁜 녀석!

뢰셀만과 멜히탈　입 다물지 못하겠소?

프리스하르트　(더욱 큰 소리로 외친다.) 도와줘요, 법을 지키는

　　　　　공복을 도와줘요!

발터 퓌르스트　저기 태수가 온다! 에이, 빌어먹을, 이제 무슨

　　　　　일이 벌어질지!

(말을 탄 게슬러, 손등에는 매가 앉아 있다. 루돌프 데어 하라스, 베
르타와 루덴츠, 무장하고 따르는 종들의 무리, 이들은 창으로 무대
전체를 둥그렇게 에워싼다.)

루돌프 데어 하라스 썩 비켜라, 태수께서 납신다!

게슬러　　이들을 쫓아 흩어 버려라!

　　　　왜 사람들이 이렇게 모였느냐? 누가 도와 달라 소리
　　　　쳤나?

　　　　(다들 침묵을 지킨다.)

　　　　누구였나? 난 알고 싶다.

　　　　(프리스하르트에게) 너, 앞으로 나와라!

　　　　넌 누구이며, 왜 이 사람을 붙잡고 있나? (매를 하인
　　　　에게 넘겨준다.)

프리스하르트 나리, 전 나리의 병사이며,

　　　　모자를 지키라는 명을 받은 보초입니다.

　　　　이자가 모자에 경의를 표하지 않아

　　　　현행범으로 붙잡았습니다.

　　　　전 나리의 분부대로 이자를 체포하려고 하는데,

　　　　사람들이 강제로 그를 빼앗아 가려 하고 있습니다.

게슬러　　(잠시 후) 텔, 자넨 황제와 나를 그렇게 업신여기는
　　　　거냐?

　　　　황제를 대리하여 이곳을 다스리고 있는 나를?

　　　　그리하여 복종심을 시험하려 이곳에 걸어 놓은

　　　　모자에 경의를 표하지 않는 거냐?

　　　　자넨 나에게 못된 심보를 드러냈어.

텔　　　　용서해 주십시오, 나리! 나리를 업신여겨서가 아니라

　　　　주의가 모자라서 그런 일이 일어났습니다,

　　　　제가 생각이 깊다면 제 이름이 텔이 아니었겠지요.

　　　　부디 자비를 내려 주십시오, 다시는 그런 일이 없을

겁니다.

게슬러 　(잠시 침묵한 뒤) 텔, 자네는 석궁의 명수지,
　　　　어떤 사수도 자네와 겨룰 수 없다던데.

발터 텔 　그 말은 사실입니다, 나리…….
　　　　우리 아버지는 백 보 떨어진 나무 위의 사과도 맞
　　　　히세요.

게슬러 　얘가 자네 아들인가, 텔?

텔 　　　네, 나리.

게슬러 　자식이 또 있는가?

텔 　　　아들 둘이 있습니다, 나리.

게슬러 　자네가 가장 사랑하는 아들이 누구인가?

텔 　　　나리, 제게는 둘 다 똑같이 사랑스러운 자식입니다.

게슬러 　자, 그러면 텔! 백 보 떨어진 나무 위의 사과도 맞힌
　　　　다니까
　　　　내 앞에서 자네 솜씨를 좀 보여 줘야겠다…….
　　　　석궁을 들어라…….
　　　　즉시 손에 집어 들어…… 그리고 아들의 머리 위에
　　　　놓인
　　　　사과를 맞힐 준비를 해라…….
　　　　하지만 충고하겠는데, 잘 조준해라,
　　　　첫 발에 사과를 명중하도록,
　　　　만약 맞히지 못하면 목이 달아날 테니까.

(다들 흠칫 놀라는 기색이다.)

텔   나리…… 너무 끔찍한 일을 제게 요구하십니다…….
         제 자식의 머리에다…… 안 됩니다, 정말 안 됩니다,
         나리,
         그건 말도 안 되는 생각입니다…….
         그런 일이 일어나지 않도록 하느님의 가호가 있기
         를…….
         아비에게 그런 일을 진심으로 요구하시지는 못할 겁
         니다!

게슬러   아들 머리 위의 사과를 맞히도록 해라…….
         그것이 내가 요구하고 바라는 바다.

텔   저의 석궁으로 사랑하는 제 자식의 머리를 겨냥하
         라고요…….
         차라리 죽고 말겠어요!

게슬러   화살을 쏘든가, 아니면 자식과 함께 죽든가.

텔   저보고 자식을 죽이라고요!
         나리, 나리에게는 자식이 없어서……
         아버지의 심정이 어떤지 모르십니다.

게슬러   어이, 텔, 갑자기 너무 신중해졌구나!
         자네는 몽상가라서 다른 사람들과
         생각하는 방식이 많이 다르다던데.
         자넨 기이한 것을 좋아한다지…….
         그래서 나는 지금 자네를 위해 특별한 모험거리를 생
         각해 냈어.
         다른 사람이라면 신중하게 생각하겠지만……
         자네는 두 눈을 질끈 감고 겁 없이 덤벼들 거야.

베르타   오, 나리, 이 불쌍한 사람들을 가지고 농담하지 마
         세요!
         이들이 창백한 얼굴로 떨며 서 있는 게 보이지 않으
         세요…….
         이들은 나리가 장난삼아 하시는 말씀에 익숙하지
         않습니다.

게슬러   누가 그러던가, 내가 농담을 한다고?
         (머리 위 사과나무에 매달린 사과를 하나 따서) 여기
         사과가 있다.
         공간을 확보하고, 관례대로 거리를 잡아라,
         더도 덜도 말고 딱 팔십 보를 주도록 하겠다…….
         그는 백 보 떨어진 사과를 맞힌다고 자랑했지,
         자, 사수여, 맞혀라, 목표물을 빗맞히지 말고!

루돌프 데어 하라스 아이쿠, 이거 장난이 아니네……. 얘야, 납
         작 엎드려
         태수님께 살려 달라고 무조건 빌어라.

발터 퓌르스트 (도저히 참지 못하고 분통을 터뜨리려고 하는 멜히
         탈에게, 다른 사람에게는 들리지 않게) 참으시오, 제발
         애원하건대, 조용히 계시오.

베르타   (태수에게) 이만해 두시지요, 나리! 아버지의 불안감
         을 이용해
         이렇게 장난치시는 것은 인간적이지 못합니다!
         이 불쌍한 사람이 가벼운 죄를 지어 목숨을 잃기라
         도 한다면, 맙소사!
         그는 이제 열 번 죽은 거나 마찬가지 느낌일 겁니다,

	그 사람을 해치지 말고 그의 오두막으로 보내 주세요,
	그는 나리가 어떤 사람인지 알게 되었고,
	그와 그의 후손들은 이 시간을 길이 기억할 겁니다.
게슬러	길을 비켜라…… 어서…… 왜 꾸물거리고 있느냐?

그 사람을 해치지 말고 그의 오두막으로 보내 주세요,

그는 나리가 어떤 사람인지 알게 되었고,

그와 그의 후손들은 이 시간을 길이 기억할 겁니다.

게슬러 길을 비켜라…… 어서…… 왜 꾸물거리고 있느냐?

너의 목숨은 끝난 거야, 난 너를 죽일 수 있어,

그런데 이봐, 난 네 운명을 너 자신의 숙련된 손에 맡기는 거야.

이자는 가혹한 판결에 대해 불평할 수 없어,

그 판결로 그는 자신의 운명을 다스리는 자가 된 거야.

넌 시력이 좋은 것을 자랑하고 다니지! 그럼 좋아!

사수, 여기서는 네 솜씨를 보여 주는 것이 중요해.

목표물은 가치 있고, 대가는 크다!

과녁 안의 검은 점을 맞히는 것은

다른 사람도 할 수 있지, 내가 볼 때

어디서나 자신의 기량을 믿어 의심치 않는 자가 명사수이다.

그런 자는 마음이 흔들려서 손이 떨리거나 눈이 흐려지지 않지.

발터 퓌르스트 (그의 앞에 넙죽 엎드려) 태수님, 우리는 당신의 통치권을 인정합니다,

하지만 법에 앞서 자비를 베풀어 주십시오,

제 재산의 절반을 몽땅 바치겠습니다,

아비에게 이런 끔찍한 일만은 면해 주십시오!

발터 텔 할아버지, 잘못된 사람에게 무릎을 꿇지 마세요!

제가 어디 가서 서 있어야 하는지 말씀해 주세요,

전 무섭지 않아요, 아버지는 나는 새도 맞히잖아요,
실수로 아들의 심장을 맞히지는 않을 거예요.

슈타우파허 태수님, 아이의 순진무구한 말에 감동되지 않습니까?

뢰셀만 오, 하느님께서 하늘에 계시다는 걸 생각해 보세요,
당신은 당신의 행위에 대해 하느님께 해명해야 합니다.

게슬러 (소년을 가리키며) 이 녀석을 저기 보리수에 묶어라!

발터 텔 나를 묶으라고요?

아니오, 난 묶이고 싶지 않아요.

난 어린 양처럼 가만히 서서 숨도 쉬지 않을 거예요.

나를 묶는다면, 안 돼요, 그렇게 할 수 없어요.

그럼 나는 끈에서 빠져나오려고 미친 듯이 날뛸 거
예요.

루돌프 데어 하라스 얘야, 눈만 가리자꾸나!

발터 텔 눈을 왜 가려요? 제가 아버지의 손에 들린 화살을
두려워할 것 같아요?

저는 끄떡 않고 화살을 기다릴 거고,

눈썹 하나 까딱하지 않을 거예요.

……어서요, 아버지, 아버지가 사수라는 걸 보여 주
세요,

그는 아버지의 말을 믿지 않고, 우리를 완전히 망쳐
놓을 생각이에요,

저 폭군이 약 오르게, 쏘아서 맞히세요. (보리수 옆
으로 다가가자, 사람들이 그의 머리 위에 사과를 올려놓
는다.)

멜히탈 (사람들에게) 왜 이런 악행이 우리 눈앞에서 벌어져

야 합니까?

우리가 무엇 때문에 맹세했습니까?

슈타우파허 그래 봐야 소용없는 일이오. 우리에겐 무기가 없소,
창들이 우리 주위를 빽빽이 에워싸고 있는 게 보이
지 않소.

멜히탈 오, 우리가 즉각 일을 벌였어야 하는 건데,
하느님이시여, 연기하자고 한 사람들을 용서하소서!

게슬러 (텔에게) 쏠 준비를 해라! 쓸데없이 무기를 들고 다
니는 게 아니야,
살인 무기를 지니고 다니는 것은 위험한 일이고,
화살이 사수에게 도로 튕겨 오는 법이지,
농부가 이런 권리를 갖고 거들먹거리는 것은
주 최고 통치자를 모욕하는 행위야.
명령하는 자만이 무장할 수 있다.
활과 화살을 들고 다니는 걸 좋아하니
표적은 내가 정해 주마.

텔 (석궁 시위를 당겨 화살을 재며) 길을 비켜 주세요! 비
켜 주세요!

슈타우파허 왜 그러시오, 텔? 정말 하려는 거요…… 절대 안 돼
요…….
떨고 있군요, 당신의 손이 떨리고 있고, 무릎이 흔
들리고 있어요.

텔 (석궁을 내려놓고) 눈앞이 가물거려요!

여자들 아니, 이를 어쩌지!

텔 (태수에게) 쏘지 않게 해 주시오! 여기 내 심장이 있

습니다! (가슴을 열어젖힌다.)

당신의 기병을 불러 저를 찔러 죽이시오.

게슬러   내가 원하는 건 너의 목숨이 아니라

네가 활을 쏘는 거야. ……넌 뭐든지 할 수 있지 않나, 텔,

네가 겁낼 게 뭐가 있어, 넌 활을 쏘듯 노를 젓고,

누가 도와 달라 하면 폭풍우도 겁내지 않지.

구원자여, 이제 너 자신을 도와주렴…… 넌 누구든 구해 주지 않나!

(텔은 끔찍한 마음의 갈등을 겪으며 서 있다. 손을 부르르 떨면서, 때로는 눈을 부라리며 태수를 바라보기도 하고, 때로는 하늘을 쳐다보기도 한다. 갑자기 그는 화살 통에 손을 넣어 두 번째 화살을 꺼내서 자신의 조끼에다 꽂는다. 태수는 이 모든 동작을 유심히 지켜본다.)

발터 텔   (보리수 밑에서) 아버지, 쏘세요, 난 무섭지 않아요.

텔   하는 수 없어! (기운을 차려서 겨냥을 한다.)

루덴츠   (내내 말할 수 없이 긴장한 채 서서 꾹 참고 있다가 앞으로 걸어 나와) 태수님, 더 이상

강행하지 마십시오…… 그만하십시오…….

시험 삼아 해 본 일일 뿐이니까요…….

당신은 목적을 달성하셨습니다……. 도가 지나치게

너무 엄격하면 일의 현명한 목표를 그르치게 되고,

활시위를 너무 세게 당기면 활이 부러지게 됩니다,

게슬러   말을 시킬 때까지 당신은 입을 다물고 계시오.

루덴츠	저는 말하고 싶고, 말해도 됩니다.
	왕의 명예는 저에게도 신성합니다.
	하지만 그러한 통치는 증오를 살 것이 분명합니다,
	이는 왕의 뜻이 아닙니다……. 저는 감히 주장합니
	다만……
	저의 민족은 그런 잔혹한 일을 당할 만한 일을 하
	지 않았습니다,
	그러라고 당신에게 전권을 준 게 아닙니다.
게슬러	아니, 감히 그런 말을 하다니!
루덴츠	저는 여태까지 온갖 혹독한 행위를 보고도
	침묵으로 일관해 왔습니다,
	저는 두 눈을 감고 외면해 버렸고,
	부풀어 오르고 분노한 심장을
	가슴속으로 억눌렀습니다.
	하지만 계속 침묵하는 일은 저의 조국과
	동시에 황제에 대한 배신이 될지도 모릅니다.
베르타	(루덴츠와 태수 사이에 뛰어들어) 아니, 이럴 수가, 당
	신은 분노한 사람을 더욱 자극하고 있어요.
루덴츠	난 당신 편에 가담하기 위해 동족을 버렸고,
	나의 피붙이들을 저버렸으며,
	자연의 모든 인연을 끊어 버렸소…….
	나는 황제의 권력을 공고히 해 줬기 때문에
	모든 사람이 가장 잘되도록 힘썼다고 생각했소…….
	이제 내 눈을 가린 덮개가 떨어졌어요…….
	나는 나 자신이 나락에 이끌려 가는 모습에 소름이

끼칩니다…….

당신은 나의 자유로운 판단을 잘못 인도했고,

나의 올곧은 마음을 유혹했소…….

나는 최고로 좋은 뜻을 가지고도

내 민족을 망쳐 버릴 뻔했소.

게슬러   무엄하게도, 주인에게 이런 말을 하다니!

루덴츠   당신이 아니라 황제가 나의 주인이오…….

나는 당신처럼 자유롭게 태어났고,

기사다운 덕목도 어느 모로 보나 당신과 견주어 뒤

질 게 없소,

당신이 여기서 내가 존경하는 황제의 이름을 대변

하는 게 아니라면,

비록 그의 이름이 훼손된다 하더라도,

당신 앞에 장갑을 던지겠소,*

당신은 기사의 관습에 따라 나에게 응답을 해 줘야

합니다,

……자, 당신의 기병들에게 신호를 보내시오…….

(사람들을 가리키며) 나는 여기에 이 사람들처럼 무

방비 상태로 서 있는 게 아니오…….

나에게는 칼이 있소,

나에게 덤비는 자에겐……

슈타우파허 (소리친다.) 사과가 떨어졌어!

---

* 기사들은 명예가 손상되었을 때 장갑을 던져 결투 신청을 했음.

(모두의 관심이 이쪽에 쏠려 있고 베르타가 루덴츠와 태수 사이에 뛰어든 그때 텔이 활을 쏘았다.)

뢰셀만   아이가 살아 있어!
많은 목소리들 사과가 떨어졌어!

(발터 퓌르스트가 비틀거리며 넘어지려고 하자, 베르타가 그를 붙잡는다.)

게슬러   (흠칫 놀라며) 그가 쏘았다고? 어떻게? 정신 나간 사
          람이군!
베르타   아이가 살아 있어요! 정신 차려요, 장한 아버지!
발터 텔   (사과를 들고 뛰어오며) 아버지, 여기에 사과가 있어
          요…… 난 그럴 줄 알았어요,
          아들을 다치게 하지 않으리라는 것을요.

(텔은 마치 화살을 뒤따라가려는 듯 허리를 굽히고 서 있었다……. 활이 그의 손에서 미끄러져 떨어졌다……. 아들이 다가오는 것을 보자 두 팔을 벌리고 달려가, 격렬하게 아들을 부둥켜안고 들어 올린다. 이런 자세로 그는 맥없이 주저앉는다. 모두 감동을 받고 서 있다.)

베르타   아이고 맙소사!
발터 퓌르스트 (아버지와 아들에게) 얘들아, 내 아이들아!
슈타우파허 주여, 감사합니다!
로이트홀트 멋진 사격이었어,

후세에도 두고두고 이 이야기를 할 거야!

루돌프 데어 하라스 땅 위에 산들이 있는 한

궁수 텔에 대해 이야기할 거야. (태수에게 사과를 건
네준다.)

게슬러 아니, 이럴 수가! 사과 한가운데를 관통했구나!

명사수의 사격이었어, 그를 칭찬하지 않을 수 없어.

뢰셀만 정말 잘 쏘았어, 하지만 그가

하느님을 시험하도록 한 자는 화를 입을 거야.

슈타우파허 정신 차려요, 텔, 일어나요,

당신은 남자다운 행위로 풀려났으니,

마음대로 집에 갈 수 있어요.

뢰셀만 자, 어서 어머니에게 아들을 데려다 주시오. (그들은
아이를 데리고 가려고 한다.)

게슬러 텔, 들어라!

텔 (되돌아와) 무슨 분부신가요, 나리?

게슬러 넌 또 한 개의 화살을 숨겼어…… 암, 그렇고말고,

난 분명히 보았어…… 그걸 가지고 무얼 할 생각이
었나?

텔 (당황해서) 나리, 그건 궁수들이 늘 하는 관습입니다.

게슬러 아니야, 텔, 그런 대답은 나에게 통하지 않아,

무슨 다른 꿍꿍이속이 있었을 거야,

냉큼 사실대로 말해라, 텔,

어찌 됐든 간에 너의 목숨은 살려 주마.

두 번째 화살은 무슨 뜻이었느냐?

텔 좋습니다, 나리,

저의 목숨을 보장해 주셨기 때문에
사실대로 이실직고하겠습니다.
(조끼에서 화살을 꺼내고는 무서운 눈초리로 태수를 노려보며) 만약 화살이 내 아들을 맞혔다면
나는 이 두 번째 화살로 당신을 쏘아 꿰뚫었을 거요,
그리고 당신을 맞히는 데는 정말이지 실패하지 않았을 겁니다.

게슬러 좋다, 텔! 난 너를 살려 준다고 했어,
기사로서 한 말은 지키겠다…….
하지만 너의 못된 심보를 알았으므로
달빛도 햇빛도 비치지 않는 곳으로
너를 데려가 가두겠다,
그래야 내가 너의 화살로부터 안전할 테니까.
저자를 붙잡아라, 하인들아! 저자를 묶어라!

(텔이 묶인다.)

슈타우파허 왜 이러십니까, 나리?
분명히 하느님의 손길이 전해진 저 남자를
이렇게 다룰 수 있습니까?

게슬러 저자가 두 번이나 하느님의 손길로 구원받을지
어디 두고 보자꾸나……. 저자를 내 배에 태워라,
난 곧장 뒤따라가, 그를 직접 퀴스나흐트로 데려가겠다.

뢰셀만 그를 주 밖으로 데려가 가둬 둘 작정입니까?

사람들   그래서는 안 됩니다, 황제가 이를 허락하지 않을 겁
니다,
그건 우리의 자유민 증서에 어긋납니다!*

게슬러   그런 게 어디 있어? 황제가 그걸 승인해 주었더냐?
그는 그것을 승인하지 않았어……,
복종을 해야 비로소 그런 은혜를 받는 거야,
너희는 모두 황제의 재판권을 거역하는 모반자들이고,
뻔뻔스럽게 폭동을 조장하고 있어,
난 너희 모두를 알고 있지…… 너희의 속을 죄다 꿰
뚫어 보고 있어…….
지금은 너희 가운데 저자만을 끌고 가지만,
너희 모두가 저자의 죄에 가담했으니,
현명한 자는 입을 다물고 복종하는 법을 배우도록
하라.

(그가 떠나간다. 베르타, 루덴츠, 하라스와 하인들이 따라가고, 프리
스하르트와 로이트홀트는 남아 있다.)

발터 퓌르스트 (말할 수 없이 고통스러워하며) 끝장났어, 그는 우
리 집안을 결판내기로 결심했어.

슈타우파허 (텔에게) 오, 왜 폭군을 자극해서 사태를 이 지경
으로 만들었소!

---

* 당시의 자유민 증서는 우선적으로 자기 나라에서 자기 나라 사람들에 의해
재판을 받고 판결을 받을 권리를 보장했음.

텔   내 고통이 얼마나 큰지 느끼는 사람은 말조심하십
        시오!

슈타우파허 오, 이제 모든 게, 모든 게 끝났어!

        당신과 함께 우리 모두가 붙잡혀 묶여 있는 거요!

사람들   (텔 주위를 둘러싸고) 그대와 함께 우리의 마지막 기
        대가 사라졌소!

로이트홀트 (가까이 다가와) 텔, 안됐지만…… 난 명령에 따를
        수밖에 없소.

텔   다들 안녕히 계세요!

발터 텔 (매우 고통스러워하며 아버지의 팔에 매달려) 아, 아버
        지! 아버지! 사랑하는 아버지!

텔   (두 팔을 하늘로 들어올리며) 저 위에 네 아버지가 계
        신다! 그분을 부르도록 해라!

슈타우파허 텔, 당신 부인에게는 당신 이야기를 하지 말까요?

텔   (아들을 자신의 가슴에 격렬하게 부둥켜안으며) 아이는
        다치지 않았어, 하느님께서 도와주실 거야. (아들을
        얼른 뿌리치고 무장 하인들을 따라간다.)

4막

1장

피어발트슈테터 호수의 동쪽 기슭.*
이상하게 생긴 서쪽의 험준한 바위가 전경을 가로막고 있다.
요동치는 호수는 격렬하게 쏴쏴 소리를 내며 노호하고 이따금
번개가 치며 천둥소리가 울린다.
쿤츠 폰 게르자우. 어부와 어부의 아들.

쿤츠   내 눈으로 직접 보았소, 내 말을 믿어도 됩니다,
       내가 말한 그대로 모든 일이 일어났어요.
어부   텔이 붙잡혀서 퀴스나흐트로 끌려가는 중이라니,
       주에서 제일 훌륭한 사람으로,
       언젠가 자유를 위해 나설 때가 오면
       가장 용감한 팔로 쓰일 사람인데.

---

* 플뤼엘렌과 브룬넨 사이의 지역.

쿤츠 태수가 직접 그를 호수 너머로 끌고 갔어요,
내가 플뤼엘렌을 떠날 때
그들은 배에 막 올라타고 있었어요,
하지만 그때 마침 폭풍우가 다가오는 바람에
나도 서둘러 이곳에 상륙하지 않을 수 없었어요,
그 때문에 그들도 떠나지 못했을지도 모릅니다.

어부 텔이 태수의 횡포로 강제로 묶이다니요!
태수는 자신이 단단히 화를 돋운 자유민의 정당한
복수를
두려워하지 않을 수 없기 때문에
다시는 텔이 낮의 빛을 보지 못하도록
그를 깊은 곳에 가두어 버릴 겁니다!

쿤츠 옛 주지사이며 고결하신 아팅하우젠 남작도
사경을 헤매고 있다고 하더군요.

어부 그러니 희망의 마지막 닻줄이 끊긴 셈이지요!
그는 민족의 권리를 위해서 목소리를 높일
유일한 분이셨는데 말이지요!

쿤츠 폭풍우가 거세지는군요. 편히 지내시오,
오늘은 도저히 떠날 수 없으니
마을에 숙소를 잡아야겠어요. (물러간다.)

어부 텔은 붙잡히고 남작님은 돌아가시다니!
폭정이 뻔뻔스러운 이마를 쳐들고
온갖 수치심을 내던져 버리는구나,
진실의 입은 침묵하고, 세상을 보는 눈은 멀어 버렸
으며,

구원해 줘야 할 팔은 묶여 버렸구나!

소년 우박이 심하게 내리니, 오두막으로 들어가요, 아버지,
여기 밖에 있는 게 좋지 않아요.

어부 몰아쳐라, 바람아, 내리쳐라, 번개야,
갈라져라, 구름아, 쏟아져라, 하늘의 강물아,
그리하여 대지를 흠뻑 적셔라!
태어나지 않은 종족이 싹트기 전에 파괴해라!
너희 사나운 자연의 원소들이 주인이 되어라,
너희 곰들아, 나타나라, 광활한 황무지의
옛날 늑대들아, 다시 찾아와라,
이 땅은 너희 것이니라,
누가 자유 없이 여기서 살려고 하겠는가!

소년 들어 보세요, 절벽 저 밑에서 미친 듯이 날뛰고,
울부짖는 회오리바람 소리를요,
이 골짜기에서 이렇게 미쳐 날뛴 적이 없었어요.

어부 자기 자식의 머리를 겨누라고
명령받은 아비는 여태껏 없었어!
그러니 자연도 분노를 이기지 못하고
저렇게 날뛰고 있지 않느냐…….
바위들이 기울어 호수 속에 빠지고,
천지창조 이후로 한 번도 녹은 적이 없었던
저 뾰족뾰족한 얼음 탑들이 높은 산봉우리에서 녹아내리며,
산들이 무너지고, 오랜 협곡이 무너져 내리며,
두 번째 대홍수가 생물체들의 온갖 주거지를 집어

삼킬지라도
오, 나에겐 하나도 이상할 게 없구나!

(종소리가 들린다.)

소년	들어 보세요, 저 산 위에서 종소리가 울려요,
	분명 어떤 배가 곤경에 처한 것을 보고
	기도를 하라고 종을 울리는 거예요.
어부	지금 항해에 나섰다가 요람에 탄 것처럼
	끔찍하게 흔들리는 배는 화를 입고 말 거야!
	여기선 키나 키잡이도 아무 소용이 없고,
	폭풍우가 지배자이며, 바람과 파도는
	사람을 가지고 공놀이를 하지……. 이 근처 일대에는
	사람을 안전하게 지켜 줄 만한 곳도 없어!
	손잡을 데 없이 가파르게 치솟은 바위들,
	황량한 바위들은 그들을 빤히 쳐다보며,
	돌투성이인 자신의 험준한 가슴만 보여 줄 뿐이지.
소년	(왼쪽을 가리키며) 아버지, 배 한 척이 오고 있어요,
	플뤼엘렌 쪽에서요.
어부	신이시여, 저 가련한 사람들을 도와주소서!
	폭풍우가 일단 이 호수의 협곡에 갇히게 되면
	격자 쇠창살에 몸을 부딪치는 맹수처럼
	불안해하며 미쳐 날뛰게 된단다.
	좁은 통로를 하늘 높이 가로막고 있는 바위들이
	사방에서 폭풍우를 둘러막고 있기 때문에.

	으르렁거리며 출구를 찾아봐야 헛일인 거지. (언덕
	위로 올라간다.)
소년	우리 주 태수의 배예요, 아버지!
	빨간 지붕과 깃발을 보면 알 수 있어요.*
어부	신의 심판이로다! 그렇다, 저기
	배를 타고 가는 사람이 바로 태수구나…….
	그가 죄인을 싣고 저기 배를 타고 가고 있구나!
	복수자의 팔이 그를 재빨리 찾아냈으니,
	그는 이제 자기보다 더 강한 주인을 알게 되었어,
	이 파도는 그의 말을 듣지 않고,
	이 바위들은 그의 모자 앞에 머리를 조아리지도 않
	지…….
	얘야, 기도하지 마라,
	심판관의 팔을 붙잡지 마라!
소년	전 태수를 위해 기도하는 게 아니에요…….
	배에 함께 타고 있는 텔을 위해 기도하는 거예요.
어부	오, 물불을 가리지 않는 원소의 어리석음이여!
	한 사람의 죄인을 벌하기 위해
	키잡이와 함께 배를 난파시켜야 하다니!
소년	보세요, 저것 보세요, 저들이 부기스그라트 산을 무
	사히 지나갔어요,
	하지만 토이펠스뮌스터 산에서 휘몰아치는 폭풍우
	의 위력으로

---

* 합스부르크 왕가의 봉신과 귀족은 붉은색과 자주색을 즐겨 썼음.

저들이 거대한 악센베르크 산으로 배를 돌리고 있
어요.
……다시는 보이지 않아요.

어부   저기 하크메서 산에서는
벌써 여러 척의 배가 난파했단다,
저곳에서는 지혜롭게 노를 저어 지나가지 않으면
물속 깊숙이 있는 급경사의 암벽에 부딪쳐
배가 산산조각이 나고 말 거야.
……저들의 배에 훌륭한 키잡이가 있다면,
배를 구할 한 사람이 있다면 바로 텔일 거야,
하지만 그의 팔과 두 손은 꽁꽁 묶여 있어.

(석궁을 든 빌헬름 텔, 총총걸음으로 걸어오다가 놀란 듯이 주위를
두리번거리며 말할 수 없이 감동한 모습을 보인다. 무대 한가운데로
나와서는 넙죽 엎드려 두 손으로 땅을 짚은 다음 하늘을 향해 두 팔
을 벌린다.)

소년   (그를 알아보고) 보세요, 아버지, 저기 무릎을 꿇고
있는 사람이 누구예요?
어부   두 손으로 땅을 어루만지고 있구나,
마치 제정신이 아닌 듯하구나.
소년   (앞으로 나와) 아니, 이분이 누구야! 아버지, 이리 와
보세요!
어부   (가까이 다가와) 이게 누구야! ……아니, 이럴 수가!
뭐야! 텔이 아닌가?

당신이 어떻게 이곳에 오게 되었소? 말해 보시오!

소년   사로잡혀 저기 배 위에 묶여 있지 않았어요?

어부   퀴스나흐트로 끌려가지 않았어요?

텔   (일어나며) 나는 풀려났소.

어부와 소년   풀려났다고요! 오, 하느님의 기적이 일어났어!

소년   어디서요?

텔   저기 배에서.

어부   뭐라고요?

소년   (동시에) 태수는 어디 있어요?

텔   파도에 떠다니고 있지.

어부   정말이오? 하지만 당신은? 어떻게 여기에 왔소?
                당신을 묶은 끈을 풀고 폭풍우에서 빠져나왔단 말
                이오?

텔   하느님께서 자비롭게 보살핀 덕택입니다……. 내 말
                을 좀 들어 보세요!

어부와 소년   오, 말씀해 보세요, 어서 말씀해 보세요!

텔   알트도르프에서 무슨 일이 일어났는지 알고 있지요?

어부   다 알고 있으니, 말씀해 보세요!

텔   태수가 나를 붙잡아 묶게 하고는
                퀴스나흐트에 있는 자신의 성으로 끌고 가려고 했
                어요.

어부   그리고 플뤼엘렌에서 당신과 함께 배에 올랐지요!
                우린 다 알고 있으니, 어떻게 달아났는지 말씀해 주
                세요!

텔   난 밧줄에 꽁꽁 묶여 배에 누워 있었어요,

무방비 상태로 자포자기의 심정이었지요…….
환한 햇빛과 사랑스러운 처자식의 얼굴을
다시 볼 수 있으리라는 희망도 없었지요,
그리고 암담한 심정으로 사납게 넘실대는 물을 바
라보았지요…….

어부   오, 가련한 남자로군!

텔   태수, 루돌프 데어 하라스, 하인들,
이렇게 우리는 배를 타고 갔지요,
하지만 내 화살 통은 석궁과 함께
뱃머리 뒤쪽 키 옆에 놓여 있었어요.
그러다가 우리가 나지막한 악센베르크 산기슭의 모
퉁이에
다다랐을 때 하느님의 심판이 있었지요,
고트하르트의 협곡에서 갑자기 뇌우가 들이닥쳤어요,
목숨이 위태로울 정도로 끔찍한 폭풍우였지요,
모든 키잡이들이 금방 의기소침해졌어요,
이러다가 다들 비참하게 익사하고 말 거라고 생각
했지요,
그때 하인들 가운데 하나가 태수에게 이런 말을 하
더군요.
"나리, 보시다시피 우리 모두가 곤경에 처해 있어요,
그리고 우리 모두 까딱하면 죽을지도 몰라요…….
하지만 키잡이들은 공포에 질려 어찌할 바를 모르고,
배를 모는 데도 서툽니다…… 그런데 텔은 힘이 장
사이고,

제대로 키를 잡아 배를 몰 줄 압니다.
지금 모두 곤경에 처한 마당에 그를 이용하면 어떻
겠습니까?"
그러자 태수가 나에게 이렇게 말하더군요.
"텔, 네가 우리를 폭풍우에서 구할 자신이 있으면
너를 묶인 상태에서 풀어 주겠노라."
난 이렇게 말했지요. "네, 나리, 하느님의 도움을 빌어
감히 해 보겠으며, 여기에서 우리 모두를 구해 내겠
습니다."
그래서 풀려난 나는 키 옆에 서서 너끈히 배를 몰
았지요.
하지만 나의 사격 도구가 놓인 곳을 곁눈질로 흘끗
쳐다보며
예리한 시선으로 뛰어내리기 좋은 곳을 물색했지요.
그러다가 호수 쪽으로 편평하게 튀어나온
암초를 보고는……

어부   나도 알아요, 그건 커다란 악센베르크 산의 발치에
있지요,
하지만 배에서 뛰어내려
그곳에 닿을 수 있을 것 같지 않은데요…….
아주 가파른 곳이거든요.

텔   난 하인들에게 소리쳤지요, 편평한 바위 앞에 이를
때까지
손에 닿을 정도로 가까이 다가가라고,
그곳에 가면 최악의 상황은 벗어난 거라고 외쳤어

요…….

그리고 우리가 부리나케 노를 저어 그곳에 도착하

자마자

나는 하느님께 자비를 베풀어 달라고 빌면서,

젖 먹던 힘까지 다해 뱃머리를 암벽에 바짝 들이댔

지요…….

그리고 재빨리 사격 도구를 챙겨서는

편평한 암반*으로 풀쩍 뛰어내렸죠,

그러고는 조그만 배를 발로 힘껏 걷어차

소용돌이 속으로 밀어 넣었어요…….

배는 거기서 하느님의 뜻대로 물결 위를 떠다니고

있을 거요!

이렇게 해서 폭풍우의 위력과

그보다 더욱 고약한 인간의 폭력에서 벗어나,

내가 이곳에 왔지요.

어부   텔, 텔, 주님이 당신에게 기적을 보이셨소,

나로서는 아무리 생각해도 믿기지 않는 일이지만……

한데 말씀해 보시오! 이제 어디로 갈 생각입니까?

태수가 살아서 이 폭풍우에서 빠져나온다면

안전하지 않을 텐데요.

텔   내가 아직 배에 묶여 있을 때

그가 브룬넨에서 내릴 거라고 하는 말을 들었소,

그곳에서 슈비츠 주를 지나 그의 성으로 나를 끌고

---

* 오늘날 이곳은 '텔의 암반(Tellsplatte)'이라고 불림.

간다고 했어요.

어부   그곳까지는 육로로 갈 모양이었나 보지요?

텔   그는 그럴 생각이었소.

어부   오, 그럼 지체하지 말고 몸을 숨기시오,
하느님께서 당신을 두 번씩이나 그의 수중에서 풀
려나게 도와주지는 않으실 겁니다.

텔   아르트와 퀴스나흐트로 가는 지름길을 나에게 말
해 주시오.

어부   큰길로 가면 슈타이넨을 지나지만,
로베르츠를 지나는 보다 가깝고 은밀한 길은
내 아들이 안내해 줄 거요.

텔   (그와 악수를 하며) 하느님께서 당신의 선행에 보답
할 겁니다. 안녕히 계시오.
(길을 가다가 다시 뒤를 돌아보며) ……당신도 뤼틀리
에서 함께 맹세하지 않았나요?
그때 당신 이름도 들은 것 같은데요…….

어부   나도 그곳에 있었지요,
동맹의 서약에 함께 맹세했습니다.

텔   그럼 부탁의 말씀을 좀 드리겠습니다,
속히 뷔르글렌으로 가 주세요,
내 아내가 나 때문에 낙담해 있을 겁니다,
내가 풀려나서 무사하다고 그녀에게 전해 주십시오.

어부   그런데 당신이 어디로 도망쳤다고 말하지요?

텔   거기 가면 나의 장인이 있을 겁니다,
그리고 뤼틀리에서 함께 맹세한 다른 사람들도…….

텔이 무사하고 팔도 마음대로 쓸 수 있으며,
곧 다음 소식을 듣게 될 것이니
늠름하게 용기를 잃지 말라 전해 주시오.

어부　무슨 일을 할 작정인가요? 나에게 속 시원히 털어놓
으시오.

텔　일을 실행하고 나면 소문이 돌게 될 겁니다. (물러간다.)

어부　이분께 길을 알려 드려라, 예니……. 하느님의 가호
가 있기를!

저 사람은 무슨 일을 하든지 성취하고 말지. (물러간다.)

2장

아팅하우젠의 저택.

남작이 안락의자에서 죽어 가고 있다. 발터 퓌르스트, 슈타우
파허, 멜히탈, 그리고 바움가르텐이 주위에 서서 그를 지켜보
고 있다. 발터 텔은 죽어 가는 사람 앞에 무릎을 꿇고 있다.

발터 퓌르스트 돌아가셨습니다, 숨을 거두었어요.

슈타우파허 죽은 사람 같지 않은 걸요······ 보시오, 입술 위의
　　　　　깃털이 움직이고 있어요!*

　　　　　조용히 잠드신 것 같고, 평화롭게 미소 짓는 모습입
　　　　　니다.

---

* 옛날에는 죽어 가는 사람의 입에 가벼운 깃털을 올려놓고 숨을 쉬는지 확
인했음.

(바움가르텐이 문가로 가서 누군가와 대화를 나눈다.)

발터 퓌르스트 (바움가르텐에게) 누구인가요?
바움가르텐 (돌아와) 당신의 따님이신 헤트비히 부인입니다,
　　　　　　당신과 얘기를 나누고 싶어 하고, 아들도 보고 싶어
　　　　　　하는군요.

(발터 텔이 몸을 일으킨다.)

발터 퓌르스트 내가 그 애를 위로해 줄 수 있을까? 나 자신도
　　　　　　위로받아야 할 몸인데?
　　　　　　내 머리 위에 온갖 고난이 쌓이는 걸까?
헤트비히 (안으로 들이닥치며) 우리 아이가 어디 있지요? 저를
　　　　　　놓아 주세요, 아이를 봐야 해요…….
슈타우파허 흥분을 가라앉히세요, 여기가 상갓집이란 걸 생각
　　　　　　하시오…….
헤트비히 (아들에게 와락 달려들어) 발터야! 오, 살아 있었구나.
발터 텔 (어머니의 팔에 매달려) 불쌍한 어머니!
헤트비히 그게 맞는 말이니? 어디 다친 데는 없니? (불안한 표
　　　　　　정으로 아들을 꼼꼼히 살펴본다.)
　　　　　　그게 가당키나 하니? 아버지가 아들을 겨냥할 수
　　　　　　있느냔 말이야?
　　　　　　어쩜 그럴 수가 있을까? 아, 피도 눈물도 없는 사람
　　　　　　이야…….
　　　　　　어떻게 친자식에게 활을 겨눌 수 있단 말인가!

발터 퓌르스트　불안한 심정으로, 고통에 가슴이 찢기는 심정
　　　　　　　으로 그랬지.

　　　　　　　어쩔 수 없었어, 목숨이 걸린 문제였으니까.

헤트비히　오, 진정 아버지의 가슴을 지녔더라면,

　　　　　그런 일을 하기 전에 천 번은 죽었을 거야!

슈타우파허　당신은 그토록 절묘하게 이끌어 주신

　　　　　　하느님의 자비로운 섭리를 찬양해야 할 겁니다.

헤트비히　결과가 어떻게 되었을지,

　　　　　내가 잊을 수 있겠어요…… 하늘에 계신 주여!

　　　　　내가 여든까지 산다 하더라도…… 아들이 나무에 묶
　　　　　여 있고,

　　　　　아버지가 그에게 활을 겨누고 있는 장면을 영원히
　　　　　잊지 못할 거예요,

　　　　　그리고 그 화살은 영원히 내 가슴으로 날아들 거예요.

멜히탈　부인, 태수가 얼마나 그의 약을 올렸는지 아신다면!

헤트비히　오, 남자들의 야만적인 마음!

　　　　　남자들은 자존심이 상하면 물불을 가리지 않지요!

　　　　　그들은 노름에 미쳐 눈먼 나머지

　　　　　자식의 머리와 어머니의 가슴도 걸지요!

바움가르텐　남편의 운명이 그만큼 가혹한 걸로 모자라서,

　　　　　　호된 질책으로 그의 마음을 상하게 하려는 겁니까?

　　　　　　그가 당한 고통에는 아무런 느낌이 없단 말인가요?

헤트비히　(그의 쪽으로 몸을 돌리고, 눈을 동그랗게 뜬 채 그를 쳐
　　　　　다보며) 당신은 친구의 불행에 눈물만 흘리면 된다
　　　　　고 생각하세요?

……그 훌륭한 양반이 밧줄에 묶일 때 여러분은 어디 계셨나요?

그때 여러분은 어떤 도움을 주었나요?

여러분은 그 끔찍한 일이 벌어질 때 지켜보고만 있었나요?

여러분이 있는 데서 친구가 끌려가는데도 참고 견디고만 있었나요?

텔도 여러분에게 그렇게 행동했나요?

태수의 기병이 당신을 뒤쫓아 왔을 때,

호수가 요란하게 쏴쏴 하며 미쳐 날뛸 때,

그 사람도 안됐다는 듯이 우두커니 서 있었나요?

그는 쓸데없이 눈물이나 흘리며 당신의 운명에 대해 탄식하는 대신

처자식은 아랑곳하지 않고

나룻배에 뛰어 올라 당신을 구했어요.

발터 퓌르스트 무장하지도 않은, 한 줌도 안 되는 우리가

그를 구해 내기 위해 감히 무슨 일을 할 수 있었겠느냐!

헤트비히 (그의 가슴에 뛰어들며) 오, 아버지! 아버지도 그이를 잃으셨어요!

이 땅이며 우리 모두가 그이를 잃었어요!

우리 모두에게서 그가 없어졌어요! 아, 우리에게서 그가 없어졌어요!

하느님께서 절망에 빠진 그의 영혼을 구원해 주었으면 해요.

친구들이 아무리 위로해도

그가 있는 삭막한 성의 지하 감옥까지 전해지지 않아요…….

그이가 병이라도 난다면!

아, 어두컴컴하고 눅눅한 감옥에서

그이는 병에 걸리고 말 거예요…….

늪지의 공기 속에서 알프스 들장미가 색이 바래고 시들어 가듯,

그이는 햇볕을 쬐고 공기 중에서 발삼 향을 맡지 않고는 살아갈 수 없어요,

사로잡혔다고요! 그이가! 그이는 자유를 호흡해야 하는 사람이라서,

지하 감옥의 공기를 맡고는 살아갈 수 없어요.

슈타우파허　마음을 가라앉히세요!

그의 감옥을 열기 위해, 우리 모두 행동에 나서려고 하니까요.

헤트비히　여러분이 그이 없이 무슨 일을 할 수 있단 말이에요?

……텔이 아직 자유의 몸이던 동안에는 그래도 희망이 있었어요,

순진무구한 마음에는 아직 친구가 있었고,

추격당하는 자에겐 도와주는 사람이 있었어요,

텔은 여러분 모두를 구해 주었어요…….

여러분이 모두 힘을 합해도 그의 족쇄를 풀어 줄 수 없을 거예요!

(남작이 깨어난다.)

바움가르텐 남작님이 몸을 움직여요, 쉿!

아팅하우젠 (몸을 일으키며) 그가 어디 있지?

슈타우파허 누구 말씀인가요?

아팅하우젠 그 애가 보이지 않는구나,

　　　　　　마지막 순간에 그 애가 나를 버렸어!

슈타우파허 그 젊은 귀공자를 말하는 겁니다……. 그를 부르
　　　　　　러 보냈나요?

발터 퓌르스트 사람을 보냈습니다…… 안심하십시오!

　　　　　　그가 마음을 고쳐먹었습니다, 그는 우리 편입니다.

아팅하우젠 그 애가 조국을 위해 일하겠다고 말했는가?

슈타우파허 대담하게도 그는 그렇게 말했습니다.

아팅하우젠 왜 그 애가 오지 않는 거지?

　　　　　　나의 마지막 축복을 받으러 말이야.

　　　　　　난 얼마 안 있어 숨을 거둘 것 같아.

슈타우파허 그렇지 않습니다, 남작님!

　　　　　　잠깐 주무신 후에 기운을 차리셔서, 눈빛이 맑으신
　　　　　　걸요.

아팅하우젠 삶이란 고통인데, 고통도 나에게서 떠났어,

　　　　　　고통도 희망도 다 끝났어.

　　　　　　(소년이 있는 걸 알아채고) 이 아이는 누구지?

발터 퓌르스트 이 아이를 축복해 주십시오, 오, 남작님!

　　　　　　걔는 내 손자인데, 아버지가 없습니다.

(헤트비히는 소년과 함께 죽어 가는 사람 앞에 무릎을 꿇는다.)

아팅하우젠 내가 너희 모두를
　　　　　아비 없이 남겨 두고 가는구나…….
　　　　　슬프구나, 내가 마지막으로 본 것이 조국이 망하는
　　　　　모습이라니!
　　　　　이렇게 오래 목숨을 부지한 것이
　　　　　온갖 희망을 접고 죽기 위한 것이라니!
슈타우파허 (발터 퓌르스트에게) 이분이 암울한 심정으로 근심
　　　　　에 잠겨 돌아가셔야 되겠습니까?
　　　　　마지막 가시는 길에 우리가 환한 희망의 불빛을
　　　　　이분께 밝혀 드려야 되지 않을까요? ……남작님!
　　　　　기운 내십시오! 우리는 완전히 버림받은 게 아니고,
　　　　　구원받을 수 없을 정도로 절망적인 것도 아닙니다!
아팅하우젠 누가 그대들을 구해 준단 말인가?
발터 퓌르스트 우리 자신들이요. 들어 보세요!
　　　　　세 주의 사람들이 전제 군주를 몰아내기로 서약했
　　　　　습니다,
　　　　　동맹이 맺어져서, 신성한 서약이 우리를 하나로 묶
　　　　　어 주었습니다,
　　　　　새해가 다가오기 전에 행동을 개시할 겁니다,
　　　　　남작님의 유해는 자유로운 땅에서 안식을 얻을 것
　　　　　입니다.
아팅하우젠 오, 말해 보구려! 동맹을 맺었다고?
멜히탈　　 한날한시에 발트슈테테의 세 주가

모두 들고 일어날 겁니다.

모든 준비가 되어 있습니다,

그리고 수백 명이 이를 알고 있지만

지금까지 비밀이 잘 지켜지고 있습니다,

폭군이 지배하는 땅은 속이 비어 있고,

그들이 통치할 날도 얼마 남지 않았습니다,

그리고 얼마 안 가 그들의 흔적도 씻은 듯이 사라지

고 말 겁니다.

아팅하우젠 그럼 주의 견고한 성들은?

멜히탈   그것들도 한날한시에 무너질 겁니다.

아팅하우젠 그런데 귀족들은 이 동맹에 가담했나?

슈타우파허 유사시엔 도와줄 것을 기대하지만

현재로서는 농부들만 서약했습니다.

아팅하우젠 (대단히 놀란 표정으로 서서히 몸을 일으켜) 귀족의

도움 없이, 농부들만의 힘으로

감히 그런 거사를 일으키겠다니,

자기 힘을 과신하는 걸세……

그래, 그럼 우리 힘이 더는 필요 없겠으니

안심하고 무덤에 들어갈 수 있겠군,

우리가 죽은 다음에도 삶은 계속될 걸세……

또 다른 세력이 인류의 자유를 지켜 낼 거야.

(자기 앞에 무릎을 꿇고 있는 아이의 머리에 손을 얹고)

사과가 놓여 있던 이 머리에서

더 나은 새 자유가 싹을 틔울 거야,

낡은 것은 무너지고, 시대는 변하고 있어,

새 삶은 폐허에서 꽃필 거야.

슈타우파허 (발터 퓌르스트에게) 보세요, 이분의 눈에서 광채가

쏟아지고 있어요,

그것은 자연의 소멸이 아니라,

이미 새로운 삶의 빛입니다.

아팅하우젠 귀족들이 자신의 오래된 성에서 내려와

도시에서 시민 선서를 하고 있어,

위히트란트에서는 벌써 했고, 투르가우에서는 막

시작되었어,

고귀한 베른은 앞장서서 고개를 쳐들고 있고,

프라이부르크는 자유민의 안전한 성이지,

약동하는 취리히는 동업 조합을

전투 부대로 무장시키고 있어······.

영원할 것 같은 요새에서

왕들의 권력이 무너지고 있어······.

(선지자의 어조로, 무아지경에 빠져) 영주들과 귀족들

이 아무 죄 없는 목부들과 싸움을 벌이려

갑옷을 입고 몰려오는 것이 보인다,

생사를 건 싸움이 벌어지고, 고갯길마다

피비린내 나는 결전으로 자유를 얻는다,

농부가 맨가슴으로 무수한 창들 속으로 달려든다,*

자발적인 희생자, 그가 저들을 무너뜨리니,

---

* 농부 아놀트 폰 빙켈리트가 1386년 젬파흐 전투에서 레오폴트 3세 치하의
오스트리아 기사들과 싸울 때 창받이로서 공을 세운 것을 말함.

귀족의 전성기가 끝나고,

자유가 승리의 깃발을 쳐든다.

(발터 퓌르스트와 슈타우파허의 손을 붙잡으며) 그러니

굳게 일치단결해야 해…… 굳게 영원히…….

자유의 고장*이 다른 사람들에게 낯설지 않도록 하

게…….

산들 위에 봉화지기를 세워 속히 더 많은 주가

동맹에 가담할 수 있도록 하게,**

단결하게, 단결하게, 단결하게…….

(그가 베개 속으로 푹 쓰러진다……. 숨이 끊어진 채 그의 두 손은
아직 두 사람의 손을 잡고 있다. 발터 퓌르스트와 슈타우파허는 한
동안 말없이 그를 바라보다가, 각자 고통에 잠긴 채 자리를 뜬다. 그
러는 동안 하인들이 조용히 밀려들어 온다. 저마다 고통스러운 표정
으로 가까이 다가온다. 비교적 조용히 고통스러운 표정을 짓는 사람
도 있고, 더욱 심하게 고통스러운 표정을 짓는 사람도 있다. 어떤 사
람은 그의 옆에 무릎을 꿇고, 손에 얼굴을 파묻고 울기도 한다. 이런
장면이 말없이 진행되는 동안 조종(弔鐘)이 울린다.)

(루덴츠가 앞서 있던 사람들을 헤치고 나타난다.)

---

* 당시에는 스위스 동맹에 가담한 지역을 고장(Ort)이라고 불렀으나 후에 주
(Kanton)로 부르게 됨.
** 앞으로 있을 역사적인 사태 진전을 암시. 1353년에 이미 여덟 개 주가 동
맹에 가담함.

루덴츠   (급히 뛰어 들어오며) 살아 계십니까? 오, 말해 주시
          오, 아직 내 말을 들으실 수 있나요?

발터 퓌르스트 (얼굴을 돌리고 암시하는 말을 한다.) 이젠 당신이
          우리의 영주시고 보호자이십니다,
          그리고 이 성은 다른 이름을 갖게 되었습니다.

루덴츠   (시신을 바라보고 말할 수 없는 고통에 사로잡혀) 오,
          자비로우신 하느님…… 제 참회가 너무 늦었나요?
          조금이라도 더 오래 사셔서
          제 마음이 변한 걸 보실 수 없었나요?
          나는 이분이 살아 계실 때
          그 진실한 목소리를 업신여겼어요…….
          이분은 가 버렸어, 영원히 가 버렸어,
          그리고 돌아가시며 내가 갚지 못할 무거운 빚을 남
          겨 두셨어!
          오, 말씀해 보세요! 나를 언짢게 여기며 떠나가셨소?

슈타우파허 그분은 돌아가시면서 당신이 한 일을 듣고,
          그렇게 말한 당신의 용기를 축복해 주셨습니다!

루덴츠   (죽은 사람 앞에서 무릎을 꿇고) 그래요, 진실하신 분
          의 신성한 유해! 목숨이 끊어진 시신!
          여기서 당신의 차가운 손을 잡고 맹세합니다!
          저는 영원히 이방인과의 결속을 끊고
          우리 민족에게 되돌아 왔습니다,
          나는 스위스인이고 충심으로 그렇게 되고자 합니
          다…….
          (일어나면서) 모든 사람들의 벗이며 아버지이신 이분을

애도하되 낙담은 하지 마세요!

저는 이분의 유산만 물려받은 게 아니라

그 마음이며 정신까지 전해 받았습니다,

연세가 많아 그분이 해 주지 못한 것을

젊고 팔팔한 제가 그대들에게 해 드리겠습니다.

존경스러운 아버님, 손을 이리 내미십시오!

당신의 손을 저에게 내미십시오! 멜히탈 당신도요!

주저하지 마시오! 오, 딴청 부리지 마시오!

나의 맹세와 서약을 받아 주시오!

발터 퓌르스트 그에게 손을 내미시오.

다시 돌아온 그의 마음은 신뢰할 만합니다.

멜히탈 당신은 전에 농사꾼을 하찮게 여겼습니다.

말해 보시오, 당신에게서 무엇을 기대할 수 있을지.

루덴츠 오, 젊은 시절의 내 허물을 생각하지 말아 주시오!

슈타우파허 (멜히탈에게) 저 아버지는 마지막으로 "단결하라!"

하고 말씀하셨어요.

그 유언을 잊지 마시오!

멜히탈 여기에 제 손이 있습니다!

영주님, 농부의 악수도 사나이의 약속입니다!

우리가 없다면 기사가 무슨 소용이 있겠습니까?

그리고 우리의 신분이 당신네 신분보다 더 오래되었

습니다.

루덴츠 난 농부들을 존경하오, 그리고 앞으로는 내 칼이 그

들을 지켜 줄 거요.

멜히탈 남작님, 거친 땅을 정복하여 그 품을 비옥하게 하는

팔도
        사나이의 가슴을 지켜 줄 수 있습니다.

루덴츠   여러분이 나의 가슴을 지켜 줘야 합니다,
        난 여러분의 가슴을 지켜 줄 겁니다,
        그리하여 우리는 서로를 통해 강해질 겁니다.
        ……조국이 아직 낯선 폭군에 약탈당하고 있는데
        왈가왈부할 필요가 뭐가 있겠습니까?
        이 땅에서 적이 말끔히 물러간 뒤에
        우리 평화롭게 화해하도록 합시다.
        (잠시 말을 멈추었다가) 왜 말을 안 하시오? 나에게
        할 말이 없으신가요? 어째서요!
        내가 아직 믿을 만하지 않은가요?
        그러면 여러분이 맺은 동맹의 비밀을
        본의 아니게 파헤쳐야겠습니다.
        ……여러분은 회의를 열고, 뤼틀리에서 맹세를 했지요,
        나는 압니다…… 거기서 협의한 내용을 죄 알지요,
        여러분이 나에게 털어놓지 않은 것을
        나는 마치 신성한 담보물처럼 간직해 왔어요.
        난 우리 주의 적이었던 때가 한 번도 없었어요, 믿어
        주시오,
        그리고 여러분에게 해가 되는 행동을 한 번도 한 적
        이 없습니다,
        ……그런데 여러분이 일을 미룬 건 잘못한 일이었
        어요,
        시간이 촉박하고, 신속한 행동이 필요하오…….

여러분이 꾸물거린 결과, 벌써 텔이 희생되고 말았
어요.

슈타우파허 우린 성탄절까지 기다리자고 맹세했어요.

루덴츠 난 거기에 참석하지 않았으니 맹세하지 않았어요.
여러분은 기다리시오, 나는 행동하겠소.

멜히탈 뭐라고요? 행동을……

루덴츠 난 이제 이 땅을 보호하는 사람들 중의 한 명이 되
었습니다,
그러니 나의 첫 번째 의무는 여러분을 지켜 주는
거요.

발터 퓌르스트 당신의 다음 의무이자 가장 신성한 의무는
이 소중한 유해를 장사 지내는 거요.

루덴츠 우리가 이 땅을 해방시키면
그분의 관에 승리의 싱그러운 화환을 얹읍시다,
……오, 친구들이여! 폭군과 끝까지 싸우는 것은
여러분의 일일 뿐더러 나의 일이기도 합니다.
……들어 보시오! 나의 베르타가 사라져 버렸어요,
우리가 있는 데서 무모하고 방자하게도 몰래 약탈당
한 거요!

슈타우파허 자유로운 신분인 귀족에게도
폭군이 그런 만행을 저지르나요?

루덴츠 오, 나의 친구들이여! 여러분을 도와주겠다고 약속
했지만,
내가 먼저 여러분에게 간청해야겠습니다.
난 애인을 강탈당하고 빼앗겼어요,

그 폭군이 어디다 그녀를 숨겨 두었는지,
어떤 파렴치한 만행을 저질러
자신과 가증스러운 인연을 맺도록
그녀의 마음에 강요했는지 누가 알겠어요!
나를 저버리지 말고, 그녀를 구할 수 있도록 제발 도
와주시오…….
그녀는 여러분을 사랑합니다, 그녀는 이 주의 모든
남자들이
그녀를 위해 무장할 만큼의 대우를 받을 만합니다.

발터 퓌르스트 무슨 일을 벌일 작정이십니까?

루덴츠 내가 그걸 어찌 알겠어요? 아!
그녀의 운명을 어둡게 감싸는 이날 밤,
이러한 회의에 엄청난 불안감을 느끼며,
아무것도 확실한 것을 알 수 없지만
내 마음속에서 이것만은 분명합니다.
폭군이 아무리 잔혹하게 권력을 휘두른다 해도
그녀는 구출될 수 있습니다,
그녀가 있는 감옥으로 쳐들어가려면
성의 모든 요새를 쳐부숴야 합니다.

멜히탈 자, 우리를 지휘해 주시오. 당신을 따르겠습니다.
오늘 할 수 있는 일을 왜 내일까지 미루겠습니까?
우리가 뤼틀리에서 맹세했을 때 텔은 자유의 몸이
었고,
이런 끔찍한 일은 아직 일어나지 않았습니다.
시간이 바뀌면 새로운 법칙이 생깁니다.

아직까지 망설이는 비겁한 자가 누구란 말입니까!

루덴츠   (슈타우파허와 발터 퓌르스트에게) 무장하고 일을 준
비하는 동안
여러분은 산의 불빛 신호를 기다리시오,
전령의 돛단배보다 더 빨리
여러분에게 승리의 소식이 전해질 테니까요,
그리고 반가운 불꽃이 타오르거든
번갯불처럼 적에게 달려들어
폭정의 성채를 무너뜨리시오.

(다들 물러간다.)

3장

퀴스나흐트 근처의 홀레가세.*
뒤쪽의 바위들 사이로 내려오는 길이 있으며, 나그네들은 무대
에 나타나기 전에 벌써 언덕 위에서부터 모습을 드러낸다. 무
대는 온통 바위에 둘러싸여 있다. 제일 앞쪽 바위의 튀어나온
곳에는 덤불이 덮여 있다.

텔   (석궁을 들고 등장해) 퀴스나흐트로 가는 다른 길은 없
        으니
        이 협곡을 지나가지 않을 수 없을 것이다…….
        여기서 해치워야지…… 좋은 기회다.
        저기 말오줌나무가 나를 숨겨 줄 것이고,
        거기서 화살로 그를 맞힐 수 있겠어,

---

* '협곡' 혹은 '애로(崖路)'라는 뜻으로 퀴스나흐트 근처 지역.

길이 좁으니 추적자들을 막아 줄 거야.
태수, 계산은 하늘과 해라,
넌 사라져야 해, 너의 수명은 다했어.

난 남을 해치지 않고 조용히 살아왔어……
숲의 짐승들에게만 활을 겨누었고,
사람을 죽일 생각은 조금도 없었어……
넌 평화롭게 살아가던 나를 겁먹게 했고,
경건한 사고방식을 길러 주는 젖을
부글부글 끓어오르는 독으로 바꾸어 버렸으며,
나를 끔찍한 것에 익숙하게 만들었어……
자식의 머리를 겨누었던 자는
적의 심장도 맞힐 수 있어.

불쌍하고 죄 없는 어린 자식들과
정숙한 아내를 태수, 네 분노에서 보호해야 해……
내가 활시위를 당겼을 때……
내 손이 떨렸을 때……
네놈이 잔인한 악마의 마음으로
자식의 머리를 겨누라고 강요했을 때……
무력하게 너의 앞에서 싹싹 빌고 있을 때
하느님께서만 들어 주신 무시무시한 맹세를 하면서
마음속으로 다짐했지,
두 번째는 너의 심장을 쏠 거라고……
지옥 같은 고통을 겪는 순간 스스로 다짐한 것은

신성한 빚이야, 이제 그걸 갚아 주리라.

넌 나의 통치자이고 황제의 태수지만,
네가 한 짓은 황제도 허용하지 않았을 것이다.
엄격한 법에 따라 판결하라고
황제가 너를 이곳으로 보냈지.
황제는 노하실 거야,
살인에 쾌감을 느끼며 뻔뻔스럽게 어떤 만행을 저
질러도
네가 벌을 받지 않게 하려는 것은 아니었어,
벌하고 복수하는 하느님은 살아 계시니까.

어서 나오렴, 쓰라린 고통을 안겨 주는 화살이여,
자, 내 소중한 보석이자 최고의 보물이여……
너에게 하나의 과녁을 주겠다,
지금까지 경건한 탄원으로는 뚫을 수 없는 것이었
지…….
하지만 그 표적은 너에게 저항하지 못할 거야…….
그리고 너, 친밀한 활시위여, 너는 그리도 자주
놀이하듯 기쁜 마음으로 나에게 충성을 바쳤지,
절체절명의 순간에 나를 저버리지 말아다오.
그리도 자주 나의 준엄한 화살을 날려 보내 준
너 충실한 활시위여, 지금만은 좀 견뎌 다오,
지금 힘없이 내 손에서 빠져나간다면
내겐 다시 쏠 화살이 없단다.

(나그네들이 무대를 지나간다.)

나그네가 잠깐 쉬었다 가게 마련된
이 돌의자에 좀 앉아야겠다…….
이곳이 고향이 아니기 때문에……
다들 서로를 모른 채 훌쩍 지나쳐 버리며,
남의 아픔을 묻지 않지…….
여기에 수심이 가득 찬 상인과
소매를 약간 걷어 올린 순례자가 지나간다…….
신앙심이 깊은 수도승, 섬뜩한 표정의 강도,
명랑한 악사, 짐을 잔뜩 실은 말을 끌고 가는 짐마
차꾼,
멀리 여러 나라들에서 이곳으로 오는 사람들이다,
모든 길이 세상 끝까지 나 있기 때문이지.
각자 맡은 바 일을 하러 자신의 길을 간다…….
그런데 내가 할 일은 사람을 죽이는 것이다! (자리
에 앉는다.)

사랑하는 아이들아, 평소 아버지가 밖에 나갔다가
집에 돌아올 때는 늘 기분이 좋았지,
빈손으로 돌아오는 법이 없이,
너희에게 줄 것을 가져왔기 때문이었지.
아름다운 알프스의 꽃이나 진기한 새나
산에서 나그네의 눈에 띄는 암몬조개 같은 것들을…….
이제 아버지는 다른 종류의 사냥을 하려고 한다,

사람을 죽일 생각을 하고 삭막한 길가에 앉아 있어,
숨어서 적의 목숨을 애타게 기다리고 있지.
……그런데 아버지는 너희 생각뿐이다, 사랑하는
아이들아!
지금도 말이다……. 폭군의 보복에서 너희를 지켜
주고,
너희의 아리따운 천진난만함을 보호하려고
지금 살인의 활시위를 당기려고 한다! (일어선다.)

난 값진 사냥감을 숨어서 애타게 기다리고 있다…….
사냥꾼은 엄동설한에도 종일토록 돌아다니며
바위에서 바위로 껑충 뛰어오르고,
미끄러운 암벽에 자신의 피를 발라 끈적거리게 해
그곳으로 기어오르는 것을 마다하지 않지,
가엾은 알프스 산양을 사냥하기 위해서 말이야.
여기엔 보다 값진 상금, 나를 망쳐 버리려는
철천지원수의 심장이 걸려 있어.
(멀리서 들리던 경쾌한 음악 소리가 점차 가까이서 들려
온다.)

난 평생 동안 활을 다루어 왔고,
사수의 규칙에 따라 자신을 단련해 왔지,
나는 사격 대회에서 가끔 과녁의 중심을 맞혀
푸짐한 상을 타서 집으로 가져갔지…….
하지만 오늘은 명사격을 해서

산림 지역 전체에서 최고상을 받아야지.

(결혼식 행렬이 무대를 지나 협곡을 통과해 올라간다. 텔은 활에 몸을 기대고 이들을 살펴본다. 전담 관리인 슈튀시가 다가와 그와 어울린다.)

슈튀시   여기서 결혼식을 올리는 사람은
           뫼를리샤헨 수도원 농장 관리인인데 부자이지요,
           알프스에 방목지가 열 군데는 있을 거요,
           지금 이멘 호수로 신부를 마중 나가는 길입니다,
           그러니 오늘 밤 퀴스나흐트에서는 진탕 먹고 마실
           겁니다,
           같이 갑시다! 건실한 사람은 누구나 가도 되지요.
텔   심각한 사람은 잔칫집에 어울리지 않아요.
슈튀시   근심거리에 시달리고 있거든 마음에서 훌훌 털어 버
           리시오,
           기회가 오면 얼른 잡으시오, 지금 세월이 하도 어수
           선하니까요,
           그러니 즐길 거리가 있으면 냉큼 잡아야지요.
           여기서는 결혼식이 있고, 다른 곳에서는 장례식이
           있지요.
텔   그리고 간혹 두 가지가 한꺼번에 닥치기도 하지요.
슈튀시   이제 세상은 그렇게 흘러가고 있어요.
           어디에나 불행이 만연해 있어요······.
           글라르너 주*에 산사태가 나서,

글래르니쉬 산의 한쪽이 완전히 무너져 내렸어요.

텔　　산도 흔들린단 말이오?

　　　세상에 확고부동한 게 아무것도 없군요.

슈튀시　다른 곳에서도 불가사의한 일이 일어났다는군요.

　　　바덴에서 온 사람한테서 들었지요.

　　　어느 기사가 말을 타고 왕에게 가려고 했는데,

　　　가는 도중에 말벌 한 떼를 만났답니다,

　　　그 벌들이 말에게 달려들자

　　　말은 고통을 이기지 못하고 죽고 말았대요,

　　　그래서 그는 걸어서 왕궁에 도착했답니다.

텔　　약자에겐 가시가 주어지는 법입니다.

(아름가르트가 몇몇 아이들을 데리고 와서 협곡의 입구에 선다.)

슈튀시　주에 커다란 불행이 일어날 징조라고 그러지요.

　　　자연에 거역하는 중대한 일들 말이오.

텔　　그런 일은 날이면 날마다 일어나지요.

　　　불길한 징조가 딱히 그런 걸 예고해 줄 필요가 없
　　　지요.

슈튀시　그렇긴 하지요, 조용히 자신의 논밭을 갈고,

　　　마음 편히 식구들과 집에 있는 사람은 복 받은 사
　　　람이지요.

텔　　못된 이웃의 마음에 들지 않으면

---

* 슈비츠 주와 우리 주에 인접한 주.

아무리 경건한 자라도 평화롭게 지낼 수 없어요.
(불안하게 기다리며 때때로 언덕길을 쳐다본다.)

슈튀시   자, 그럼, 안녕히 계십시오……. 여기서 누굴 기다리
는 거요?

텔   그렇습니다.

슈튀시   가족에게 무사히 돌아가시오!
……우리 주에서 오신 거요? 우리 주의 태수님도
오늘 그곳에서 오신다는데.

나그네   (오면서) 오늘은 태수가 못 올 거요.
큰비로 강물*이 불어
다리가 몽땅 떠내려가 버렸어요.

(텔이 일어선다.)

아름가르트 (앞으로 나와) 태수님이 못 오신다고요!

슈튀시   그에게 무슨 볼일이 있나요?

아름가르트 아, 물론 있고말고요!

슈튀시   왜 이 협곡에서 그의 길을 가로막고 있습니까?

아름가르트 그는 이곳에서 나를 피하지 못할 거예요,
그는 내 말을 들어야만 해요.

프리스하르트 (급히 협곡을 내려오며, 무대를 향해 외친다.) 어서
길을 비키시오…… 바로 내 뒤에 태수님이 말을 타
고 오고 계십니다.

―――――――――――

* 무오타 강.

(텔이 퇴장한다.)

아름가르트 (활기 있게) 태수님이 오신다고! (아이들과 함께 무대
　　　　　　앞쪽으로 간다.)

(게슬러와 루돌프 데어 하라스가 말을 타고 언덕길에 모습을 드러
낸다.)

슈튀시　　(프리스하르트에게) 폭우에 다리가 떠내려갔는데
　　　　　어떻게 강물을 건너왔소?
프리스하르트　우리는 호수와 사투를 벌였다오, 이보시오,
　　　　　그러니 알프스의 강물 따윈 두렵지 않소.
슈튀시　　폭우가 맹렬히 쏟아지는데도 배를 탔다고요?
프리스하르트　그렇소. 평생 그 일을 잊지 못할 거요…….
슈튀시　　오, 가지 말고, 이야기 좀 해 주시오!
프리스하르트　나를 붙잡지 마시오, 난 먼저 가서
　　　　　태수가 온다는 걸 성에 알려야 하오. (물러간다.)
슈튀시　　착한 사람들이 배에 타고 있었다면
　　　　　사람이고 쥐고 할 것 없이 깡그리 빠져 죽었을 텐데,
　　　　　저런 놈들은 홍수와 불에도 끄떡없으니.
　　　　　(주위를 둘러보며) 나와 이야기를 나누던 사냥꾼은
　　　　　어디 갔지? (퇴장한다.)

(게슬러와 루돌프 데어 하라스가 말을 타고 나타난다.)

게슬러　　자네 생각을 말해 보게, 난 황제의 신하야,

　　　　　그러니 어떻게 하면 그의 마음에 들지 생각해야 돼.

　　　　　그가 나를 이 주로 보낸 건 사람들에게 아부하고,

　　　　　그들을 부드럽게 대하라는 뜻이 아니야…….

　　　　　그는 복종을 기대하고 있어,

　　　　　나라에서 농부가 주인인가, 황제가 주인인가 하는

　　　　　문제로 다툼이 벌어지고 있어.

아름가르트　지금이 기회야! 지금 하소연해야지! (두려워하며 다
　　　　　가간다.)

게슬러　　내가 알트도르프에 모자를 걸어 놓은 것은

　　　　　장난삼아, 또는 사람들의 마음을 떠보기 위해서가
　　　　　아니네.

　　　　　난 진작부터 이들의 마음을 알고 있었어.

　　　　　난 이들이 꼿꼿이 들고 다니는 목을 내게 굽히는
　　　　　법을 배우도록

　　　　　모자를 걸어 둔 거라네.

　　　　　그것을 눈으로 보고, 잊고 있던 군주를

　　　　　이 사람들이 기억하도록,

　　　　　이들이 지나갈 수밖에 없는 길목에

　　　　　그 거북한 것을 세워 놓은 것이지.

루돌프 데어 하라스　하지만 민중에게도 어느 정도의 권리는 있
　　　　　지요…….

게슬러　　지금은 그런 걸 따질 때가 아니야!

　　　　　……세밀하고 복잡한 일이 벌어지고 있어,

　　　　　황실은 번창하려고 하네, 아버지*가 찬란하게 시작한

일을

아들**이 완수하려고 하지.

이 조그만 민족이 우리에게 걸림돌이야…….

어떤 식이로든…… 이들을 굴복시켜야 해.

(이들이 지나가려고 하는데, 아낙네가 총독 앞에 넙죽 엎드린다.)

아름가르트 가엾게 여겨 주십시오, 태수님! 자비를! 자비를 베

　　　　　풀어 주십시오!

게슬러　　그대는 어찌하여 대로에서 나의 앞길을 막느냐,

　　　　　……썩 물러 서라!

아름가르트 제 남편은 감옥에 갇혀 있어요,

　　　　　가련한 고아들이 빵을 달라고 울부짖고 있어요…….

　　　　　지엄하신 나리, 커다란 불행을 당한 우리를

　　　　　측은히 여겨 주십시오!

루돌프　　당신은 누구시오? 당신 남편이 누군데 그러시오?

아름가르트 리기 산 고지대의 풀을 베는 사람입니다, 나리,

　　　　　그이는 깊디깊은 낭떠러지 너머

　　　　　짐승도 감히 올라갈 엄두를 못 내는

　　　　　가파른 암벽에서 주인 없는 풀을 베지요.

루돌프　　(태수에게) 저런, 비참하고 가련한 인생이군요!

　　　　　저 불쌍한 남자를 풀어 주시는 게 어떨는지요,

* 루돌프 폰 합스부르크.

** 알브레히트 폰 합스부르크.

아무리 중죄를 저질렀다 하더라도,

그가 하는 끔찍한 일로 충분히 벌을 받은 겁니다.

(아낙네에게) 판결을 내리도록 하겠습니다…… 성안

에 들어가서 청원하세요…….

여기는 그럴 장소가 아니오.

아름가르트 아니, 안 돼요, 전 이 자리를 떠나지 않을 겁니다,

태수님이 남편을 되돌려 줄 때까지 말이에요!

그이는 벌써 여섯 달 동안이나 성탑에 갇혀

헛되이 판결을 기다리고 있습니다.

게슬러 이봐, 나에게 폭력을 가할 건가? 비켜라!

아름가르트 정의를 세우세요, 태수! 당신은 황제와 하느님을 대

리한 주의 재판관입니다. 당신의 의무를 다하세요!

당신이 하늘의 정의를 바란다면

우리에게 보여 주세요.

게슬러 어서 비켜라, 이 무례한 여편네가, 내 눈앞에서 썩

꺼지지 못해.

아름가르트 (말의 고삐를 움켜쥐며) 아니, 안 돼요, 나에겐 더 이

상 잃어버릴 것이 없어요.

……판결을 내리기 전에는

이 자리에서 꼼짝도 하지 못해요, 태수님…….

마음대로 이맛살을 찌푸리고 눈알을 부라려 보세

요…….

우린 하도 불행해서 당신의 분노에도 아랑곳하지

않아요.

게슬러 이 여편네야, 길을 비켜라!

안 그러면 내 말이 네 위를 뛰어넘을 거다.

아름가르트   어디 내 위로 타고 넘어가 보세요…… 자……. (아
이들을 땅에 엎드리게 하고 그들과 함께 드러누워 총독
의 앞길을 가로막는다.)

난 내 아이들과 여기 누워 있겠어요…….

이 불쌍한 고아들을 당신 말의 발굽으로 어디 짓밟
아 보세요,

그보다 더 악랄한 짓도 했잖아요.

루돌프   이 여자가, 어디서 미쳐 날뛰고 그래?

아름가르트   (더욱 격렬하게 악다구니를 쓰며) 당신은 진작부터
황제의 주를 짓밟고 있어요!

……오, 난 일개 아낙네에 불과해요! 만일 내가 남
자라면

여기 구덩이에서 먼지를 뒤집어쓰고 누워 있는 것
보다는

더 나은 일을 할 수도 있을 텐데…….

(언덕 위에서 방금 전의 음악이 다시 울리는데, 이번에는 은은하게
울려온다.)

게슬러   내 하인들이 어디 있느냐?

저 여자를 냉큼 끌어내라, 그렇게 하지 않으면

자제력을 잃고 내가 후회할 일을 할지도 몰라.

루돌프   하인들은 이곳으로 뚫고 지나올 수 없습니다, 나리,

결혼식 때문에 협곡이 막혀 있거든요.

게슬러   내가 이자들을 너무 부드럽게 다스렸어······.
             아직 혓바닥을 마음대로 놀리고 있어,
             아직 이들이 완전히 길들여지지 않았어······.
             하지만 이젠 달라져야 해, 내 맹세하지,
             이 뻣뻣한 생각을 꺾어 버려야지,
             불손한 이 자유정신을 굴복시켜야지.
             이 주에 새로운 법을 공표해야겠어······ 해야겠어······.
             (화살 하나가 그의 몸을 관통한다. 그는 손을 가슴에 갖
             다 대고는 쓰러지려고 한다. 힘없는 목소리로) 주여, 저
             에게 자비를 베푸소서!

루돌프   태수님······ 어이쿠, 이게 무슨 일이지? 이게 어디서
             날아왔지?

아름가르트   (화들짝 놀라며) 살인이야! 살인! 비틀거리다 넘어
             졌어! 그가 맞았어!
             가슴에 화살을 정통으로 맞았어!

루돌프   (말에서 뛰쳐내려) 이런 끔찍한 일이 일어나다니······
             이럴 수가······ 기사님······
             하느님께 자비를 비세요······ 죽게 생겼습니다!

게슬러   이건 텔이 쏜 화살이야. (말에서 떨어져 루돌프 하라
             스의 팔에 안겼다가 의자에 뉘어진다.)

텔   (저 위 바위 꼭대기에서 모습을 드러내고) 쏜 사람을
             알고 있군, 그러니 엉뚱한 사람을 찾지 마라!
             이제 오두막 사람들은 자유를 얻고,
             죄 없는 사람들은 너에게서 안전해질 거야!
             너는 더 이상 주에 해를 끼치지 못할 거야.

(텔이 높은 곳에서 사라지자, 사람들이 후닥닥 달려든다.)

슈튀시   (앞장서서) 여기 무슨 일이오? 무슨 일이 일어났소?
아름가르트 태수님이 화살에 맞았어요.
사람들   (우르르 달려들면서) 누가 맞았다고요?

(결혼식 행렬의 맨 선두에 선 사람들이 무대에 나타나는 동안 맨 뒤의 열은 아직 언덕 위에 있다. 음악이 계속된다.)

루돌프   피 흘리며 죽어 가고 있어.
         비켜요, 도와들 주세요! 살인자를 쫓으시오!
         ……끝장났어, 이젠 분명 글렀어.
         나의 경고를 끝내 귀담아 듣지 않더니!
슈튀시   이럴 수가! 창백하게 누워, 숨이 끊어졌구나!
많은 목소리들 누가 이런 일을 했지요?
루돌프   이 사람들이 정신 나갔나,
         살인이 일어났는데 음악을 연주하다니? 그만하시오!
         (돌연 음악이 멈추고, 점점 더 많은 사람들이 따라온다).
         태수님, 말씀해 보세요, 할 수 있다면……
         나에게 털어놓을 말씀이 더 이상 없으세요?
         (게슬러는 손짓을 하면서, 그것이 곧장 이해되지 않자 열심히 몇 번이나 반복한다.)
         어디로 가라고요? ……퀴스나흐트로요? ……무슨
         말인지 모르겠어요……
         오, 초조해하지 마십시오……. 속세의 일은 그냥 놔

두시고,
이젠 하늘과 타협할 생각이나 하세요.

(결혼식에 모인 사람들이 아무 감정 없이 공포심에 싸인 채 죽어 가
는 사람을 둘러싸고 서 있다.)

슈튀시   보세요, 창백해지고 있어요······.
          이제, 이제 그의 숨이 끊어지려고 해요······.
          눈이 흐려졌어요.
아름가르트 (아이를 들어 올리며) 애들아, 보아라, 폭군이 죽어
          가는 모습을!
루돌프   정신 나간 여자들, 너희는 감정도 없느냐,
          이런 끔찍한 장면을 보고 즐기다니?
          ······도와들 주시오······ 손을 대시오······ 저분의 가
          슴에 박힌
          고통스러운 화살을 빼내도록 나를 도와줄 사람이
          아무도 없소?
여자들   (뒤로 물러서서) 하느님께 두들겨 맞은 자에게 손을
          대라니!
루돌프   천벌 받을 것들! (칼을 뽑아 든다.)
슈튀시   (그의 팔을 붙잡으며) 그만두시오, 나리!
          여러분의 통치는 끝났소.
          주의 폭군이 거꾸러졌소.
          우린 더 이상 폭력을 참지 않습니다.
          우린 자유민이란 말이오.

모두   (떠들썩하게 소란을 일으키며) 주가 자유를 얻었어.

루돌프   일이 그렇게 되었나?

　　　　　 공포와 복종이 그렇게 빨리 끝나 버렸는가?

　　　　　 (몰려드는 무장 하인들에게) 여러분은 여기서 끔찍한

　　　　　 살인이 일어난 것을 보고 있다…….

　　　　　 도움이 아무런 소용이 없어…….

　　　　　 살인자를 쫓아 봐야 부질없는 짓이야.

　　　　　 우리에겐 다른 걱정이 시급하다…… 출발, 퀴스나흐

　　　　　 트로,

　　　　　 황제의 성채를 구하러!

　　　　　 이 순간은 모든 질서와 의무의 구속이 무너져서

　　　　　 어떤 사람의 충성심도 믿을 수 없기 때문이야.

(그가 무장 하인들과 퇴장하는 동안 의료 봉사 수도회의 수도사 여
섯 명이 등장한다.)

아름가르트 비키시오! 비켜요! 저기에 의료 봉사 수도사들이

　　　　　 오고 있어요.

슈튀시   희생자가 쓰러져 있으니…… 까마귀들이 내려오네.

의료 봉사 수도사들 (죽은 사람을 반쯤 빙 둘러싸고 저음으로 노래

　　　　　 부른다.) 죽음은 사람들에게 성급히 다가오네,

　　　　　　 아무런 기한도 주지 않고,

　　　　　 인생길을 가는 도중에 그를 쓰러뜨리고,

　　　　　　 한창 살아가는 중에 빼앗아 가네,

　　　　　 갈 준비를 하든 말든

자신의 재판관 앞에 서지 않을 수 없네!

(마지막 행이 되풀이되는 동안 막이 내려온다.)

5막

1장

알트도르프 근처의 광장.

무대 뒤쪽 오른편으로 1막 3장에서처럼 아직 비계가 세워져 있는 츠빙 우리 성채가 보인다. 왼쪽으로는 많은 산들이 보이고, 산 위에서는 봉화가 타오르고 있다. 막 먼동이 트고 있고, 멀리 사방에서 종소리가 울린다.

루오니, 쿠오니, 베르니, 석수 장인, 그리고 많은 다른 주민들. 부녀자들도 있다.

루오디   산 위의 봉화가 보이지요?

석수 장인 저 건너 숲 속에서 종소리가 들리지요?

루오디   적들이 쫓겨났어요.

석수 장인 성들*이 함락됐어요.

---

* 운터발덴 주의 로스베르크 성과 자르넨 성.

루오디   그런데 우리 주 사람들은 아직 폭군의 성채를 견디
        고 있단 말인가요?
        우리가 마지막으로 자유를 선언할 생각인가요?
석수 장인 우리를 옭아매려는 저 멍에를 그대로 놔둬야겠어요?
        쳐들어가서 허물어뜨립시다!
모두   무너뜨립시다! 무너뜨립시다! 무너뜨립시다!
루오디   우리 주의 황소는 어디 계시오?
우리 주의 황소   여기 있소. 무슨 일이오?
루오디   산 위의 전망대로 올라가서 호른을 부시오,
        멀리 산속으로 쩌렁쩌렁 울려 퍼지도록,
        협곡에 울려 퍼지는 메아리가 산사람들을 깨워서
        속히 불러 모으도록 말이오.

(우리 주의 황소가 퇴장하고, 발터 퓌르스트가 등장한다.)

발터 퓌르스트 멈추시오, 동지들! 잠깐 멈추시오!
        운터발덴과 슈비츠에서 무슨 일이 일어났는지
        아직 우리에게 소식이 없소.
        우선 전령을 기다리기로 합시다.
루오디   뭘 기다립니까?
        폭군은 죽었고, 자유의 날이 떠올랐는데요.
석수 장인 . 사방의 산 위에서 불타오르는
        불꽃 전령으로 충분하지 않나요?
루오디   모두 갑시다, 가서 힘을 합칩시다,
        남녀 할 것 없이!

비계를 부수시오! 아치들을 때려 부숴요!

장벽을 무너뜨려요! 돌 하나도 남지 않게요!

석수 장인 동료 여러분, 갑시다! 우리가 지은 거니

부수는 방법도 우리가 압니다.

모두 자, 갑시다! 무너뜨립시다! (사방에서 건축물을 향해

달려간다.)

발터 퓌르스트 일이 벌어졌어. 이들을 더는 말릴 수 없어.

(멜히탈과 바움가르텐이 오고 있다.)

멜히탈 뭐라고? 성이 아직 그대로 있다고?

자르넨 성은 잿더미가 되었고, 로스베르크는 무너졌

는데?

발터 퓌르스트 당신이오, 멜히탈? 우리에게 자유를 가지고 왔소?

말해 보시오! 모든 주에서 적들이 다 물러갔나요?

멜히탈 (그를 부둥켜안으며) 이 땅이 말끔해졌어요. 기뻐하십

시오, 어르신!

우리가 말하는 이 순간,

스위스 땅에 더 이상 폭군은 없습니다.

발터 퓌르스트 오, 말해 보시오, 어떻게 성을 점령했는지?

멜히탈 자르넨 성을 점령한 분은 루덴츠였어요,

사나이다운 배짱과 용기로 말입니다!

나는 야밤에 로스베르크에 미리 올라갔어요.

……하지만 들어 보십시오, 무슨 일이 일어났는지.

우리가 성을 차지하고 나서 즐거워하며 불을 질렀

지요,

타다닥 소리를 내며 불꽃이 벌써 하늘로 치솟고 있
었어요,

그때 게슬러의 시동인 디트헬름이 뛰쳐나오며

브루네크 부인이 불에 타고 있다고 외쳤어요.

발터 퓌르스트 하느님, 불쌍히 여기소서!

(비계의 각재가 허물어지는 소리가 들린다.)

멜히탈   바로 그녀였어요, 총독의 분부로 비밀리에 그곳에
간혀 있었지요,

루덴츠가 미친 듯이 일어섰지요…….

벌써 각재가, 견고한 기둥들이 무너지는 소리가 들
렸거든요,

그리고 연기 속에서 불행을 당한 여자가

절규하는 소리가 들렸어요.

발터 퓌르스트 그녀는 구조되었소?

멜히탈   신속함과 결단이 필요했지요!

……루덴츠가 단지 귀족에 불과했다면

우리는 우리 목숨을 아꼈겠지요,

하지만 그는 우리 동맹의 동지였고,

베르타는 민중을 존중했지요…….

그래서 우리는 의연하게 목숨을 걸고

불 속에 뛰어들었지요.

발터 퓌르스트 그녀가 구조되었소?

멜히탈   그렇습니다. 루덴츠와 제가 구했지요.
         우리 둘이 화염을 뚫고 그녀를 들고 나오는데
         우리 뒤에서 들보가 우지끈 하고 무너졌어요.
         ……그때 그녀는 자신이 구출된 것을 알고
         햇빛을 향해 두 눈을 번쩍 떴지요,
         그러자 남작이 내 가슴에 달려들어
         말없이 동맹이 맺어졌습니다,
         그것은 이글거리는 화염 속에서 굳게 달궈졌으니
         어떤 운명의 시련도 견뎌 낼 겁니다…….
발터 퓌르스트 그 란덴베르거는 어디 있소?
멜히탈   브뤼니히 고개를 넘어 갔어요.
         제 아버지의 눈을 멀게 한 그자가
         온전히 시력을 보존한 것은 제 잘못이 아닙니다.
         저는 쫓아가 도망치고 있는 그를 따라잡고는
         아버지의 발치에 끌어다 놓았지요,
         전 그의 몸에 벌써 칼을 휘둘렀지만
         눈먼 노인이 자비를 베풀라고 간곡히 부탁하는 바
         람에
         그는 간신히 목숨을 부지하게 되었지요.
         그는 다시 돌아와 복수를 하지 않겠다고 서약했지요,
         우리의 힘을 느꼈을 테니 이를 지킬 겁니다.
발터 퓌르스트 깔끔한 승리를 피로 물들이지 않기를 참 잘했소!
아이들   (부서진 비계 조각들을 들고 급히 무대를 지나가며) 자
         유다! 자유가 왔다!

(우리 주의 호른 소리가 힘차게 울려 퍼진다.)

발터 퓌르스트 보시오, 굉장한 축제입니다!
　　　　　아이들은 훗날 노인이 되어도 이날을 잊지 못할 겁
　　　　　니다.

(소녀들이 모자가 걸린 장대를 들고 오며, 무대는 온통 사람들로 넘
쳐난다.)

루오디　　우리가 그 앞에서 허리를 굽혀야만 했던 모자가 여
　　　　　기에 있소.
바움가르텐 이걸 어떻게 할 건지 우리에게 알려 주시오.
발터 퓌르스트 맙소사! 우리 손자가 이 모자 밑에 서 있었지.
여러 목소리 폭군의 권력을 상징하는 기념물을 없애 버리시오!
　　　　　그걸 불 속에 집어넣으시오!
발터 퓌르스트 아니오, 이걸 보존하도록 합시다!
　　　　　폭정의 도구로 쓰였지만,
　　　　　영원한 자유의 징표가 되도록 합시다!

(주민들. 남자들, 여자들과 아이들이 부서진 비계의 각재 위에 그림
처럼 무리를 지어 커다란 반원을 그리며 서 있거나 앉아 있다.)

멜히탈　　이제 우린 폭정의 잔해 위에
　　　　　즐거운 마음으로 서 있습니다,
　　　　　우리가 뤼틀리에서 맹서했던 게

훌륭하게 이루어졌습니다, 맹약의 동지들.

발터 퓌르스트 일이 시작된 거지, 완수된 것은 아닙니다,

이제 우리에게 용기와 군건한 단결이 필요하오,

왕이 지체 없이 태수의 죽음에 복수하고,

쫓겨난 자를 무리하게 원래 자리에 앉히려고 할 게

불을 보듯 뻔하기 때문이오.

멜히탈 자신의 군대를 끌고 오라지요,

내부의 적도 쫓아냈는데

외부의 적이라고 물리치지 못하겠습니까.

루오디 우리 주에서는 몇 개의 고갯길만 그에게 열려 있으니,

우리 몸으로 수호합시다.

바움가르텐 우리는 영원한 결속으로 하나가 되어 있으니

그의 군대에 겁먹지 않을 겁니다.

(뢰셀만과 슈타우파허가 온다.)

뢰셀만 (들어서면서) 하늘의 무서운 심판이오.

주민들 무슨 일인데요?

뢰셀만 우리가 어떤 시대에 살고 있는지!

발터 퓌르스트 무슨 일인지 말씀해 보시겠소? ……어, 당신은

베르너 씨 아니시오?

무슨 소식을 갖고 오셨나요?

뢰셀만 들어 보면 놀라실 겁니다!

슈타우파허 우리는 커다란 공포에서 해방되었잖소…….

뢰셀만 황제가 살해되었어요.

발터 퓌르스트 자비로운 신이시여!

(사람들이 일어나서 슈타우파허를 둘러싼다.)

모두   살해되었다고! 뭐라고! 황제가! 들어 봅시다! 황제가!
멜히탈   그럴 수가! 어디서 그런 소식을 들었소?
슈타우파허 확실한 소식입니다. 브루크* 근처에서
            황제 알브레히트가 암살자의 손에 쓰러졌습니다…….
            믿을 만한 사람인 요하네스 뮐러가 샤프하우젠에서
            듣고 온 소식이오.
발터 퓌르스트 누가 그런 끔찍한 일을 저질렀는데요?
슈타우파허 범인이 누군지 알면 더욱 끔찍합니다.
            그의 조카, 그 동생의 자식이 그랬습니다,
            요한 폰 슈바벤 공작이 그 일을 저질렀어요,
멜히탈   무엇 때문에 백부를 죽였답니까?
슈타우파허 황제가 안달하며 재촉하는 조카에게
            아버지의 유산을 주지 않고 있었대요,
            그는 조카의 유산을 빼앗는 대신
            주교 자리를 주고 어물쩍 넘어가려고 했어요.
            어찌 됐든 간에…… 젊은 공작은
            친구들의 사악한 충고에 귀를 기울였고,
            에셴바흐, 테거펠덴, 바르트, 팔름의 귀족들과 함께
            결심했답니다,

---

* 아르가우 주의 아레 강변에 있는 소도시.

　　　　　권리를 찾을 수 없으니,

　　　　　자기 손으로 복수하기로요.

발터 퓌르스트　오, 말해 보시오, 그 끔찍한 일이 어떻게 일어났
　　　　　는지요?

슈타우파허　황제는 바덴의 슈타인 성에서 궁성이 있는

　　　　　라인펠트로 말을 타고 내려가고 있었답니다,

　　　　　황제의 조카 한스 공*과 황제의 둘째 아들 레오폴
　　　　　트 공,

　　　　　그리고 지체 높은 수행원들과 함께 말입니다.

　　　　　그러다가 나룻배를 타고 건너야 하는

　　　　　로이스 강에 이르렀을 때,

　　　　　살인자들이 배 안으로 들이닥쳐

　　　　　황제를 수행원들과 떼어 놓았습니다.

　　　　　그러자 황제가 밭으로 말을 몰았습니다.

　　　　　── 그 아래에는 이교도 시절에 세워진 고도(古都)
　　　　　가 있었지요 ──

　　　　　자기 가문의 왕권이 유래한

　　　　　옛 합스부르크 성을 눈앞에 두고……

　　　　　그때 한스 공작이 단도로 황제의 목을 찔렀고,

　　　　　루돌프 폰 팔름은 창으로 그를 찔렀으며,

　　　　　에셴바흐가 그의 머리를 난도질하자

　　　　　황제는 피투성이가 된 채 고꾸라졌지요,

　　　　　자기 친척의 손에, 자신의 영지에서 살해되었지요,

---

* 요한 폰 슈바벤 공작.

강 건너편 사람들이 이 일을 보았지만,

강물에 막혀 무기력하게 비명을 지르는 수밖에 없

었답니다,

길가에 어떤 불행한 아낙이 앉아 있었는데,

황제는 그녀의 품에 안겨 피 흘리며 죽어 갔답니다.

멜히탈 그렇게 일찍 제 무덤을 파고 말았군요,

한없이 욕심 부리며 뭐든지 가지려고 하더니만.

슈타우파허 우리 주에 이루 말할 수 없는 공포감이 만연해 있

어요,

산마다 고갯길이 막혀 있고,

주마다 경계선을 지키고 있지요,

삼십 년 동안 줄곧 열려 있던

유서 깊은 취리히마저 성문을 닫아 버렸어요,

살인자들이 무서워서, 그보다도 복수자들이 더 무

서워서요.

헝가리의 여왕인 독한 여자 아그네스*가 파문의 저

주**를 내리겠다며

무기를 들고 오고 있으니까요.

여성의 부드러움을 알지 못하는 그녀는

살인자들의 가문, 그들의 하인들과 자식들,

손자들에게까지 복수하러 오고 있습니다,

심지어 그들 성의 돌멩이에게도 보복을 하겠답니다.

---

* 알브레히트의 장녀로 헝가리 왕 안드레아스 3세의 미망인.

** 파문의 저주를 받으면 법의 보호를 받을 수 없기 때문에 저주를 받은 사

람을 약탈하거나 살해해도 처벌받지 않음.

그녀는 맹세를 했답니다, 모든 혈족을

아버지의 무덤에 묻어 버리고,

5월의 이슬로 목욕하듯* 피로 목욕시키겠다고요.

멜히탈 살인범들이 어디로 도망쳤는지 아십니까?

슈타우파허 일을 마친 후 곧장 도망쳤지요,

다섯 개의 다른 길로 뿔뿔이 흩어져서,

다시는 서로 만나지 않기로 하고 헤어졌답니다…….

요한 공작은 산속에서 헤매고 있다지요.

발터 퓌르스트 범행으로 아무런 소득도 얻지 못했군요!

복수로는 이득을 얻지 못하지요!

복수 자체가 끔찍한 양식이고, 그것의 향유는 살인

이며,

그것을 배불리 먹는 건 공포의 전율입니다.

슈타우파허 살인자들은 범행으로 아무 이득도 얻지 못하지요,

하지만 피비린내 나는 비행의 결과로

커다란 두려움이 제거되었기 때문에, 우리는

깨끗한 손으로 축복받은 과일을 따게 되지요,

자유를 위협하는 가장 커다란 적이 쓰러졌습니다,

들리는 소문에 의하면, 합스부르크 왕가에서

다른 가문으로 황제권이 넘어간다고 합니다,

독일 제국은 황제 선거권을 갖겠다고 주장합니다.

발터 퓌르스트와 몇몇 사람들 여러분, 무슨 소문이라도 들은 것이

있소?

---

* 5월의 이슬로 목욕을 하는 것이 미용과 건강에 좋다고 함.

슈타우파허 룩셈부르크 백작*이 벌써 가장 많은 지지를 받고
           있습니다.

발터 퓌르스트 우리가 제국에 충성하기를 잘했어요,
           이제 정의를 기대할 수 있을 겁니다!

슈타우파허 새로운 군주에겐 용감한 친구들이 필요할 겁니다,
           그가 오스트리아의 보복에서 우리를 지켜 줄 겁니다.

(주민들이 서로를 껴안는다. 제국의 사절과 함께 성구 관리인이 등장
한다.)

성구 관리인 주의 존경받는 지도자들이 여기 계십니다.

뢰셀만과 몇몇 사람들 성구 관리인, 무슨 일이오?

성구 관리인 제국의 사절께서 이 서한을 가져오셨습니다.

모두   (발터 퓌르스트에게) 봉인을 뜯어서 읽어 보시오.

발터 퓌르스트 (읽는다.) "우리 주, 슈비츠 주, 운터발덴 주의 분
           별 있는 사람들에게
           엘스베트 왕비**께서 자비와 축복을 내리시는 바입
           니다."

많은 목소리들 왕비가 무얼 바란다고? 그녀의 제국은 끝났어.

발터 퓌르스트 (읽는다.) "군왕이 유혈 사태로 서거하는 바람에
           엘스베트 왕비는 커다란 고통을 겪고
           미망인으로서 슬픔에 잠겨 있지만,

---

* 알브레히트 1세가 암살된 후 황제로 선출된 하인리히 7세.

** 알브레히트 1세의 미망인.

슈비츠 주의 옛 충성과 사랑을

아직 잊지 않고 있노라."

멜히탈　　그녀가 행복할 때는 한 번도 이러지 않더니만.

뢰셀만　　쉿! 좀 들어 보세요!

발터 퓌르스트　(읽는다.)"그리고 왕비는 충성스러운 주민들이

이런 일을 저지른

저주스러운 범인들을 응당 혐오하리라고 기대하노라,

그리하여 왕비는 세 주의 주민들에게

루돌프 왕가로부터 받은

사랑과 옛 은총을 생각하여,

살인자들을 결코 도와주지 말고,

오히려 이들을 복수자의 손에 넘겨주는 일에

충성스럽게 도움을 주기를 바라노라."

(주민들이 언짢은 표시를 한다.)

많은 목소리들　사랑과 은총이라니!

슈타우파허　우리가 부왕한테서는 은총을 받긴 했지만,

아들한테서 무얼 받았다고 자랑할 수 있을까요?

이전 황제들이 다 그랬던 것처럼

그가 자유민 증서를 우리에게 공인해 주었나요?

그가 공정한 판결에 따라 재판을 하고,

억압받는 죄 없는 사람들을 보호해 주었나요?

우리가 불안에 떨며 그에게 보낸

전령의 말만이라도 들어 보려 했나요?

왕이 우리에게 해 준 것은 이들 가운데
아무것도 없었습니다, 우리 자신의 용감한 손으로
스스로 권리를 확보하지 않았더라면
우리가 아무리 곤경에 처해도
그는 눈 하나 까딱하지 않았을 겁니다,
── 이런 그에게 고마워하라고요?
그는 이 골짜기에 고마움의 씨앗을 뿌리지 않았습
니다.
그는 높은 자리에 있으면서
자기 백성들의 아버지가 될 수 있었으련만,
그의 마음에는 자기 식구들 걱정밖에 없었습니다,
자신이 잔뜩 수를 불려 놓은 그 사람들이나 그를
애도하라지!

발터 퓌르스트 우린 그의 불행에 쾌재를 부르자는 것이 아니고,
우리가 화를 당했던 것을 지금 기억하자는 것도 아
니오,
우린 그럴 생각이 없소이다! 하지만 우리에게 선행
을 베푼 적이 없는
황제의 죽음에 복수를 한다는 것,
그리고 우리를 슬프게 한 적이 없는 사람들을 박해
한다는 것은
우리에게 어울리지 않고, 우리가 마땅히 할 일도 아
닙니다.
사랑은 자발적으로 희생을 감수하려고 하고,
죽음은 강요된 의무에서 벗어나게 해 줍니다,

……우린 그에게 더 이상 해 줄 게 없습니다.

멜히탈   왕비가 자신의 방에서 눈물지으며,

격심한 고통에 사로잡혀 하늘을 원망하고 있다면,

여기서는 불안에서 해방된 사람들이

바로 이 하늘에 고마워하며 애원하는 모습이 보입
니다…….

동정의 눈물을 사려는 자는 사랑의 씨를 뿌려야 하
지요.

(제국의 사절이 퇴장한다.)

슈타우파허 (사람들에게) 텔이 어디 있지요? 자유의 씨를 뿌린

그만 우리 곁에 없어서야 되겠습니까?

그는 가장 위대한 일을 해냈고,

가장 가혹한 일을 견뎌 냈습니다,

자, 다들 갑시다, 그의 집에 순례를 가서

우리 모두를 구원해 준 그에게 만세를 외칩시다.

(모두 퇴장한다.)

2장

텔의 집 부엌, 현관과 거실.
화덕에서 불이 타고 있다. 열린 문으로 바깥이 보인다.
헤트비히, 발터와 빌헬름.

헤트비히 오늘 아버지가 오신다. 애들아, 사랑하는 아이들아!
         아버지가 살아 계시고, 자유의 몸이란다, 우리 모두
         자유를 얻었어!
         그리고 바로 너희 아버지가 우리 주를 구해 내셨단다.
발터   그리고 저도 한몫했어요, 어머니!
         저도 거기에 포함시켜 줘야 해요.
         아버지의 화살이 바로 내 목숨을 비켜 지나갔지만,
         나는 떨지 않았어요.
헤트비히 (그를 껴안으며) 그래, 나는 다시 너를 얻었어!
         너를 두 번 낳은 셈이야!

너 때문에 두 번이나 산고에 시달렸지!

이젠 지나간 일이지……. 너희 둘 다 내 곁에 있구

나, 둘 다!

그리고 오늘 사랑하는 아버지가 돌아오신다!

(수도승 한 명이 대문에 나타난다.)

빌헬름　　보세요, 어머니, 저기 좀 보세요…… 경건한 수도승

이 저기에 서 있어요!

적선을 해 달라고 할 것이 분명해요.

헤트비히　기운을 좀 차리도록 안으로 들어오시게 해라,

그는 경사가 난 집에 왔음을 느낄 게다. (안으로 들

어갔다가 잔을 들고 다시 나온다.)

빌헬름　　(수도승에게) 이보세요, 이리 오세요. 어머니께서 드

실 것을 주시겠대요.

발터　　들어오세요, 푹 쉬셨다가 기운을 차리고 떠나세요.

수도승　　(당황한 표정으로 쭈뼛쭈뼛 주위를 두리번거리며) 여기

가 어디지? 어느 주인지 좀 말해 주겠니?

발터　　길을 잃으셨나 봐요, 그것도 모르는 걸 보니?

여긴 우리 주의 뷔르글렌입니다, 나리.

셰헨탈로 들어가는 곳 말입니다.

수도승　　(되돌아오는 헤트비히에게) 당신 혼자입니까? 남편은

집에 안 계시나요?

헤트비히　지금 막 돌아올 거예요……. 그런데 무슨 일이신가

요, 이보세요?

좋은 소식을 가져오는 사람처럼 보이지 않는데요,

……댁이 누구든 간에 목이 마르실 테니, 좀 드세

요! (그에게 잔을 건넨다.)

수도승   내가 아무리 목이 말라 갈증에 시달리더라도

당신이 나에게 약속해 줄 때까지……

아무것에도 손대지 않겠어요.

헤트비히   내 옷에 손대지 마세요,

나에게 너무 가까이 다가오지 마세요,

내가 당신 말을 듣기를 원한다면

멀리 떨어져 계세요.

수도승   손님을 환대하듯 활활 타오르는 이 불 옆에서,

내가 껴안는 당신 아이들의 소중한 머리 옆에서…….

(아이들을 붙잡는다.)

헤트비히   이봐요, 무슨 생각을 하고 계세요?

내 아이들한테서 물러서세요!

……수도승이 아니군요! 아닌 것 같아요!

이 옷 속에는 평화가 깃들어 있지만,

당신의 표정에는 평화가 없어요.

수도승   나는 이 세상에서 가장 불행한 사람이오.

헤트비히   불행은 강력하게 마음에 호소하는 법이지만,

당신의 눈빛은 내 속을 옥죄고 있어요.

발터   (벌떡 일어나며) 어머니, 아버지가! (후닥닥 밖으로 뛰

쳐나간다.)

헤트비히   아니, 이럴 수가! (뒤따라가려고 하다가 몸을 떨면서 멈

춰 선다.)

빌헬름   (뒤따라 급히 뛰어나가) 아버지!

발터   (바깥에서) 돌아오셨네요!

빌헬름   (바깥에서) 아버지, 사랑하는 아버지!

텔   (바깥에서) 그래, 돌아왔다…… 어머니는 어디 계시
니? (안으로 들어선다.)

발터   저기 문가에 서서 어쩔 줄 몰라 하고 계세요,
너무 놀라고 너무 반가워서 몸을 떨고 계시네요.

텔   오, 여보, 여보! 애들 엄마!
신께서 도우셨소…… 어떤 폭군도 더는 우리를 갈
라놓지 못할 거요!

헤트비히   (그의 목에 매달리며) 오, 여보, 여보! 당신 때문에 얼
마나 불안에 떨었는지 몰라요!

(수도승이 그 모습에 주목한다.)

텔   이제 불안을 잊고 그저 즐겁게 살아요!
내가 다시 돌아왔잖소! 이게 내 오두막이오!
다시 내 집에 서 있는 거요!

빌헬름   석궁은 어디다 두셨어요, 아버지?
보이지 않네요.

텔   다시는 그걸 보지 못할 거다!
신성한 장소에 보관해 두었단다,
앞으로 다시는 그걸 사냥에 쓰지 않을 거다!

헤트비히   오, 여보, 여보! (뒤로 물러서며, 그의 손을 놓는다.)

텔   왜 그리 놀라는 거요, 여보?

헤트비히　어떻게…… 어떻게 나에게 돌아올 수 있었던 거죠?
　　　　　……이 손,
　　　　　……이 손을 잡아도 되는 건가요? ……이 손, ……오,
　　　　　이럴 수가!

텔　　　　(진심으로 용기 있게) 가족을 지키고 주를 구했소,
　　　　　그러니 거리낌 없이 이 손을 하늘로 치켜들 수 있소.
　　　　　(수도승이 급히 움직이는 모습을 목격하고) 저 수도승
　　　　　은 누구지?

헤트비히　아, 깜빡 잊었네요!
　　　　　저 사람과 이야기해 보세요, 나는 가까이 가는 게
　　　　　무서워요.

수도승　　(보다 가까이 다가와) 당신이 태수를 쓰러뜨린 그 텔
　　　　　인가요?

텔　　　　내가 그 사람이오, 난 그 사실을 아무에게도 숨기
　　　　　지 않아요.

수도승　　당신이 바로 그 텔이라고요!
　　　　　아, 나를 당신의 집으로 인도한 것은
　　　　　신의 손길이었군요.

텔　　　　(두 눈으로 그를 훑어보고) 당신은 수도승이 아니군
　　　　　요! 당신은 누구시오?

수도승　　당신은 당신에게 몹쓸 짓을 한 태수를 쏘아 죽였지
　　　　　요…….
　　　　　나도 나의 권리를 거부한 적을 때려 죽였소…….
　　　　　그는 나의 적이자 당신의 적이었지요…….
　　　　　난 그에게서 주를 해방시켰소.

텔	(뒤로 흠칫 물러나면서) 당신이……
	이런 깜짝 놀랄 일이…… 얘들아, 얘들아, 들어가 있
	어라.
	여보, 가요! 가요! 어서 가요!
	……불행한 사람 같으니, 당신이……
헤트비히	대체, 누군데요?
텔	묻지 마요!
	저리 가요! 저리 가요! 아이들이 들어서는 안 되오.
	집 밖에 나가 있어요…… 멀리감치 떨어져요…….
	이 사람과 한 지붕 아래 있어서는 안 되오.
헤트비히	나 참, 대체 무슨 일인데 그래요? 자, 가자꾸나! (아
	이들과 함께 퇴장한다.)
텔	(수도승에게) 당신은 오스트리아의 공작이군요…….
	그렇죠! 당신은 백부이자 군주이신 황제를 때려죽
	인 분이군요.
요하네스 파리치다	그는 내 유산을 강탈해 간 자였습니다.
텔	당신의 백부이신 황제를 때려죽이다니!
	그런데도 아직 이 땅에 시퍼렇게 살아 있다니!
	태양이 아직 그대를 비추다니!
파리치다	텔, 내 말 좀 들어 보시오, 에, 당신이……
텔	백부이신 황제를 살해하고
	피가 뚝뚝 흘러내리는 몸으로
	깨끗한 우리 집에 감히 발을 들여놓다니,
	선량한 사람에게 그 얼굴을 내보이고,
	감히 손님으로서 대접받을 권리를 요구한단 말인가요?

파리치다	당신 집에서는 자비를 베풀어 주리라 기대했소,
	당신도 당신의 원수에게 복수를 했으니까요.
텔	불행한 사람이여!
	명예욕 때문에 잔학한 살인을 한 그대의 죄를
	아비의 정당방위와 혼동해서야 되겠어요?
	그대는 자식들의 사랑스러운 머리를 지켜 주었나요?
	가정의 신성함을 보호했나요?
	그대 가족에게서 가장 끔찍한 것,
	궁극적인 것인 목숨을 지켜 주었나요?
	── 깨끗한 내 두 손을 하늘로 쳐들고
	그대와 그대의 행위를 저주하노라 ──
	난 그대가 더럽힌 신성한 자연을 위해 복수했어
	요…….
	나는 그대와 공통점이 하나도 없어요…….
	그대는 살인을 저질렀고, 난 나의 가장 소중한 것을
	지켜 냈어요.
파리치다	나를 인정사정없이 절망의 구렁텅이에 빠뜨리려는
	겁니까?
텔	그대와 말을 나누다보니 소름이 끼치는군요.
	가시오! 그대의 끔찍한 길을 정처 없이 가시오,
	순진무구한 사람이 사는 이 오두막을 더럽히지 말고.
파리치다	(가려고 몸을 돌리며) 이대로는 더 이상 살 수 없고,
	살고 싶지도 않아요!
텔	사실 그대를 보니 측은한 마음을 금할 수 없구나…….
	주여!

이렇게 젊은 귀족*이, 나의 군주이자 황제이셨던 루돌프의 손자가,

살인범이 되어 도망치는 신세가 되다니,

여기 불쌍한 남자의 문지방에서,

애원하며 절망에 빠져 있다니! (자신의 얼굴을 감싼다.)

파리치다 오, 당신이 눈물을 흘릴 수 있다면

내 운명을 불쌍히 여겨 주십시오, 끔찍한 일입니다……

난 영주입니다…… 영주였지요……. 안달하지 않고

소망을 억눌렀다면, 난 행복해질 수 있었어요.

나의 사촌인 레오폴트**는 젊은 나이에

명예를 누리고, 봉토를 하사받는데,

그와 나이가 같은 나는

노예처럼 미성년 취급이나 받으니……

시기심이 나의 가슴을 갉아 먹었지요.

텔 불행한 사람이여! 백부가 그대에게

땅과 부하를 주지 않은 것은 그대를 잘 알아서였군요.

그가 그대에게 땅과 부하를 주지 않은 것을,

그대 자신의 성급하고 잔혹한 미친 짓거리로

그의 현명한 결정이 옳음을 완전히 정당화해 주었군요.

……그대의 피비린내 나는 살인을 도운 자들은 어디 있나요?

---

* 요한 폰 슈바벤 공작은 범행을 저지를 당시 18세였음.

** 알브레히트 1세의 아들로 1315년 모르가르텐 전투에서 스위스 군에 참패한 합스부르크 군의 사령관.

파리치다　복수의 여신들*이 이끄는 곳으로 갔겠지요,

　　　　불행한 일을 저지른 다음부터는 그들을 다시 보지

　　　　못했어요.

텔　　　그대는 파문의 저주를 받은 것을 아는가요?

　　　　친구는 당신을 받아들여서는 안 되고,

　　　　적은 그대를 살해해도 된다는 사실을 말이오.

파리치다　그래서 나는 모든 대로를 피하고,

　　　　오두막 문을 감히 두드리지 못하지요…….

　　　　난 황야 쪽으로 발걸음을 돌리고,

　　　　산속을 헤매다가 스스로 두려움의 대상이 되어,

　　　　시냇물에 내 비참한 모습이 비치면

　　　　자신의 몰골을 보고 소스라치게 놀라지요.

　　　　오, 여러분이 연민을 느끼고, 인간성을…… (그의 앞

　　　　에 넙죽 엎드린다.)

텔　　　(그를 외면하며) 일어나요! 어서 일어나요!

파리치다　당신께서 도움의 손길을 내밀기 전까지는 안 됩니다.

텔　　　내가 그대를 도울 수 있을까요? 죄인이 그런 일을

　　　　할 수 있나요?

　　　　제발 일어나시오……. 그대가 아무리 끔찍한 일을

　　　　저질렀다 해도……

　　　　당신은 한 인간입니다…… 나도 그렇지요…….

　　　　누구도 텔의 위로를 받지 못하고 떠나서는 안 되지

---

* 그리스 신화에서 복수의 여신들인 에리니에스가 범죄자를 추적하는 데 대
한 비유.

요……

내가 할 수 있는 일을 해 보도록 하지요.

파리치다　(벌떡 일어나 그의 손을 힘껏 붙잡고) 오, 텔!

당신은 절망에 빠진 내 영혼을 구해 주시는군요.

텔　내 손을 놓으시오…… 당신은 떠나야 합니다.

여기 있다가는 발각되기 십상이지요,

들키는 날에는 보호받을 길이 없어요……

어디로 갈 생각이시오? 어디서 안식을 얻길 바라시오?

파리치다　난들 알겠소? 아!

텔　신께서 내 마음에 일러주시는 말을 들어 보시오 ──

그대는 이탈리아로, 성 베드로의 도시로 가시오,

거기 가서 교황의 발치에 엎드려

당신의 죄를 고하고 영혼의 구원을 받으시오.*

파리치다　교황께서 나를 복수자에게 넘기지 않을까요?

텔　그분이 당신에게 하는 일을 신께서 하시는 일로 받

아들이시오.

파리치다　내가 낯선 나라에 어떻게 가지요?

나는 길을 잘 모르고, 감히 나그네들과 어울릴 용기

가 없습니다.

텔　내가 길을 알려 주겠으니, 잘 들으시오!

산에서 급물살을 이루며 흘러내리는

로이스 강 쪽으로 올라가시오……

---

* 전해 내려오는 말에 따르면, 파리치다는 로마 교황에게서 용서를 받은 후
피사에서 수도승으로 살았다고 함.

파리치다   (깜짝 놀라며) 로이스 강에서 범행을 저질렀는데, 그
         리로 가라고요?

텔   절벽을 따라 길이 나 있는데, 눈사태로 파묻힌
         나그네들을 추모하는 수많은 십자가들이
         길을 표시해 주고 있어요.

파리치다   마음의 격한 고통을 억누를 수 있다면
         자연의 공포 따윈 두렵지 않아요.

텔   십자가를 볼 때마다 엎드려서
         뜨거운 통한의 눈물을 흘리며 속죄하시오……
         그리고 그 공포의 길을 무사히 지나고,
         꽁꽁 얼어붙은 산등성이에서
         바람으로 눈사태가 일어나지 않으면,
         사납게 물보라를 일으키는 다리*를 만나게 될 거요.
         당신이 지은 죄의 무게로 그 다리가 무너지지 않고
         다리를 건너도 그게 무사히 있다면,
         검은 바위 문**이 스르르 열릴 것이오,
         거긴 낮에도 햇빛이 비친 적이 없어요……
         거기를 통과하면 환한 기쁨의 계곡에 이르게 되지
         요…….
         하지만 신속하게 그곳을 지나가야 됩니다,
         평온한 곳에서는 지체해서는 안 되니까요.

---

* 물거품이 사나운 로이스 강에 놓인 '악마의 다리(Teufelsbrücke)'를 가리키
는 것으로 전설에 따르면 악마의 힘을 빌려 세운 것이라고 함.
** '우리 주의 구멍(Urnerloch)'이라 불리는 작은 터널인데, 실은 당시에 있던
것이 아니라 1707년에 바위를 폭파해서 뚫은 것임.

파리치다   오, 루돌프! 루돌프! 황제의 부친이시여!

　　　　　당신의 손자가 그렇게 당신의 제국*으로 들어가다니!

텔　　　　그렇게 계속 올라가면 고트하르트 산 정상에 다다르게 되지요,

　　　　　거기엔 하늘에서 흘러내리는 물줄기로 채워지는

　　　　　만년 호수**들이 있어요.

　　　　　거기서 당신은 독일 땅과 작별하게 되고,

　　　　　이탈리아 땅, 약속의 땅***으로 흘러내리는

　　　　　다른 물줄기****가 당신을 활기차게 인도하지요…….

　　　　　(가축 떼를 불러 모으는 소리와 함께 알프스 호른 소리가 사방에서 들려온다.)

　　　　　사람들 소리가 들리니, 어서 가시오.

헤트비히   (급히 안으로 들어와) 여보, 어디 계세요?

　　　　　아버님이 오세요! 흥겹게 행진하며 다가오고 있어요,

　　　　　맹약의 동지들 모두가요…….

파리치다   (얼굴을 가리고) 아, 슬프구나!

　　　　　이런 행복한 사람들 곁에 머물지 못하다니.

텔　　　　가시오, 여보. 이분께 목 축일 것을 주고,

　　　　　듬뿍 적선을 베풀어 줘요.

---

* 이탈리아의 일부는 독일 신성 로마 제국에 속해 있었음.

** 고갯길 정상에 있는 작은 산정 호수들. 연중 수량의 변화가 없어 실러가 '만년설'에 빗대어 표현한 것.

*** 구약 성서에서 모세가 이집트인을 죽인 후 하느님의 뜻에 따라 이스라엘 민족을 이끌고 향한 가나안 땅에 대한 비유.(「출애굽기」 3장 참조.)

**** 테신 강.

갈 길은 멀고 잠자리도 없을 테니까요.

어서요! 저들이 다가오고 있어요.

헤트비히   누구신데요?

텔   캐묻지 마요!

그가 떠나가면 그쪽으로 눈을 돌리지 말아요,

그가 어느 길로 가든 사람들이 보지 못하게 말이오!

(파리치다가 재빠른 동작으로 텔에게 다가가지만, 텔은 손으로 물리
치는 동작을 하며 물러간다. 두 사람이 서로 다른 쪽으로 퇴장하면
무대가 바뀌고 마지막 장면이 나타난다.)

마지막 장

텔의 집 앞 골짜기 전체와 그 골짜기를 에워싼 언덕들이 보인다. 주민들이 한 덩어리로 무리를 지어 있다. 다른 사람들이 셰헨 강 위에 걸린 높다란 판자 다리를 건너오고 있다. 발터 퓌르스트와 두 명의 사내아이, 멜히탈과 슈타우파허가 앞서서 오고 있고, 다른 사람들이 뒤따라 몰려오고 있다. 텔이 걸어 나오자 다들 환호성을 지르며 그를 반갑게 맞이한다.

모두   명사수이자 구원자인 텔 만세!

(맨 앞에 등장한 인물들이 텔 주위로 몰려들어 그를 부둥켜안는 동안, 루덴츠와 베르타가 나타나서 루덴츠는 주민들을, 베르타는 헤트비히를 껴안는다. 산에서 울려오는 음악이 이러한 말없는 장면의 배경음악이 된다. 음악이 끝나자 베르타가 사람들 속으로 들어간다.)

베르타 　주민 여러분! 맹약의 동지 여러분!

나를 여러분의 동맹에 받아들여 주십시오,

난 이 자유의 땅에서 보호를 받은 최초의 행복한
여인입니다,

나의 권리를 여러분의 용감한 손에 맡기겠어요,

나를 여러분의 시민으로 지켜 주시겠습니까?

주민들 　재산과 목숨을 바쳐 그렇게 하겠습니다.

베르타 　좋습니다!

그럼 나는 이 청년에게 나의 오른손을 내밀겠어요,

자유로운 스위스 여성이 자유로운 남자에게 말입니다!

루덴츠 　그리고 나는 내 모든 하인들에게 자유를 선언하겠
습니다.

(새로운 음악이 급히 시작되면서 막이 내린다.)

간계와 사랑

시민 비극

등장인물

폰 발터 수상 어느 독일 영주의 궁정에 근무

페르디난트 그의 아들, 소령

폰 칼프 시종장

밀포드 부인 영주의 애첩

부름 영주의 개인 비서

밀러 길드에 소속된 시립 극단 악사

밀러 부인

루이제 밀러의 딸

소피 밀포드 부인의 몸종

영주의 시종

그 외 여러 사람들

1막

1장

악사의 집.
밀러는 안락의자에서 막 일어나 자신의 첼로를 옆으로 치워
놓는다. 밀러 부인은 아직 잠옷 차림으로 탁자에 앉아 커피를
마시고 있다.

밀러   (잰걸음으로 이리저리 왔다 갔다 하면서) 이를 어쩐담.
          일이 심상찮게 진행되고 있어.
          딸애가 남작과 그렇고 그런 사이라니.
          우리 집은 추문에 휩싸일 거야.
          수상이 낌새를 채게 되면, 그리고……
          요컨대 도련님의 출입을 금해야겠어.
밀러 부인   당신이 남작을 우리 집에 불러들인 게 아니에요……
          그에게 딸을 떠맡긴 것도 아니고요.
밀러   그를 집에 불러들인 건 아니었지……

그에게 딸애를 떠맡긴 것도 아니었고. 하지만 그걸 누가 알아주기나 할까?

가장의 입장에서 딸을 단단히 혼냈어야 하는데.

소령에게 따끔한 말을 했어야 하는데.

아니면 어버이이신 각하께 모든 걸 이실직고했어야 하는 건데.

젊은 남작이야 질책을 당하면 그만이지.

그걸 알아야 해.

온갖 수난을 당하는 것은 이 악사란 말이야.

밀러 부인 (커피를 홀짝홀짝 다 마셔 버리며) 말도 안 돼! 쓸데없는 소리야!

당신에게 무슨 일이야 있겠어요?

누가 당신에게 해를 끼칠 수 있겠어요?

당신은 직업에 전념해 모을 수 있는 대로 학생들이나 끌어모으고 있는데요.

밀러 하지만, 말 좀 해 봐요.

이 사업으로 무든 이득이 있을지 말이오.

그가 딸애와 결혼할 수는 없을 거야. 말도 안 되지.

이런 가엾게도……. 밤새 안녕이라더니!

……정말이지, 그런 귀공자가 여기저기서 사랑의 모험을 하면서

온갖 여성 편력을 했다면, 젠장, 달콤한 물맛을 한 번 보니

물론 그 술고래는 구미가 당기겠지.

조심해야 돼! 조심해야 돼!

당신이 문 앞에서 눈에 불을 켜고 지켜본다 해도,
격정에 사로잡히지 않게 보초를 선다 해도,
그는 바로 당신 눈앞에서 딸애를 꾀어서
애를 배게 하고는 내빼 버리고 말 거요.
그럼 딸애는 평생 능멸당하며 시집도 못 갈 거요.
그렇지 않으면 그런 일에 맛 들여 평생을 그러고 살
거요.
(주먹으로 이마를 치며) 아, 하느님 아버지시여!

밀러 부인   하느님의 은총으로 저희를 지켜 주옵소서!

밀러   각자 자신을 지켜야 해.
그 바람둥이에게 그것 말고 무슨 딴 뜻이 있겠소?
딸애는 아름답고 날씬한 데다 걸음걸이도 예쁘지.
여자는 머릿속에 뭐가 들어 있든
다른 것만 그럭저럭 멀쩡하면 그만이야.
그 덜렁이가 우선 속속들이 맛을 보겠지.
이것 봐! 프랑스 병사의 낌새를 알아차리고,
총력을 기울여 돌진한 로드니 장군*처럼,
그도 깨닫는 바가 있겠지.
그리고 난 그가 나쁘다고 생각지 않아,
사내란 다 그런 거니까. 그걸 알아야 한다고.

밀러 부인   그 도련님이 시도 때도 없이 당신 딸에게 써 보내는
멋들어진 편지들도 좀 읽어 보세요.

---

* 영불 식민지 전쟁에 참전한 영국의 제독으로 1782년에 산도밍고 근처에서
프랑스 함대를 격파함.

정말이에요! 그는 딸아이의 아름다운 영혼 때문에
반한 게 너무나 분명해요.

밀러　뻔뻔스럽기 짝이 없는 일이야.
나귀를 걷어차야 하는데 애꿎은 자루를 차는 격이지.
사랑스러운 몸에 안부를 전하려는 자는
착한 마음을 심부름 보내는 법이오.
난 어떻게 했소? 일단 마음이 서로 통하기만 하면
휙, 몸이 그것을 따라가는 거요.
하인은 주인이 하는 행동을 따르게 되어 있고,
은빛 달은 결국 뚜쟁이 역할을 했을 뿐이오.

밀러 부인　소령님이 우리 집에 들여놓은 멋진 책들 좀 보세요,
당신 딸도 늘 그 책 내용을 본떠서 기도한다니까요.

밀러　(새된 소리를 내며) 뭣이 어째! 기도를 한다고!
이제야 말귀를 제대로 알아듣네.
자연 그대로의 순수한 음식은
귀공자의 부드러운 위장에는 너무 거칠지…….
그는 그 애를 통속 작가들의 지옥처럼 역겨운 주방
에 집어넣어
인위적으로 삶아야 해,
허섭스레기와 함께 불 속에 집어넣고.
그런데 우리 딸년이 — 뭔지는 몰라도 —
그럴싸한 속임수를 다 받아들여
그게 스페인의 가뢰*처럼 핏속을 돌아다니다가,

---

* 남유럽산 풍뎅이의 일종으로 성적 자극제를 추출하는 원료로 쓰임.

이 아비가 근근이 간직하고 있는

한 줌도 안 되는 기독교 정신마저 내던져 버릴 거야.

불 속에나 처넣으라지.

딸년은 머릿속에 몹쓸 것만 잔뜩 집어넣어

무위도식하는 나라에서 빈둥거리다가

결국 더는 자신의 고향도 찾지 못하고,

자기 아버지 밀러가 악사라는 사실도 잊어버리거나

창피해하겠지.

그러다가 마침내는 그토록 열성적으로 내 고객이 되

고 싶어 한

늠름하고 성실한 내 사위마저 쫓아 버리겠지.

안 되지! 제기랄, 말도 안 돼!

(벌컥 화를 내며 벌떡 일어나서) 쇠뿔은 단김에 빼야

지. 그리고 소령에게……

암, 그렇고말고, 문이 어디에 있는지,

소령에게 알려 줄 거야. (가려고 한다.)

밀러 부인 얌전히 계세요, 여보! 그는 멋진 은화뿐만 아니라

선물도 우리에게 보냈어요.

밀러   (되돌아와 부인 앞에 서서) 내 딸을 죽인 대가로 받은

사례금 말이야?

사탄한테나 꺼져 버려, 이 파렴치한 뚜쟁이야!

외동딸이 몸과 마음을 바쳐 벌어들인 돈으로

그런 걸 맛보는 대신

차라리 난 첼로를 메고 동냥질이나 다니면서,

그것을 켜고 따뜻한 음식을 얻어먹겠어.

차라리 난 첼로를 때려 부수고,

공명판에다 거름을 넣고 다닐 거야.

그 빌어먹을 커피와 코담배를 그만두면

딸의 얼굴을 팔려고 시장에 내놓을 필요도 없겠지.

그런 지긋지긋하고 쾌씸한 녀석이

우리 방구석의 냄새를 맡기 전에도

난 배불리 먹었고, 언제나 좋은 옷을 걸치고 다녔어.

밀러 부인   그렇게 내키는 대로 말을 내뱉지 마세요.

당신이 지금 얼마나 화가 나 있는지 알고 있어요!

내 말은 소령이 수상의 아들이니까

그의 기분을 상하게 해서는 안 된다는 것뿐이에요.

밀러   바로 그게 어려운 점이야.

그 때문에, 사실 바로 그 때문에 오늘 이 일을 끝내
야 해.

제대로 된 아버지라면 수상은 나에게 고마워해야지.

나의 붉은 벨벳 윗도리를 다려 주구려.

그리고 수상에게 면담을 청해 이렇게 말씀드릴 거야.

"각하, 아드님이 제 딸에게 눈독을 들이고 있습니다.

제 딸은 아드님의 부인이 되기에는 너무 부족하지만,

아드님의 노리개가 되기에는 너무 소중합니다."

이 정도면 충분하겠지! ……제 이름은 밀러입니다.

2장

비서 부름. 앞에 등장한 인물들.

밀러 부인   안녕히 주무셨어요, 비서님. 이렇게 찾아 주시다니
               영광입니다.

부름   오히려 제가 영광이지요, 부인. 기사님이 드나드는
               곳에
               시민인 제가 오게 되어 영광입니다.

밀러 부인   별 말씀을요, 비서님! 폰 발터 소령님이 가끔 우리
               집을 찾아 주시기는 해도
               그렇다고 우리가 누구를 무시하는 것은 아닙니다.

밀러   (언짢은 표정으로) 여보, 이분께 안락의자를 내드려.
               소지품을 내려놓으시겠어요?

부름   (모자와 지팡이를 내려놓고 자리에 앉아) 자! 자! 그런
               데 제 아내가 될 사람은······

아니, 제 아내는 어떻게 지내는지요? 혹시 따님이
제 아내가 되길 바라지 않으세요?

……만나볼 수 없을까요, ……루이제 아가씨를?

밀러 부인 안부를 물어 주셔서 고맙습니다, 비서님.

하지만 우리 딸은 콧대가 그리 높지 않아요.

밀러 (화가 나서 부인을 팔꿈치로 치며) 이 여편네가!

밀러 부인 딸애가 비서님을 뵐 수 없어 애석하군요.

그 애는 방금 미사를 드리러 갔거든요.

부름 그거 반가운 일이군요, 반가운 일이에요.

앞으로 신앙심이 깊은 여자를 아내로 맞이하게 될
테니까요.

밀러 부인 (미련하고 고상하게 미소 지으며) 그래요……. 하지만,
비서님……

밀러 (매우 당황해 아내의 귀를 꼬집으며) 이 여편네가!

밀러 부인 무슨 다른 일로 우리가 도움이 될 수 있다면……
기꺼이 도와드리지요, 비서님.

부름 (눈이 휘둥그레지며) 다른 무슨 일이라뇨!

대단히 감사합니다! 대단히 감사합니다! ……에헴!
에헴! 에헴!

밀러 부인 하지만…… 비서님도 빤히 눈치채고 계시다시피……

밀러 (화가 치밀어 아내의 엉덩이를 밀치며) 이 여편네가!

밀러 부인 좋은 게 좋은 거고, 더 좋은 게 더 좋은 거죠,

그러니 외동딸의 행복을 가로막고 싶지 않아요.

(촌스럽게 거들먹거리며) 무슨 말인지 눈치를 채셨겠
죠, 비서님?

부름   (안락의자에 앉아 불안하게 몸을 움직이면서 뒷머리를
        긁적이고 소맷부리와 가슴의 주름 장식을 쥐어뜯으며)
        눈치를 챘다고요? 모르겠는데요⋯⋯ 웬걸요⋯⋯ 무
        슨 말인데요?

밀러 부인   뭐⋯⋯ 그저⋯⋯ 제 생각은 단지⋯⋯ 제 말은⋯⋯
        (기침을 하고) 하느님께서는 어떻게든 제 딸을 귀부
        인으로 만들려고 하니까요⋯⋯.

부름   (의자에서 벌떡 일어나) 대체 무슨 말씀이죠? 무슨?

밀러   앉아 계세요! 가만히 앉아 계세요, 비서님.
        이 여편네가 푼수라서요. 아니, 어떻게 귀부인이 된
        단 말입니까?
        미련한 여자가 되지도 않은 소리를 나불대고 있는
        겁니다.

밀러 부인   어디 마음대로 야단쳐 보세요. 알고 있다니까요,
        소령님이 한 말을 난 알고 있어요, 그분이 말했다니
        까요.

밀러   (화가 머리끝까지 나서 첼로가 있는 곳으로 뛰어가며) 아
        가리 못 닥쳐? 첼로로 머리통을 갈겨야겠어? ⋯⋯당
        신이 뭘 안다고?
        그자가 무슨 말을 했겠어? ⋯⋯쓸데없는 소리에 괘
        념치 마십시오, 비서님⋯⋯.
        당신은 부엌에나 들어가지 못하겠어?
        저를 딸애로 한몫 챙기려는
        멍청이 같은 녀석으로 취급하지는 않으시겠죠?
        그렇게 생각하지는 않으시겠죠, 비서님?

부름	나도 당신들에게 이런 취급을 받을 이유가 없습니다, 악사님!
	알다시피 난 언제나 약속을 지키는 사람이었고, 따님을 달라는 내 요구는 동의를 얻은 거나 마찬가지였어요.
	난 관직이 있어 착한 여자를 먹여 살릴 수 있습니다.
	수상이 나에게 호의를 보이시니, 승진하려면 추천서도 얼마든지 받을 수 있습니다.
	알다시피 난, 따님에 대한 제 마음은 진지합니다.
	혹시 따님이 허풍선이 귀족의 꾐에 넘어가 있는지 모르지만……
밀러 부인	부름 비서님! 그런 실례의 말씀이 어디 있어요…….
밀러	아가리 좀 닥치지 못해. ……그 말은 그만하기로 합시다, 비서님.
	옛날 그대로입니다. 지난가을에 한 말을 오늘 다시 하겠습니다.
	난 딸에게 강요는 하지 않습니다. 당신이 딸애의 맘에 든다면……
	그 애는 확실히 당신과 행복하게 살고 싶어 하겠지요.
	그 애가 고개를 가로젓는다면, 보다 솔직히 말해……
	내 마음대로 말하자면,
	당신이 퇴짜를 맞는다면 이 아비와 술 한잔합시다.
	당신은 내 딸년이랑 살려는 거지, 나랑 살려는 게 아니잖아요…….
	딸애가 좋아하지 않는 남자를 순전히 내 고집대로

아이에게 떠넘길 이유가 뭐가 있겠어요?

내가 호호백발이 되어도……

내가 와인을 꿀꺽 받아먹고, 수프를 냉큼 얻어먹은 대가로……

딸년을 망쳐 버린 나쁜 아비라고 악마가 자기의 사냥감을 몰아치듯 나를 몰아치겠지요.

밀러 부인 요컨대 난 절대 동의하지 못하겠어요,

내 딸은 귀부인이 될 운명이에요,

만약 남편이 설득당한다면

난 소송을 불사하겠어요.

밀러 다리몽둥이를 분질러 버릴까 보다, 이 망할 놈의 주둥이 같으니!

부름 (밀러에게) 아버지로서 잘 타이르면 딸이 알아듣겠지요,

그리고 당신은 나를 잘 알고 계시겠지요, 밀러 씨?

밀러 이런, 빌어먹을 딸년이 당신을 알아야지요.

이 늙은이가 보기에 당신은 군것질을 좋아하는 젊은 처녀가 반할 타입은 아니오.

당신이 오케스트라에 적합한 사람인지는 정확히 말할 수 있지만……

여자의 마음이란 이 악장이 보기에도 너무 까다롭지요…….

그러면 솔직히 말하겠소, 비서님…… 난 사실 볼품없고 단도직입적인 독일인이니……

당신이 결국 내 충고를 그리 달가워하지 않을지도

모르겠소.

난 딸에게 누굴 택하라고 권하지 않아요, 하지만 당신을 택하는 건 말리겠소, 비서님.

내 말을 막지 마시오. 난 아버지에게 도움의 손길을 청하는 구혼자는, 미안하지만,

조금도 신뢰하지 않아요. 괜찮은 남자라면 자신의 재능을 이처럼 구식 통로를 통해

자신의 연인에게 전달하는 것을 창피스럽게 생각할 거요.

용기가 없는 자는 겁쟁이에 불과하고, 그런 사람은 루이제를 차지할 자격이 없어요…….

아버지 몰래 딸한테 구혼해야지요. 딸애가 그자를 포기하느니

차라리 아버지와 어머니가 아예 사라지기를 원하도록 만들어야지요.

아니면 제 발로 와서 아버지의 발치에 엎드려, 제발 흑사병에 걸려 죽게 해 달라고 빌든가,

혹은 마음속에 담고 있는 그이를 허락해 달라고 딸애가 애원하게 해야지요.

……그래야 사내라 할 수 있지! 그게 사랑이라는 거 아니겠소!

여자들을 그 정도밖에 다루지 못하는 자는 그저 펜대나 굴려야지요.

부름   (모자와 지팡이를 집어 들고 방에서 나가며) 말씀 고맙습니다, 밀러 씨.

밀러   (천천히 그의 뒤를 따라가며) 뭐가 고맙다는 거요? 뭐
            가요?

            아무런 성과도 거두지 못하고서, 비서님.

            (되돌아오며) 아무 말도 듣지 않고 횡하니 가 버리는
            군…….

            서기 나부랭이를 만나는 건 독약과 비소처럼 해롭
            단 말이야.

            하느님이 만드신 이 세상에 어떤 밀수꾼이 몰래 들
            여놓은 것처럼

            수상쩍고 역겨운 녀석이야……. 조그맣고 음험한 생
            쥐 눈에다……

            머리털은 새빨갛고…… 턱이 툭 튀어나온 꼴은 자연
            이 실패작을 낸 것에 화가 나서

            이 악당을 움켜잡고 아무 구석에나 던져 버린 것
            같아…….

            안 되지! 내 딸을 저런 불한당에게 넘겨주느니 차라
            리……. 하느님, 용서해 주소서…….

밀러 부인   (침을 내뱉으며 독살스러운 표정으로) 개 같은 자식!
            하지만 당신도 입 좀 다물어요.

밀러   당신도 그 몹쓸 귀공자를 들먹였잖아…….

            아까는 정말 나를 화나게 했어……. 좀 똑똑하게 굴
            어야 할 때 미련을 떤단 말이야.

            딸년을 귀부인으로 만든답시고 수다나 떨어야겠어?
            그자는 그렇고 그런 종자란 말이야.

            그자에게 그런 이야기를 했으니 내일이면 동네 우

물가에 소문이 쫙 퍼질 거야.

저런 녀석은 이 집 저 집 기웃거리며 염탐하고, 술
과 음식이나 따지며,

시건방진 말로 남의 입을 가로막고…… 쾅! 영주와
그의 애첩과 수상이 알게 되고,

그러면 결국 호되게 당하는 사람은 우리라고.

3장

루이제가 손에 책을 들고 온다. 앞에 등장한 인물들.

루이제   (책을 내려놓고 밀러에게 가서 그의 손을 잡으며) 안녕
         히 주무셨어요, 아버지!
밀러   (따뜻하게) 장하구나, 얘야…… 기쁘구나, 그렇게 열
         심히 창조주를 생각하다니.
         항상 그래야지, 그러면 그분이 널 지켜 주실 거야.
루이제   아, 저는 죄가 무거운 아이에요, 아버지……. 그분이
         왔다 갔어요, 어머니?
밀러 부인 누구 말이니, 얘야?
루이제   아, 잊었어요, 그분 말고 또 한 사람 있다는 걸…….
         머릿속이 너무 뒤죽박죽이라서요……. 그분 안 왔어
         요? 발터 말이에요.
밀러   (슬프고 심각한 표정으로) 나는 우리 루이제가 그 이

름을 교회에 두고 왔다고 생각했는데?

루이제   (아버지를 한동안 멍하니 바라보다가) 아버지 심정을 이해하겠어요, 아버지…….

제 양심을 찌르는 아버지의 칼이 느껴져요. 하지만 너무 늦었어요…….

더 이상 마음을 경건하게 가다듬을 수 없어요, 아버지…….

하늘과 페르디난트가 피 흘리는 제 영혼을 잡아 뜯고 있어, 전 두려워요…….

전 두려워요…….(잠시 쉬었다가) 하지만 아니에요, 아버지.

자신의 그림이 관심을 끌어 정작 본인이 소홀히 대접받으면

그 화가는 최고로 칭찬받았다고 생각하겠죠…….

하느님이 만드신 걸작을 보는 즐거움 때문에 하느님을 소홀히 대했다면, 아버지,

하느님은 기뻐하시지 않겠어요?

밀러   (언짢은 표정으로 의자에 주저앉으며) 저거 보라니까! 신을 부정하는 독서를 한 결과가 저거라니까.

루이제   (불안하게 창가로 다가가) 그분이 지금 어디 계실까?

……그를 보고 그의 음성을 듣는 고상한 아가씨들……

난 잊혀 버린 순박한 소녀야.

(자신의 말에 화들짝 놀라 아버지에게 와락 달려들며)

하지만 아니에요! 아니에요! 절 용서해 주세요!

저는 제 운명을 한탄해 울지 않아요! 전 그저 그를

조금 생각할 뿐이에요…….

그런다고 돈이 드는 건 아니거든요. 이 하잘것없는
인생……

그것이 산들바람을 불게 해서 그의 얼굴을 식혀 주
었으면!

……꽃다운 이 청춘, ……그것이 제비꽃이라서 그
가 그 위를 지르밟는다면,

그의 발밑에서 조용히 죽어 가련만! ……전 그것으
로 충분할 거예요, 아버지.

모기가 햇볕을 쬔다고 해서…… 당당하고 장엄한
태양이 그것을 벌할 수 있을까요?

밀러   (감동한 듯 몸을 틀어 의자 등받이에 얼굴을 파묻으며)
들어 보렴, 얘야…… 내 남은 생이 얼마 안 되지만,
네가 그를 만나지 않는다면 목숨이라도 내놓겠다.

루이제   (깜짝 놀라며) 무슨 말씀이세요? 무슨? ……안 돼요!
착하신 아버지, 다른 뜻이겠지요.

페르디난트가 저의 것이고, 저를 위해,

저를 기쁘게 하기 위해 하느님께서 그를 태어나게
했음을

아버진 모르실 거예요.

(곰곰 생각에 잠겨) 제가 그분을 처음 봤을 때……

(보다 빠르게) 뺨이 달아오르고 맥박이 마구 뛰며,
얼굴이 충혈되고 숨이 가빠지며 "저 사람이다."라고
속삭이는 소리가 들렸어요.

그리고 제 마음은 늘 결핍되어 있는 그분을 알아보

고 "저 사람이다!"라고 확인해 주었고,

그 말은 함께 기뻐하는 온 세상에 울려 퍼졌어요.

그때…… 아, 그때 제 마음속에는 첫 새벽이 밝아 왔어요.

봄이 오면 땅에서 꽃이 피어나듯,

제 마음속에서는 오만 가지 신선한 느낌이 피어올랐어요.

전 다른 세상은 보지 못했지만, 세상이 이렇게 아름다웠던 적은 없었던 것 같아요.

전 다른 신을 알지 못하지만, 이렇게 하느님을 사랑한 적이 없었어요.

밀러 (서둘러 딸한테 가서 그녀를 껴안으며) 얘야…….

참하고 소중한 애야…… 늙고 무른 나의 머리를 가지려무나……. 모든 걸 다 가지려무나…….

소령은, ─ 하느님이 나의 증인이시다 ─ 난 너에게 결코 그를 줄 수가 없구나. (퇴장한다.)

루이제 저도 지금 그를 원하는 건 아니에요, 아버지.

이슬방울 같은 이 짧은 인생은 페르디난트에 관한 꿈을 꾸기에도 충분치 않아요.

전 이승의 삶에서는 그를 단념할 거예요.

그러고 나서, 어머니, 그 후에, 신분의 차이가 무너지면……

신분이라는 증오할 만한 모든 껍데기가 우리에게서 사라지면……

인간이 오직 인간일 때가 되면…… 나에겐 순진무

구함밖에 없지만,

하느님이 오시고, 마음의 가치가 올라가면,

장신구와 화려한 칭호는 값싼 게 된다고 아버지는

자주 말씀하셨지요.

그러면 나는 부자가 되겠지요.

거기선 눈물을 승리로, 멋진 생각을 고귀한 선조처

럼 평가하겠지요.

그러면 난 고귀해질 거예요, 어머니…….

그러면 그가 나보다 나을 게 뭐가 있겠어요?

밀러 부인　(벌떡 일어서며) 애야! 소령이다! 총총걸음으로

거리를 걸어오고 있어. 어디에 숨지?

루이제　(몸을 부르르 떨기 시작하며) 그대로 계세요, 어머니.

밀러 부인　이를 어쩐담! 이런 몰골로. 창피하게시리.

이런 꼴로 그분 앞에 나설 순 없지. (퇴장한다.)

4장

페르디난트 폰 발터. 루이제.

그는 그녀를 향해 달려간다⋯⋯. 그녀는 얼굴이 창백해지며 맥
없이 안락의자에 주저앉는다⋯⋯. 그는 그녀 앞에 선다⋯⋯.
둘은 한동안 말없이 서로를 쳐다본다. 잠시 침묵이 흐른 후.

페르디난트 얼굴이 창백해 보이는군, 루이제?

루이제   (일어서서 그의 목을 부둥켜안으며) 아무 일도 아니에
        요. 아무 일도 아니에요.
        당신이 왔잖아요. 이제 괜찮아요.

페르디난트 (그녀의 손을 잡아 입술에 갖다 대며) 그런데 아직 나
        를 사랑하는 거지?
        내 마음은 예나 다름없는데 당신 마음도 그렇겠지?
        난 이곳으로 급히 달려와 당신이 명랑한지 보고 가서
        내 마음도 명랑해지려고 하는데⋯⋯ 당신은 그렇지

못하군.

루이제   아니에요, 아니에요, 자기.

페르디난트 진실을 말해 줘요. 당신은 기분이 좋지 않아요.
           난 맑은 물속에 든 보석을 보듯 당신 마음을 들여
           다보고 있어요.
           (자신의 반지를 가리키며) 여기에 내가 모르는 작은
           기포가 없듯이……
           이 얼굴에 나타나는 어떤 생각도 난 놓치지 않아요.
           무슨 일이오? 어서 말해 봐요! 이 거울만 밝으면 세
           상에 구름이 끼지 않아요.
           무슨 일로 걱정하는 거요?

루이제   (한동안 말없이 의미심장하게 바라보다가 슬픈 표정으
           로) 페르디난트! 페르디난트! 그런 말씨가 평민 계급
           의 소녀를
           얼마나 높여 주는지 알기나 하는지요.

페르디난트 무슨 말이오? (약간 당황하며) 루이제! 들어 봐요!
           왜 그런 생각을 하는 거요? ……당신은 나의 루이제요.
           당신이 아직 그렇지 않은 다른 존재라고 누가 그러
           던가요?
           이봐요, 나를 이처럼 냉정하게 대할 줄 몰랐어요.
           당신이 오직 일편단심 나를 사랑한다면 비교할 시
           간이 어디 있겠어요?
           당신 곁에 있으면 내 이성은 당신을 보는 눈길로 녹
           아 버리고……
           당신 곁을 떠나 있으면 당신에 대한 꿈으로 녹아 버

리는데,

사랑을 하면 그만이지, 당신은 뭘 그리 심사숙고하는 거요? ……부끄러운 줄 알아요!

당신이 이렇게 걱정하느라 잃어버린 순간은 다 당신의 애인한테서 훔쳐 간 거란 말이오.

루이제 (머리를 흔들며 그의 손을 잡고) 당신은 나를 어물쩍 속여 넘기려고 하는군요, 페르디난트…….

어차피 내가 빠져들 수밖에 없는 이 심연으로부터 내 시선을 다른 데로 꾀어내려 해요.

난 미래를 들여다보고 있어요…… 명예의 음성…… 당신의 구상…… 당신의 아버지……

보잘 것 없는 나의 존재.

(깜짝 놀라 갑자기 그의 손을 놓아 버리고) 페르디난트! 당신과 내 위엔 비수가 있어요! ……사람들이 우리를 갈라놓고 있어요!

페르디난트 우리를 갈라놓다니! (벌떡 일어선다.)

어떻게 그런 생각을 하지, 루이제? 우리를 갈라놓는다고?

……맺어진 두 마음의 매듭을 누가 풀 수 있고, 사랑의 화음을 누가 찢어 버릴 수 있단 말이오?

……난 귀족이오…….

나의 작위 수여증이 무한한 우주에 대한 구상보다 더 오래된 것인지,

또는 내 문장(紋章)이 루이제의 눈에 '이 여자는 이 남자의 것이다.'라고 쓰여 있는

하늘의 필적보다 더 유효한 것인지 봐 주겠소?

……난 수상의 아들이오. 바로 그 때문이오. 사랑 말고 뭐가 이 저주를 달콤하게 해 주겠소?

아버지가 백성의 고혈을 빨아먹는 바람에 내가 물려받은 저주 말이오.

루이제 　아, 얼마나 두려운지 몰라요…… 당신 아버님이.

페르디난트 　당신이 쳐 놓은 사랑의 경계선 말고는,

난 하나도 두렵지 않아요…… 하나도…….

산맥과도 같은 장애물이 우리 둘 사이를 가로막아도, 난 계단 삼아 그 위를 넘어가 루이제의 팔에 안길 거요.

역으로 부는 운명의 폭풍이 내 느낌을 고양해 주고, 위험은 나의 루이제를 더욱 매력적으로 만들 뿐이오.

그러니 두려움 이야기는 그만하기로 해요, 내 사랑.

나 자신은…… 난 지하의 황금을 지키는 마법의 용처럼 그대를 지켜 줄 거요.

나를 믿고 맡겨 봐요. 당신에겐 더 이상 천사가 필요 없어요.

난 당신과 운명 사이에 몸을 던져…… 당신을 위해 어떤 상처도 달게 받고……

당신을 위해 환희의 잔에 든 물방울을 남김없이 받아…… 그대 사랑의 잔에 따르리다.

(루이제를 부드럽게 껴안으며) 이 팔에 안겨 루이제는 행복하게 살아갈 거요…….

당신이 하늘나라로 갈 땐 태어날 때보다 더 아름다

운 모습으로 돌아갈 거고,

사랑만이 영혼에 마지막 손을 댈 수 있다는 걸 하늘은 놀라며 인정할 거요.

루이제   (그를 밀어내며 커다란 동작으로) 이제 그만해요!

제발 입을 닫으세요! ……당신이 어찌 알겠어요. 저를 놓아 주세요…….

당신의 희망이 복수의 여신들처럼 내 마음을 덮치는 것을, 당신은 몰라요. (가려고 한다.)

페르디난트 (그녀를 붙잡으며) 루이제? 어째서! 왜 그래! 이 무슨 변덕이야?

루이제   난 이런 꿈들을 잊어버렸고, 그래서 행복해질 수 있었어요…….

하지만 이제! 이제는! 오늘부터는…… 삶의 평화가 사라졌어요…….

난 알아요, 터무니없는 소망들이 내 가슴속에서 미쳐 날뛸 거예요.

가세요……. 하느님이 당신을 용서하실 거예요…….

당신은 나의 어리고 평화로운 마음에 불을 질러 놓았어요,

결코, 영원히 꺼지지 않을 불 말이에요.

(루이제가 밖으로 뛰쳐나간다. 페르디난트는 할 말을 잃고 그녀를 뒤쫓아 간다.)

5장

수상의 저택 응접실.
수상의 목에는 십자 훈장이 달려 있고, 그 옆에는 별 모양의
훈장이 붙어 있다. 비서 부름이 등장한다.

수상   심각한 연애에 빠져 있다고? 내 아들이?
           ……아니야, 부름, 난 그 말을 결코 믿을 수 없어.
부름   각하께서 증거를 대라고 하시면 얼마든지 댈 수 있
           습니다.
수상   아들이 천한 평민의 비위를 맞추며 알랑거리고……
           또한 예컨대 자신의 느낌을 지껄이며……
           그건 그럴 수 있다고 생각해,
           하지만…… 악사의 딸이라고 그랬지?
부름   악장 밀러의 딸입니다.
수상   예쁜가? ……그야 물론이겠지.

부름	(활기차게) 가장 아름다운 금발 미인의 표본으로, 말인즉 궁정의 최고 미인들과 겨루어도 손색이 없을 겁니다.
수상	(웃으며) 말해 보게, 부름……. 자네가 그 여자에게 눈독을 들이고 있지…….

그런 것 같은데. 하지만 이보게, 부름……. 내 아들이 궁정 여자들에게 좋아하는 감정을 품고 있다면 숙녀들도 그를 싫어하지 않으리라 기대해도 되겠지. 녀석이 궁정에서 무언가를 관철해 낼 수 있을 거야. 그 처녀가 아름답다고 하니, 아들의 취향이 고상한 건 내 마음에 드는군.

그 녀석이 진실한 감정을 품은 양 얼간이 처녀를 그럴싸하게 속이고 있나?

그럼 더욱 좋고……. 속임수로 제 몫을 챙기려는 기지가 충분해 보이는군.

그 애는 수상이 될 수 있어. 녀석이 그런 일을 해낼까? 훌륭해! 녀석에게 운이 있다는 뜻으로 볼 수 있으니까. 그런 짓거리가 건강한 손자를 하나 보는 것으로 마무리된다면…… 참으로 좋은 일이야!

그럼 내 족보가 승승장구하도록 말라가산(産) 와인 한 병을 더 마시고,

그 처녀의 순결 보상금을 치르도록 하지. |
| 부름 | 이 술이 속상해서 기분을 풀려고 마시는 것이 아니기를 바랄 뿐입니다, 각하. |
| 수상 | (심각하게) 부름, 난 한번 믿으면 끝까지 믿고, |

화나면 사정없이 미쳐 날뛴다는 걸 잊지 말게…….

자네가 나를 부추기려고 하는데 난 그걸로 농담을

해 볼까 하네.

어떻게든 연적을 제거하려는 자네 심정이 충분히

이해되네.

자네가 내 아들을 물리치고 그 소녀를 차지하려는

데 힘에 부치니까

아버지를 파리채로 이용하려고 하는 심정도 이해가

되네…….

자네에게 사기꾼 기질이 다분하니 나는 말할 수 없

이 기쁘기까지 하네…….

다만, 이보게, 부름, 나까지 속여 넘기려고 해서는

안 되네…….

내 말 잘 알아듣게, 계략을 써서 내 원칙을 훼손하

려고까지 해서는 안 되네.

부름   각하, 용서해 주십시오. 각하께서 의심하는 것처럼

여기에 사실 질투가 개입되어 있기는 하지만,

기껏해야 쳐다보는 것에 그칠 뿐이지, 감히 입 밖에

낼 형편은 아니지요.

수상   아예 질투 같은 건 하지 말게. 미련한 사람 같으니.

금화를 곧장 조폐 공장에서 얻든, 은행가에게서 얻

든 무슨 문제란 말인가.

이곳 귀족들이 하는 행태를 보고 위안을 얻게…….

고의로 그랬든 아니든 간에……

우리 고장에서 결혼 축하객이나 하인들 중 대여섯

명쯤은

신부 몸의 은밀한 부분을 신랑보다 먼저 샅샅이 아는 경우가 허다하다네.

부름 (몸을 굽히며) 그래도 저는 차라리 시민 계층의 엄격한 도덕을 따르겠습니다, 각하.

수상 그럼 다음번엔 자네의 연적을 보기 좋게 놀려 주게나. 사실 지금 내각에선 모종의 계획을 꾸미고 있네.

새로운 영주 부인이 도착하기 전에 애첩인 밀포드 부인이 영주와 헤어지고,

이러한 속임수에 완벽을 기하기 위해 결혼하는 척할 거네.

부름, 나의 세도가 얼마나 밀포드 부인의 영향력에 달려 있는지,

내 출세의 원동력이 얼마나 영주의 끓어오르는 애욕에 달려 있는지 자네도 알 거야.

대공은 밀포드 부인과 위장 결혼할 짝을 찾고 있네. 다른 사람이 나타나…… 매매 계약을 맺고 부인과 영주의 신임을 독차지해서,

영주에게 없어서는 안 될 사람이 될 수도 있지…….

그러니 영주가 우리 가문의 손아귀에서 벗어나지 않도록

페르디난트를 밀포드와 결혼시키려 하네……. 이제 무슨 말인지 알겠지?

부름 여부가 있겠습니까만…… 각하는 자신이 수상으로는 노련하지만,

적어도 아버지로는 초보임을 보여 주셨습니다.

각하께서 아버지로서 보이는 자애로운 모습만큼만

소령이 각하의 말씀에 순종한다면, 그는 각하의 요

구를 거부할지 모릅니다.

수상   다행히도 난 지금까지 '이렇게 해야 한다.'라고 마음

먹은 계획을

수행할 때 불안해한 적이 없었네…….

하지만 보게나, 부름. 다시 그 문제로 돌아왔군.

오늘 오전 중에 아들에게 결혼 계획을 통보하겠네.

그 애가 어떤 표정을 보이는가에 따라

자네의 의심이 정당화되거나, 또는 완전히 잘못된 것

으로 드러날 거네.

부름   각하, 용서하십시오. 아드님은 분명 침통한 얼굴을

하겠지요,

그건 각하가 그에게 신부를 소개하기 때문이기도

하고,

그에게서 신부를 빼앗기 때문이기도 하겠지요.

그러니 보다 엄정하게 심사하시길 부탁드립니다.

나라에서 가장 흠잡을 데 없는 배필을 골라 주는

겁니다,

그래서 그가 좋다고 하면, 이 비서 부름은 삼 년간

다리에 쇠공을 묶겠습니다.

수상   (입술을 깨물며) 빌어먹을!

부름   사실 그랬습니다. 그 어머니가…… 그 어리석은 여

자가……

아둔하게도 나에게 너무 많이 지껄였어요.

수상 (이리저리 거닐며 분노를 삭이다가) 좋아! 오늘 오전 중으로.

부름 각하, 잊지 마십시오, 소령이 제 주인의 자제란 사실만은.

수상 자네의 신상은 보호해 주겠네, 부름.

부름 그리고 달갑지 않은 며느리를 맞아들이지 않게 돕는 저의 노고에……

수상 자네가 아내를 맞이하게 도와주는 걸로 보답해 달라는 거지? ……그것도 해 주지, 부름.

부름 (흡족한 듯 허리를 굽혀) 각하를 위해 영원히 진력하겠습니다, 각하. (나가려고 한다.)

수상 방금 자네에게 털어놓은 얘기를, 부름…… (위협하듯) 자네가 발설하면……

부름 (웃으며) 그럼 위조문서*를 내보이겠다는 거죠. (퇴장한다.)

수상 사실 넌 내 손아귀에서 벗어날 수 없어.
마치 갯가재가 실 위를 기어가듯, 넌 너의 못된 짓으로 인해 나에게 잡혀 있어.

시종 (안으로 들어와) 시종장 폰 칼프이십니다…….

수상 때마침 잘 왔군……. 들어오라 하게.

(시종이 물러간다.)

---

* 부름은 위조문서를 작성해 수상이 전임자를 제거하는 데 일조했음.

6장

시종장 폰 칼프, 풍성하지만 멋이 없는 궁정 예복 차림이다. 그는 열쇠 꾸러미, 시계 두 개를 들고 대검을 찬 채 양 끝이 뾰족한 모자를 쓰고 있으며, 고슴도치처럼 이발했다. 요란한 소리를 내며 수상한테 달려가면서 1층 전체에 온통 사향 냄새를 풍긴다. 수상.

시종장   (수상을 껴안으며) 아, 안녕하시오, 나의 친구분!
            어떻게 지내시오? 잠은 잘 주무셨소? ······이렇게 늦게 찾아뵌 것을 용서해 주시오······.
            긴급한 일들이 있어서······ 식단······ 방문자를 입장시키는 짧은 편지나 메모를 정리하는 일······
            오늘 있을 썰매 행렬의 조를 배치하는 문제······ 아······.
            그리고 아침 접견에 참석해서 전하께 날씨도 알려

드려야 했소.

수상　　그래요, 시종장. 그러니 물론 빠져나올 수 없었겠죠.

시종장　그렇잖아도 어떤 재단사 녀석 때문에 더 눌러앉아 있어야 했어요.

수상　　그런데도 준비가 다 되었단 말인가요?

시종장　아직 다 준비된 것은 아닙니다……. 오늘 재수 없는 일이 계속 일어나서요.

　　　　제 말 좀 들어 보기나 하세요.

수상　　(멍한 표정으로) 그럴 수 있어요?

시종장　들어 보기나 하세요. 내가 마차에서 내리자마자 종마들이 놀라 날뛰며 발길질을 해 대는 바람에…… 말도 마세요……

　　　　거리의 오물이 바지에 마구 튀지 뭡니까.

　　　　이를 어쩐담? 제 입장이 되어 생각해 보세요, 수상님. 전 거기에 서 있었습니다. 시간은 늦었고, 하루가 걸리는 거리죠…….

　　　　그리고 이런 행색으로 전하 앞에 서다니! 하느님 맙소사……!

　　　　그때 저에게 무슨 생각이 떠올랐는지 아세요? 기절한 척하는 겁니다.

　　　　그러자 사람들이 부랴부랴 나를 마차에 태우는 겁니다.

　　　　나는 전속력으로 집으로 내달려…… 옷을 갈아입고…… 되돌아갔습니다…….

　　　　일이 어찌 됐는지 아세요? ……내가 대기실에 일착

했더군요. ……어찌 생각하세요?

수상 　즉흥적으로 인간적인 기지를 발휘하여 멋지게 처리
　　　했군요…….
　　　하지만 그 이야기는 그만하고요, 칼프…….
　　　그러니까 대공을 벌써 만나 보셨단 말이지요?

시종장 　(거드름을 피우며) 이십 분하고 삼십 초간요.

수상 　이거 놀라운데요…… . 그러면 틀림없이 나에게 전해
　　　줄 중요한 소식을 가져왔겠군요?

시종장 　(얼마간 말문을 닫았다가 심각하게) 전하께서는 오늘
　　　모직으로 된 거위 똥색 윗도리를 입었습니다.

수상 　생각해 보시오…… . 아니, 그게 아니라, 시종장.
　　　그렇다면 당신에게 더 좋은 소식을 전해주리다…….
　　　밀포드 부인이 폰 발터 소령의 부인이 된다는 이야
　　　기는 확실히 새로운 소식이지요?

시종장 　그렇지요! ……그런데 벌써 약정이 되었나요?

수상 　서명을 했습니다, 시종장…… . 그러니 지체 없이 그곳
　　　으로 가서,
　　　내 아들이 찾아갈 테니 그를 맞을 채비를 하라고 부
　　　인에게 알리고,
　　　내 아들 페르디난트의 결심을 온 궁정에 알리면 고
　　　맙겠소이다.

시종장 　(황홀한 표정으로) 오, 기꺼이 그리하지요, 친구…….
　　　내게 이보다 더 바람직한 일이 뭐가 있겠어요?
　　　……즉시 달려가지요…….
　　　(수상을 껴안으며) 안녕히 계십시오…… . 사십오 분

내로 전 시내가 다 알게 될 겁니다. (껑충껑충 뛰어나
간다.)

수상   (시종장이 뛰어나가는 모습을 보며 웃고) 저런 사람이
세상에서 아무 쓸모없다고 과연 누가 말할 수 있을
까…….
이제 페르디난트가 하려고 해야 할 텐데,
그렇지 않으면 도시 사람들이 다 거짓말을 한 꼴이
되는데.
(초인종을 눌러 부름이 나타나자) 내 아들을 들여보
내게.

(부름이 물러가고, 수상은 생각에 잠겨 이리저리 거닌다.)

7장

페르디난트. 수상. 곧 물러가는 부름.

페르디난트　부르셨습니까, 아버님…….

수상　　　아들을 보는 기쁨을 누리려면 이렇게 불러야 하다
　　　　　니 유감이구나…….
　　　　　— 물러가 있게, 부름 — 애야, 한동안 너를 쭉 지
　　　　　켜봤는데,
　　　　　이젠 솔직하고 민첩한 청춘의 모습을 더 이상 볼 수
　　　　　없구나,
　　　　　한때 나를 그다지도 황홀하게 했던 청춘 말이다.
　　　　　너의 얼굴에는 알 수 없는 번민이 담겨 있구나…….
　　　　　넌 나를 피하고…… 네가 어울리는 사교 모임도 피
　　　　　하고 있어……. 에이!
　　　　　네 나이에는 단 한 가지 이상한 망상보다는 열 가

지 탈선을 용서해 준단다.

망상 따윈 내게 맡기렴, 얘야. 내가 너의 행복을 마
련해 줄 테니,

딴생각일랑 하지 말고 내 계획을 따르렴…….

자! 나를 껴안아라, 얘야.

페르디난트 오늘따라 무척 인자하시군요, 아버지.

수상   오늘따라라니, 이 녀석아……. 그리고 오늘따라라는
말을 하며

왜 그리 얼굴을 심하게 찡그리느냐?

(심각한 표정으로) 페르디난트야! 내가 누구 때문에
영주의 마음에 들려고 위험한 길을 택했겠느냐?

내가 누구 때문에 양심과 하늘을 영원히 저버렸겠
느냐?

……들어 봐라, 페르디난트……. (난 내 아들과 이야
기하고 있단다…….)

내 전임자를 제거해서 누구에게 자리를 만들어 주
었느냐?

세상의 칼을 조심스레 숨길수록 이 사건이 내 가슴
을 섬뜩하게 파고드는구나.

들어 보아라. 말해 보아라, 아들아. 내가 누굴 위해 이
모든 일을 했겠느냐?

페르디난트 (흠칫 놀라 뒤로 물러서며) 하지만 저를 위해 한 것
은 아니겠죠, 아버지?

설마 그런 피비린내 나는 악행의 결과가 저에게 미
치는 것은 아니겠죠?

전능하신 신이시여! 이러한 범행을 저지르게 한 빌미가 되느니

차라리 태어나지 않는 게 좋을 뻔했어요.

수상   그게 무슨 소리냐? 무슨 소리야? 하나 망상가가 한 소리니 그냥 넘어가겠다…….

페르디난트, 애야…… 난 흥분하지 않겠다, 건방진 녀석아…….

그러니까 이게 내가 수많은 불면의 밤들을 보내고, 끊임없이 걱정한 데 대한 보답이란 말이냐?

영원토록 양심의 가책에 시달린 데 대한 보답이란 말이냐?

책임을 지는 부담은 내가 맡는다……. 저주며 재판관의 벽력도 내가 맡는다…….

넌 간접적으로 행운을 얻으면 되는 거다……. 범죄는 유산으로 물려지는 게 아니니까.

페르디난트   (하늘을 향해 오른손을 뻗으며) 저는 이 자리에서 그 유산을 엄숙하게 포기하는 바입니다,

그것은 지긋지긋한 아버지만을 생각나게 해 줄 뿐입니다.

수상   들어 봐라, 애야, 나를 화나게 하지 말고…….

네 생각대로라면 넌 평생 동안 먼지 속을 기어 다닐 거란 말이냐.

페르디난트   아, 그게 오히려 더 낫지요, 아버지, 왕좌 주위를 기어 다니는 것보다는요.

수상   (분노를 억누르며) ……흠! 너의 행운을 인정하라고

강요해야겠구나.

다른 사람들 열 명이 혼신의 노력을 기울여도 올라가지 못하는 곳에,

넌 놀고 잠자면서 올라가는 거야.

넌 열두 살에 최연소 사관이 되었고, 스무 살에 소령이 되었어.

내가 영주에게 부탁해서 그걸 관철했어.

네가 제복을 벗으면 내각에 들어가게 될 거다.

영주가 특혜를 베풀어 추밀 고문이나 공사를 시켜 주겠다고 말했다.

네게는 찬란한 앞날이 펼쳐져 있어…….

왕좌로 가까이 다가가는, 왕좌로 직접 통하는 탄탄대로가 닦여 있어,

밖으로는 표가 나지 않지만 군주와 비슷한 권력을 갖게 되는데……

그래도 감동스럽지 않단 말이냐?

페르디난트 위대함과 행운에 대한 저의 생각이 아버지의 그것과 같지 않습니다…….

아버지의 행복은 대개 남을 파멸시켜 얻는 것이니까요.

시기, 공포, 저주는 통치자의 주권이 미소를 띠며 바라보는 슬픈 거울들입니다…….

눈물, 저주, 절망은 이러한 행복을 얻은 사람들이 포식하는 끔찍한 식사입니다,

그들은 그것에 취한 채 일어나 하느님의 옥좌 앞으

로 영원히 비틀거리며 걸어갑니다…….

행복에 대한 저의 이상은 분수를 알고 저 자신 속으로 움츠러듭니다.

제 가슴속에는 저의 모든 소망이 파묻혀 있습니다…….

수상 　탁월하구나! 더할 나위 없구나! 훌륭하구나! 삼십 년 만에 다시 처음으로 듣는 강의다!

……오십이 된 내 머리가 무언가를 배우기에는 너무 굳어 버린 게 아쉬울 뿐이야!

……하지만…… 너의 이런 비범한 재능이 녹슬지 않도록 너를 누군가와 맺어 주도록 하겠다,

그러면 너의 이러한 잡스러운 광기를 마음대로 단련시킬 수 있을 거다…….

넌 결심을…… 오늘 중으로…… 결혼하겠다는 결심을 해야 해.

페르디난트 (깜짝 놀라 뒤로 물러서며) 아버지?

수상 　듣기 좋은 말은 필요 없다……. 난 밀포드 부인에게 네 이름으로 카드를 보냈다.

지체 없이 그리로 가서 네가 그녀의 신랑이라고 말해라.

페르디난트 　그 밀포드 말인가요, 아버지?

수상 　네가 그녀를 알고 있다면…….

페르디난트 (어쩔 줄 몰라 하며) 이 공국에서 치욕의 기둥에 매달아 놓아야 할 여자가 아닌가요?

……하지만 아버지의 기분을 진지하게 받아들인다

면 제가 아마 우스운 녀석이겠죠, 아버지?

아버지는 제가 영주의 애첩과 결혼하는 못난 아들이 되기를 바라십니까?

수상   더 할 말이 있다. 그녀가 오십 대 남자를 원한다면 내가 직접 그녀에게 구혼하겠다…….

너는 그런 못난 아비의 아들이 되고 싶진 않겠지?

페르디난트 아닙니다! 절대로요!

수상   정말 불손하기 짝이 없지만, 흔히 있는 일이 아니니 그냥 용서하마…….

페르디난트 제발 부탁인데요, 아버지! 쓸데없는 추측일랑 하지 마세요,

저를 아들이라 부르는 것도 더는 참을 수 없어요.

수상   얘야, 너 정신이 나간 거냐? 분별 있는 사람이라면 누구라도

자신의 군주와 밀접한 관계를 맺는 영예를 갈망하지 않겠느냐?

페르디난트 수수께끼 같네요, 아버지. 아버지는 영예라 그러시지만……

동물적 욕망을 추구하는 곳을 영주와 나누는 영예가 아닌가요?

수상   (박장대소한다.)

페르디난트 마음대로 웃으십시오, 전 그걸 무시하겠습니다, 아버지.

아무리 형편없는 수공업자라 하더라도 제가 무슨 낯으로 그를 보겠습니까?

그는 그래도 자기 아내의 온전한 육체를 지참금으로 받지 않습니까?

무슨 면목으로 이 세상에 나선단 말인가요? 영주 앞에는요?

무슨 낯으로 그의 애첩을 대한단 말인가요?

자신의 명예가 손상된 자리를 저의 치욕으로 아물게 하려는 그 애첩을요?

수상   대체 어디라고 함부로 주둥이를 놀리는 게냐, 이 녀석아?

페르디난트 천지신명께 맹세하는 바입니다!

아버지는 외아들을 이렇게 내던져 버린 대가로

아들이 불행해진 만큼 행복해지실 수 없습니다.

그렇게 해서 아버지가 승진할 수 있다면 제 목숨도 바치겠습니다.

아버지께 받은 생명이니까, 아버지를 위대하게 만들기 위한 것이라면

한순간도 주저하지 않겠습니다…… 제 명예를, 아버지……

이것을 빼앗아 간다면 저에게 생명을 주신 것은 경솔한 장난이었습니다,

그러면 저는 아버지를 뚜쟁이라고 저주할 수밖에 없습니다.

수상   (아들의 어깨를 두드리며 다정하게) 장하구나, 아들아.

이제 보니 네가 속이 찬 녀석이고, 공국에서 최고의 여자를 맞이할 자격이 있구나…….

그런 여자를 맞이해야겠구나…… 그럼 오늘 정오에 폰 오스트하임 백작 부인과 약혼하도록 해라.

페르디난트 (다시 당황해하며) 지금 저를 완전히 박살 낼 작정이십니까?

수상 (아들의 눈치를 살피면서) 그런다고 너의 명예가 훼손되지는 않겠지?

페르디난트 아닙니다, 아버지.

프리데리케 폰 오스트하임은 다른 누구라도 더없이 행복하게 해 줄 수 있을 겁니다.

(극도로 혼란에 빠져 혼잣말로) 저분의 악의가 내 가슴에 남겨 놓은 것을

이제는 호의로 갈기갈기 찢어 놓네.

수상 (아직도 그에게서 눈길을 돌리지 않고) 네가 감사하는 마음을 갖기를 기다리겠다, 페르디난트야……

페르디난트 (아버지에게 달려들어 그의 손에 열렬한 입맞춤을 하며) 아버지!

아버지의 은혜에 제 감정이 온통 불타오릅니다……. 아버지! 아버지의 자상한 마음씨에 정말 감사드립니다…….

아버지의 선택은 흠잡을 데 없습니다……. 하오나…… 저는…… 저는…….

저를 어여삐 여겨 주십시오……. 전 백작 부인을 사랑할 수 없습니다.

수상 (한 걸음 뒤로 물러나며) 얼씨구! 이제야 귀공자의 정체가 드러나는군.

이제 함정에 빠졌어, 교활한 위선자야……

그러니까 밀포드 부인과 결혼하지 못하겠다는 것은 명예 때문이 아니었구나?

……결혼 상대가 아니라 결혼을 싫어한다는 거지?

페르디난트 　(처음에는 돌부처처럼 서 있다가, 화들짝 몸을 움직이며 가려고 한다.)

수상　　어디 가려느냐? 게 서라! 이게 나에게 보이는 존경심이란 말이냐?

(소령이 되돌아오자) 부인에게 소식을 전했고, 영주에게 언약했다.

도시와 궁정이 다 약정한 걸로 알고 있다. 네가 나를 거짓말쟁이로 만들려면, 애야……

영주와 부인과 도시와 궁정에 거짓말쟁이로 만들려면…… 들어 보아라, 애야…….

아니면 내가 꼭 모종의 연애 사건을 들추어내야겠느냐! ……게 서라! 얼씨구!

왜 갑자기 뺨에 핏기가 싹 가시느냐?

페르디난트 　(얼굴이 하얗게 질려 부들부들 떨면서) 네? 뭐라고요? 전혀 아무것도 아닙니다, 아버지!

수상　　(아들을 무서운 얼굴로 노려보며) 무슨 곡절이 있다면……

네가 왜 이렇게 뻗대는지 단서를 찾아내면 어쩔 테냐? ……흥! 이 녀석아!

조금만 의심해도 나는 미칠 것 같다. 당장 가거라!

의장 행렬이 시작된다.

암호*를 받자마자 부인 집에 가거라……. 내가 등장하면 온 공국이 떤다.

너의 고집이 나를 이기는지 어디 두고 보자.

(가다가 또다시 돌아오며) 얘야, 너에게 말하는데, 그곳에 가거라,

그리 하지 않을 거면 내 분노를 피해라. (퇴장한다.)

페르디난트 (멍한 마비 상태에서 깨어나) 가셨나? 그게 아버지의 목소리였나?

……그래! 그녀에게 가야지……. 그리 가서…… 그녀에게 사실을 말하고 거울을 들이대야지…….

형편없는 여자 같으니! 주제에 나와 결혼까지 하려 들다니…….

귀족이며 군인이며 백성이 모인 자리에서……

영국인의 자존심을 깡그리 동원해 보라지……. 난 너를 받아들일 수 없어…….

독일의 젊은이로서! (급히 밖으로 나간다.)

---

* 그날의 암호를 알아야 위병소를 통과할 수 있음.

2막

배경

밀포드 부인이 있는 궁의 응접실. 오른쪽에는 소파가, 왼쪽에는 그랜드피아노가 놓여 있다.

1장

밀포드 부인이 편안하지만 매혹적인 네글리제를 입고 머리는
아직 매만지지 않은 채, 피아노 앞에 앉아 즉흥 연주를 한다.
창가에 있던 몸종 소피가 다가온다.

소피   장교들이 해산하고 있어요. 의장 행렬이 끝났어요⋯⋯.
         하지만 발터는 아직 보이지 않는데요.

밀포드 부인 (자리에서 일어나 응접실의 통로를 거닌다. 몹시 불안
         해하며) 오늘은 마음의 갈피를 잡을 수 없구나, 소
         피⋯⋯. 이런 적이 없었는데⋯⋯.
         그러니까 그의 모습이 전혀 안 보인다는 거지? 물론
         그럴지도 모르지⋯⋯.
         그이야 서두를 게 없을 테니까⋯⋯. 마치 죄라도 지
         은 듯 내 가슴이 짓눌리는구나⋯⋯.
         소피, 가서⋯⋯ 가장 사나운 경주마를 마구간에서

꺼내 와라. 야외로 나가야겠다…….

사람들과 푸른 하늘을 보며 마음이 홀가분해질 때
까지 말을 달려야겠다.

소피   심기가 불편하시면, 마님…… 사람들을 이곳으로
불러 모으시지 그래요.

대공께 이곳에서 식사를 하시라고 청하거나,

소파 앞에 카드놀이용 탁자를 차리면 어떨까요.

영주와 궁정의 모든 사람들을 마음대로 부릴 수 있
는데, 기분이 좋지 않다니요?

밀포드 부인 (소파에 털썩 주저앉으며) 나를 성가시지 않게 해
다오.

내가 그들에게서 성가신 일을 당하지 않게 해 주면
다이아몬드를 시간당 한 개씩 주겠다.

내가 그런 사람들로 내 방을 도배해야 하겠니?

……내가 진심으로 따뜻한 한마디를 건네면 마치
유령이라도 본 것처럼,

입을 딱 벌리고 코를 벌렁거리며 깜짝 놀라는, 보잘
것 없고 가련한 사람들이야…….

뜨개실보다 더 쉽게 다룰 수 있는 한 가닥 꼭두각
시 끈에 조종되는 노예들이지…….

나더러 마치 회중시계처럼 머리가 돌아가는 사람들
과 무엇을 시작하라는 거냐?

그들이 어떤 대답을 할지 미리 알고 있는데, 무슨
질문하는 재미가 있겠느냐?

또는 나와 다른 견해를 가진 용기 없는 사람들과

무슨 대화를 나누겠느냐?

……그런 자들은 소용없어! 고삐를 물어뜯지도 않는 준마를 타 봐야 짜증날 뿐이야. (창 쪽으로 다가간다.)

소피   하지만 영주님은 예외시겠죠, 마님? 나라 전체에서 가장 잘생긴 남자고……

가장 열렬한 연인이며…… 가장 재기 넘치는 남자니까 말이에요!

밀포드 부인 (창가에서 되돌아와) 이게 그의 나라니까……

그리고 영주니까 내 취향에 안 맞아도 참아 줄 수 있는 핑계가 되는 거지, 소피…….

넌 사람들이 나를 부러워한다고 했지. 불쌍한 것들! 오히려 날 가련하게 여겨야지!

폐하의 젖을 빨아먹고 사는 사람들 중에서 애첩이 가장 보잘 것 없단다,

그 위대하고 부유한 남자가 구걸하는 모습을 그녀만이 보기 때문이지.

그분이 자신의 위대함을 부적처럼 이용해서, 마치 요정의 성처럼

내 마음의 온갖 욕망을 땅속에서 불러낼 수 있는 것은 사실이지…….

그는 인도와 중미에서 나는 진기한 과일 주스를 식탁에 올리고……

황량한 땅에다 낙원을 건설하며…… 자기 나라의 샘물줄기가 멋진 호를 그리며

하늘로 뻗어 오르게 하거나, 자기 신하들의 골수를
불꽃놀이에 쓸 수도 있지…….

하지만 그가 자기 가슴도 내 가슴처럼 힘차고 정열
적으로 뛰도록 명령할 수 있겠느냐?

그가 보잘 것 없는 자신의 두뇌에서 단 한 번이라
도 아름다운 감정을 끌어낼 수 있겠느냐?

……관능은 넘쳐흐르지만 내 마음은 굶주리고 있어.

욕망의 불을 꺼야 하는데 수천 가지 더 나은 감정
이 나에게 무슨 소용이 있겠느냐?

소피 (놀란 표정으로 그녀를 바라보며) 제가 모신 지 대체
얼마나 되었지요, 마님?

밀포드 부인 오늘에야 비로소 나를 알게 돼서 그러니? ……네
말이 맞다, 소피…….

난 영주에게 명예는 팔았지만, 마음은 자유롭게 간
직하고 있단다…….

내 마음은 아직 어떤 남자를 받아들일 만한 가치가
있는 거야…….

독성을 띤 궁정의 바람이 거울 위에 입김을 불 때처
럼 내 마음 위를 스쳐 지나갔을 뿐이야…….

내 말을 믿어 다오, 소피……. 궁정에서 다른 여자가
내 앞자리를 차지하는 것을

내 명예심이 허락했다면, 나는 이 가련한 영주에 맞
서 진작 내 뜻을 관철했을 거야.

소피 그런데 마음이 자유롭다면서 명예욕에는 그렇게 기
꺼이 굴복했나요?

밀포드 부인 (활기차게) 마치 아직 복수를 하지 않았다는 듯이?
……그리고 지금도 복수를 하지 않겠다는 듯이 말이
냐? ……소피!

(소피의 어깨 위에 손을 올려놓으며 의미심장하게) 우리 여
인네는 지배와 봉사 중에서만 선택할 수 있단다…….
하지만 우리가 사랑하는 남자의 노예가 되는 더 큰
희열을 맛보지 못하면,
권력이 주는 최고의 희열도 비참한 대용품에 지나
지 않는단다.

소피 마님, 이것이야말로 제가 마님에게서 최종적으로 듣
고자 한 진실입니다!

밀포드 부인 그런데 왜 그런지 아느냐, 소피? 왕홀이 유치하게
지도하는 걸 보면
우리가 마음대로 조종되는 끈으로나 쓸모 있다는
것을 알 수 있지 않느냐?
넌 변덕스러운 마음이나…… 이런 거친 욕구를 충
족하는 것이
내 가슴속의 보다 거친 욕망을 덮어 감추려는 것에
불과함을 모르겠느냐?

소피 (놀라서 뒤로 물러서며) 마님?

밀포드 부인 (보다 활기차게) 이런 욕망을 채워 주렴!
내가 지금 생각하고…… 내가 사모하는 그 남자를
나에게 다오…….
갖지 않으면 내가 죽을 수밖에 없는 남자 말이야,
소피.

(애절하게) 그의 입에서 우리 머리칼에 달린 보석보다 우리 눈에 맺힌 사랑의 눈물이

더 아름답게 반짝인다는 소리를 들었으면 좋겠구나.

(열렬하게) 그리고 난 영주의 발치에다 그의 마음과 이 공국을 내던져 버리고,

그 남자와 도망치고 싶구나, 세상에서 가장 멀리 떨어진 사막으로…….

소피   (깜짝 놀라 그녀를 바라보며) 아이고머니! 무슨 소리세요?

어디 편찮으세요, 마님?

밀포드 부인   (당황하며) 안색이 창백해지는구나! ……내가 너무 심한 말을 한 모양이지?

아, 나의 신뢰로 너의 혀를 묶게 해 다오……. 더 들어 봐라……. 깡그리 들어 보아라…….

소피   (불안하게 주위를 둘러보며) 무서워요, 마님…….

무서워요……. 더 들을 필요가 없어요.

밀포드 부인   소령과의 관계 말이야……. 너와 이 세상은 그것이 궁정의 간계라고

착각하는 모양이지……. 소피…… 얼굴 빨개질 필요 없다…….

나 때문에 창피해하지 마라……. 그것은 나의 사랑이 만든 작품이다.

소피   세상에! 저도 그런 예감이 들었어요!

밀포드 부인   그들은 제 꾀에 넘어갔어, 소피……. 허약한 영주……

궁정의 음모에 능한 수상 발터…… 어리석은 궁내
대신……

그들은 모두 믿어 의심치 않을 거야, 이 결혼이 나
를 대공에게서 빼내,

우리의 인연을 더욱 굳게 해 주는 가장 확실한 방법
이라고……. 그래!

그 인연을 영원히 분리하는 거야! 이 치욕스러운
사슬을 영원히 끊어 버리는 거야!

……속아 넘어간 거짓말쟁이들! 연약한 여자에게
농락당했지!

……이제 너희가 직접 나에게 나의 연인을 갖다 바
치는구나.

내가 바라던 바는 바로 그거였어……. 일단 그를 한
번 차지하면…… 그를 차지하면……

아, 그러면 영원히 안녕이다, 지긋지긋한 영화(榮華)
여…….

2장

보석 상자를 든 영주의 늙은 시종. 앞에 등장한 인물들.

시종   대공 전하께서 마님께 안부를 전하시며, 이 보석을
          결혼 선물로 보내셨습니다.
          방금 베네치아에서 온 것이죠.

밀포드 부인 (조그만 상자를 열어 보고 깜짝 놀라 뒤로 물러서며)
          아니! 대공께서 얼마를 주고 이 보석들을 사셨나?

시종   (침울한 얼굴로) 한 푼도 안 들었습니다.

밀포드 부인 뭐라고? 제정신인가? ……한 푼도 안 들었다고?
          (그에게서 한 걸음 뒤로 물러서며) 자네는 마치 나를
          뚫을 듯이 바라보고 있군…….
          엄청나게 귀한 이 보석을 얻는 데 한 푼도 안 들었
          다고?

시종   어제 7000명의 장정이 미국으로 떠났는데……

그들이 파병된 돈으로 모든 값이 치러졌죠.

밀포드 부인 (보석을 갑자기 내려놓고 응접실을 빠른 걸음으로 걸
　　　　　　어다니다, 잠시 후 시종에게) 이보게, 왜 그러는가? 울
　　　　　　고 있는 것 같은데?

시종　　　 (눈물을 닦고 사지를 부르르 떨며 참담한 목소리로) 여
　　　　　　기 이것들과 같은 보석들…… 그들 중에 제 자식들
　　　　　　도 있습니다.

밀포드 부인 (몸을 떨며 고개를 돌리고, 그의 손을 붙잡으며) 하지
　　　　　　만 강요는 하지 않았겠지?

시종　　　 (큰 소리로 웃으며) 아, 맹세코…… 아닙니다……. 순
　　　　　　전히 지원병들이죠.
　　　　　　몇몇 건방진 녀석들이 대열 앞으로 나와 연대장에
　　　　　　게 물었죠,
　　　　　　영주가 인간들에게 멍에를 씌우고 얼마에 팔아 치
　　　　　　우느냐고요…….
　　　　　　하지만 자비로우신 우리 영주께서는 모든 연대를 사
　　　　　　열식장에 집합시키고,
　　　　　　멍하니 바라보던 얼간이 녀석들을 쏘아 죽이라고 명
　　　　　　하셨죠.
　　　　　　우린 요란한 총소리를 들었고, 그들의 두개골이 포
　　　　　　장도로에 튀는 것도 봤습니다.
　　　　　　그러고는 전군이 소리쳤죠……. "야호, 미국으로!"

밀포드 부인 (경악하여 소파에 털썩 주저앉으며) 이럴 수가! 아니,
　　　　　　이럴 수가!
　　　　　　……그런데 나에게는 왜 아무 소리도 안 들렸지?

난 전혀 눈치를 못 챘단 말인가?

시종 　그러게요, 마님……. 왜 마님은 출발 신호가 울렸을 때 마침 우리의 군주와 함께 말을 타고 곰 사냥에 나서야 하셨나요?

……마님은 귀청을 찢는 듯한 북소리가 시간이 되었음을 우리에게 알렸을 때의 장관을

놓치지 말았어야 하는데요.

여기서는 고아들이 울부짖으며 살아 있는 아버지를 쫓아갔고,

저기서는 젖을 빠는 아기를 총검으로 찌르자 격분한 어머니가 달려갔죠.

그리고 신랑과 신부를 군도로 내리쳐 떼어 놓자, 우리 같은 늙은이들은 절망해서

우두커니 서 있다가, 신세계로 향하는 녀석들에게 마지막으로 목발을 던져 줬죠…….

아, 전지전능한 자가 우리의 기도 소리를 듣지 못하도록,

때때로 북소리를 시끄럽게 내기도 했지요…….

밀포드 부인 　(일어나 격정에 사로잡혀) 이 보석들을 치워 버려라…….

저것들이 내 마음에 지옥의 불을 질러 놓는구나.

(시종에게 보다 부드럽게) 마음을 가라앉히게나, 불쌍한 노인. 그들은 돌아올 거야. 조국을 다시 볼 거야.

시종 　(따뜻하고 힘찬 목소리로) 그거야 하늘만 알겠지요! 그들은 돌아올 겁니다!

……그들은 성문에 도착해서 또 한 번 고개를 돌리고 이렇게 외쳤습니다.

"처자식을 도와주소서……. 우리 영주 만세……. 최후 심판의 날에 다시 돌아갈 겁니다!"

밀포드 부인 (힘찬 걸음걸이로 이리저리 왔다 갔다 하면서) 혐오스러워! 끔찍하구나!

……내가 나라의 모든 눈물을 말려 버렸다고 나에게 이의를 제기하더니…….

끔찍하게도, 끔찍하게도 내 두 눈이 떠지는구나…….

가게나…….

자네의 군주에게 말하게나……. 내가 직접 감사의 말을 전하겠다고.

(시종이 가려고 하자, 황금 지갑을 그의 모자에 던져 주며) 자네가 나에게 진실을 말했으니 그걸 갖게나…….

시종 (경멸하듯 그것을 탁자 위에 도로 던져 버리며) 다른 것과 함께 두겠습니다. (퇴장한다.)

밀포드 부인 (놀라서 그의 뒷모습을 바라보며) 소피, 그의 뒤를 쫓아가서,

이름을 물어보아라. 그가 아들들을 도로 찾게 해 줘야지.

(소피가 퇴장한 후 생각에 잠겨 이리저리 왔다 갔다 한다. 잠시 후 다시 돌아오는 소피에게) 최근에 국경 지방의 어떤 도시가 화재로 폐허가 되고,

400가구가 거지 신세가 되었다는 소문이 돌지 않더냐? (초인종을 울린다.)

소피   왜 그런 말씀을 하세요? 물론 그렇다고는 해요.

          그런데 이러한 재난을 당한 대부분의 사람들은 지
          금 채권자들의 하인이 되어 있거나,

          영주의 은광 갱도에서 다 죽어 가고 있다고 하네요.

하인   (들어오면서) 마님, 부르셨습니까?

밀포드 부인 (그에게 장신구를 주며) 이걸 지체 없이 의회에 보
          내도록 해라!

          ……명령하건대 이걸 즉시 돈으로 바꾸어,

          화재로 집을 잃은 400가구에 나누어 주도록 해라.

소피   마님, 그러다가 엄청난 노여움을 살지도 모른다는
          사실을 유념하세요.

밀포드 부인 (위엄 있게) 나더러 나라의 저주를 머리에 달고 다
          니란 말이냐?

          (하인에게 손짓을 하자 그가 나간다.) 아니면 나더러 그
          러한 눈물의 끔찍한 보석 장식품을 달고 바닥에 쓰
          러지란 말이냐?

          자, 소피……. 가짜 보석을 머리에 꽂고,

          이런 일을 했다는 생각을 가슴에 품는 게 더 낫겠어.

소피   하지만 이런 보석 말고요! 그보다 못한 보석을 내놓
          지 그러셨어요?

          정말 안 돼요, 마님! 용서받지 못할 거예요.

밀포드 부인 멍청한 계집애 같으니! 그 대신 열 명의 왕이 달
          았던 것보다

          더 많은 보석과 진주가 한순간에 내 수중에 들어올
          거야. 그리고 더 멋진 것들이…….

하인   (되돌아오며) 폰 발터 소령이…….

소피   (부인에게 뛰어가서) 아이고머니! 얼굴이 새하얘지시
       네요.

밀포드 부인 내가 남자 때문에 공포에 떠는 것은 처음이구나…….
       소피…….

       내 몸이 불편하다고 해, 에드워드……. 잠깐…… 그
       의 기분이 좋더냐?

       ……웃고 있더냐? 뭐라고 말하던? 아, 소피! 내 모습
       이 추해 보이지 않니?

소피   무슨 말씀을요, 마님…….

하인   그분을 돌려보내라는 말씀이신가요?

밀포드 부인 (말을 더듬거리며) 환영한다고 해라.

       (하인이 밖으로 나가자) 말해 보렴, 소피…… 그에게
       무슨 말을 하지? 어떻게 맞이하지?

       ……난 아무 말도 못할 거야. …… 그는 내가 약하다
       고 비웃겠지……. 그는……

       아, 나는 알 것 같아……. 나를 홀로 놔둘 거니, 소
       피? ……가지 마. ……아니야! 가거라!

       ……아니, 가지 마.

(소령이 대기실을 통과해 온다.)

소피   정신 차리세요! 벌써 오셨어요.

3장

페르디난트 폰 발터. 앞에 등장한 인물들.

페르디난트 (간단히 허리를 굽혀 인사하며) 방해가 되는 게 아닌
　　　　　　지요, 부인…….

밀포드 부인 (가슴이 두근거리며) 아니에요, 소령님, 아무 일도
　　　　　　없어요.

페르디난트 저는 아버님의 명령을 받고 왔습니다.

밀포드 부인 전 그분의 은혜를 입고 있어요.

페르디난트 우리가 결혼한다고 부인께 알리라 해서요……. 이
　　　　　　게 아버지의 지시 사항입니다.

밀포드 부인 (얼굴이 창백해져 부들부들 떨며) 소령님 본인의 마
　　　　　　음에서 우러난 것이 아니고요?

페르디난트 장관이나 뚜쟁이들은 결코 그런 걸 묻는 법이 없
　　　　　　습니다.

밀포드 부인 (불안한 마음에 말이 잘 나오지 않는다.) 그럼 귀공
　　　　　자신은 그 외에 덧붙일 말씀이 아무것도 없으세요?

페르디난트 (그녀를 흘낏 쳐다보며) 아주 많습니다, 부인.

밀포드 부인 (손짓을 해서 소피를 내보낸 후) 소파에 좀 앉으시겠
　　　　　어요?

페르디난트 잠깐 서 있겠습니다, 부인.

밀포드 부인 그래요?

페르디난트 저는 명예를 중시하는 남자입니다.

밀포드 부인 전 그런 남자를 높이 평가해요.

페르디난트 기사니까요.

밀포드 부인 공국에서 최고지요.

페르디난트 그리고 장교이고요.

밀포드 부인 (애교를 부리며) 다른 사람들도 갖고 있는 장점만
　　　　　언급하시는군요.
　　　　　왜 소령님 혼자만 갖고 계시는 더 큰 장점을 숨기시
　　　　　는 건가요?

페르디난트 (쌀쌀맞게) 여기선 그런 게 필요 없거든요.

밀포드 부인 (점점 더 불안해하며) 하지만 이러한 사전 보고는
　　　　　어떻게 받아들여야 할까요?

페르디난트 (천천히, 그리고 힘주어) 당신이 결혼을 강요할 생각
　　　　　이라면
　　　　　저는 명예 때문에 반대하는 것으로요.

밀포드 부인 (발끈하며) 뭐라고요, 소령님?

페르디난트 (태연히) 제 마음의 언어…… 제 가문의 문장에 담
　　　　　긴 언어……

그리고 이 단도의 언어 때문에요.

밀포드 부인 이 단도는 영주가 주신 건데요.

페르디난트 영주의 손을 빌려 국가가 나에게 준 겁니다…….

제 마음은 하느님께 가 있고……

제 가문의 문장은 500년의 역사를 지니고 있습니다.

밀포드 부인 대공의 가문은……

페르디난트 (열을 내며) 대공이라 해서 인류의 법칙을 왜곡할 수 있나요,

서 푼짜리 동전을 마구 찍어 내듯 행위들을 찍어 낼 수 있나요?

……그 자신도 명예에 초연할 수는 없지만, 자신의 금으로 사람들의 입을 틀어막을 수 있고,

족제비 모피로 자신의 치욕을 덮을 수 있습니다.

전 더 이상 그러지 않아요, 부인……. 내팽개쳐진 전망과 선조, 또는 이 검의 장식 술……

또는 세론 따위는 더 이상 문제되지 않습니다.

전 이 모든 것을 발로 밟아 버릴 용의가 있습니다,

그 대가가 희생보다 나쁘지 않다는 것을 부인이 저에게 확신시켜 주시기만 한다면 말입니다.

밀포드 부인 (고통스럽게 그에게서 물러나며) 소령님! 전 그런 대접을 받을 일을 하지 않았어요.

페르디난트 (그녀의 손을 붙잡으며) 용서해 주세요.

우리가 여기서 나누는 말을 듣는 사람은 아무도 없습니다.

오늘 이것으로 마지막이긴 하겠지만, 부인과 저를 이

렇게 엮어 주는 상황은

저의 가장 은밀한 감정을 억누르지 않아도 되게 해

주고, 그러도록 강요합니다…….

부인, 이렇게 미모와 지성을 갖춘 숙녀께서

— 남자들이 높이 평가하는 특성들이지요 —

성적 매력에나 경탄할 줄 아는 영주에게 자신의 몸

을 내던질 수 있다는 게

저로서는 이해가 되지 않아요. 진심을 가지고

어떤 남자 앞에 나서는 게 부끄럽지 않다면 말이오.

밀포드 부인 (눈을 동그랗게 뜨고 소령의 얼굴을 바라보며) 끝까지

　　　　말씀해 보세요.

페르디난트 부인은 자신이 영국 여자라고 말하지요. 실례지

　　　　만……

　　　　저는 부인이 영국 여자란 사실을 믿을 수 없어요.

　　　　하늘 아래 가장 자유로운 민족에게서 자유롭게 태

　　　　어난 딸이

　　　　— 그 민족은 자부심이 너무 강해서 다른 민족의

　　　　덕목을 칭찬해 주지 않지요 —

　　　　결코 이민족의 악덕에 고용살이하며 살아갈 리 없

　　　　습니다.

　　　　부인은 영국인일 수 없습니다……. 그렇지 않다면

　　　　영국인의 피가 위대하고 대담하게 뛸수록

　　　　이 영국 여자의 가슴은 훨씬 더 작아지는 게 분명

　　　　합니다.

밀포드 부인 말씀 다 하셨어요?

페르디난트 이렇게 대답할 수 있을지도 모릅니다.

그것은 여인의 허영심…… 정열…… 기질…… 향락벽이라고요.

덕이 명예보다 오래 살아남은 경우가 벌써 숱하게 있었습니다.

불명예스러운 일을 하고도 나중에 고상한 행동을 하여 세상과 자신을 화해시키고,

추악한 일을 아름다운 풍습으로 고상하게 만든 사람들도 더러 있습니다…….

하지만 나라에서 전에 없이 이렇게 엄청나게 저를 억압하는 까닭은 무엇입니까?

……그것은 공국의 이름으로 자행되었습니다…….

저는 이것으로 할 말을 다 했습니다.

밀포드 부인 (온화하고도 기품 있게) 나에게 감히 그런 말을 한 사람이 없었어요, 발터.

그러니 그대가 유일하게 내 답변을 듣는 사람이에요…….

그대가 내 구혼을 거절하기 때문에 그대를 높이 평가하는 거예요.

나를 비방하여 내 마음을 아프게 한 것은 용서해드리지요.

그러나 그게 그대의 진심이라고는 믿지 않아요.

하룻밤에 그를 완전히 파멸시킬 수 있는 숙녀에게 이런 종류의 모욕적인 말을 서슴없이 하는 사람은 이 숙녀가 위대한 영혼의 소유자라고 믿고 있는 게

분명해요,

또는, 온전한 정신으로 말하자면, 그대가 나라의 파멸을 내 가슴에 안겨 줘도

한때 그대를 나와 영주에게 대립하게 한 전지전능한 신이 그대를 용서해 주기를 바라요……

하지만 그대는 내 마음속의 영국 여인에게 답을 촉구했는데,

이런 종류의 비난에는 제 조국이 답변해야겠지요.

페르디난트 (검에 몸을 의지하고) 꼭 듣고 싶은데요.

밀포드 부인 그럼 들어 보세요, 그대 말고는 아직 아무에게도 털어놓지 않았고,

앞으로도 누구에게 털어놓으려 하지 않을 이야기를요……

난 그대가 생각하는 것 같은 바람둥이가 아니에요, 발터.

난 자랑스럽게 이렇게 말할 수 있어요.

"난 영주의 혈통을 타고 났어요……. 스코틀랜드의 메리 스튜어트 여왕을 위해 희생된

불행한 토마스 노르폴크* 가문 출신이에요……. 왕의 최고 시종관이었던 내 아버지는

프랑스와 공모해 반역을 꾀했다는 죄를 뒤집어쓰고, 의회의 판결로 참수되고 말았지요…….

---

* 엘리자베스 여왕의 총애를 받았으나, 감옥에 갇힌 메리 스튜어트를 구출하려다 실패해 1576년 처형당함.

우리의 모든 재산은 왕실에 몰수되었고,
남은 가족은 국외로 추방되었어요.
내 어머니는 아버지가 처형되던 날 돌아가시고 말
았어요.
열네 살 소녀였던 나는…… 보석 한 상자와…… 어
머니가 죽어 가면서
마지막 축복을 하며 내 가슴에 찔러준 가문의 십자
가를 가지고
보모와 함께 독일로 도망쳤지요.

페르디난트 (깊은 생각에 잠기며, 보다 따뜻한 시선을 부인에게 보
낸다.)

밀포드 부인 (점점 더 감격적인 어조로 계속해서) 병든 채…… 이
름도 없이……
지켜 주는 손길도, 재산도 없이…… 난 타국의 고아
로 함부르크에 왔어요.
배운 거라곤 약간의 프랑스어와…… 약간의 뜨개질
과 피아노밖에 없었어요…….
그럴수록 난 금은 그릇으로 식사를 하고, 문직 이
불을 덮고 자며,
손짓 하나로 열 명의 하인을 부리고, 귀족들의 아첨
을 받아들이는 데 익숙해졌어요…….
어느덧 육 년 세월을 눈물로 보냈어요……. 마지막
으로 남아 있던 장식 핀마저 사라졌고……
보모는 저세상 사람이 되었지요……. 그런데 이제
내 운명이 그대의 대공을

함부르크로 오게 했어요. 당시 난 엘베 강가를 산책
하며 강물을 바라보고 있었지요.

그러면서 마침 이 강물과 나의 고뇌 중에 어느 것
이 더 깊을까 하고

공상에 잠기기 시작했어요……. 대공이 나를 보고
뒤쫓아 와 내 거처를 알아냈지요…….

그는 내 발치에 엎드려, 나를 사랑한다고 맹세했어요.
(큰 동작을 잠시 멈추었다가 울먹이는 목소리로 계속해
서) 행복했던 내 어린 시절의 온갖 영상이 이제 다
시 유혹하듯 어른거리며 떠올랐고……

무덤처럼 시커멓고 암울한 미래가 눈앞에 섬뜩하게
엄습했죠…….

내 마음은 어떤 마음을 향해 뜨겁게 불타오르며……
그의 가슴에 덥석 안겼죠…….

(소령에게서 총총히 떠나가며) 이제 나를 마음껏 비난
하세요!

페르디난트 (몹시 감동받아 급히 밀포드의 뒤를 쫓아 그녀를 붙잡
아 세우며) 부인! 아니, 이럴 수가! 내가 무슨 말을
들었지? 내가 무슨 짓을 했지?

……내 무도한 짓거리가 끔찍하게 정체를 드러내는
구나.

부인은 이제 더는 저를 용서할 수 없습니다.

밀포드 부인 (되돌아와서 정신을 가다듬으려고 하며) 내 말을 계
속 들어 보세요!

영주가 사실상 무방비 상태였던 내 청춘을 불의에

습격했지만……

노르폴크 가문의 피가 내 마음속에서 반항했어요.

그 마음이 소리쳤어요.

'너, 영주의 딸로 태어난 에밀리가 이제 영주의 애첩이 되고 말았느냐?'

……영주가 나를 이곳으로 데려와, 끔찍하기 이를 데 없는 장면이 별안간 내 눈앞에 펼쳐지자,

내 가슴속에서는 자존심과 운명이 서로 다퉜습니다…….

이 세상 위대한 자들의 욕정은 결코 물릴 줄 모르는 하이에나처럼,

탐욕스럽게 희생자를 찾아다니지요…….

이 나라에서도 벌써 욕정이 끔찍하게 미쳐 날뛰고 있어요…….

신랑과 신부를 엉망으로 갈라놓았고…… 혼인의 신성한 인연마저 찢어 버렸지요…….

어떤 곳에서는 한 가정의 조용한 행복이 망가져 버렸고……

다른 곳에서는 경험 없는 어린 마음에 파괴적인 역병이 들었으며,

죽어 가는 여제자들은 저주하고 경련하며 그들 스승의 이름을 뿜어냈어요…….

난 어린 양과 호랑이 사이에 처한 입장이 되었고,

격정의 순간에 영주의 맹세를 받아 내, 혐오스러운 희생을 멈추게 되었어요.

페르디난트 (극도로 불안해하며 응접실을 마구 돌아다니면서) 그
            만 됐어요, 부인! 그만하세요!
밀포드 부인 이 슬픈 시기가 지나고 더 슬픈 시기가 왔지요.
            궁정과 후궁에는 이제 돼먹지 않은 인간쓰레기들이
            득시글거렸어요.
            경조부박(輕佻浮薄)한 파리 여인들이 무서운 왕홀을
            가지고 놀았고,
            백성은 그들의 변덕스러운 기분에 따라 피를 흘렸
            지요……
            그들 모두 자신들의 마지막 날을 체험했지요.
            난 그들이 내 옆에서 죽어 가는 걸 보았어요.
            내가 그들 모두보다 더 교태를 부리던 여자였으니까요.
            난 나를 껴안고 욕정에 빠졌다가 축 늘어진 전제 군
            주에게서 고삐를 빼앗았어요……
            발터, 그대의 조국은 처음으로 인간다운 손길을 느
            껴 보았고,
            신뢰를 느끼며 내 가슴에 덥석 안겼어요.
            (말을 잠깐 쉬는 동안 소령을 애잔한 눈길로 바라본다.)
            아, 나를 제대로 인정해 주었으면 하는 남자가 이제
            나로 하여금 뽐내게 만들고,
            나의 조용한 덕목이 경탄의 불빛에 그을리게 하다니!
            ……발터, 난 감옥을 부수어 열어 버렸고…… 사형
            판결문을 찢어 버렸으며,
            평생 노예선을 타야 하는 끔찍한 벌을 경감해 주었
            어요.

불치의 상처에는 적어도 고통을 진정시키는 향유를
발라 주었고……
중죄를 지은 범죄자는 벌하고, 순결을 잃은 자는
종종 농염한 눈물로 구원해 주었죠…….
아하, 젊은이! 얼마나 달콤했는지 몰라요!
귀족 출신이 뭐 그러하냐는 어떤 비난에도
내 마음은 얼마나 당당하게 반박할 수 있었는지 몰
라요!
……그런데 이제 이 모든 것들에 대해 나에게 보답
을 해 줄 남자가 왔어요…….
어쩌면 지난날의 내 고통을 보상해 주고 핍진한 내
운명을 개척해 줄 남자……
불타는 그리움으로 벌써 내가 꿈에서 껴안은 그 남
자 말이에요…….

페르디난트 (말할 수 없이 감동을 받아 그녀의 말을 가로막으며)
너무 지나칩니다! 너무 지나쳐요! 그건 합의에 반하
는 겁니다, 부인!
비난으로부터 자신의 결백을 밝히고, 나를 범죄자
로 만들어 주십시오!
보살펴 주십시오……. 제발 간청 드립니다……. 수치
심과 격심한 회한으로
찢어질 것 같은 제 마음을 보살펴 주십시오…….

밀포드 부인 (그의 손을 꽉 붙잡으며) 지금 아니면 다시는 할 수
없어요.
이 여주인공은 버틸 만큼 충분히 버텨 왔거든요…….

이러한 눈물의 무게를 그대도 느껴 봐야 해요.

(지극히 애정이 넘치는 어조로) 들어 봐요, 발터…….

만약 어떤 불행한 여인이…… 거역할 수 없이 강력한 힘으로 그대에게 이끌려……

불타는 듯하고 무진장한 사랑이 가득 찬 가슴으로 그대를 끌어안는다면……

발터…… 그런데 그대는 아직도 명예라는 냉정한 말을 들먹이고 있어요…….

만약 이 불행한 여인이…… 자신의 수치심에 짓눌리고…… 악덕에도 진저리가 나서……

덕목의 부름을 받고 영웅처럼 드높아져서…… 이렇게…… 그대의 품에 안기면,

(그를 끌어안고 맹세하듯 엄숙하게) ……그대를 통해 구원받고……

그대를 통해 하늘나라에 되돌려진다면,

(그를 외면한 채 공허하고 떨리는 목소리로) 그대의 모습에서 벗어나기 위해, 절망이라는 끔찍한 부름에 순순히 응하고,

악덕이라는 보다 혐오스러운 심연에 빠져 다시 허우적거릴 것 같아요…….

페르디난트 (그녀에게서 빠져나오며, 말할 수 없이 처참하고 난처한 상태에 빠져) 안 돼요, 맹세코! 난 견딜 수 없어요…….

부인, 난…… 하늘과 땅에 짓눌리고 있어요…….

난 당신에게 고백할 게 있어요, 부인.

밀포드 부인 (그를 외면하며) 지금은 안 돼요! 천지신명께 맹세

하건대 지금은 안 돼요…….

갈기갈기 찢긴 내 가슴이 수천 번 단도에 찔려 피 흘리는 이 끔찍한 순간에는 안 돼요…….

생사가 걸린 문제라 하더라도…… 난 들을 수 없어요……. 난 듣지 않을 거예요.

페르디난트 하지만, 하지만 부인, 들어야 해요. 내가 지금 부인에게 하려는 이야기는

나의 죄를 덜어 줄 것이고, 지난 일에 대한 따뜻한 사죄가 될 겁니다…….

난 부인을 잘못 보았어요. 난 당신이 경멸받을 만한 여자이기를 기대하고……

바랐습니다. 부인을 모욕해서, 부인의 증오를 받으려고 단단히 각오하고 이곳에 왔어요…….

내 의도가 성공했더라면 우리 둘은 행복했겠지요!

(잠시 침묵하다가, 더 나지막한 소리로 더 수줍어하며) 난 사랑하고 있어요, 부인…….

루이제 밀러라고 하는 시민 계급의 소녀를 사랑하고 있어요…… 악사의 딸이지요.

(부인은 안색이 창백해지며 그를 외면하고, 그는 보다 활기 있게 말을 계속한다.) 난 내가 어디에 빠져드는지 알고 있어요. 하지만 현명함이 열정을 침묵시킨다 하더라도

의무는 더 큰 소리로 말합니다……. 난 죄인입니다. 내가 먼저 순진무구한 그녀의 소중한 평화를 깨뜨려 버렸습니다…….

터무니없는 희망을 불어넣어 그녀의 마음이 흔들리
게 했고,

그녀 자신도 모르게 그만 거친 정열에 마음을 빼앗
기게 했습니다…….

당신은 나의 신분…… 출신…… 아버지의 원칙을
떠올리라고 하겠죠…….

하지만 난 사랑합니다……. 본성이 풍습과 함께 깊
이 몰락할수록

내 희망은 더욱 위로 솟구칩니다. 내 결심과 편견!

……유행과 인간성 중에서 어느 것이 최후의 날을
맞을지 두고 봅시다.

(그러는 동안 부인은 응접실의 맨 구석까지 물러나서 두
손으로 얼굴을 감싸고 있다. 그는 그녀를 따라 그쪽으로
간다.) 나한테 무슨 할 말이 있습니까, 부인?

밀포드 부인 (말할 수 없이 고통스러운 표정을 띠며) 아무것도 아
니에요, 폰 발터 씨!

당신이 자신과 나, 또 제3의 여인을 파멸시킨다는
것 말고는 아무것도 아니에요.

페르디난트 또 제3의 여인이라고요?

밀포드 부인 우린 다 같이 행복해질 수 없어요.

우린 당신 아버님의 성급한 결정에 희생될 수밖에
없어요.

나는 단지 억지로 나에게 구혼한 남자의 마음을 결
코 얻지 못할 거예요.

페르디난트 억지로요, 부인? 억지로 구혼했다고요? 그렇다면

구혼을 하기는 했나요?

마음에도 없이 억지로 구혼할 수 있나요?

한 소녀에게서 그 소녀의 온 세상이라 할 수 있는 한 남자를 빼앗을 수 있나요?

한 남자를, 그 남자의 온 세상이라 할 수 있는 소녀에게서 빼앗을 수 있나요?

부인, 방금 전까지만 해도 경탄할 만한 영국 여인이셨는데? 그러실 수 있어요?

밀포드 부인 그럴 수밖에 없으니까요.

(진지한 어조로 힘을 주어) 나의 열정이, 발터, 당신에 대한 애정으로 바뀌고 있어요.

나의 명예는 더 이상 그럴 수 없어요……. 우리의 관계는 온 나라의 화젯거리예요.

조소를 띤 온갖 눈길, 온갖 화살이 나를 겨누고 있어요.

영주의 신하 하나가 나를 거절한다면 그것은 저에겐 지울 수 없는 모욕으로 남습니다.

당신 아버지와 겨루고, 할 수 있는 한 버텨 보세요…….

난 가능한 모든 수단을 써 보겠어요.

(밀포드 부인은 재빨리 물러간다. 소령은 할 말을 잃고 멍하니 서 있다. 잠시 그러고 있다가 황급히 두짝문을 빠져나간다.)

4장

악사 집의 어느 방.
밀러, 밀러 부인, 루이제가 등장한다.

밀러   (황급히 방으로 들어오며) 내가 전에 말을 했지 않니!
루이제   (불안스럽게 그에게 달려가서) 무엇을요, 아버지, 무엇
             을요?
밀러   (미친 듯이 이리저리 왔다 갔다 하며) 내 양복 윗도리
             를 이리 줘…… 어서…….
             그자보다 빨리 가야 해……. 그리고 커프스 달린 내
             하얀 셔츠도!
             ……내 진작 그럴 줄 알았어!
루이제   대체 왜 그러세요! 무슨 일인데요?
밀러 부인   대체 무슨 일인데요? 도대체 왜 그래요?
밀러   (자신의 가발을 방 안으로 집어던지며) 이거 당장 이발

소로 보내!

무슨 일이냐고?

(거울 앞으로 달려가) 수염도 벌써 한 자나 자랐네…….

무슨 일이냐고?

……무슨 일이겠어, 이 망할 놈의 여자야! ……이제 큰일 났어, 이 벼락 맞을 것아!

밀러 부인 이것 보라고! 다 내 탓이라고 떠넘긴다니까.

밀러 당신 탓이 아니라고? 그래, 이런 제기랄, 주접떨더니, 그럼 누구 탓이란 말이야?

오늘 아침 악마 같은 그 귀족 이야기를 하더니……. 내가 그때 말하지 않았어?

그 부름이 입을 나불거렸단 말이야.

밀러 부인 아, 뭐라고요! 어떻게 그걸 알고 계세요?

밀러 그걸 어떻게 아느냐고? ……저기! 대문 밑에서 수상이 보낸 녀석이 침을 뱉더니, 악사가 여기 사느냐고 물었어.

루이제 이제 난 죽었네.

밀러 하지만 물망초 같은 눈을 한 너도 마찬가지야. (악의에 찬 표정으로 웃는다.)

악마가 집 안에 알을 낳아 주면 예쁜 딸을 낳는다는 말이 옳아……. 이젠 분명히 알겠어!

밀러 부인 그게 루이제와 관계있는 일인지 어떻게 알아요?

……당신이 대공의 추천을 받았을 수도 있잖아요, 오케스트라에 입단하라고요.

밀러 (지팡이를 가지러 달려가며) 소돔의 유황불*이나 맞아라! ……오케스트라라고!

……그래, 거기서 뚱쟁이인 당신은 소프라노로 꽥꽥거리고,

푸르죽죽하게 멍든 내 엉덩이는 콘트라베이스로 쓰면 되겠지!

(의자에 털썩 주저앉으며) 젠장, 염병할!

루이제   (사색이 되어 풀썩 주저앉으며) 어머니! 아버지! 왜 이렇게 갑자기 불안해지지요?

밀러   (다시 의자에서 벌떡 일어나) 하지만 그 비서 나부랭이와 언젠가 마주칠 날이 있겠지!

……마주치기만 해 봐라! ……이승에서든 저승에서든……

네놈의 온몸을 곤죽이 되도록 흠씬 패 주마,

십계명이며 주기도문의 일곱 가지 소원,

모세 오경 등 선지자들의 모든 경서를 너의 살갗에 새겨,

죽은 자들이 부활할 때 멍든 반점을 보게 해 주마…….

밀러 부인   얼씨구! 저주하고 시끄럽게 떠들어 보세요!

이제 악귀를 마법으로 몰아내겠군요.

도와주소서, 성스러운 주 하느님이시여!

이제 어쩐담? 어떻게 해결책을 마련하지?

이제 무슨 일을 시작한담? 여보, 말 좀 해 보세요!

---

* 구약 성서에 나오는 소돔 시의 멸망에 대한 비유.(「창세기」 19장 참조.)

(울부짖으며 방 안을 돌아다닌다.)

밀러   당장 수상한테 가 봐야겠어. 먼저 주둥이를 놀려
봐야지…….

내가 직접 알려야겠어. 당신은 나보다 먼저 알고 있
었잖아.

당신이 나에게 귀띔을 해 줄 수 있었을 텐데.

그때라면 딸년이 말귀를 알아들었을 텐데. 아직 시
간이 있었을 텐데…….

하지만 웬걸! ……그때 사업을 중개하고 이익을 낚
아챘지!

그렇잖아도 그때 당신이 사랑의 불길에 부채질했지!

……이제 중매 사례금도 챙기시지. 다 자업자득이야!

난 딸을 데리고 국경을 넘겠어.

5장

페르디난트 폰 발터가 깜짝 놀라 숨을 헐떡이며 방 안으로 뛰어든다. 앞에 등장한 인물들.

페르디난트 내 아버지가 여기 오셨나요?

(루이제, 밀러 부인, 밀러가 동시에 말한다.)

루이제   (깜짝 놀라 벌떡 일어나) 당신 아버님이? 어이쿠, 큰일
          났구나!
밀러 부인   (손뼉을 마주 치며) 수상이! 우린 끝장이야!
밀러   (악의에 차서 웃으며) 고맙게도! 고맙게도! 이런 선물
          이 다 있나!

페르디난트 (루이제한테 급히 다가가 그녀를 꽉 껴안으며) 그대는

내 거야,

지옥과 천국이 우리를 갈라놓더라도.

루이제   난 죽음을 면치 못할 거예요……. 계속 말해 보세요…….

당신은 끔찍한 이름을 말했어요……. 당신 아버님요?

페르디난트   아무것도 아니오. 아무것도 아니오. 견뎌 냈어요.

내가 그대를 이렇게 다시 안고 있고, 그대도 이렇게 다시 나를 안고 있잖아요.

아, 이 가슴에 안겨 다시 숨을 돌리게 해 주오. 끔찍한 순간이었소.

루이제   언제가요? 궁금해 죽겠어요!

페르디난트   (뒤로 물러서서, 그녀를 의미심장하게 바라보며) 루이제, 내 마음과 그대 사이에 낯선 인물이 끼어든 순간이 있었어요…….

나의 사랑이 내 양심 앞에서 새파랗게 질린 순간 말이오…….

나의 루이제가 그녀의 페르디난트에게 모든 것이 아니었던 순간 말이오…….

루이제   (얼굴을 가리고 안락의자에 주저앉는다.)

페르디난트   (재빨리 그녀에게 다가가서 할 말을 잃고 멍하니 그녀 앞에 서 있다가, 갑자기 커다란 동작으로 그녀 곁을 떠나며) 아니야! 절대 안 돼! 안 되오, 부인!

너무 지나친 요구야! 난 이 순진무구한 사람을 부인 때문에 희생시킬 수는 없어…….

안 돼, 누가 뭐래도 안 되지! 난 이 흐려지는 눈에

하늘의 천둥처럼 큰 소리로 경고를 보내는

서약을 깨뜨릴 수 없어……. 부인, 여기를 보시

오…… 여기를. 매정한 아버지 같으니!

나보고 이 천사를 목 졸라 죽이라고? 이 천사 같은

가슴에 지옥을 들이부으라고?

(결심을 한 듯 급히 그녀에게 다가가며) 이 여자를 세

계 심판관의 옥좌 앞으로 데리고 가야겠어,

그리고 나의 사랑이 범죄인지, 영원하신 그분더러

말씀해 달라고 해야겠어.

(그녀의 손을 붙잡고 안락의자에서 그녀를 들어올리며)

용기를 내요, 나의 가장 소중한 사람이여! ……그대

가 이겼어요.

난 아주 위험한 전투에서 승리를 거두고 돌아왔소.

루이제 안 돼요! 안 돼! 나에게 아무것도 숨기지 마요!

끔찍한 판결 이야기를 말씀해 보세요. 당신 아버지

를 말하는 거죠?

그 부인을 말하는 거죠? 죽음의 전율이 나를 사로

잡아요……. 그녀가 결혼할 거라던데요.

페르디난트 (마치 마비된 듯 루이제의 발치에 엎드려) 나하고요,

불행한 여인이여!

루이제 (잠시 쉬었다가 조용히 떨리는 목소리로, 끔찍할 정도로 침

착성을 유지하며) 그런데…… 대체 왜 내가 놀라는 거

지? ……늙으신 아버지가 자주 하시던 소린데…….

난 아버지 말씀을 믿으려 들지 않았지.

(잠깐 말을 멈추었다가 큰 소리로 울먹이며 아버지의 품

에 안겨) 아버지, 딸이 이렇게 다시 돌아왔어요…….
용서해 주세요, 아버지…….

그 꿈이 너무 아름다워서 이 여식이 어쩔 수 없었
어요, 그런데……

이제 깨어나 보니 그렇게 끔찍할 수가 없어요…….

밀러   루이제야! 루이제야! ……원, 이런, 얘가 정신이 나
갔구나…….

내 딸아, 내 불쌍한 아이야…… 유혹한 자에게 저주
있기를!

……그에게 뚜쟁이 짓을 한 여편네에게 저주 있기를!

밀러 부인 (슬픔에 잠겨 루이제에게 몸을 던지며) 내가 이런 저주
받을 만한 일을 했느냐, 내 딸아! 신께서 용서해 주
길 빕니다, 남작님…….

이 어린 양이 무슨 일을 했기에 개 목을 조른단 말
이오?

페르디난트 (결의에 차 그녀 곁에서 벌떡 일어나) 난 아버지의 간
계를 무너뜨리겠소…….

이러한 모든 편견의 쇠사슬을 끊어 버리겠소…….
난 사나이답게 자유롭게 선택해,

벌레 같은 이 인간들이 내 사랑의 대사업을 올려다
보며 현기증을 느끼게 하겠소. (가려고 한다.)

루이제   (몸을 부르르 떨면서 의자에서 일어나 그의 뒤를 따라가
며) 가지 마요! 가지 마요! 어딜 가시려고 그래요?
아버지…… 어머니……

이 두려운 순간에 저분이 우릴 두고 떠나려나 봐요?

밀러 부인 (급히 그를 뒤쫓아 가, 그의 팔에 매달리며) 수상이 이
         곳에 올 거예요······.

         그는 우리 아이를 마구 닦달할 거예요······. 우리를
         마구 닦달할 거라고요······.

         폰 발터 씨, 우릴 두고 떠날 건가요?

밀러   (분을 참지 못하고 웃으며) 우릴 두고 떠난다고! 물론
         그러겠지! 왜 아니겠어?

         딸애가 모든 것을 줘 버렸으니까!

         (한 손으로는 소령을, 다른 손으로는 루이제를 붙잡고)
         참으시오, 소령님! 내 집에서 나가려면 이 애를 밟
         고 지나가는 수밖에 없어요······.

         비열한 사람이 아니라면 일단 당신 아버지를 기다
         리시오······.

         아버지께 이야기하시오, 이 애의 가슴에 어떻게 슬
         쩍 들어갔는지. 사기꾼 같으니,

         그렇지 않으면 맹세코!

         (그에게 자신의 딸을 떠밀며, 거칠고 격렬하게) 당신에
         대한 사랑으로 파멸의 구렁텅이에 빠져

         흐느껴 우는 이 벌레를 먼저 밟아 죽이시지.

페르디난트 (되돌아와서는 깊은 생각에 잠겨 이리저리 왔다 갔다
         하며) 사실 수상의 권력이 막강하기는 하지만······
         부권(父權)이란 넓은 의미의 말이고······

         악행 자체는 그의 주름살 속에 숨어 있을지도 몰라
         요······.

         아버지가 그 정도로 심하게 행동할지도 몰라요······

심하게!

······하지만 극단적으로 나가는 것은 사랑밖에 없어요. ······이리 줘요, 루이제!

그대 손을 내 손에. (루이제의 손을 격렬하게 잡는다.) 마지막 숨을 쉬는 순간에도 정녕 신은 나를 버리시지 않을 겁니다!

······이 두 손을 갈라놓는 순간 나와 아버지를 이어 주는 끈도 끊어지고 말 거요.

루이제 무서워요! 시선을 치워 주세요! 당신의 입술이 떨리고 있어요.

당신의 눈이 돌아가고 있어요.

페르디난트 아니오, 루이제. 떨지 말아요. 난 광기 때문이 아니라, 하늘의 귀중한 선물을 받아 이런 말을 하는 거요. 어떤 전례가 없는 일로 인해서

억압된 가슴이 울분을 토하는 결정적인 순간의 결심이오.

······그대를 사랑해요, 루이제······ 그대는 나의 것이어야 해요, 루이제······.

이제 아버지한테 가 봐야지! (서둘러 달려가다······ 수상과 부닥친다.)

6장

하인들을 데리고 수상이 등장한다. 앞에 등장한 인물들.

수상   (안으로 들어오면서) 벌써 와 있구나.

모두   (깜짝 놀란다.)

페르디난트 (몇 걸음 뒤로 물러나며) 순진무구한 사람의 집에 와
          있습니다.

수상   여기서 아버지에 대한 복종을 아들이 배우겠느냐?

페르디난트 그건 다른 곳에서……

수상   (그의 말을 중단시키고, 밀러에게) 자네가 아버지인가?

밀러   시립 악단의 악사 밀러입니다.

수상   (밀러 부인에게) 그대가 어머니인가?

밀러 부인 아, 네! 어머니입니다.

페르디난트 (밀러에게) 아버지, 딸을 다른 곳으로 데려가세
          요……. 실신할 것 같으니까요.

수상   쓸데없는 배려로구나. 내가 생기가 도는 약을 발라
       주마.
       (루이제에게) 수상의 아들을 안 지 얼마나 되느냐?
루이제   제가 이분을 만나고 싶다고 한 게 아니에요.
       11월부터 페르디난트 폰 발터가 저를 찾아왔습니다.
페르디난트 그녀를 사모하고 있습니다.
수상   언약을 받았느냐?
페르디난트 방금 전에 하느님 앞에서 엄숙하게 언약했습니다.
수상   (아들에게 노기를 띠고) 너의 어리석은 짓을 고백하도
       록 일러 주겠다.
       (루이제에게) 대답해 보아라.
루이제   그가 저에게 사랑을 서약했어요.
페르디난트 그리고 그 사랑을 지킬 겁니다.
수상   입 다물라고 명령해야겠느냐? ……그 서약을 받아
       들였느냐?
루이제   (애정 어린 말로) 그에게 응답했어요.
페르디난트 (확고한 목소리로) 언약이 맺어졌습니다.
수상   내가 묻는 말에 끼어들지 말라고 했지.
       (루이제에게 악의적으로) 한데 그가 그때마다 현금으
       로 지불하더냐?
루이제   (주의를 기울이며) 무슨 말씀인지 전혀 못 알아듣겠
       어요.
수상   (입술을 깨물고 웃음을 참으며) 못 알아듣겠다고? 뭐,
       글쎄! 내 말은 그냥……
       기술이 재산이라는 말이 있듯이…… 그대도 그냥

호의를 베풀지는 않았겠지…….

그렇지 않으면 그저 관계를 맺는 걸로 만족했는가? 어땠어?

페르디난트 (미친 듯이 화를 내며) 아니! 그게 무슨 말씀입니까?

루이제 (기분이 상했지만 품위를 지키면서 소령에게) 폰 발터 씨, 이제 우리 관계는 끝났어요.

페르디난트 아버지! 거지 옷을 입고 있어도 경외심을 갖고 덕을 베풀라고 했습니다.

수상 (보다 큰 소리로 웃은 후) 웃기는 요구로구나! 아버지 더러 아들의 창녀를 존경하라니.

루이제 (풀썩 주저앉으며) 아, 이럴 수가!

페르디난트 (루이제의 대사와 동시에 수상을 향해 대검을 빼 들었다가 다시 얼른 내려놓으며) 아버지! 제 생명은 언젠가 아버지에게서 물려받은 겁니다…….

이제 그 대가를 치른 셈입니다.

(대검을 칼집에 꽂아 넣으며) 자식으로서 효도를 해야 할 채무 증서가 이제 갈기갈기 찢겼습니다…….

밀러 (여태까지 겁에 질려 옆에 서 있다가, 분해서 이를 갈고 불안해 이를 덜덜 떨며 몸을 움직여 앞으로 걸어 나와) 각하…… 자식은 아버지가 키우는 겁니다…….

용서해 주십시오. ……제 자식을 창녀라고 욕하는 것은

아비의 따귀를 때리는 것과 마찬가지인데, 따귀에는 따귀로 응수해야지요…….

그게 우리의 공정가격이지요……. 용서해 주십시오.

밀러 부인 도와주소서, 주 예수여! ……이제 저 늙은이도 과격
         하게 말하기 시작하네…….
         우리 머리 위에 벼락이 치겠지.

수상   (그 말을 반쯤만 듣고 있다가) 뚜쟁이도 발끈하는가
         보군?
         우리 즉시 대화를 나누기로 하세, 뚜쟁이.

밀러   용서해 주십시오. 제 이름은 밀러라고 합니다, 아다
         지오를 들으시겠다면……
         전 사랑놀이로 봉사하지는 않습니다. 궁정에 아직
         비축분이 있는 한
         우리 같은 평민까지 조달할 필요는 없겠지요. 용서
         해 주십시오.

밀러 부인 제발, 여보! 처자식을 죽이려고 그래요.

페르디난트 아버님이 여기서 하시는 역할에 적어도 증인들은
          없어도 될 걸 그랬어요.

밀러   (수상에게 더 가까이 다가가, 보다 대담하게) 능히 이해
         가 되는 당연한 말입니다.
         용서해 주십시오. 각하께서는 나라를 다스리고 계
         십니다. 이곳은 저의 방입니다.
         제가 장차 청원을 하게 된다면 경의를 표하며 치하
         하는 행위이겠지요,
         하지만 버릇없는 손님은 문 밖으로 쫓아내겠습니
         다……. 용서해 주십시오.

수상   (노여움에 얼굴이 하얘지며) 뭐라고? ……뭣이 어째?
         (그에게 더 가까이 다가간다.)

밀러   (슬며시 뒤로 물러나며) 그저 제 의견에 불과합니다,
          수상님…… 용서해 주십시오.

수상   (노여움에 불타며) 허참, 고얀 녀석이구나! 자네의 불
          손한 말은 형무소감이다…….
          저리 비켜……. 포졸들을 불러오도록 하라.
          (하인들 중 몇 명이 물러간 뒤 분기탱천해 방 안을 돌아
          다니며) 아버지는 형무소로…… 어머니와 창녀 딸은
          치욕의 기둥에 붙들어 매고……
          분노를 풀려면 정의의 여신의 팔을 빌려야겠어.
          이런 치욕을 당했으니 무서운 보복을 하지 않을 수
          없어…….
          이런 돼먹지 않은 천한 것들이 내 계획을 망쳐 버리
          다니,
          부자간을 이간질하고도 벌을 받지 않아서야 되겠어?
          흥, 저주받을 것들!
          너희를 파멸시켜 내 증오심을 채워야겠어,
          아버지, 어머니, 딸, 가족 모두를 불타오르는 내 복
          수심에 희생시키겠어.

페르디난트 (침착하고도 의연하게 그들 사이에 끼어들며) 아, 제발
          그러지 마세요!
          두려워들 마세요! 제가 마침 현장에 있습니다.
          (수상에게 비굴한 태도로) 너무 서두르지 마십시오,
          아버님! 아버님 스스로를 사랑하신다면 폭력은 쓰
          지 마십시오…….
          제 마음속에는 아직 아버님이란 말을 한 번도 들어

본 적이 없는 부분이 있습니다…….

이곳까지 파고들지 마십시오.

수상　　못난 녀석! 입 닥치지 못해! 내 분노를 더 이상 돋
우지 마라.

밀러　　(멍하니 넋을 놓고 있다가 정신을 차리며) 당신은 저 애
를 잘 보고 있어, 여보.

난 대공한테 달려갈 테니. 전속 재단사가…… 하느
님 덕분에 생각이 났어!

……전속 재단사가 나한테 플루트를 배우고 있지.
분명 대공을 만날 수 있을 거야. (가려고 한다.)

수상　　대공을 만나겠다고 그랬느냐? ……내가 문지방이라,
자네가 뛰어넘든가 혹은

목이 부러져야 한다는 사실을 잊었느냐? ……대공
을 만난다고, 이 머저리 같은 녀석…….

탑 높이만큼이나 깊은 감옥 바닥에 생매장되어 어
디 한번 해 보라지,

밤이 지옥에 추파를 던지고, 음향과 빛이 되돌아오
는 그곳에서.

그러면 쇠사슬을 쩔그럭거리며 "난 너무 억울한 일
을 당했어!"하고 울며 애걸하렴.

7장

포졸들. 앞에 등장한 인물들.

페르디난트   (급히 루이제에게 달려가는데, 그녀는 반쯤 의식을 잃
              고 그의 품에 안긴다.) 루이제! 도와주세요! 살려 주
              세요! 공포에 질려 있어요.

밀러   (지팡이를 집어 들고, 모자를 쓴 다음 덤벼들 자세를 취
              한다.)

밀러 부인   (수상 앞에 무릎을 꿇는다.)

수상   (자신의 훈장을 드러내 보이며 포졸들에게) 대공의 이
              름으로 잡아들여라…….
              창녀한테서 비켜, 이 녀석아……. 기절을 하든 말든
              무슨 상관이람!
              ……쇠줄을 목에 두르고 기둥에 묶여 있을 때 돌멩
              이를 던지면 깨어날 거다.

밀러 부인 자비를 베풀어 주십시오, 각하! 자비를! 자비를 베풀어 주십시오!

밀러 (부인을 위로 잡아당기며) 하느님 앞에 무릎 꿇어야지, 이 울보야!

악당 앞에는 무릎 꿇지 마, 나야 이왕 형무소에 갈 몸이니.

수상 (입술을 깨물며) 착각하지 마라, 녀석아! 아직 교수대가 얼마든지 비어 있다.

(포졸들에게) 또 한 번 말해야겠느냐?

포졸들 (루이제에게 달려든다.)

페르디난트 (그녀에게서 벌떡 일어나 그녀 앞에 서서 격분하며) 어쩔 테냐?

(대검을 칼집째 꺼내 들고, 손잡이로 자신을 막으며) 그녀에게 손만 대 봐라, 머리통을 박살내 버릴 테니.

(수상에게) 몸조심하십시오. 더 이상 저를 몰아대지 마세요, 아버님.

수상 (포졸들에게 위협조로) 밥벌이를 그만둘 테냐, 겁쟁이들아…….

포졸들 (다시 루이제를 붙잡는다.)

페르디난트 젠장, 빌어먹을! 다시 한 번 말하는데, 물러서라.

참으로 딱하십니다. 저를 극단으로 몰아대지 마십시오, 아버님.

수상 (포졸들에게 분통을 터뜨리며) 근무 자세가 왜 이 모양들이냐, 이 못난 놈들아!

포졸들 (더 흥분해서 달려든다.)

페르디난트   정 그러겠다면, (대검을 꺼내들어 그들 중 몇 명에게
         부상을 입힌다.) 저를 용서하십시오, 정의의 신이여!

수상   (분노에 가득 차) 나도 칼에 맞을지 봐야겠구나. (직
         접 루이제를 붙잡아 높이 끌어당겨서는 어떤 포졸에게
         넘겨준다.)

페르디난트   (격분해서 웃음을 터뜨리고) 아버지, 아버지, 아버지
         는 지금
         사람을 잘못 파악해서, 형리나 할 사람을 엉뚱하게
         수상으로 만들어 놓은 하느님을 신랄하게 조롱하고
         계십니다.

수상   (다른 포졸들에게) 이 여자를 끌고 가라!

페르디난트   아버지, 이 여자가 치욕의 기둥에 묶인다면,
         수상의 아들인 이 소령도 함께 묶이겠습니다…….
         그래도 우기실 작정입니까?

수상   그럼 구경거리가 더욱 재미있겠구나……. 끌고 가!

페르디난트   아버지! 전 장교의 검을 저 처녀에게 던져 버리겠
         습니다…….
         그래도 우기실 겁니까?

수상   검의 장식 술은 네 옆 치욕의 기둥에 드리워져 있
         는 데 익숙해져 있어…….
         끌고 가! 끌고 가란 말이야! 너희는 내 의지를 알렸다.

페르디난트   (포졸 하나를 밀어낸 다음 한 팔로는 루이제를 잡고, 다
         른 팔로는 검을 휘두르며) 아버지! 아버지가 내 여자
         를 욕보이기 전에 내가 찌르겠어요……. 그래도 우기
         실 겁니까?

수상   칼날이 예리하면 찌르려무나.

페르디난트 (루이제를 놓아두고, 무서운 표정으로 하늘을 쳐다보
         며) 전능하신 하느님이 증인이십니다! 인간적인 모
         든 수단을 써 보았습니다…….

         이젠 악마적인 수단을 쓰는 수밖에 없습니다…….

         그녀를 치욕의 기둥으로 끌고 가려면 가 봐라, 그러
         는 동안

         (수상의 귀에 대고 소리치며) 난 궁전에 가서 아버지
         가 어떻게 수상이 되었는지 낱낱이 폭로하겠습니다.
         (물러난다.)

수상   (마치 벼락에 맞은 듯이) 뭐라고? ……페르디난트…….
         그녀를 풀어 줘라. (급히 소령을 뒤쫓아 간다.)

3막

1장

수상의 집무실.
수상과 비서 부름이 온다.

수상   이번 작전은 낭패했어.

부름   제가 우려한 대로입니다, 나리. 사랑에 빠진 자들은 강요하면 늘 분노만 할 뿐이지,
마음을 돌려먹지는 않거든요.

수상   난 이번 작전이 꼭 성공하리라 믿었네.
그 소녀가 모욕을 당하면 장교인 그 녀석이 분명 물러설 걸로 판단했어.

부름   아주 탁월하십니다. 하지만 모욕까지는 하지 말았어야 했는데요.

수상   한데 이제 냉정한 마음으로 돌이켜 생각해 보면, 겁을 집어먹지 말았어야 했어.

그건 협박에 불과했지, 그 녀석이 정말 실행에 옮길 생각을 한 건 아니었을 거야.

부름   그렇지 않을지도 모릅니다. 격정에 사로잡히면 무슨 어리석은 짓인들 못 하겠어요.

소령이 언제나 나리의 통치에 머리를 가로저었다고 하셨지요. 그럴 수 있을 겁니다.

아드님이 대학에서 배워 온 원칙들이 저로서는 선뜻 이해되지 않거든요.

영혼의 위대함이니 인격의 고귀함이니 하는 헛된 몽상들이 무슨 소용이란 말입니까?

신속하고도 노련하게 크고 작은 변신을 하는 게 최고의 지혜인 궁정에서 말입니다.

일그러진 모습으로 더디게 진행되는 간계에 맛을 들이기에는,

아드님은 아직 어리고 성질이 너무 급합니다.

그래서 위대하고 모험적인 것 말고는 아무것도 그의 야망을 움직이지 못할 겁니다.

수상   (언짢은 기색으로) 하지만 이런 현명한 지적이 우리 일에 무슨 도움이 될까?

부름   각하의 상처와 어쩌면 그 붕대까지도 보여 줄 겁니다. 성격이 그런 사람은

── 용서하십시오 ── 결코 심복이나 적으로 삼지 말았어야지요.

그는 각하가 출세하려고 쓴 수단을 혐오합니다.

어쩌면 아들이기 때문에 지금까지는 배신자처럼 혀

를 놀리지 않았을지도 모릅니다.

그에게 아들이라는 신분을 정당하게 떨쳐 낼 기회를 주십시오.

그의 열정을 거듭 몰아붙여, 각하가 자애로운 아버지가 아니라는 사실을 믿게 하십시오.

그러면 애국자가 되어야 한다는 의무감이 그의 마음에 움틀 겁니다.

그렇습니다, 정의를 위해 색다른 희생물을 바치겠다는 이상한 공상만으로도

그에겐 자신의 아버지조차 실각시키기에 충분한 매력이 될지도 모릅니다.

수상　부름…… 부름…… 그 녀석이 나를 끔찍한 나락으로 끌고 가는군.

부름　제가 도로 모시고 오겠습니다, 나리. 제가 숨김없이 말씀드려도 될까요?

수상　(자리에 털썩 주저앉으며) 저주받은 자가 같이 저주받은 자에게 하듯이.

부름　그럼 용서해 주십시오……. 나긋나긋한 궁중 처세술 덕분에 수상이 되신 것이 아닙니까?

제가 보기엔 그렇습니다. 왜 아버지로서는 그런 방법을 신뢰하지 않으십니까?

전 나리께서 카드놀이나 한판 하자고 담담하게 전임자를 구슬리시던 게 생각납니다.

그날, 밤이 이슥하도록 화기애애하게 부르고뉴산 포도주를 퍼마셨지요.

그런데 바로 그날 밤 지뢰가 터져 그 선량한 남자를
공중으로 날려 보내지 않았습니까…….

왜 적을 대하듯이 아드님을 대하십니까? 제가 그의
연애 사건을 알고 있다는 사실을

그가 알아서는 절대 안 되는 것이었어요. 그 처녀
쪽의 연애 사건을 뒤엎어 버리고,

아드님의 마음을 얻으셔야 했습니다. 적군의 핵심
부대를 공격하지 말고,

그들을 분열시키는 현명한 장군 역을 하셨어야지요.

수상   어떻게 그렇게 할 수 있단 말이냐?

부름   아주 간단한 방법이 있습니다……. 아직 카드를 완
전히 잘못 돌린 것은 아닙니다.

한동안 아버지라는 사실을 잊으십시오. 그의 열정
과 겨루려고 하지 마십시오,

그의 반발심만 더욱 키울 뿐이니까요…….

그 열정을 좀먹는 벌레를 열정 자체의 불길로 부화
하는 일을 저에게 맡겨 주십시오.

수상   기대해 보겠네.

부름   소령님이 사랑의 화신인 동시에 질투의 화신이 아니
라면,

제가 사랑의 기압계를 제대로 이해하지 못하는 셈
이겠죠.

아드님이 그 소녀를 의심하게 만드십시오……. 그럴
듯하게 해야 합니다.

덩어리 전체가 부풀어 올라 터지게 하는 데는 약간

의 효모만 있으면 충분합니다.

수상   하지만 그 약간의 효모를 어디서 구한담?

부름   그것이 문제의 핵심입니다……. 무엇보다도, 나리,
저에게 설명해 주시겠습니까?
소령이 계속 거절하면 나리께 어떤 심각한 위험이
닥치는지…….
시민 계급의 소녀와 연애 사건을 끝내고, 밀포드 부
인과의 결혼을 성사하는 게
나리께 어느 정도로 중요한지 말입니다.

수상   그걸 군이 물어봐야 아는가, 부름? 밀포드 부인과
의 혼사가 실패하면
내 영향력이 온통 위험에 처하게 되고, 아들에게 그
걸 강요하면 내 목이 위협받네.

부름   (쾌활하게) 그럼 아무쪼록 제 말을 잘 들어 보십시
오…….
술수를 써서 소령님을 함정에 빠뜨리고,
그 소녀에 대해서는 나리가 가진 모든 권력을 동원
하는 겁니다.
제3자에게 보내는 연애편지를 그 소녀에게 받아쓰
게 하여,
그걸 어떻게든 소령의 손에 들어가게 하는 겁니다.

수상   기막힌 생각이구나! 그런데 그 아이가 자신의 사형
선고문을 그리 쉽게 쓰려고 할까?

부름   저의 재량에 맡겨 주신다면 그걸 쓸 수밖에 없도록
만들겠습니다.

전 그 착한 마음을 속속들이 알고 있습니다.

그 애에게는 아버지와 소령이라는 치명적인 양 측면이 있는데,

이를 이용해 그녀의 양심을 공략할 수 있습니다.

소령이 전적으로 배제될수록, 우린 악사를 더욱 마음대로 다룰 수 있습니다.

수상　　예컨대 어떻게 한다고?

부름　　그의 집에서 어떤 일이 벌어졌는지에 대해 각하께서 하신 말씀을 들어 보면

악사에게 중벌을 내리겠다고 위협하는 것은 식은 죽 먹기입니다.

총애를 받고 옥새를 맡는 인물은, 말하자면 폐하의 그림자나 다름없습니다…….

그런 자를 모욕하는 것은 폐하를 모독하는 것이나 진배없습니다…….

어떻게든 끔찍한 유령으로 이 가련한 녀석을 몰아 바늘귀를 뚫고 들어가도록 하겠습니다.

수상　　하지만…… 그 일이 너무 심각해져서는 안 되네.

부름　　절대 그렇게 하지 않겠습니다, 단지 가족을 궁지에 몰아넣는 데 그쳐야지요.

그러니 아무도 모르게 악사를 체포하는 겁니다…….

보다 절박한 곤경에 빠뜨리기 위해 어머니도 잡아 올 수 있겠지요…….

그리고 형사 고발, 단두대, 종신 구금을 들먹이며,

딸이 편지를 써야만 그를 풀어 줄 수 있다고 회유

하는 겁니다.

수상 좋아! 좋아! 알겠어.

부름 그녀는 아버지를 사랑합니다, 말하자면 열정적이라
고 할 만큼 사랑합니다.

아버지의 목숨이, 적어도 그의 자유가 위험에 처하면
자기 때문에 그렇게 되었다는 생각에 양심의 가책
을 받을 겁니다…….

소령을 차지할 수 없다는 생각에…… 급기야는 그
녀의 머릿속이 마비될 겁니다,

장담할 수 있습니다……. 그럴 수밖에 없을 겁니
다…….

그녀는 함정에 걸려들 수밖에 없습니다.

수상 하지만 내 아들은? 그 녀석이 금방 낌새를 채지 않
을까? 그가 더욱 광분하지 않을까?

부름 그런 걱정은 저에게 맡겨 주십시오, 나리……. 전 가
족이 이 모든 일을 비밀에 부치고,

이 사기극을 인정하겠다는 엄중한 서약을 해야 부
모를 풀어 줄 겁니다.

수상 서약을 한다고? 서약이 무슨 소용이 있겠나? 바보
같으니.

부름 우리에게야 아무 소용이 없지만, 나리, 이런 부류의
인간들에게는 대단히 중요하죠…….

이제 아시겠지요, 이런 식으로 우리 둘이 얼마나 멋
지게 목표를 달성할지 말입니다…….

소녀는 소령의 사랑과 미덕을 얻고 있다는 평판을

잃을 겁니다.

아버지와 어머니는 보다 관대한 태도를 취하게 되고, 이런 종류의 운명의 장난으로 완전히 흐물흐물해져서, 제가 그들의 딸에게 구혼해 그녀의 평판을 다시 회복시켜 주면,

결국 이를 측은하게 보는 거라 생각할 겁니다.

수상 (머리를 가로저으며 웃고) 그래, 내가 두 손 들었다, 악당 같으니.

올가미가 흉악할 정도로 섬세하구나. 가히 청출어람이야…….

이제 문제는 연애편지를 누구에게 쓰는가 하는 점이지?

그녀가 누구와 관계가 있다고 혐의를 씌우지?

부름 아드님의 결정으로 모든 것을 얻든가,

또는 모든 것을 잃어버리든가 하는 사람이어야 합니다.

수상 (잠시 생각에 잠기다가) 시종장밖에 없을 것 같은데.

부름 (양 어깨를 으쓱하며) 제가 루이제 밀러라도 절대 끌릴 유형이 아닙니다.

수상 왜 안 된다는 건가? 이상하구나! 화려한 의상에…… 오 드 미유 플뢰르*와 사향 냄새를 풍기는데……

어리석은 말을 한마디 할 때마다 한 줌의 금화가 나올 정도로 돈도 많겠다……

―――――――――

* 프랑스 향수 제품의 이름.

이 모든 것이면 결국 평민 계급 창녀의 환심을 살
수 있지 않을까?

……아, 이 친구야. 질투심이란 그렇게 사람을 가리
는 게 아니야.

시종장을 부르겠네. (초인종을 울린다.)

부름   각하께서 이 일을 하시고 악사를 체포하라고 이르
시는 동안

전 가서 연애편지를 작성하겠습니다.

수상   (책상으로 가면서) 다 쓰자마자 나에게 가져와 보게,
내가 한번 읽어 볼 테니.

(부름이 물러가자 뭔가 쓰기 시작한다. 시종이 오자 일어
나서 그에게 문서를 주며) 이 체포 명령서를 지체 없
이 법원에 가져다주게…….

다른 한 사람은 시종장한테 가서 내게 오라 전하고.

시종   나리께서 이곳에 방금 도착했습니다.

수상   마침 더 잘됐구나……. 하지만 조심스레 준비해서,
물의가 일어나지 않도록 해라.

시종   잘 알겠습니다, 각하.

수상   무슨 말인지 알겠나? 아주 은밀히 하라고.

시종   염려 마십시오, 각하. (물러간다.)

2장

수상과 시종장.

시종장   (황급히) 지나는 길에 잠시 들렀습니다, 친구…….
어떻게 살고 계십니까? 어떻게 지내십니까?
……오늘 저녁 오페라 「디도와 아이네이아스」*의 대공
연이 있습니다. 화려하기 그지없는 불꽃놀이지요…….
온 시내가 뜨겁게 달아오르고 있습니다……. 불타
오르는 것을 보시겠죠? 그렇죠?

수상   나의 모든 영광을 하늘까지 끌고 올라가는 불꽃놀
이는
우리 집 안에도 얼마든지 있지요……. 마침 잘 오셨

---

* 이탈리아 작곡가 니콜로 욤멜리의 오페라로 실러 시대에 카를 오이겐 공의
궁전에서 자주 공연됨. 카르타고의 여왕 디도는 영웅 아이네이아스에게 버림
받은 후 마지막 장면에서 자신의 궁전을 불태움.

소, 시종장.

나에게 어떤 문제에 대한 충고를, 실제적인 도움을 주시오.

일이 잘되면 우리 둘 다 출세할 거고, 아니면 완전히 파멸을 맞이할 거요. 앉으시오.

시종장   나에게 겁주지 마시오, 친구.

수상   말했듯이…… 출세하거나, 완전히 파멸하는 거요.

아들과 밀포드 부인에 대한 내 계획을 알고 계시지요. 우리 둘의 행운을 확고히 하기 위해서는 어쩔 수 없었다는 사실을 이해하겠지요.

모든 일을 그르칠 수도 있어요, 칼프. 우리 아들이 통 말을 듣지 않아요.

시종장   말을 안 듣는다니…… 듣지 않는다니…… 난 벌써 온 시내에 소문을 쫙 퍼뜨렸어요.

다들 결혼 이야기를 입에 올리고 있는데요.

수상   당신은 온 시내에서 허풍선이라고 손가락질 받을 거요.

그 애는 딴 여자를 사랑한다오.

시종장   농담하시는군요. 그런 것도 장애가 된단 말이오?

수상   고집이 하도 센 녀석이라 결코 넘을 수 없는 장애란 말이오.

시종장   정신이 완전히 나가지 않았다면, 그런 행운을 차 버리겠어요? 안 그렇소?

수상   그 애에게 물어보고, 무슨 대답을 하는지 들어 보시오.

시종장　하지만 원, 이런! 대체 그가 무슨 대답을 할 수 있을까요?

수상　우리가 승진을 위해 저지른 범죄를 만천하에 밝히겠다,

우리의 위조문서와 영수증을 낱낱이 밝히겠다,

우리 둘을 배신해 함정에 빠뜨리겠다, 이런 대답을 할 겁니다.

시종장　제정신으로 하는 말이오?

수상　그런 대답을 했소. 벌써 그걸 실행에 옮기려고 했소…….

난 말할 수 없는 굴욕을 당하면서도 도저히 말릴 수 없었소.

이에 대해 무슨 할 말이라도 있소?

시종장　(우둔한 표정으로) 무슨 말인지 통 모르겠소.

수상　그뿐만이 아니오. 나의 첩자들이 전해 주는 말에 따르면

헌작 시종관 폰 보크가 밀포드 부인에게 구혼하려는 참이라 하오.

시종장　나를 광분하게 만드는군요. 누구라고요? 폰 보크라고요?

……우리가 불구대천의 원수라는 것도 아시나요? 왜 그렇게 되었는지도 아시나요?

수상　금시초문인데요.

시종장　친구여! 내 말을 들어 보면 분노를 참지 못할 겁니다…….

궁정 무도회가 아직 생각나시겠지요. 벌써 이십일
년 전의 이야기입니다만,

첫 곡으로 앙글레즈*를 췄는데, 폰 메르샤움 백작
의 가면 무도복에

샹들리에의 뜨거운 촛농이 뚝뚝 떨어졌지요.

······아, 저런, 물론 아직 그걸 기억하시겠지요!

수상　　그런 걸 어떻게 잊겠어요?

시종장　들어 보시오! 그때 아말리에 공주가 춤에 열중하다
　　　　가 양말 끈을 잃어버렸지요······.

　　　　물론 온통 소동이 일어났지요······. 폰 보크와 나는,
　　　　아직 시종 후보생이었던 우리는

　　　　양말 끈을 찾으러 온 무도장을 기어 다녔지요······.

　　　　마침내 그것이 내 눈에 띄었어요······.

　　　　폰 보크가 그걸 눈치 채고······ 달려들어······ 내 손
　　　　에서 그걸 빼앗아 버렸지요······.

　　　　그럴 수 있습니까! ······그걸 공주에게 가져다주고는
　　　　내 공을 가로채 버렸어요······.

　　　　어떻게 생각하세요?

수상　　뻔뻔스럽군요!

시종장　내 공을 가로채 버렸단 말입니다······. 난 실신할 것
　　　　같았어요.

　　　　그런 악랄한 짓은 처음 겪어 본 거죠······. 마침내
　　　　난 용기를 내어

---

* 영국 민속춤에서 유래한 18~19세기의 사교춤.

공주 마마께 보다 가까이 다가가 말했죠.

"공주님, 폰 보크는 운 좋게도

양말 끈을 갖다 바칠 수 있었어요. 하지만 그것을

먼저 찾은 사람은 조용히 물러나

이렇게 침묵을 지키고 있습니다."

수상　　　잘했어요, 시종장! 참으로 훌륭해요!

시종장　　그리고 침묵을 지키고 있습니다……. 하지만 난 최
후 심판의 날까지

그를 좀처럼 용서하지 못할 겁니다……. 비열하고
비굴한 아첨꾼 같으니!

……그 일만 있었던 게 아니에요……. 우리 둘이 양
말 끈을 향해 달려들다가 넘어지면서,

폰 보크가 내 오른쪽 머리의 분가루를 다 닦아 내
는 바람에, 무도회를 망쳐 버렸죠.

수상　　　그자가 밀포드 부인과 결혼해서, 궁정의 제일인자가
되려고 합니다.

시종장　　내 가슴에 비수를 꽂는군요. 그렇게 될 거라고요?
정말 그렇게 될 거라고요?

왜 그렇게 된다는 겁니까? 그렇게 되어야 한다는 필
연성이 어디 있습니까?

수상　　　내 아들 페르디난트는 안 한다고 그러고, 그 외에
아무도 선뜻 나서지 않으니까요.

시종장　　하지만 소령이 결심하도록 할 방법이 하나도 없다
는 말인가요?

……설사 아주 기묘하고, 아주 절망적인 것이라 해도!

……가증스러운 폰 보크를 밀어내는 데 우리가 쓰지 못할 방법이 대체 뭐가 있단 말인가요?

수상 난 딱 한 가지 비법을 알고 있는데, 그건 당신한테 달려 있소.

시종장 나한테 달려 있다고요? 그럼 그게?

수상 소령과 그의 애인을 이간질하는 거요.

시종장 이간질한다고요? 그게 무슨 말인가요? ……그리고 내가 그걸 어떻게 한단 말이오?

수상 그 애가 소녀를 의심하게 만들면 만사형통이오.

시종장 그 소녀가 손버릇이 나쁘다는 말이오?

수상 아, 그런 것은 아니오! 아들이 어떻게 그런 것을 믿겠소?

  ……그 애가 딴 남자와 내통하고 있다는 거요.

시종장 다른 남자라면?

수상 당신이 아니고 누구겠소, 남작.

시종장 나요? 나 말이오? ……그 소녀가 귀족 출신이오?

수상 그게 어쨌다는 거요? 얼마나 기발한 생각이오? ……악사의 딸하고.

시종장 그럼 평민이군요? 그게 어디 될 법한 얘긴가요, 안 그래요?

수상 왜 그게 될 법하지 않은가요? 말도 안 되는 소리요! 이 세상에서 누가 처녀의 족보를 캐물을 생각을 하겠소?

시종장 하지만 좀 생각해 보시오, 나는 부인이 있는 몸이란 걸요! 그리고 궁정에서의 내 명망도요!

수상   그건 다른 문제지요. 용서해 주시오. 난 당신이 영
       향력 있는 남자보다
       행실이 바른 남자가 되고 싶어 하는 줄은 몰랐소.
       이야기를 그만할까요?

시종장 잘 생각하시오, 남작. 물론 그런 뜻은 아니었소.

수상   (냉랭하게) 아니…… 아니오! 전적으로 옳으신 말이
       오. 나도 지쳤어요.
       일을 중단하겠소. 폰 보크가 수상이 되도록 행운을
       빌겠소.
       다른 데도 세상이 있겠지요. 대공께 사표를 제출하
       겠소.

시종장 그럼 나는? ……술술 잘도 말씀하시는군요, 당신은!
       당신은 대학을 나오신 분이니! 하지만 난? ……이를
       어쩌지!
       전하께서 날 해고하면 난 뭐가 되는 거요?

수상   시대에 뒤떨어진 위트이고, 철 지난 유행이지.

시종장 친애하는 벗, 소중한 분이여, 간청하는 바입니다!
       ……그런 생각일랑 접어 두시오! 무슨 일이든 감수
       하겠소.

수상   밀러의 딸이 서면으로 당신에게 밀회를 제안하도록
       할 것인데
       당신 이름을 빌려 주겠소?

시종장 나야 상관없으니 마음대로 하십시오! 이름을 빌려
       드리겠습니다.

수상   그리고 그 편지를 어딘가에 떨어뜨려 소령의 눈에

띄게 하겠소?

시종장   예컨대 사열을 하는 중에 손수건과 함께 편지를 슬쩍 떨어뜨리는 게 어떻겠소?

수상   그리고 소령에 맞서 그녀의 연인 역할을 하겠소?

시종장   죽을 각오로 하겠습니다! 그를 호되게 몰아세우겠습니다.

그 건방진 녀석이 나의 애인한테 밥맛을 잃게 하겠습니다.

수상   이제 뜻대로 되어 가는군. 편지는 오늘 중으로 작성하면 되고.

저녁이 되기 전에 이리 와서 편지를 가져가야 해요.

그리고 당신이 맡은 역할을 나와 협의하도록 합시다.

시종장   열여섯 군데를 둘러보자마자 오겠어요. 나에게 너무나 중요한 일이거든요.

그러니 지체 없이 떠나는 걸 용서하시오. (퇴장한다.)

수상   (초인종을 울리며) 당신의 교활함을 믿겠소, 시종장!

시종장   (뒤돌아보며 소리쳐) 아, 여부가 있겠어요! 나를 잘 아시잖아요!

3장

수상과 부름.

부름   악사와 그의 아내는 성공적으로, 아무 소란 없이 체
            포했습니다.
            각하께서 지금 편지를 대충 훑어보시겠습니까?
수상   (편지를 읽은 후) 훌륭해! 훌륭해, 비서! 시종장도 걸
            려들었어!
            ……이런 독은 건강 그 자체도 고름이 나는 문둥병
            으로 바꿀 수 있을 거야…….
            그럼 지금 즉시 아버지한테 가서 제안을 하고, 딸에
            게는 다정하게.

(각기 다른 쪽으로 퇴장한다.)

4장

밀러 집의 어느 방.
루이제와 페르디난트.

루이제   부탁인데, 이제 그만해요. 더는 행복한 날이 오리라
         고 믿지 않아요.
         내 모든 희망은 사라졌어요.
페르디난트 나의 희망은 그로 인해 더 커졌어요. 나의 아버지
         는 잔뜩 화가 나 있어요.
         우리를 향해 갖은 공격을 할 거요. 내가 비인간적인
         아들이 되지 않을 수 없게 할 거요.
         난 자식으로서의 도리를 더 이상 지키지 못하겠소.
         분노와 절망감 때문에 아버지가 저지른 부정한 살
         인 사건의 비밀을 털어놓고 말 거요.
         아들이 아버지를 형리의 손에 넘길 거요……. 그건

더할 나위 없이 위험한 일이오……

그런데 나의 사랑이 커다란 도약을 하려면 그런 위험을 감수할 수밖에 없어요……

들어 봐요, 루이제…… 나의 열정처럼 위대하고 대담한 발상이 내 영혼 앞에 몰려들고 있소.

그대, 루이제와 나, 그리고 사랑! ……하늘 전체가 이러한 동아리로 이루어져 있지 않나요?

아니면 여기에 제4의 무엇이 또 필요하단 말이오?

루이제   그만해요. 더 이상 아무 말도 하지 마세요.

당신이 하려는 말을 생각하면 하늘이 노래져요.

페르디난트 우리가 세상에 요구할 게 더는 없단 말이오?

대체 무엇 때문에 세상의 갈채를 구걸한단 말이오?

어디서도 아무것도 얻을 수 없고, 죄다 잃어버리고 말 텐데 감행해서 뭐 하나요?

……이 눈이 라인 강이나 엘베 강, 또는 발트 해에 비칠 때와 마찬가지로

애잔하게 반짝이지 않을까요?

루이제가 나를 사랑하는 곳이 나의 조국이오.

황량한 모래사막에 난 그대의 발자국이 우리 고향의 대성당보다 더 흥미로울 거고……

우리가 도시의 화려함을 그리워할까요? 우리가 어디에 있건, 루이제, 해는 뜨고 질 거요……

그러한 장관에 비하면 아무리 호사스럽다 하더라도 예술은 색이 바래고 말 거요.

우리가 신전에서 더 이상 신을 섬기지 않게 되면,

밤이 슬며시 다가와 우리로 하여금 열광의 도가니
에 빠져 몸서리치게 할 거고,

차고 기우는 달은 우리에게 참회하라 설교할 거요.

그리고 별들의 경건한 교회가 우리와 함께 기도를
올릴 거요.

우리는 지칠 줄 모르고 사랑의 밀어를 나누지 않을
까…….

나의 루이제가 한 번 방긋 짓는 미소가 수백 년 간
의 대화거리가 되고,

그대가 이처럼 눈물짓는 이유를 헤아리다 보면 내
인생의 꿈도 끝나겠지.

루이제   그럼 사랑 말고는 당신에게 다른 의무는 없다는 말
이에요?

페르디난트 (그녀를 껴안으며) 나에게 가장 신성한 의무는 당신
마음의 평화요.

루이제   (아주 심각하게) 그런 말은 그만하고 내 곁에서 떠나
주세요…….

나에게는 이 외동딸 말고는 아무것도 가진 게 없는
아버지가 있어요…….

내일이면 예순이 되는데…… 수상이 아버지에게 복
수할 게 뻔하잖아요…….

페르디난트 (재빨리 말을 가로막으며) 우리와 같이 가면 되지요.

그러니 더 이상 반대하지 마요, 내 사랑. 나는 가서
귀중품을 팔아 돈으로 만들고,

아버지 이름으로 돈을 찾겠소. 강도의 물건을 약탈

하는 것은 허락된 일이오.

그리고 아버지의 재물은 조국을 해치우고 받은 배상금이 아닌가요?

……밤 1시가 되면 마차 한 대가 이리로 올 거요, 그럼 거기에 몸을 싣고 우린 도망치는 거요.

루이제　그럼 아버지의 저주가 우리를 뒤쫓지 않을까요?

……분별없는 분이여,

살인자들도 한번 내린 저주는 끝장을 보고 말 거고, 하늘도 도둑을 바퀴에 매달고 복수하라 저주하겠지요, 무자비한 그 저주에 쫓겨

우리 피난민들은 이 바다, 저 바다를 유령처럼 정처없이 떠돌겠지요?

……안 돼요, 사랑하는 분이여! 당신을 내 곁에 간직하기 위해 패륜을 저지를 수밖에 없다면,

나는 당신을 잃어버릴 각오가 단단히 되어 있어요.

페르디난트　(가만히 서서 암울하게 중얼거린다.) 그게 정말이오?

루이제　잃어버리다니! ……아, 생각만 해도 끔찍하기 짝이 없구나…….

너무 소름 끼치는 일이라 불멸의 정신에 사무칠 정도이고,

기쁨에 달아오르는 볼을 파리하게 만드는군요…….

페르디난트! 그대를 잃어버리다니!

하지만! 소유했던 것만 잃어버릴 수 있는 거예요, 그대의 마음은 그대의 신분에 속해 있어요…….

나의 요구는 성물을 훔치는 행위라서, 난 몸서리치

며 그걸 포기하는 거예요.

페르디난트 (얼굴을 찡그리고, 아랫입술을 잘근잘근 씹으면서) 그
걸 포기한다고.

루이제 아니에요! 날 바라보세요, 사랑하는 발터. 그렇게
비통하게 이를 갈지 마세요.

자! 이제 나의 예를 보고 당신의 죽어 가는 용기를
되살려 보세요.

내가 이 순간의 영웅이 되게 해 주세요…….

도망친 아들을 아버지에게 돌려주세요……. 시민사
회를 혼란에 빠뜨려,

보편적인 영원한 질서를 무너뜨릴지도 모르는 혼인
의 언약을 파기하겠어요,

난 범죄자예요……. 난 뻔뻔하고 어리석은 소망을
가슴에 지니고 다녔어요…….

내가 당하는 불행은 나의 죗값이니, 감미롭고 우쭐
해지는 착각을 하게 해 줘요,

그게 나의 희생 제물이었다고…… 나에게 이런 환희
를 안겨 주시지 않겠어요?

페르디난트 (정신이 멍하고 화가 나서 첼로를 집어 들고 연주하려
한다. ……이제 줄을 잡아 뜯고는 악기를 바닥에 내동댕
이치면서, 큰 소리로 너털웃음을 터뜨린다.)

루이제 발터! 주여! 이게 무슨 짓이에요? ……용기를 내세
요! 이런 때일수록 침착해야지요…….

헤어질 시간이에요. 당신의 마음은, 사랑하는 발터,
내가 알아요.

당신의 사랑은 생명처럼 따스하고, 무한한 것처럼 끝을 몰라요…….

그 사랑을 고상하고 보다 품위 있는 여자에게 바치세요…….

그녀는 세상 어떤 여자도 부럽지 않을 거예요…….

(눈물을 억누르며) 이제 다시는 나를 보지 못할 거예요……. 허영에 들떠 기만당한 소녀는 외딴 수녀원 담장 안에서 한을 삭이며 눈물로 지새우고 있을 거예요,

그녀가 울어도 아무도 거들떠보지 않겠지요……. 나의 앞날은 공허하고 죽어 있어요…….

하지만 언제까지나 과거의 시든 꽃다발 냄새를 맡을 거예요.

(고개를 돌린 채 떨리는 손을 내밀며) 안녕히 계세요, 폰 발터 씨.

페르디난트 (마비 상태에서 갑자기 깨어나) 난 도망가겠어, 루이제. 정말 날 따라가지 않을 거요?

루이제 (방 뒤쪽에 주저앉아 얼굴을 두 손으로 가린 채) 나의 의무감이 이곳에 남아 참으라고 이릅니다.

페르디난트 요사스러운 것, 거짓말 마. 당신을 여기에 묶어 두는 다른 무언가가 있는 거야.

루이제 (가슴속 깊이 괴로워하는 어조로) 마음대로 그런 추측을 하세요…….

어쩌면 그래야 마음이 덜 비참해질 테니.

페르디난트 불같은 사랑에 맞서는 차가운 의무감이라!

……그런 동화 같은 이야기에 내가 현혹될 줄 알
아? ……어떤 연인이 너를 사로잡는 거야,
그리고 내 의심이 확인되면 너와 그놈은 화를 당할
거야.

5장

루이제 혼자 있다. 그녀는 한동안 꼼짝 않고 안락의자에 말없이 누워 있다. 이윽고 일어나서 앞으로 나오더니, 겁에 질린 듯 주위를 둘러본다.

루이제   부모님은 어디 계시지? ……아버지는 몇 분 후에 돌아오신다고 그랬는데,

손에 땀을 쥐게 하는 시간이 벌써 다섯 시간이나 지나갔는데…… 무슨 사고라도 난 걸까?

……왜 이런 생각을 하지? ……왜 이렇게 가슴이 떨리지?

(부름이 방 안으로 들어와, 그녀에게 들키지 않고 뒤에 서 있다.)

진짜 현실이 아닐 거야……. 피가 달아올라 헛것이 보이는 바람에 오싹해져서 그런 걸 거야…….

우리의 영혼이 한 번이라도 제대로 공포에 빠지면
구석구석 유령이 보일 테니까.

6장

루이제와 비서 부름.

부름   (보다 가까이 다가와) 안녕하세요, 아가씨!

루이제   아이고머니! 거기 누구세요?

           (돌아서서 비서가 있는 것을 알아채고, 화들짝 놀라 뒤
로 물러서며) 깜짝이야! 아이고, 깜짝이야!

           불길한 예감이 들더니 곧바로 불행하기 짝이 없는
일이 벌어지는구나!

           (비서에게 경멸에 가득 찬 시선을 보내며) 혹시 수상을
찾아오셨나요?

           더는 여기 안 계시는데요.

부름   아가씨를 찾아왔어요.

루이제   그렇다면 왜 장터로 가지 않았는지 궁금하군요.

부름   왜 하필 그곳으로 간단 말이오?

루이제	신부를 구하려면 치욕의 기둥으로 가셔야지요.
부름	밀러 아가씨, 잘못된 의심을 하고 계시는군요…….
루이제	(대답을 억누르며) 무슨 볼일로 오셨나요?
부름	아가씨의 아버님이 보내서 왔어요.
루이제	(당황하며) 우리 아버지가요? ……어디 계신데요?
부름	그분이 좋아하지 않는 곳에요.
루이제	아니, 그럴 수가! 이렇게 신속하게! 불길한 예감이 들더니만…… 어디 계신데요?
부름	정 알고 싶다면, 탑에 갇혀 있어요.
루이제	(하늘을 우러러보며) 어찌 이런 일이! 어떻게 이런 일까지!
	……탑에? 왜 탑에 갇혀 있어요?
부름	대공의 명령으로요.
루이제	대공의 명령이라고요?
부름	그분의 대리인을 모독한 것이 불경죄가 되어서…….
루이제	뭐라고? 뭐라고요? 아, 영원하고 전능한 신이시여!
부름	특별히 엄하게 벌하기로 결정하셔서.
루이제	아직 그게 남아 있었구나! 그런 일이! ……물론이지, 물론이야,
	내 마음에는 소령 말고 아직 소중한 분이 있었어……. 그걸 그냥 지나쳐서는 안 되지…….
	불경죄라……. 하늘의 섭리여! 구해 주소서,
	오, 무너져 내리는 나의 믿음을 구해 주소서…….
	그런데 페르디난트는?
부름	밀포드 부인을 택하든지 저주와 상속권 박탈을 택

하든지.

루이제   끔찍한 자유군! ……그래도, ……그래도 그는 더 행복하군. 잃어버릴 아버지가 없으니까. 사실 아버지가 없다는 것도 충분한 저주인데!

우리 아버지는 불경죄에 걸리셨어…….

나의 애인은 부인을 택하든가, 저주와 상속권 박탈을 택하든가 해야 하고…….

정말 눈이 뒤집히는 일이야! 완전한 횡포도 나름대로 완전한 거지……. 완전하다고?

아니야! 거기에 아직 빠진 게 있어. ……우리 어머니는 어디 계세요?

부름   여자 감옥에.

루이제   (고통스럽게 미소 지으며) 이제 완벽하구나!

……완벽해, 이제야 난 자유의 몸이 된 건지도 몰라……. 온갖 의무에서 벗어났어…….

눈물과…… 기쁨에서…… 섭리에서 벗어났어. 그러니까 더 이상 섭리가 필요 없어.

(끔찍한 침묵의 시간이 흐른다.) 혹시 다른 소식이 있나요?

계속 이야기해 주세요. 이젠 죄다 들을 수 있어요.

부름   무슨 일이 일어났는지 아시겠죠.

루이제   앞으로 일어날 일이 아니고요?

(다시 말이 없는 동안 비서를 위아래로 훑어보고) 가련한 인간 같으니라고!

당신은 애처로운 일을 저지르고 있어요, 그래 봐야

복 받을 수 없는 일을요.

사람들을 불행에 빠트리는 것만 해도 끔찍하기 짝이 없는데,

그 사실을 그들에게 알리는 것은 소름 끼치는 일이에요…….

올빼미 우는 소리*를 들려주는 것,

가슴을 창에 찔려 어쩔 수 없이 피를 흘리며 심장이 떨고 있을 때,

그리고 기독교 신자가 신의 존재를 의심할 때, 옆에 서 있는 것 말이에요…….

그런 일이 일어나지 않게 해 주소서!

당신이 보고 있는 식은땀 한 방울, 한 방울이 금 1톤과 맞먹는다 하더라도……

난 당신이고 싶지 않아. ……또 무슨 일이 일어날 수 있지요?

부름   모르겠어요.

루이제   알고 싶지 않다는 건가요?

……빛을 꺼리는 이 소식은 떠들썩한 말을 두려워하지만,

무덤처럼 조용한 당신의 얼굴에 유령이 보여요…….

아직 뭐가 남아 있나요? ……아까 말했지요, 대공이 특별히 엄한 결정을 했다고.

특별히 엄하단 말이 무슨 뜻인가요?

---

* 독일 민간 신앙에서 올빼미 우는 소리는 불행을 예고함.

부름	더 이상 아무것도 묻지 마세요.
루이제	좀 들어 봐요! 당신은 형리가 하는 짓을 배웠어요.
	그렇지 않다면, 삐걱거리는 뼈마디에 쇠를 대고 처
	음에는 천천히, 그리고 신중하게 위로 훑으며 올라
	가다가
	연민을 보이는 척하며,
	파르르 떠는 심장을 놀리는 일을 어찌 그리 잘한단
	말이에요?
	……어떤 운명이 우리 아버지를 기다리고 있나요?
	……당신이 웃으며 하는 말에는 죽음이 들어 있어요.
	당신이 입을 꾹 다물고 있는 모습이 어떻게 보이는
	지 아세요?
	말해 보세요. 모든 것을 한꺼번에 날려 보내는 폭약
	을 갖게 해 주세요.
	우리 아버지가 앞으로 어떻게 되는가요?
부름	형사 소송을 당하게 되지요.
루이제	그게 뭔데요? ……난 아무것도 모르는 순진한 소녀
	예요.
	당신네들이 쓰는 끔찍하게 어려운 말은 알아들을 수
	없어요.
	형사 소송이란 게 무슨 말인데요?
부름	목숨이 걸린 재판이지요.
루이제	(의연하게) 고맙군요! (급히 옆방으로 들어간다.)
부름	(당황해 가만히 서서) 일이 어떻게 될지? 저 바보 같
	은 여자가 설마?

．．．．．．제기랄! 그러진 않겠지．．．．．． 서둘러 뒤따라가
봐야지．．．．．． 그녀의 생명을 책임져야 해. (뒤따라가려
고 하는 찰나에 루이제가 외투를 걸쳐 입고 되돌아온다.)

루이제 용서하세요, 비서님. 방문을 닫겠어요.

부름 어디로 그리 급히 가려고요?

루이제 대공한테요. (가려고 한다.)

부름 뭐라고? 어디로? (깜짝 놀라 그녀를 만류한다.)

루이제 대공한테 간다고요. 안 들려요?
아버지의 목숨이 걸린 재판을 열려는 바로 그 대공
한테요．．．．．．
아니야! 그분이 하려는 게 아니라．．．．．． 몇몇 악한들
이 우기니까 열려고 하는 거겠지.
그분이야 불경죄 재판에서 전하의 위엄과 영주의
서명 밖에는 아무것도 내놓지 못하겠지.

부름 (시끄러운 소리로 웃으며) 대공한테 간다고!

루이제 왜 웃는지 알아요．．．．．． 하지만 그곳에 가서 자비를
베풀어 달라고 하지는 않겠어요．．．．．．
말도 안 되는 일이죠! 불쾌감만 일으킬 뿐이지．．．．．．
내가 법석을 떨어 봐야 불쾌감만 일으킬 뿐이지.
사람들이 그러는데 세상의 위대한 분들은 비참함이
뭔지 아직 모른다는군요．．．．．．
난 그분께 비참함이 뭔지 말씀드리겠어요．．．．．．
죽음의 온갖 일그러진 모습을 그려 보이면서 비참
함이 뭔지 알려 드리겠어요．．．．．．
골수와 다리를 으스러뜨리는 소리를 내며 비참함이

뭔지 울며 하소연하겠어요…….

그리고 이제 그러한 설명을 듣고 그분의 머리털이 곤두서면,

마지막으로 그의 귀에 대고 소리치겠어요,

죽는 순간엔 지상을 다스리는 제왕들의 폐도 그르렁거리기 시작한다고,

그리고 최후의 심판이 있는 날엔 왕이든 거지든 같은 체에서 걸러진다고. (가려고 한다.)

부름   (음흉하면서도 다정하게) 가시지요, 아, 가시라니까요. 정말이지 그보다 더 현명한 일이 어디 있겠어요. 충고하는데, 가시지요,

대공께서 청을 들어주리라고 보증하지요.

루이제   (갑자기 멈추어 서서) 뭐라고요? ……그러라고 나에게 충고한다고요?

(재빨리 되돌아와) 음! 내가 대체 뭘 하려는 거지?

이 인간이 그러라고 권하는 걸 보니 뭔가 꺼림칙한 일이 있는 게 분명해…….

영주께서 내 청을 들어주리란 사실을 어떻게 알죠?

부름   그런 일을 그가 거저 해 주지는 않을 테니까.

루이제   거저가 아니라고요? 친절을 베푸는 데 무슨 대가를 요구한다는 거예요?

부름   청원자의 아름다운 몸이 충분한 대가가 되지요.

루이제   (장승처럼 멈춰 서 있다가, 목멘 소리로) 자비로우신 하느님이시여!

부름   아버님을 살리는 문제인데, 이 정도의 자비로운 세

금이야 과하다고 할 순 없겠죠?

루이제　(마음의 평정을 잃고 이리저리 왔다 갔다 하며) 그래!
　　　　그래요! 맞는 말이에요.

　　　　당신들 위대한 분들은 숨어서 진을 치고 있어요…….
　　　　진리를 가로막고 자신의 악덕 뒤에 숨어

　　　　진을 치고 있어요, 케루빔*이 검 뒤에 숨어 있듯이…….
　　　　전능한 분이 도와주실 거예요,

　　　　아버지, 아버지의 딸은 아버지를 위해 죽을 수는 있
　　　　지만, 죄를 짓지는 않을 겁니다.

부름　　그에게 어쩌면 새 소식일지도 모르겠네요, 버림받은
　　　　가련한 그분에게는……

　　　　"우리 루이제가 나를 바닥에 쓰러뜨렸어. 우리 루이
　　　　제가 다시 나를 일으켜 세워 주겠지."

　　　　하고 그가 나에게 말했거든요……. 아가씨, 빨리 가
　　　　서 답변 내용을 알려 드려야겠네요. (마치 갈 듯이
　　　　일어선다.)

루이제　(급히 그를 뒤따라가 그를 만류하며) 가지 마요! 가지
　　　　마요! 참으세요!

　　　　……사람을 미치게 할 때는 이 악마가 날쌔기도 하
　　　　지! ……내가 아버지를 쓰러뜨렸다고.

　　　　내가 다시 일으켜 드려야 해. 말을 해 보세요! 충고
　　　　해 주세요!

　　　　내가 뭘 할 수 있나요? 내가 뭘 해야 하나요?

---

* 구약 성서에 나오는 구품천사 가운데 상급에 속하는 지품천사.

부름	딱 한 가지 방법밖에 없지.
루이제	그게 뭔데요?
부름	당신 아버지도 바라는 방법이고…….
루이제	우리 아버지도요? ……그게 무슨 방법인데요?
부름	당신에게는 쉬운 일이지요.
루이제	나에게는 치욕이 가장 어려운 일이에요.
부름	소령을 다시 자유롭게 해 준다면?
루이제	그의 사랑으로부터? 나를 조롱하는 건가요? ……그걸 내 마음대로 하라고? 내가 강요받은 건데?
부름	그런 뜻이 아니오, 아가씨. 소령이 먼저 자발적으로 물러서야 해요.
루이제	그는 물러서지 않을 거예요.
부름	그럴 것 같군. 당신만이 도와줄 수 있는 일이니, 당신에게 도움을 청하는 게 아니겠소?
루이제	나를 증오하라고 그에게 강요할 수 있단 말인가요?
부름	시도해 봅시다. 앉으세요.
루이제	(당황해서) 아니, 이봐요! 무슨 일을 꾸미려는 거예요?
부름	앉아 보세요. 편지를 쓰세요! 여기에 펜이며 종이며 잉크가 있어요.
루이제	(극히 불안한 심정으로 앉아) 무얼 쓰라고요? 누구한 테 쓰라고요?
부름	당신 아버지의 형리한테요.
루이제	쳇! 사람의 애를 태우는 데는 일가견이 있군요. (펜 을 집어 든다.)
부름	(받아쓰게 한다.) "나리……."

루이제	(떨리는 손으로 쓴다.)
부름	"벌써 참기 어려운 사흘이 지나갔어요……. 지나갔 어요…….
	그러고는 다시 만나지 못했어요."
루이제	(놀라 주춤하고 펜을 놓으며) 누구한테 쓰는 편지예요?
부름	당신 아버지의 형리한테요.
루이제	아, 이럴 수가!
부름	"그러니 소령한테 매달려 보세요……. 소령한테…… 온종일 아르고스*처럼 나를 지켜 주는 소령한테."
루이제	(벌떡 일어나) 일찍이 들어 본 적이 없는 비열한 짓이 에요.
	누구한테 보내는 편지예요?
부름	당신 아버지의 형리한테 보낸다니까.
루이제	(두 손을 비비며 왔다 갔다 하며) 아니! 아니야! 안 돼! 잔혹한 일이야, 오, 맙소사!
	당신을 괴롭히는 사람이 있으면 인간답게 벌할 것이지, 왜 나에게 두 가지 끔찍한 일을 하도록 몰아대는 거 예요?
	왜 나를 죽음과 치욕 사이에서 이리저리 흔들어 대 는 거예요?
	왜 피를 빨아먹는 이 악마를 내 목덜미에 들이대는 거예요?
	……마음대로 하세요. 이런 건 죽어도 못 쓰겠어요.

---

* 그리스 신화에 나오는 눈이 100개 달린 거인.

부름 (모자를 집어 들며) 마음대로 하세요, 아가씨. 순전히 당신 뜻에 달려 있으니까요.

루이제 마음대로 하라고요? 내 마음대로요? ……가세요, 야만인 같으니!

불행한 사람을 지옥의 심연 위에 매달아 놓고 그에게 무슨 부탁을 하라,

하느님을 모독하라 하고, 그게 그의 뜻인지 물어보라고요?

……아, 당신은 너무나 잘 알고 있어, 우리 마음이 마치 쇠사슬에 묶인 듯

자연의 본능에 굳게 매여 있다는 걸……. 이젠 아무래도 상관없어요.

계속 불러 주세요. 더 이상 아무 생각도 하지 않겠어요.

속임수를 쓰는 지옥에 굴복하겠어요. (다시 자리에 앉는다.)

부름 "온종일 아르고스처럼 나를 지켜 주는 소령한테." ……여기까지 썼어요?

루이제 계속 불러요! 계속!

부름 "어제 우리 집에 수상이 왔어요. 선량한 소령이 나의 명예를 지키려 애쓰는 걸 보니

익살스러웠어요."

루이제 아, 멋져요, 멋져요! 아, 훌륭해요! ……그냥 계속하세요.

부름 "난 실신이라는 수단을 썼어요…… 실신이라는…….

	큰 소리로 웃지 않으려고 말이에요."
루이제	오, 맙소사!
부름	"하지만 이내 내가 쓴 가면을 참을 수 없게 됩니다……. 참을 수 없게 됩니다…….
	내가 벗어날 수만 있다면……."
루이제	(편지 쓰는 걸 그만두고 일어나서는 고개를 숙인 채 바닥에 무언가를 찾는 것처럼 이리저리 왔다 갔다 한다. 그런 다음 앉아서는 계속 쓴다.) "벗어날 수만 있다면."
부름	"내일은 소령이 근무하는 날이에요……. 그가 나에게서 가는 것을 잘 보고 있다가,
	우리가 알고 있는 그곳으로 오세요." ……'알고 있는' 이라고 썼어요?
루이제	그대로 다 썼어요.
부름	아직 주소가 빠졌어요.
	"폰 칼프 시종장께."
루이제	영원한 섭리여! 나한테 아주 생소한 이름이고, 내 마음에 치욕스러운 글이군요.
	(일어나서 자기가 쓴 내용을 한동안 뚫어져라 바라보다가, 마침내 그것을 비서한테 건네주며 기진맥진해 다 죽어 가는 소리로) 이봐요, 받으세요!
	내가 내주는 것은 나의 정직한 이름이고…… 페르디난트이며……
	내 삶의 말할 수 없는 희열이에요……. 난 빌어먹을 여자예요!
부름	오, 아닙니다! 낙담하지 마세요, 아가씨.

난 진심으로 아가씨를 안타깝게 생각해요. 혹시……
누가 알아요?

……나라면 그런 일쯤은 무시할 수도 있어요…….
정말로…… 맹세코요!

정말 아가씨를 안타깝게 생각해요.

루이제   (그를 뚫어져라 바라보며) 다 말하지 마세요, 이봐요!
무언가 정나미 떨어지는 소망을 말하려는 것 같군요.

부름   (그녀의 손에 입맞춤을 하려고 하며) 이 귀여운 손이라
면…… 어째서, 아가씨?

루이제   (격렬하고 섬뜩하게) 당신 같은 사람한테 몸을 맡기느
니 차라리

첫날밤에 당신을 목 졸라 죽이고, 그런 다음 기쁜
마음으로 바퀴 형틀에 묶이겠어요.

(가려고 하다가 재빨리 되돌아와) 이봐요, 이제 다 끝
났어요?

이제 비둘기를 날려도 되나요?

부름   아직 별것 아닌 일이 있어요, 아가씨. 이 편지를 자
발적으로 썼다고

나와 함께 성체(聖體) 앞에 맹세해야 합니다.

루이제   아니, 이런! 이럴 수가! 그러면 그 지옥의 작품을 안
전하게 보관하기 위해,

당신이 직접 봉인을 해야 한다고요? (부름에게 끌려
간다.)

4막

1장

수상 관저의 응접실.
페르디난트 폰 발터가 편지를 펴 들고 어떤 문으로 거칠게 들어오고, 다른 문으로는 시종 하나가 들어온다.

페르디난트 시종장이 오지 않았소?
시종   소령님, 수상께서 찾고 계시는데요.
페르디난트 이런, 제기랄! 시종장이 왔는지 묻잖아?
시종   나리께서는 위층의 파라오 탁자*에 앉아 계십니다.
페르디난트 나리를 지옥 전체의 이름으로 이리 오시라 하게.

(시종이 물러간다.)

---

* 파라오라는 카드놀이를 하는 탁자.

2장

페르디난트 혼자 편지를 훑어보면서, 때로는 얼굴이 굳어지기도 하고 때로는 화를 내며 안절부절못하기도 한다.

페르디난트 이럴 수는 없어. 이럴 수는 없어. 천사 같은 겉모습 뒤에
　　　　　이런 악마 같은 마음이 숨어 있다니……. 하지만!
　　　　　하지만! 천사들이 다 내려와
　　　　　그녀의 순결을 보증한다 하더라도…… 천지신명이며 천지 만물과 창조주가
　　　　　함께 나타나 그녀의 순결을 보증한다 하더라도……
　　　　　이건 그녀의 손으로 쓴 글이야…….
　　　　　인류가 여태껏 겪어 보지 못한 미증유의 대사기극이야!
　　　　　……그토록 집요하게 같이 도망가지 않겠다고 한 이

유가 바로 이 때문이었구나!

······그 때문에. ······원, 이런! 이제야 눈이 뜨여, 이제야 모든 실체가 드러나는구나!

······그래서 나의 사랑에 대한 자신의 권리를 그렇게 영웅적으로 포기했구나,

그리고 천사인 양 가장해 이내 나까지 기만했구나!

(더욱 급히 방 안을 돌아다니다가, 다시 멈추어 서서는 깊은 생각에 잠겨) 그렇게 철저하게 내 속을 캐어 보다니!

······어떤 대담한 감정에도, 어떤 수줍은 떨림에도 응답하고, 어떤 열렬한 격정에도······

뭐라고 형언할 수 없는 극히 미세한 음의 변화에서도 나의 영혼을 파악하고······

눈물을 흘리며 나의 속마음을 떠보고······ 가파른 열정의 봉우리까지 나를 따라와서,

그때마다 아찔하게 추락하기 직전에 나와 마주치고······ 제기랄! 제기랄!

이 모든 게 가면에 불과하단 말인가? ······가면이란 말인가?

······아, 거짓말이 이렇게 바래지 않는 색깔을 지니고 있다면,

악마가 아직 속임수로 천국에 들어가지 못한 이유가 뭐란 말인가?

우리의 사랑이 위험하다 알렸을 때 그 거짓말쟁이는 얼마나 그럴듯하게 창백해졌던가!

우리 아버지가 뻔뻔하게 조롱해도 얼마나 의기양양
하고 기품 있게 물리쳤던가,

그래도 바로 그 순간에 그 여자는 죄책감을 느꼈겠
지……. 뭐라고?

그녀는 진실의 가혹한 시련을 스스로 견뎌 내지 않
았던가…….

그 위선자는 실신해서 쓰러졌지. 이제 너는 어떤 말
을 하고, 어떤 느낌을 갖고 있느냐?

교태를 부리는 여자도 실신을 하는구나. 어떻게 너
자신의 순결을 정당화할 거냐…….

창녀도 실신을 하는구나.

그녀는 자신이 나를 어떻게 만들었는지 알고 있어.
그녀는 내 영혼을 죄다 보았어.

첫 키스로 얼굴이 붉어졌을 때 내 마음이 눈에 드
러났지……. 그런데 그녀는 아무것도 못 느꼈다고?
자신의 위장술이 승리를 거두었다는 것만 느낀 것
일까?

……행복에 겨운 나의 망상이 그녀의 마음속에서
온 하늘을 껴안는다고 생각했으니?

거칠기 짝이 없는 나의 소망들이 침묵했으니?

영원과 그 소녀 말곤 내 눈에 보이는 게 없었어…….
제기랄!

그때 그녀는 아무것도 느끼지 못했다는 말인가?

자신의 음모가 성공을 거두었고, 자신의 매력이 대
단했다는 것 말고는

아무것도 느끼지 못했다는 말인가? 죽음과 복수여!
내가 속았다는 것 말고는 아무것도 아니란 말인가?

3장

시종장과 페르디난트.

시종장   (총총걸음으로 방 안으로 들어오며) 저를 뵙자고 하셨
         다면서요, 소령님…….

페르디난트 (혼잣말로 중얼거리며) 악당의 목을 부러뜨릴까 보다.
         (큰 소리로) 시종장, 사열할 때 이 편지가 당신 주머
         니에서 떨어진 게 분명해…….

         그런데 이게, (악의에 차 웃으며) 다행히도 내 수중에
         들어왔어.

시종장   소령님한테요?

페르디난트 참으로 우스운 우연이었지. 전능하신 하느님과 결
         말을 지으시오.

시종장   보시다시피 이렇게 깜짝 놀라고 있습니다, 남작.

페르디난트 읽어 보시오! 읽어 보시오!

(그에게서 물러나며) 이미 내가 연인으로는 너무 부적절할지 모르지만,

어쩌면 그런 만큼 뚜쟁이로는 더 제격일지도 모르지. (시종장이 편지를 읽는 동안 벽장으로 가서 권총 두 자루를 끄집어낸다.)

시종장   (편지를 탁자 위에 던지고 도망치려고 하며) 빌어먹을!

페르디난트 (그의 팔을 잡고 끌고 와서) 참으시오, 시종장. 좋은 소식인 것 같은데요.

습득 사례금을 받아야겠소. (권총을 보여 준다.)

시종장   (당황하여 뒤로 물러서며) 분별 있게 행동하시오, 소령.

페르디난트 (크고 섬뜩한 목소리로) 자네 같은 악당을 저세상으로 보내기에는

필요 이상으로 분별력이 있지!

(그에게 권총 한 자루를 떠맡기고, 동시에 자신의 손수건을 꺼내) 잡으시오! 이 손수건을 잡으라고!* ……그 정부(情婦)한테서 받은 거요.

시종장   이 손수건을 잡으라고요? 정신 나갔소? 무슨 생각을 하는 거요?

페르디난트 이 끝을 잡으란 말이오. 안 그러면 실수하는 거야, 겁쟁이 같으니!

……겁쟁이처럼 떨고 있군! 당신의 머릿속에 처음으로 무언가가 들어가게 된 것을

---

* 두 사람이 손수건의 양 끝을 한쪽씩 잡고 물러서서 총을 쏘는 잔인한 근거리 권총 결투를 제안하고 있음.

하느님께 고마워해야 할 거요, 겁쟁이 같으니. (시종
장이 달아나려 하자) 서둘지 마요!

달아날 생각일랑 마세요. (시종장을 앞질러서 빗장을
걸어 잠근다.)

시종장 　방에서요, 남작?

페르디난트 군이 도시의 성벽 앞에서 할 필요가 뭐가 있겠소?
……이봐요, 그래 봤자 태어나 처음으로 시끄럽게
내는 소리일 거요……. 총을 겨누시오!

시종장 　(이마에 맺힌 땀을 훔치며) 소중한 목숨을 이렇게 헛
되이 버리려고 하는 거요, 전도양양한 젊은이가?

페르디난트 겨누라고 했잖소. 난 이 세상에서 더는 할 일이 없
어요.

시종장 　하지만 그럴수록 나는 많구려, 훌륭한 젊은이.

페르디난트 당신 같은 인간이? 무슨 할 일?
……사람들을 보기 어려운 곳에서 인간 대역을 하
는 일 말이오?
바늘에 꿰인 나비처럼 한순간에 일곱 번이나 굽실
대는 일?
주인이 화장실 가는 일이나 기록하고, 돈을 받고 그
의 변덕스러운 생각을 실행하는 일?
뭐 다 좋은 일이오. 난 당신을 희귀한 마멋처럼 데
리고 다니겠어.*
저주받은 자들이 울부짖는 소리에 맞춰 길들인 원

---

* 당시 마멋을 훈련시켜 흥행 무대에 세우는 것이 인기 있는 구경거리였음.

숭이처럼 춤추고,

물건을 집어 오며, 시중을 들고, 그리고 당신의 궁중 기예로

영원히 절망에 빠진 사람들을 흥겹게 해 주시오.

시종장   무슨 명령을 내리든, 나리, 원하는 대로 하죠…….

그런데 그 권총만은 치워 주시오!

페르디난트 거기 서 있는 꼴이 수난의 그리스도 같구나…….

창조의 여섯째 날*을 욕보이려는 것처럼 서 있구나!

튀빙겐의 서적상이 전능하신 분을 모방해 불법으로 복제해 놓은 듯하구나!** ……애석한지고,

이 배은망덕한 두개골 속에 악성으로 증식한 1온스의 뇌가 영원히 애석하구나,

이 1온스가 이성의 작은 부분을 이루므로

그것만 주면 파비안 원숭이를 완전히 인간으로 만들 수 있었을 텐데…….

그런데 그녀가 이런 자와 서로 마음을 나눈다고?

……터무니없고 무책임한 일이야! ……죄를 짓게 하기보다는 그것을 떨쳐 버리게 하는 인간이야.

시종장   아유! 이렇게 고마울 수가! 마침내 익살을 부리기 시작하는군요.

페르디난트 이자를 인정해야겠어. 관용을 베풀어 애벌레를 아

---

* 구약 성서에 따르면 하느님이 여섯째 날에 인간을 창조함.(「창세기」 1장 27절 참조.)

** 실러가 살던 18세기 작가들 사이에서 서적 불법 복제로 악명이 높았던 서적상 슈람에 대한 비유.

끼는 마음이

이자에게도 도움이 돼야지. 사람들이 이자를 만나면, 가령 어깨를 으쓱하고,

술지게미와 앙금으로도 피조물들을 먹여 살리는 하늘의 현명한 살림살이에 감탄하겠지.

하늘은 처형장의 까마귀와 방탕한 생활을 하는 영주들 곁에서 살아가는

궁신(宮臣)의 밥상을 차려 주지……. 마지막으로 사람들은 영계(靈界)에서

발 없는 도마뱀과 독거미에게도 독을 제공하는 대가로 급료를 지급하는,

하늘의 섭리에 따르는 국가 행정에도 또한 경탄을 금치 못하겠지…….

하지만 (다시 분노를 폭발하면서) 내 꽃에 벌레가 기어 다녀서는 안 되지,

그러면 나는 (시종장을 잡고 마구 흔들며) 이렇게 완전히 으깨 놓고 말 거야.

시종장   (한숨을 푹 내쉬며) 아, 이럴 수가! 이 자리에서 사라져 버렸으면!

차라리 이곳에서 160킬로미터 떨어진 파리의 비세트르* 정신병원에 있었으면!

페르디난트 이 악당아! 그녀가 더 이상 순결하지 않다면? 이

---

* 파리 근교의 수도원 마을로, 1656년부터 빈민 병원과 정신병 환자를 위한 병원을 운영함.

악당아!

나는 연모했는데 당신은 즐겼다고?

(더욱 화가 나서) 내가 경건하게 생각하는 사이 당신

은 탐닉했다고?

(갑자기 말을 멈췄다가 험상궂게) 천국에서 나의 분노

와 마주치기보다는

지옥으로 도망치는 편이 나을 거야, 이 악당아!

……그 소녀와 어느 선까지 갔는지 실토하시오!

시종장   나를 놓아 주시오. 죄다 털어놓겠소.

페르디난트 아! 다른 여자들과 고상하게 사귀는 것보다

그 소녀와 사랑놀이를 하는 게 더 매력적이겠지…….

그녀가 탈선하려고 한다면, 그러려고 한다면, 영혼

의 가치를 떨어뜨리고,

미덕에 욕정을 섞을지도 몰라.

(권총을 시종장의 가슴에 들이대고) 그녀와 어느 선까

지 갔소? 털어놓지 않으면 쏘아 버리겠소!

시종장   아무 일도 없었소……. 정말 아무 일도 없었소. 단

일 분만 참아 주시오.

당신은 속임을 당한 거요.

페르디난트 그걸 말이라고 하는 거요, 악한 같으니! ……그녀

와 어느 선까지 갔느냔 말이야?

죽고 싶지 않으면 실토하시오!

시종장   아니, 저런! 이럴 수가! 내 말하잖소……. 좀 들어나

보시오……. 그녀의 아버지가……

그녀 자신의 아버지가!

페르디난트 (더욱 격분해서) 자기 딸을 당신한테 붙여 주었다고?
그런데 그녀와 어느 선까지 갔느냔 말이야? 실토하
지 않으면 살해하겠소!

시종장 당신은 미쳐 날뛰고 있어요. 난 그녀를 본 적도 없
고 알지도 못해요.
난 그녀에 대해 아무것도 알지 못한단 말이오.

페르디난트 (뒤로 물러서면서) 그녀를 본 적이 없다고? 알지도
못한다고?
그녀에 대해 아무것도 알지 못한다고? ……밀러는
당신 때문에 신세를 망쳤는데,
단숨에 그녀를 세 번이나 부인하는 거요?* ……꺼지
시오, 나쁜 인간 같으니.
(권총으로 그를 치며 방 밖으로 밀어내고) 당신 같은
인간한테는 총알도 아까워요!

---

* 신약 성서에서 예수가 체포된 후 애제자 베드로가 예수를 모른다고 세 번
부인한 것에 대한 비유.(「누가복음」 22장 참조.)

4장

페르디난트. 오랜 침묵의 시간을 가진 후, 그동안 끔찍한 생각을 했다는 게 그의 표정에 드러난다.

페르디난트 신세를 망쳤어! 그래, 불행한 여자가 되었어!
　　　……내가 딱 그 꼴이야. 그대도 마찬가지고. 그래, 맹세코!
　　　내가 신세를 망쳤다면 그대도 마찬가지야! ……세상의 재판관이여!
　　　나에게서 그녀를 빼앗아 가지 말아 주시오. 그 소녀는 나의 것이오.
　　　온 세상을 넘겨줄 테니 그녀를 나에게 돌려주시오, 난 그대가 창조한 멋진 세상을 포기했습니다! 그 소녀를 나에게 돌려주십시오…….
　　　세상의 재판관이여! 거기서는 수백만의 영혼이 그

대에게 징징거리고 있습니다…….

연민의 시선을 그쪽으로 돌리십시오……. 나를 혼자 있게 해 주십시오, 세상의 재판관이여!

(무섭게 두 손을 맞잡으며) 부유하고 능력 있는 창조주가 영혼 하나를 가지고 인색하게 굴어서야 되겠습니까?

게다가 자신의 창조물 중에서 가장 형편없는 영혼을 가지고 말입니다…….

그 소녀는 내 것입니다! 난 한때 그녀의 신이었지만, 지금은 그녀의 악마에 불과합니다!

(매섭게 한쪽 구석을 노려보며) 그녀와 함께 영원히 저주의 수레바퀴에 묶여……

눈과 눈을 맞대고…… 머리털은 머리털끼리 곤두세운 채……

우리의 공허한 신음도 하나로 용해되어…… 그리고 이제 자꾸만 그녀를 애무하며,

이제 그녀가 한 서약을 그녀 앞에서 읊조리고……

아아! 원, 이런! 이 혼인은 끔찍하구나…….

하지만 영원하리라!

(페르디난트는 재빨리 밖으로 나가려고 한다. 수상이 안으로 들어온다.)

5장

수상과 페르디난트.

페르디난트 (뒤로 물러서며) 아! ……아버지!

수상   마침 잘 만났구나, 얘야. 너에게 기분 좋은 소식을
알리려고 오는 길이다.
네가 분명히 좀 놀랄 일일 거다, 얘야. 우리 앉자꾸나!

페르디난트 (그를 오랫동안 멍하니 쳐다보다가) 아버지!
(보다 힘차게 몸을 움직여 아버지에게 다가가서는 그의
손을 잡고) 아버지!
(그의 손에 입맞춤을 하고, 그의 앞에 무릎을 꿇으며)
오, 아버지!

수상   왜 그러느냐, 얘야? 일어나라! 손이 뜨겁고, 떨고 있
구나.

페르디난트 (거칠고 열렬한 감정으로) 저의 배은망덕을 용서해

주십시오, 아버지!

저는 버림받은 인간입니다. 전 아버지의 선의를 오해했습니다.

아버지는 어버이의 심정으로 말씀하셨는데…….

아! 아버지는 예언하는 영혼을 갖고 계십니다…….

이젠 너무 늦었습니다…….

용서해 주십시오! 용서해 주십시오! 저에게 축복을 내려 주십시오, 아버지!

수상　(짐짓 영문을 모르겠다는 표정으로) 일어나라, 얘야! 무슨 뜻인지 통 알 수 없는 수수께끼 같은 말을 하는구나.

페르디난트　밀러 말입니다, 아버지! 오, 아버지는 인간을 알고 계십니다…….

그때 아버지의 분노는 지극히 정당했고 고상했으며, 어버이답게 자애로웠습니다…….

아버지의 자애로운 분노가 제대로 들어맞지 않았을 뿐입니다…… 그 밀러에게는.

수상　나를 고문하지 마라, 얘야. 난 내가 너무 가혹하게 대했던 것을 후회하고 있다.

그래서 너에게 용서를 빌려고 온 것이다.

페르디난트　저에게 용서를 빈다고요? 저에게 한 일을 후회한다고요!

……아버지가 비난한 것은 저의 지혜롭지 못한 태도였습니다. 아버지의 가혹함은 천국의 자비심이었습니다…….

밀러라는 여자는, 아버지…….

수상   고귀하고 사랑스러운 소녀지……. 내가 그녀를 성급
하게 의심한 것을 취소하마.

난 그녀를 존중하게 되었다.

페르디난트 (충격을 받고 벌떡 일어나) 뭐라고요? 아버지도요?
……아버지! 아버지도요?
……아버지, 순결한 인간이라고요?

수상   그런 존재를 사랑하는 않는 것은 범죄라는 말이지.

페르디난트 일찍이 들어 보지 못한 말입니다! 끔찍합니다!
…….안 그래도 아버지는 사람의 마음을 꿰뚫어보고
계십니다!
게다가 증오의 눈으로 보셨지요! ……유례가 없는
위선이었습니다.
……그 밀러라는 여자는, 아버지…….

수상   내 며느리가 될 자격이 있지. 난 그녀의 덕을 고귀
한 선조처럼 간주하고,
그녀의 아름다움을 금처럼 간주하지. 내 원칙은 너
의 사랑 앞에 굴복한다…….
그녀를 너의 것으로 해라!

페르디난트 (쏜살같이 방에서 뛰쳐나가며) 이런 일이 생기다니!
……안녕히 계십시오, 아버지. (물러간다.)

수상   (그의 뒤를 따라가며) 게 서라! 거기 서라! 어딜 급히
가는 거냐? (퇴장한다.)

6장

밀포드 부인 저택의 화려한 응접실.
부인과 소피가 안으로 들어온다.

밀포드 부인 그러니까 그녀를 보았단 말이지? 그녀가 올까?
소피   금방 올 거예요. 아직 실내복 차림이어서 옷만 갈아
         입고 금방 온다고 했어요.
밀포드 부인 그녀에 관해 아무 말도 하지 마라……. 조용히 해
         라…….
         나의 마음처럼 무척이나 조화로운 상태에 있는
         행복한 그녀를 만나려니 죄지은 사람처럼 떨리는구
         나…….
         그런데 초대하니까 어떤 반응을 보이더냐?
소피   깜짝 놀란 듯하더니 생각에 잠겨 있다가,
         두 눈을 동그랗게 뜨고 말없이 저를 쳐다보았어요.

저는 그녀가 핑계를 댈 것에 미리 대비하고 있었는데,

전혀 예상 밖의 눈초리로 이렇게 대답하지 뭐예요.

"안 그래도 내일 찾아뵈려고 했는데요."

밀포드 부인 (무척 불안해하며) 날 내버려 두렴, 소피. 내 신세
가 처량하구나.

그녀가 그냥 평범한 여자라면 내 얼굴이 붉어질 거고,

그 이상이라면 기가 꺾이겠지.

소피 하지만 마님…… 연적을 맞아들이는데 그런 기분이
면 어떡해요.

마님이 어떤 분인지 떠올리세요. 마님의 출신, 지위,
권력의 도움을 빌리세요.

보다 당당한 마음을 가지면 외모의 당당한 화려함
이 돋보일 거예요.

밀포드 부인 (멍한 표정으로) 바보같이 무슨 소리를 지껄이는
거냐?

소피 (악의에 차서) 그렇지 않으면 하필 오늘 가장 귀중한
보석을 달고 있는 게 우연이란 말인가요?

하필 오늘 최고의 값비싼 천으로 만든 옷을 입고,

대기실에는 하인과 시동이 우글거리며, 마님 궁전의
가장 으리으리한 응접실에서

평민 출신 소녀를 기다리는 게 우연이란 말인가요?

밀포드 부인 (화가 잔뜩 나 이리저리 왔다 갔다 하며) 빌어먹을!

도저히 참을 수 없구나!

여자는 여자의 약점을 귀신같이 꿰뚫어 본다니까…….

하지만 이런 계집애까지 내 마음을 훤히 아는 걸

보니

내가 참으로 많이, 많이 타락하기는 한 모양이구나!

시종 　(안으로 들어오며) 밀러 아가씨입니다…….

밀포드 부인 (소피에게) 넌 가거라! 저리 비켜라!

(소피가 계속 머뭇거리자 위협하듯이) 가라니까! 명령이다.

(소피가 물러가자, 응접실을 걸어 다니며) 잘됐어! 내가 흥분 상태에 있어서 마침 잘됐어. 내가 원하는 상태로 있게 되었어.

(시종한테) 아가씨더러 들어오라고 해라.

(시종이 나간다. 그녀는 소파에 몸을 던져 고상하면서도 태연하게 앉은 자세를 취한다.)

7장

루이제 밀러는 쭈뼛쭈뼛 안으로 들어서서, 부인에게서 먼 거리에 멈추어 선다. 부인은 그녀에게서 등을 돌리고, 맞은편 거울을 통해 그녀의 모습을 한동안 유심히 관찰한다. 잠시 후.

루이제   마님, 분부를 기다리고 있습니다.

밀포드 부인 (루이제 쪽으로 몸을 돌리고 고개만 까딱하며, 서먹서먹하고 쌀쌀맞게) 아하! 왔군요! ……의심할 나위 없이 그 아가씨겠지! ……확실히…… 이름이 뭐더라?

루이제   (다소 예민하게) 저희 아버지 성함이 밀러입니다, 그런데 마님께서 그의 딸을 부르셨지요.

밀포드 부인 맞아! 맞아! 근래에 화제에 올랐던 악사의 딸이지. (잠시 후에 혼잣말로) 무척 흥미 있는 일이군, 하지만 미인은 아닌데……. (루이제에게 큰 소리로) 좀 더 가까이 다가오지그래,

이봐요,

(다시 혼잣말로) 눈물짓는 데는 이력이 난 눈이로구
나……. 참 사랑스러운 눈이야!

(다시 큰 소리로) 더 가까이 오라니까…… 아주 가까
이…….

이봐요, 나를 두려워하는 모양인데?

루이제   (크고 단호한 어조로) 아닙니다, 마님. 전 일반 대중의
판단을 경멸합니다.

밀포드 부인 (혼잣말로) 이것 봐라! 이런 고집은 그에게서 배운
거야.

(큰 소리로) 사람들이 아가씨를 나에게 추천하더군.
배운 것도 있고 예절도 바르다고 말이야…….

어쨌든 좋아요. 그들 말을 믿어야지…….

간곡하게 알선한 사람이 거짓말한 것을 벌하자고 온
세상을 들쑤실 필요는 없으니까.

루이제   하지만 저의 후원자를 찾겠다고 수고할 사람이 아
무도 없을 것 같은데요, 마님.

밀포드 부인 (허세를 부리며) 피보호자를 찾기 위한 수고를 말
하는 건가,

아니면 후원자를 찾기 위한 수고를 말하는 건가?

루이제   그런 것은 저에게 가당치도 않은 일입니다, 마님.

밀포드 부인 솔직한 표정과는 달리 간교하군! 루이제라고 했나?
그리고 물어봐도 실례가 안 된다면, 몇 살이나 됐지?

루이제   열여섯 살이 되었어요.

밀포드 부인 (급히 일어나며) 이제야 알겠어! 열여섯이라! 처음

으로 열정이 맥박 쳤구나!

……새로 산 피아노에서 나는 청아한 소리야! 이만 저만 매력적인 게 아니야…….

앉으렴, 해치지 않을 테니, 사랑스러운 소녀야! 그리고 그도 첫사랑이고……

붉은 아침 햇살끼리 서로 만나는 게 뭐가 이상하겠는가!

(무척 다정하게 그녀의 손을 잡으며) 이렇게 하지, 난 너를 행복하게 해 주겠다, 아가…….

쉬 사라져 버리는 달콤한 몽상에 지나지 않아…….

(루이제의 볼을 토닥거리며) 내가 데리고 있던 소피가 결혼한단다. 네가 그 자리를 가지려무나…….

열여섯이라! 언제까지나 그 나이에 머물러 있는 것은 아니지.

루이제　(경의를 표하며 그녀의 손에 입맞춤을 하고) 이런 은혜에 감사드립니다, 마님, 제가 그걸 받아들인 거나 마찬가지예요.

밀포드 부인　(다시 격분하며) 이런 귀부인 좀 보게! ……보통 평민 출신의 처녀들은

귀족 집에서 일하게 되면 기뻐하는데…… 대체 어디서 일하고 싶은 거지, 귀여운 아가씨?

이 손이 일하기에는 너무 예쁘다는 거야? 얼굴이 좀 반반하다고 그렇게 고집부리는 거냐?

루이제　출신만큼이나 제 얼굴도 변변치 않아요, 마님.

밀포드 부인　아니면 언제까지나 미모를 유지할 수 있다고 생각

하는 거냐?

……가련한 것 같으니, 누가 네 머리에 그런 생각을 심어 주었니? ……누가 그랬든 간에……

그는 너희 둘을 놀려 먹은 거야. 이 볼은 불에 지져 금도금한 게 아니야.

너의 거울에 변치 않을 순금처럼 비치는 것은 살포시 날아온 황금 거품일 뿐이야.

그건 네 숭배자의 손에 잠시 머물러 있을 뿐이야……. 그럼 우리는 어떻게 하면 될까?

루이제 다이아몬드를 사 준 숭배자를 애석하게 생각하는 이유는, 마님,

그것에 금테가 둘러져 있는 것 같아서인가요?

밀포드 부인 (그녀의 말에는 아랑곳없이) 네 나이의 소녀에겐 늘 두 개의 거울이 있지, 하나는 진짜 거울이고, 하나는 자신이 숭배하는 사람이지…….

후자가 들려주는 듣기 좋은 말은 전자의 솔직한 심정을 보상해 주지.

한쪽이 보기 흉한 얽은 자국이라고 흠을 잡으면, 다른 쪽은 천만의 말씀이라며,

그것은 우미의 여신들*의 보조개라고 말하지.

너희 착한 아이들은 거울을 보며 숭배자가 한 말만 믿고,

이리저리 깡충거리며 뛰어다니다가, 급기야는 양쪽

---

* 비너스의 시중을 드는 아름다운 세 여신.

의 말을 혼동하게 되지…….

나를 왜 그렇게 멍하니 쳐다보느냐?

루이제   용서해 주세요, 마님……. 저는 방금 화려하게 빛나

는 이 홍옥을 애도할 참이었어요.

그 소유자가 그렇게 열을 올려 허영심을 꾸짖는 걸

알 턱이 없으니까요.

밀포드 부인 (얼굴을 붉히며) 옆길로 새지 마라, 교활한 것 같으니!

……너의 몸매가 약속해 주는 것이 아니라면,

평민 신분이라는 편견에서 벗어날 수 있고,

예법과 사회를 배울 수 있는 유일한 신분을

선택하지 못하도록 막는 게 대체 뭐란 말이냐?

루이제   평민으로서의 제 순결성에서도 벗어날 수 있는 신

분 말인가요, 마님?

밀포드 부인 어리석은 반박이군! 아무리 제멋대로 구는 녀석

이라도

우리가 먼저 유혹하며 다가가지 않으면, 우리에게

감히 욕된 일을 요구하지 못해.

그대가 누구인지 보여 줘라! 스스로 명예와 품위를

지켜라,

그러면 그대의 청춘이 온갖 유혹을 이겨 낼 수 있

을 거야.

루이제   그 말을 감히 믿지 못하는 것을 용서해 주십시오,

마님.

어떤 숙녀들의 궁전은 종종 말할 수 없이 파렴치한

향락이 허용되는 곳입니다.

가련한 악사의 딸에게 영웅다운 기백이 있다고 믿을 사람이 누가 있겠어요?

역병이 창궐하는 곳에 뛰어들어 병에 걸릴까 봐 겁내지 않는 기백 말입니다.

밀포드 부인이 영원한 가시 채찍을 들고 자신의 양심을 지킬 거라고,

이득을 취하고 언제라도 낯을 붉히기 위해 막대한 돈을 들일 거라고,

누가 상상이라도 하겠습니까? ……저는 솔직합니다, 마님…….

마님께서 쾌락을 즐기시려고 할 때 저의 모습을 보면 흥이 나겠습니까?

그런 연후에 제 모습을 차마 볼 수 있겠습니까? ……아, 차라리! 차라리!

우리가 멀리 떨어져 사는 게 좋겠어요! ……바다가 우리 사이를 갈라놓으면 좋겠어요!

……유의하십시오, 마님, 정신이 말짱해지는 시간, 힘이 고갈되는 순간이 올 수도 있습니다…….

회한의 뱀이 마님의 가슴을 덮칠지도 모릅니다, 그리고 이제……

하녀의 얼굴이 밝고 침착한 걸 보면 얼마나 고통스러울까요,

마음이 순수하고 순결하면 으레 그런 게 보답으로 주어지지요.

(한 걸음 뒤로 물러나) 또다시 부탁드리는데, 마님, 용

서해 주십시오.

밀포드 부인 (크게 동요해 이리저리 왔다 갔다 하며) 참을 수 없어,
저 아이가 저런 말을 하다니! 더욱 참을 수 없는 건
저 아이의 말이 옳다는 사실이야!

(루이제에게 다가가 그녀의 눈을 뚫어져라 바라보며) 아
이야, 넌 나를 계략에 빠뜨릴 수 없어. 네 견해를 그
렇게 간곡하게 말할 수 없어.

이러한 원칙 뒤에는 커다란 이해관계가 도사리고 있
어서,

나에게 시중드는 걸 못마땅하게 여기는 거야…….

그래서 네가 그렇게 열을 올린 거겠지…….

(위협하듯이) 그걸 찾아내고야 말겠어.

루이제 (태연하고 고상하게) 마님이 그걸 찾아낸다면, 경멸하
며 발길로 걷어차

모욕당한 벌레를 깨운다면? 창조주는 학대하는 데 맞
서도록 벌레에게 가시를 주셨죠!

……전 마님의 복수가 두렵지 않아요, 마님……. 악
명 높은 사형대에 앉은 가련한 여죄수는

세상의 몰락을 보며 웃습니다……. 저는 비참할 대
로 비참해져서 이렇게 솔직한 말을 한들

더 비참해질 여지가 없습니다.

(잠시 쉬었다가 무척 심각하게) 마님은 저의 미천한 신
분을 끌어올리려고 하십니다.

제가 이런 미심쩍은 은혜를 분석하려는 것은 아닙
니다.

무슨 연유로 저를 제 출신에 대해 낯부끄러워하는
바보로 여기는지
묻고 싶을 따름입니다,
마님이 베푸는 행복을 제가 받아들일지 어떨지 알
기도 전에
제게 행복을 베푸는 자로 자처하실 수 있는지요?
……저는 이 세상에서 즐겁게 살아갈 생각일랑 아
예 접어 버렸습니다.
저는 행운이 너무 일찍 찾아온 것을 용서했습니다…….
왜 자꾸 이런 사실을 저에게 되살려 주시는 건가요?
……신도 피조물의 시선에 보이지 않도록 광선을 숨겨,
대천사 세라핌*도 어둠이 닥쳐올 때 흠칫 물러나지
않거늘……
왜 인간들은 이렇게 잔인하면서도 자비를 베풀려고
할까요?
……행복에 겨운 마님께서 어쩌다가 비참한 여자를
시기하고 경탄하게 되었나요, 마님?
……희열을 얻기 위해서는 절망이라는 배경이 꼭 필
요하나요? ……아, 차라리!
저의 잔혹한 운명과 맹목적으로 타협하게 해 주세
요…….
곤충**은 물 한 방울만 있어도 마치 천국에 있는 것

---

* 구품천사 가운데 가장 급이 높은 치품천사.
** 물속에 사는 섬모충류를 말하는 것으로 짐작됨.

처럼 행복하게 느끼지 않나요?

사람들이 함대와 고래가 있는 대양 이야기를 할 때까지는 즐겁고 행복하게 느끼지요!

……그런데 마님은 제가 행복하기를 바라시지요?

(잠시 쉬었다가 갑자기 부인에게 다가가서 놀랍게도 질문한다.) 행복하세요, 마님은?

(부인이 당황하여 재빨리 떠나자, 그녀를 따라가서 그녀의 가슴 앞에 손을 갖다 대며) 이 가슴도 마님의 신분에 걸맞게 웃고 있나요?

그리고 우리가 이제 가슴과 가슴을, 운명과 운명을 서로 맞바꾸게 된다면……

그리고 제가 어린이처럼 천진난만하게…… 제가 어머니의 입장으로 마님께 묻는다면……

혹시 이렇게 맞바꾸라고 권하시겠어요?

밀포드 부인　(마음이 몹시 흔들려 소파에 털썩 주저앉으며) 전례 없는 일이야!

이해할 수 없어! 아니야, 얘야! 아니야! 넌 이러한 위대함을 가지고 태어나지 않았어.

그리고 아버지한테서 들었다고 하기에는 너무 발랄한 위대함이야. 나에게 거짓말하지 마라.

나에겐 다른 선생의 목소리가 들린다…….

루이제　(우아하고 예리하게 그녀의 눈을 들여다보며) 이제야 그 선생 생각이 떠올랐다니 의아한 일이네요, 마님.

그러면서도 아까 저더러 하녀 자리를 주겠다고 하다니요.

밀포드 부인　(벌떡 일어나) 도저히 참을 수 없어! ……그래, 왜
　　　　　냐하면!

　　　　　내가 너를 피해 달아날 수 없어서 그런다! 난 그를
　　　　　알고 있어……. 죄다 알고 있어…….

　　　　　내가 알아도 좋은 것 이상으로 말이야.

　　　　　(갑자기 말을 멈추었다가, 그 후에 격해지면서 점점 거의
　　　　　광란에 빠져) 하지만 감히 해 보렴, 이 불행한 계집애
　　　　　야…… 지금도 감히 그를 사랑해 보거나,

　　　　　그의 사랑을 받아 보란 말이야……. 감히 그의 생각
　　　　　을 하거나,

　　　　　그가 생각하는 것들 중의 하나이기만 해 봐라…….

　　　　　난 권세가 있어, 불행한 계집애야…….

　　　　　끔찍한 꼴을 봐야…… 맹세코, 넌 끝장이야!

루이제　　(의연하게) 그가 마님을 사랑해야 한다고 강요받는
　　　　　순간,

　　　　　전 더 이상 구원받을 길이 없겠지요, 마님.

밀포드 부인　네 심정을 이해하겠다……. 하지만 그가 나를 사
　　　　　랑하지 않도록 할 거야.

　　　　　나는 이러한 내 치욕적인 열정을 극복하고, 내 마음
　　　　　을 억누르며,

　　　　　너의 마음을 짓이겨 버리겠다……. 바위와 심연으
　　　　　로 너희 사이를 가로막을 거다…….

　　　　　난 복수의 여신이 되어 너희의 하늘 사이 한가운데
　　　　　로 갈 거야.

　　　　　유령이 범죄자를 쫓듯이 내 이름은 너희의 입맞춤

을 방해할 거야.

너의 꽃다운 젊은 자태는 그에게 안겨 미라처럼 시들어 오그라지고 말 거야…….

난 그와 함께 행복해질 수 없어……. 하지만 너도 행복하게 가만두지 않겠어…….

그걸 알아 두렴, 비참한 여자야! 행복을 파괴하는 것도 행복이니까.

루이제　마님은 벌써 그런 행복을 빼앗겼어요. 자신의 마음을 모독하지 마십시오.

마님은 저를 위협하며 벼르고 있는 것을 실행할 능력이 없어요.

마님께서는 마님 자신과 똑같은 감정을 품은 것 말고는

마님께 아무런 해를 끼치지 않은 여자를 괴롭힐 능력이 없어요…….

하지만 제가 마님을 사랑하는 것은 이러한 격정 때문이에요.

밀포드 부인　(이제 마음을 가라앉히고) 여기가 어디지? 내가 어디 갔다 왔지?

내가 무슨 눈치를 채게 했지? ……오, 루이제, 고귀하고 위대하며 거룩한 영혼이여!

이 미쳐 날뛰는 여자를 용서해 다오!

……나는 네 마음을 털끝만큼도 상하게 하지 않으련다, 얘야. 소망을 말해라! 요구해라!

나는 너를 두 손에 안고 다니겠으며, 너의 친구이자

언니가 되겠어…….

너는 불쌍해……. 보렴! (보석 몇 개를 벗어 들며) 나
는 이 장신구를 팔려고 한다…….

나의 의상이며 말이며 마차를 팔 생각이다……. 다
너에게 줄 테니, 그를 단념해라!

루이제　(당혹해하며 뒤로 물러서서) 절망에 빠진 나를 조롱
하는 것인가,

아니면 잔혹한 행위*에 진짜 가담하지 않았다는 걸
까? ……쳇! 그러면 난 영웅인 척할 수 있고,

나의 무기력을 공로처럼 꾸밀 수 있겠지.

(잠시 생각에 잠겨 서 있다가, 부인에게 가까이 다가가
그녀의 손을 잡고는 의미심장한 눈빛으로 그녀를 뚫어져
라 바라보며) 그럼 그분을 가지세요, 마님……. 지옥
의 갈고리로 피 흘리는 내 가슴을 앗아 간 그를

순순히 넘겨드리겠어요……. 혹시 자신은 잘 모를지
도 모르겠지만, 마님,

마님은 두 연인의 하늘을 무너뜨리고, 하느님께서
맺어 준 두 마음을 갈라놓았어요.

마님처럼 그와 가까웠던 한 피조물을 박살내 버렸
어요.

하느님이 즐거운 마음으로 마님과 같이 창조한 그
피조물을 말입니다.

그 피조물은 마님처럼 하느님을 찬양했지만, 이제

---

* 거짓 연서를 받아쓰게 한 것.

다시는 그러지 못할 거예요…… 마님!

전능하신 분의 귀에는 짓밟힌 벌레가 마지막으로 발버둥치는 소리도 들린답니다…….

그분의 수중에 든 영혼을 살해한다면 하느님도 아무렇지 않은 듯 가만있지 않을 거예요!

이제 그는 마님의 것입니다! 마님, 이제, 그분을 가져가세요!

그의 품에 뛰어드세요! 그를 제단으로 데리고 가세요……. 다만 신랑 신부가

입맞춤할 때 자살한 여인의 혼령이 덤벼들 거라는 것을 잊지 마십시오…….

하느님은 가엾게 여길 거예요……. 저는 달리 어쩔 수 없거든요. (밖으로 뛰쳐나간다.)

8장

충격을 받아 넋이 나간 밀포드 부인이 혼자 서서 루이제가 뛰쳐나간 문을 멍하니 바라보고 있다. 이윽고 그녀는 넋이 나간 상태에서 깨어난다.

밀포드 부인 어쩌된 일이었지? 나에게 무슨 일이 일어났지?

　　　　그 불행한 여자가 뭐라고 말했지? 아직, 오, 맙소사! 나를 저주하는 끔찍한 말이 아직 귓가에 쟁쟁하구나. 그분을 가져가세요!

　　　　……누구를, 불행한 여자야? 죽어 가며 그르렁거리는 게 너의 선물이냐…….

　　　　절망의 상태에서 내뱉는 소름끼치는 유언이야! 이런! 맙소사!

　　　　내가 이렇게 타락했다는 말인가……. 이렇게 별안간 내 자존심의 옥좌에서 굴러 떨어져,

죽음과 마지막 사투를 벌이는 거지 여자애가 선심 쓰듯 던져 주는 것에 목매달고 있다니!

……그분을 가져가세요, 이렇게 말할 때 그녀의 어조하며 그 눈초리…….

쳇! 에밀리! 이러자고 여성으로서 처신해야 할 한계를 넘었단 말인가?

이러자고 위대한 영국 여인이란 화려한 명성을 얻으려고 애썼단 말인가? 명예라는 너의 으리으리한 건물이,

돌보는 이 없는 평민 소녀의 더 높은 미덕 옆에서 무너져야 하다니?

……안 돼, 건방지고 불행한 여자야! 안 돼! ……에밀리 밀포드는 창피는 당할지언정……

결코 욕은 먹지 않을 거야……. 나에게도 단념할 힘이 있단 말이야.

(위엄 있는 걸음걸이로 왔다 갔다 하며) 기어 들어가 숨어 버리렴, 연약하고 고통스러운 여자야…….

사랑의 달콤한 금빛 영상들이여, 사라져 버리렴…….

이젠 아량만이 나를 이끌어 가게 해야지!

……사랑하는 이 한 쌍은 끝장났어, 아니면 밀포드가 자신의 권리를 철회하고,

영주의 마음속에서 사라져야 해! (잠시 후 활기 있게) 일은 벌어졌어!

……끔찍한 장애물이 제거되었어……. 나와 영주를 맺어 주는 모든 끈이 끊어졌고,

미쳐 날뛰는 이 사랑이 내 가슴에서 찢겨 나갔어!

……내 너의 품에 뛰어드노라, 미덕이여! ……나를 받아 다오, 참회하는 너의 딸 에밀리를!

……아! 이렇게 기분 좋은 것을! 이렇게 갑자기 기분이 홀가분해지는 것을!

이렇게 고상한 기분이 드는 것을 말이야!

……오늘 나는 저무는 해처럼 내 고귀함의 정점에서 위대하게 가라앉아야지,

나의 영광은 내 사랑과 함께 죽게 하고, 이 마음만을 가지고 당당히 추방의 길을 떠나야지.

(결연한 태도로 책상으로 가면서) 이제 즉각 조치를 취해야 해…… 지금 당장.

사랑스러운 그 젊은이의 매력 때문에 내 마음속에서 다시 피비린내 나는 싸움을 하기 전에. (앉아서 편지를 쓰기 시작한다.)

9장

밀포드 부인. 시종. 소피. 그 뒤에 시종장. 마지막으로 하인들.

시종   시종장 폰 칼프께서 대공의 명을 받고 대기실에서
         기다리고 계십니다.

밀포드 부인 (편지 쓰는 데 열중해서) 영주의 꼭두각시는 정신을
         못 차릴 거야! 물론이지!

         ……이렇게 영주의 정신이 번쩍 들게 하는 착상도 우
         스꽝스럽기 짝이 없어!

         간신배들은 제정신이 아니겠지……. 온 나라가 부글
         부글 끓어오를 거야.

시종과 소피   시종장께서요, 마님…….

밀포드 부인 (몸을 돌리며) 누구라고? 뭐라고? ……마침 잘 되
         었다!

         이런 부류의 인간들은 세상에서 짐꾼으로 살아야

해. 들어오라고 해라.

시종　　(물러난다.)

소피　　(불안하게 가까이 다가가며) 제가 겁이 나지 않는다
　　　　면, 마님, 주제넘은 일이겠죠…….
　　　　(부인은 편지 쓰는 데 열중한다.)
　　　　그 밀러가 정신없이 대기실을 뛰쳐나갔어요…….
　　　　편지에 열중하고 계시는군요…… 혼잣말을 하면서
　　　　요…….
　　　　(부인은 계속 편지를 쓴다.)
　　　　전 무서워요. 무슨 일이 일어난 모양이죠?

시종장　(안으로 들어서서 부인의 등 뒤에서 연신 허리를 조아린
　　　　다. 그가 온 것을 그녀가 알아차리지 못하자, 보다 가까
　　　　이 다가가 안락의자 뒤에 서서 그녀의 옷자락을 젖히려
　　　　고 하면서, 거기에 입맞춤을 한다. 겁에 질려 중얼거리는
　　　　소리로) 전하께서…….

밀포드 부인　(글에 모래를 뿌리며 대충 훑어보면서) 나를 배은망
　　　　덕하기 짝이 없다고 책망하겠지……. 나는 의지할
　　　　데 없는 여자였어.
　　　　그는 비참한 상태에 있는 나를 끌어내 주었고…….
　　　　비참한 상태에서? 역겨운 교환이었지!
　　　　……그대의 계산서를 찢어 버리렴, 유혹자여!
　　　　부끄러워 영원히 홍조 띤 얼굴은 그 값을 고리(高利)
　　　　로 치르고도 남을 정도야.

시종장　(부인의 주위로 이리저리 돌아다녀도 소용이 없자) 부인
　　　　께서 정신이 없으신 모양이구나……. 이럴 때일수록

용기를 내지 않으면 안 되지.

(아주 큰 소리로) 전하께서 오늘 밤 무도회를 열지, 독일 코미디를 볼지

부인께 여쭈어 보라고 저를 보냈습니다,

밀포드 부인　(웃음을 띠고 일어나며) 어떤 것이라도 상관없어요, 시종장…….

대신 대공께 후식으로 이 카드를 갖다 드리세요!

(소피를 향해) 얘, 소피, 마차를 대령시키고 하인들을 모두 이 방에 소집해라…….

소피　(몹시 당황하며 물러가면서) 아, 이럴 수가! 예감이 이상해. 앞으로 어떻게 되는 거지?

시종장　흥분하신 모양이네요, 부인.

밀포드 부인　그러니까 거짓말도 덜 하게 되죠……. 만세, 시종장님! 자리 하나가 비게 될 거요.

뚱쟁이들에겐 좋은 소식이지!

(시종장이 종이쪽지에 미심쩍은 눈초리를 보내자) 읽어 보세요! 얼마든지 읽어 보세요! ……모두에게 내용을 공개하는 것이 내 뜻이니까요.

시종장　(읽는다. 그러는 사이 부인의 하인들이 뒤에 모여든다.)

"존귀하신 분께,

귀하께서 경솔하게 계약을 파기하셨기에 저는 더 이상 거기에 얽매일 필요가 없게 되었습니다. 이 나라의 행복이 내 사랑의 조건이었습니다. 사기극은 삼년간 지속되었습니다. 눈을 가렸던 덮개를 벗어 던집니다. 저는 신하들이 눈물을 뚝뚝 흘리며 호의를 표

시하는 것이 지긋지긋합니다……. 더 이상 제가 받아들일 수 없는 사랑을 울고 있는 귀하의 나라에 베푸시고, 독일 민족을 어여삐 여기는 마음을 영국 여자 귀족한테서 배우십시오. 한 시간 후에 저는 국경을 넘어가 있을 겁니다.

요하나 노르폴크*."

하인 일동 (당혹해하며 술렁거린다.) 국경을 넘는다고?

시종장 (깜짝 놀라 카드를 책상 위에 올려놓으며) 맙소사, 부인! 편지를 쓴 분이나 전하는 사람 모두 목이 달아날지도 모르겠습니다.

밀포드 부인 걱정도 팔자군요, 시종장……. 유감스럽게도 당신과 당신 같은 사람은

남이 한 일을 그대로 따라하느라 숨 막혀 한다는 것을 난 알고 있어요!

……내 충고하건대, 이 쪽지를 들짐승 고기 파이에 넣어 구우면

전하께서 접시 위에서 그것을 발견할 거요…….

시종장 맙소사! 이런 무례한 일이 다 있나! 곰곰이 좀 생각해 보세요,

그러다가 얼마나 노여움을 살지 생각해 보시라고요, 부인!

밀포드 부인 (모인 하인들 쪽으로 고개를 돌리고, 마음속 깊이 감격

---

* 밀포드 부인의 본명.

해서) 여러분은 이게 대체 무슨 영문인가 하고 당혹 스럽고 불안한 심정으로 서 있겠지요?

……좀 더 가까이들 다가와요, 사랑스러운 여러분…….

여러분은 정직하게 열성적으로 나를 모셔 왔고, 돈지갑보다는 내 심중을 더 자주 헤아렸어요.

여러분의 복종심은 여러분의 열정이자 자부심이었 어요…… 나의 은혜여!

……여러분의 충직함을 기억하는 것이 동시에 나의 굴욕을 기억하는 것이 되어야 하다니!

나에게 가장 나쁜 날이 여러분의 기쁜 날이 되다니 슬픈 운명이군요!

(눈물을 글썽이며) 자유를 주겠어요, 여러분!

난 이제 밀포드 부인이 아니고, 요하나 폰 노르폴크 는 너무 가난해서 빚을 갚을 수 없어요…….

재무 담당관이 여러분께 내 재물을 나누어 줄 거예 요…….

이 궁전은 대공에게 귀속될 거예요…….

여러분 중 가장 가난한 사람도 이 여주인보다 더 부 자가 되어 이곳에서 나갈 거예요.

(손을 내밀자 모든 하인들이 한 명씩 돌아가며 열렬하게 입맞춤을 한다.) 여러분의 심정을 이해하겠어요, 착한 사람들…… 잘 살기를! 영원히 잘 살기를!

(가슴을 내리누르는 중압감을 가라앉히며) 마차를 집 앞에 대는 소리가 들리는구나.

(하인들을 뿌리치고 나가려고 하는데, 시종장이 달려와

가로막는다.) 딱한 사람 같으니, 아직도 여기 서 있는
거요?

시종장   (그동안 내내 정신이 나간 채 쪽지를 들여다보고 있다
가) 그럼 저더러 이 쪽지를 전하께 친히 전해 드리
라는 말씀인가요?

밀포드 부인 딱한 사람 같으니! 직접 전해 드리고,
내가 맨발로 로레토 성지*에 갈 수 없으니, 그를 지
배했다는 치욕을 씻기 위해
날품팔이 일을 하겠다고 직접 귀에 대고 알려 주세요.

(밀포드 부인이 서둘러 퇴장한다. 다른 사람들은 몹시 감동을 받고
흩어진다.)

* 이탈리아 안코나 부근의 유명한 순례지로, 중죄를 지은 자들이 자신의 죄
를 참회하려고 맨발로 순례하던 곳.

5막

배경

땅거미 진 저녁, 약사 집의 어느 방.

1장

루이제가 머리를 팔 위에 얹고 방에서 가장 어두운 곳에 말없이 꼼짝 않고 앉아 있다. 오랫동안 무거운 정적이 흐른 후 밀러가 휴대용 등을 들고 불안하게 방 안을 비춰 보지만, 루이제가 앉아 있는 것을 알아차리지 못한다. 그러고 나서 그는 모자를 책상에 올려놓고 등을 내려놓는다.

밀러   여기도 없구나. 여기도 없어……. 골목길마다 샅샅이 뒤져 보았고, 아는 집마다 둘러보았으며,
성문마다 찾아가 물어보았지만…… 아무도 딸아이를 본 사람이 없다 하니.
(잠시 침묵하다가) 참아라, 가련하고 불행한 아비야.
아침이 올 때까지 기다려 봐야지.
어쩌면 너의 외동딸이 강가로 떠내려올지도 모르니……. 원, 이런! 이럴 수가!

내가 딸을 너무 우상처럼 받들었던가? ……벌이 가혹하구나.

하늘에 계신 아버지, 가혹합니다! 불평하려는 건 아니지만,

하늘에 계신 아버지, 벌이 가혹합니다. (비통한 심정으로 의자에 주저앉는다.)

루이제 (구석에서) 아버지 말씀이 맞아요, 불쌍하고 늙으신 아버지!

때늦지 않게 잃어버리는 법을 배우세요.

밀러 (벌떡 일어나) 거기 있느냐, 얘야? 거기 말이야?

……그런데 왜 불도 켜지 않고 그렇게 혼자 있느냐?

루이제 그렇다고 외롭지는 않아요. 주위가 깜깜해지면 최고로 좋은 손님들이 찾아오거든요.

밀러 말도 안 되는 소리로구나! 밤늦게까지 깨어 있어 봐야 양심의 가책만 느낄 뿐이지.

죄악과 악령은 빛을 두려워하는 법이야.

루이제 조수 없이도 영혼과 대화하는 영원 또한 마찬가지예요.

밀러 얘야! 얘야! 무슨 말을 그렇게 하느냐?

루이제 (일어나서 앞으로 나와) 저는 힘겨운 싸움을 벌였어요. 아버지는 아시겠죠.

하느님이 저에게 힘을 주셨어요. 어차피 싸울 수밖에 없는 일이지요.

아버지, 여성은 부드럽고 연약하다고들 말하지요.

이제는 그 말을 믿지 마세요. 우리는 거미 한 마리

에도 몸서리치지만,

죽음이라는 사악한 괴물은 재미 삼아 품에 안지요.

이 말을 전해 드리려는 거예요, 아버지. 루이제는 기분이 좋아요.

밀러 들어 보렴, 내 딸아! 난 네가 목 놓아 울기를 바랐다. 그러면 내 마음이 더 편할 텐데.

루이제 저는 그에게 계략을 쓰려고 해요, 아버지. 저는 그를 속이려고 해요!

……사랑은 악의보다 더 교활하고 대담하거든요……. 그는, ·

애처로운 별 모양의 훈장을 단 그 남자는 그런 사실을 알지 못했어요…….

악한은 머리를 굴리는 한에는 교활하지만,

마음과 관련된 문제에서는 미련해지지요…….

서약을 하면 사기극이 덮여 버릴 거라 생각했을까요?

서약이란, 아버지, 산 사람에게나 구속력이 있지,

죽음 속에서는 성찬으로 맺은 철석같은 인연도 끊어지고 말지요.

페르디난트는 루이제의 마음을 알 거예요…….

이 편지를 전해 주시겠어요, 아버지? 그렇게 해 주시겠어요?

밀러 누구한테 말이냐, 루이제야?

루이제 이상한 질문을 하시네요! 영원과 제 가슴을 합해도 오로지 그이만 생각하는 마음을 담을 자리도 충분하지 못해요…….

그이 말고 대체 누구에게 편지를 써야 하겠어요?

밀러   (불안해하며) 들어 봐라, 루이제야! 내가 편지를 뜯어 보겠다.

루이제   마음대로 하세요, 아버지……. 하지만 무슨 말인지 이해하지 못하실 거예요.

철자들은 싸늘히 식은 시신처럼 누워 있고, 사랑이 담긴 눈에나 살아 보이거든요.

밀러   (읽는다.) "그대는 배반당했어요, 페르디난트……. 유례없는 악행으로

우리 마음의 언약이 깨어져 버렸으나, 끔찍한 맹세가 나의 혀를 묶어 버렸어요.

그리고 그대의 아버지는 사방에 염탐꾼을 풀어놓았어요.

하지만 그대에게 용기가 있다면, 사랑하는 이여! ……더는 맹세에 구속력이 없고,

염탐꾼도 따라올 수 없는 제3의 장소를 알고 있어요."

(읽는 것을 그치고 심각하게 딸의 얼굴을 들여다본다.)

루이제   왜 그런 눈으로 저를 보세요? 마저 읽어 보세요, 아버지.

밀러   "하지만 그대는 하느님과 루이제 말고는 아무것도 빛나지 않는

암울한 길을 걸어올 용기가 충분히 있어야 해요……. 한 소녀가 그대의 희망을 무산시켜 버렸으니

모든 희망과 용솟음치는 소원일랑 집에 놔두시고,

전적으로 사랑의 힘으로만 걸어오셔야 해요.

그대에겐 그대의 마음 말고는 아무것도 필요하지 않아요.

마음이 있다면…… 카르멜 교회 탑의 종이 12시를 알릴 때 출발하세요. 겁이 나면……

남자라는 단어 앞에 '강한'이라는 형용사를 지워 버리세요."

(편지를 내려놓고, 오랫동안 고통스러운 표정으로 멍하니 앞을 바라본다. 이윽고 루이제 쪽으로 몸을 돌리고 갈라진 목소리로 나지막이) 그럼 이 제3의 장소라는 게, 내 딸아?

루이제　그곳을 모르세요? 정말 그곳을 모르세요, 아버지? ……이상하군요!

그곳은 아주 찾기가 쉬워요. 페르디난트는 그 장소를 찾을 거예요.

밀러　음! 좀 더 분명하게 말해라.

루이제　당장은 무슨 좋은 단어가 떠오르지 않네요……. 제가 듣기 싫은 단어를 써도, 아버지,

놀라지 마세요. 이 장소는…… 아, 왜 사랑이 이름을 만들어 내지 않았는지!

이 장소에 가장 멋지게 어울리는 이름을 사랑이 지어 줬어야 하는데. 제3의 장소는, 아버지……

말을 끝맺도록 해 주세요…… 그 제3의 장소란 무덤이에요.

밀러　(안락의자로 비틀거리며 가서) 아니, 그게 무슨 말이냐!

루이제　(아버지에게 다가가 그를 붙잡으며) 하지만 아니에요,

아버지!

그 단어 주위에 전율이 감돌고 있을 뿐이에요……. 그걸 치우면,

거기엔 신방의 이부자리가 펴져 있고, 아침이 오면 황금 융단이 깔리며,

봄이 오면 알록달록한 화환이 뿌려집니다.

울부짖는 죄인만이 죽음을 해골이라 욕할 수 있었습니다.

그건 아리땁고 귀여운 소년인데, 사람들이 그리는 사랑의 신처럼

꽃이 피어나고 있지만, 그렇게 음흉하지는 않아요…….*

죽음의 강을 건너는 기진맥진한 순례자의 영혼에 도움을 주고, 영원한 영화를 누리는 요정의 성을 열어 주며,

다정하게 고개를 끄덕이고 사라지는, 조용하게 봉사하는 수호신이죠.

밀러　　무얼 하려는 것이냐, 내 딸아? ……제멋대로 목숨을 끊으려는 모양이구나.

루이제　그렇게 말씀하지 마세요, 아버지. 제 마음에 들지 않는 사회를 떠나려는 거예요…….

제가 가고 싶은 곳으로 뛰어드는 거예요……. 그게 죄인가요?

---

* 사랑의 신 아모르(에로스)가 숨어서 사랑의 화살을 쏘기 때문에 음흉하다고 하는 것.

밀러 자살이란 가장 못할 짓이다, 얘야…….

죽음과 악행이 함께 일어나기 때문에 참회할 수 없는 유일한 죄란다.

루이제 (얼어붙은 듯이 서서) 끔찍한 일이겠죠!

……하지만 그렇게 빨리 그런 일이 일어나지는 않을 거예요. 난 강물에 뛰어들 거예요,

가라앉으면서 전능한 하느님께 자비를 빌겠어요.

밀러 훔친 물건을 안전하게 챙겨 두고 도둑질을 뉘우치겠다는 거로구나…….

딸아! 딸아! 하느님을 가장 필요로 할 때 조롱하지 않도록 주의해라.

아! 이 지경이! 네가 이 지경이 되다니!

……넌 기도를 포기했고, 자비로운 분이 너에게서 손을 거두어들였어.

루이제 사랑하는 게 하느님을 모독하는 거라고요, 아버지?

밀러 네가 하느님을 사랑한다면 이토록 그분을 모독하지는 말아야지…….

넌 나를 깊이 굴복시켰어, 외동딸아! 깊이, 깊이, 어쩌면 무덤에 이를 만큼…….

하지만! 네 마음을 더 힘들게 하지는 않겠다…….

딸아! 아까 내가 한 말이 있다.

난 혼자라고 생각했는데, 내 말 들었겠지. 내가 더이상 숨길 이유가 뭐가 있겠니?

넌 나의 우상이었어. 들어 보렴, 루이제, 아버지의 심정을 헤아릴 여유가 있다면 말이다…….

넌 나의 전부였어. 넌 너의 재산을 아무렇게 낭비해
서는 안 돼. 나도 모든 걸 잃어버리게 돼.

보다시피 내 머리가 세기 시작한다. 우리 같은 아버
지들이 자녀의 가슴에 저축해 놓은 자본이

도움을 주는 때가 점차 다가오고 있구나…….

나에게서 그걸 속여 빼앗으려는 것이냐, 애야?

아버지의 재산을 몽땅 갖고 도망치려는 거냐?

루이제   (감정이 격해져 그의 손에 입맞춤을 하며) 아니에요, 아
버지.

아버지에게 큰 빚을 지고 이 세상을 하직하며, 높은
이자를 쳐서 영원히 갚을 거예요.

밀러   잘못 생각하는 게 아닌지 잘 헤아려 봐라, 애야.

(아주 진지하고 엄숙하게) 우리가 저세상에서 만날 수
있을 것 같으냐? ……봐라! 얼굴이 창백해지는구나!

……내가 금방 너를 따라 가지 않을 것을 너 스스
로 알고 있는 거야. 난 너처럼 그렇게 서둘러

저세상에 가지 않을 거니까…….

(루이제는 전율에 사로잡혀 그의 품에 안긴다. 그는 열정
적으로 딸을 껴안고, 애원하는 목소리로 계속 말한다.)

아, 딸아! 딸아!

타락한, 어쩌면 이미 파멸한 딸아! 진심으로 하는
아버지의 말을 명심해라!

난 너를 감시할 수 없구나. 너에게서 칼을 빼앗아도
넌 뜨개질바늘로 목숨을 끊을 테니까.

독약을 못 마시게 해도, 진주 목걸이 줄로 자살할

수 있겠지…… 루이제야…….

애야…… 너에게 아직 주의는 줄 수 있다……. 기어
이 너에게서 믿을 수 없는 환상이

시간과 영원 사이에 놓인 끔찍한 다리 위에서

사라지도록 할 생각이냐?

전지한 하느님의 옥좌 앞에서, 창조주여, 그대 때문
에 저는 여기 와 있어요, 라고

감히 거짓말을 하려느냐? 죄지은 너의 눈이 죽어야
할 운명의 인형을 찾고 있다면?

……그리고 네 머릿속의 나약한 신이 이제 너처럼
벌레가 되어, 네 심판관의 발치에 엎드려 몸부림치
고 동요하는 이 순간

불경스러운 너의 확신을 거짓이라 꾸짖는다면,

그 비참한 자가 자신을 위해서는 그런 자비를 애원
할 수 없으면서 네 기만당한 희망에

영원한 자비를 내려 달라 부탁한다면? 그럼 어쩌겠
느냐?

(보다 힘을 주어, 더 큰 소리로) 그럼 어쩌겠느냐, 이
복도 없는 녀석아!

(딸을 더욱 꼭 끌어안고 한동안 물끄러미 뚫어져라 바라
보다가 재빨리 그녀에게서 떠나며) 이제 나도 뭐가 뭔
지 모르겠다…….

(다시 손을 쳐들고) 심판관이신 하느님, 이 가련한 영혼
을 더는 책임질 수 없습니다. 네 마음대로 하려무나.
너의 날씬한 젊은이를 위해 희생하고, 너의 악마들

이 환호하게 하고, 천사들이 물러가게 해라…….

가거라! 너의 모든 죄를 짊어지고, 이 마지막 것도, 끔찍하기 짝이 없는 죄도 짊어져라.

그래도 짐이 너무 가벼우면 나의 저주로 무게를 채우도록 해라……. 여기에 칼이 있다…….

너의 가슴을 찔러라. 그리고 (큰 소리로 울며 뛰쳐나가려고 하면서) 아버지의 가슴도!

루이제   (벌떡 일어나서 그의 뒤를 쫓아가며) 멈춰요! 멈추세요! 아, 아버지!

……전제 군주의 분노보다 애정 어린 마음이 더 야만적으로 강요하다니…….

난 어떻게 하지? 그럴 수 없어! 나는 어떻게 해야 하나?

밀러   소령의 입맞춤이 아버지의 눈물보다 더 뜨겁게 불타오르면…… 죽으려무나!

루이제   (고통스러운 투쟁을 한 후 약간 확고하게) 아버지! 여기에 제 손이 있어요!

하겠어요……. 주여! 주여! 내가 무얼 하는 거지? 무얼 하려는 거지? ……아버지, 맹세하겠어요…….

슬프구나! 슬픈 일이야! 어떤 결심을 해도 범죄자인걸! ……아버지, 그만두겠어요!

……페르디난트…… 하느님이 내려다보셔요…… 그 사람에 대한 마지막 기억을 지워 버리겠어요. (편지를 찢어 버린다.)

밀러   (환희에 넘쳐 딸의 목을 얼싸 안고) 과연 내 딸이다!

……나를 쳐다봐라!

너는 연인을 잃었지만 아버지를 행복하게 만들었어. (웃고 울며 딸을 껴안고) 얘야! 얘야, 평생 너의 아비 될 자격이 없구나! 나같이 형편없는 인간이 어떻게 이런 천사를 갖게 되었는지 모르겠구나! ……루이제, 나의 천국아! ……오, 맙소사!

나는 사랑이 뭔지 잘 모르지만, 사랑을 멈추면 고통스럽다는 건 알고 있어…….

나도 그런 것쯤은 알지.

루이제   하지만 이곳을 떠나요, 아버지……. 내 친구들이 나를 비웃고, 나의 좋은 이미지가

영원히 사라진 이 도시를요…….

떠나요, 떠나요, 잃어버린 행복의 수많은 추억이 어려 있는

이곳에서 멀리 떠나요……. 가능하다면 떠나요.

밀러   네가 가고 싶은 곳으로 가자꾸나, 내 딸아. 우리의 하느님은 어디서나 일용할

양식을 주신단다. 그리고 내 첼로 연주를 알아들을 사람들도 주시겠지.

그래! 이 모든 일을 흘려보내도록 하자……. 나는 내 슬픈 이야기를 류트로 연주하고,

아버지를 공경하느라 자신의 가슴을 찢어 버린 딸이 노래를 부르겠구나…….

담시를 노래하며 문전걸식하자꾸나. 마음 아파하며 던져 주는 음식이 꿀맛 같을 거다.

2장

페르디난트가 앞에 등장한 인물들에게로 온다.

루이제   (먼저 그를 알아보고, 크게 소리를 지르며 밀러의 목에
         매달려) 아이고머니, 그가 왔어요! 난 끝장났어요.
밀러   어디에? 누가?
루이제   (얼굴을 돌리고 소령을 가리키며 아버지에게 더욱 꼭 매
         달리며) 그가요! 그가 직접요! ……돌아보세요, 아버
         지…… 나를 죽이려고 왔어요.
밀러   (그를 보고 흠칫 물러나며) 웬일이시오? 여길 오시다
         니, 남작님?
페르디난트 (천천히 다가오며 루이제의 맞은편에 서서 그녀를 뚫어
         져라 쳐다본다. 잠시 후) 양심에 찔리는 모양이지, 고
         맙기도 해라! 그대의 고백은 끔찍해. 하지만 빨리,
         그리고 확실히 하면 나의 고문을 덜어 주게 되지…….

안녕하시오, 밀러.

밀러 　　　아이고 맙소사! 무슨 일이세요, 남작님? 어쩐 일로
여기를 다 오셨나요?

이렇게 갑자기 찾아오시다니요?

페르디난트　한때는 하루를 초 단위로 쪼개 놓고, 시시각각 나
를 그리워하며,

내가 나타나기만을 고대하지 않았소? ……어째서
이젠 갑자기 찾아왔다고 그러오?

밀러 　　　가시오, 가시오, 남작…… 가슴에 일말의 인정이 아
직 남아 있다면……

당신이 사랑한다는 저 애를 목 졸라 죽이지 않으려
면, 도망가시오,

잠시라도 더 있지 말고요. 당신이 발을 들여놓자마
자 내 오두막에서는 축복이 사라졌어요.

당신은 즐거움만 가득하던 우리 집에 슬픔을 불러
들였어요. 아직 만족하지 않으시나요?

우리 외동딸이 불행하게 당신을 만나 받은 상처를
또 들쑤실 생각인가요?

페르디난트　이상한 아버지군요. 지금 딸에게 반가운 소식을
전하려고 오는 길인데요.

밀러 　　　혹시 새로운 절망을 위한 새로운 희망인가요?

……가세요, 불행의 사자여!

그대의 얼굴이 그대의 상품을 욕되게 하고 있소.

페르디난트　마침내 실현됐소, 내 희망의 목표가! 내 사랑의 가
장 끔찍한 장애물인

밀포드 부인이 이 순간 국외로 도망쳤소. 아버지는 나의 선택에 동의했소.

운명이 우리의 박해를 멈추고 있소. 우리의 행복을 약속해 주는 별들이

떠오르고 있소. 이제 나의 약속을 지키고, 신부를 예식장 제단으로 데려가려고 여기 왔소.

밀러 이자의 말이 들리느냐, 내 딸아?

너의 기대가 무산된 것을 조롱하는 이자의 말이 들리느냐?

오, 진정으로 남작! 자신의 범죄로 재치 부리는 것이 유혹자에게 너무 잘 어울리는군요.

페르디난트 내가 농담한다고 생각하는군요. 나의 명예를 걸고 그렇지 않아요!

내가 루이제를 사랑하는 것처럼 내 말은 진실하고, 루이제가 서약을 지키듯이 내 말을

신성하게 지킬 거요……. 나는 이보다 더 신성한 것을 알지 못하오……. 아직도 의심하는 거요?

내 아름다운 아내의 볼에 아직 기쁨의 홍조가 보이지 않는가? 이상한 일이군!

진실이 별로 먹히지 않는 걸 보니 여기서는 거짓말이 다반사인 모양이군.

내 말을 믿지 않는 거요? 그럼 문서로 된 이 증거를 믿으시오. (시종장에게 보내는 편지를 루이제에게 던진다.)

루이제 (그것을 받지 않고, 얼굴이 송장처럼 창백해져 주저앉는다.)

밀러 (이를 눈치채지 못하고, 소령에게) 그게 무슨 뜻이오,

남작? 무슨 말인지 모르겠소.

페르디난트 (그를 루이제에게 데려가며) 그녀는 내 말을 보다 잘 이해했소!

밀러 (그녀 옆에 주저앉으며) 아니, 이런! 내 딸아!

페르디난트 죽음처럼 창백하군! ……이제야 그대 딸이 내 마음에 드는군요!

이렇게 아름다웠던 적이 없었어, 경건하고 정직한 딸이…… 이런 송장 같은 얼굴을 하다니…….

어떤 겉치레 거짓말도 잡아내는 최후 심판장의 숨결이 이제 분장한 것을 날려 버렸어.

그것으로 이 귀신같은 여자가 빛의 천사도 감쪽같이 속였는데…….

그게 그녀의 가장 아름다운 얼굴이야! 그것이 그녀가 처음으로 보여 준 진실한 얼굴이야!

입 맞추게 해 다오. (그녀에게 다가가려고 한다.)

밀러 물러나라! 저리가라! 아버지의 마음을 건드리지 마라, 자네!

그대가 딸을 애무하는 것은 막지 못했지만, 학대하는 것은 막을 수 있어.

페르디난트 왜 이러는 거요, 이 영감이? 그대하고는 아무 관계가 없어.

진 게 분명한 게임에 끼어들지 말고…… 아니면 혹시 내가 생각했던 것보다

그대도 약단 말인가? 예순 살 된 늙은이의 지혜를 딸이 연애하는 데 빌려 줘서,

이 존경스러운 머리칼을 뚜쟁이 짓으로 더럽혔단
말인가?

……아! 그게 아니라면 불행한 늙은이야, 쓰러져 죽
어라…… 아직 시간이 있으니.

아직은 달콤한 도취에 빠져 잠들 수 있어. 나는 행
복한 아버지였다고!

……한순간만 지나면, 그대는 그 독사를 지옥 같은
고향에 던져 버리고,

선물과 그것을 준 자를 저주하며, 신을 모독하면서
무덤으로 가겠지.

(루이제한테) 말해 봐라, 불행한 여자여! 이 편지를
썼느냐?

밀러   (루이제에게 주의를 주며) 아이고 맙소사, 딸아! 잊지
마라! 잊지 마라!

루이제   아, 이 편지, 아버지…….

페르디난트 그게 엉뚱한 사람의 손에 들어왔다고? ……우연을
찬양해야지.

우연은 약은 척하는 이성보다 더 위대한 일을 했고,
그날 모든 현자들의 기지를 능가할 거야…….

내가 우연이라고 말했지?

……오, 참새가 떨어지는 것도 섭리를 따르는 법인
데, 악마의 가면이 벗겨질 때도 그렇지 않겠는가?

……대답을 해 봐라! ……그대가 이 편지를 썼지?

밀러   (곁눈으로 그녀를 보며 애원하는 조로) 의연해라! 의연
해라, 내 딸아!

한 번이라도 '네.' 하면 모든 게 끝장난다.

페르디난트 우습구나! 우스워! 아버지도 속았어. 다들 속았어!
자, 보라, 저 파렴치한 여자가 서 있는 꼴을,
그리고 그녀의 혀조차도 마지막 거짓말에 복종하기
를 거부하고 있어!
하느님의 이름으로 맹세해라! 무섭게 진실한 그분
의 이름으로! 이 편지를 썼느냐?

루이제 (아버지와 눈짓으로 의견을 교환하는 고통스러운 투쟁을
한 후, 확고하고 단호하게) 내가 썼어요.

페르디난트 (깜짝 놀라며 서서) 루이제…… 안 돼! 내 영혼이 진
실하게 살아 있는 한!
거짓말하고 있어……. 고문대에 서면 죄가 없는 사
람도 범하지 않은 죄를 고백하게 되지…….
내가 너무 거칠게 물어보았어……. 그렇지, 루이
제…… 내가 너무 거칠게 물어봐서 고백한 거지?

루이제 나는 진실을 자백했어요.

페르디난트 아니야! 아니! 아니라니까! 네가 쓴 게 아니야. 이
건 너의 필체가 아니야…….
설령 그렇더라도 마음을 망치는 것보다 필적을 모
방하는 게 더 어려울 까닭이 없지?
진실을 말해 줘, 루이제……. 아니, 아니야, 그러지
마, '네.'라고 말하면 나는 끝장나는 거야…….
거짓말을, 루이제…… 거짓말을……. 오, 네가 어떤
거짓말을 알아서 천사 같은 솔직한 표정으로
나에게 던져 준다면, 나의 귀를, 나의 눈을 설득하

기만 한다면,

이 마음까지 가증스럽게 속인다 하더라도…… 오, 루이제!

이러한 숨결로 온갖 진리가 이 세상에서 사라지고,

이제부턴 훌륭한 사람이 궁정의 아첨꾼에게

꼿꼿한 목을 숙인다 하더라도! (주저하며 떨리는 소리로) 네가 이 편지를 썼어?

루이제   맹세코! 무섭게 진실한 분을 걸고 맹세코! 그래요!

페르디난트 (잠시 후 지극히 고통스러운 표정으로) 여자여! 여자여!

……네가 지금 내 앞에 보이는 이 얼굴! 이 얼굴로 천국을 나누어 준다면,

저주의 나라에서도 사려는 사람이 없을 거야…….

네가 나에게 어떤 존재였는지 알고 있어, 루이제?

알 리가 없지! 아니야! 네가 나에게 전부였음을 넌 몰랐겠지! 전부였어!

……이건 빈약하고 보잘 것 없는 단어야, 하지만 영원은 힘들여 그 주위를 돌아다니고 있고,

우주 체계는 그 속에서 궤도를 완성하고 있지…….

전부였어!

그런데 그걸 가지고 이렇게 못된 장난을 치다니…….

아, 이렇게 끔찍할 수가…….

루이제   이제 저의 고백을 들으셨어요, 폰 발터 씨. 저는 저 자신을 저주했어요.

이제 가세요! 당신을 불행에 빠뜨린 집에서 나가세요.

페르디난트 좋아! 좋아! 나는 조용히 있겠어……. 흑사병이 훑

고 간 소름 끼치는 지역도 조용하다고 말하지……. 내가 그래. (잠시 생각에 잠긴 후) 또 한 가지 부탁이 있어, 루이제…… 마지막 부탁이야! 내 머리가 뜨겁게 화끈거려. 식혀야겠어……. 레몬주스 한잔 가져다주겠어?

(루이제, 물러간다.)

3장

페르디난트와 밀러.

두 사람은 한동안 한 마디도 하지 않고 방의 다른 쪽에서 왔다 갔다 한다.

밀러   (마침내 멈춰 서서 소령을 슬픈 눈초리로 바라보며) 남작님, 제가 진심으로 남작님을
            불쌍히 여긴다고 고백하면 혹시 슬픔이 줄어들겠소?

페르디난트   이제 그만두기로 합시다, 밀러. (다시 몇 발짝 옮기며) 밀러, 내가 어떻게 이 집에 발을 들여놓게 되었
            는지 잘 모르겠군요……. 계기가 뭐였지요?

밀러   뭐라고요, 소령님? 나한테 플루트를 배우려고 하셨
            잖아요? 생각이 안 나는 모양이죠?

페르디난트   (서둘러) 그대의 딸을 보게 되었지. (다시 얼마쯤 쉬
            었다가) 그대는 약속을

안 지켰소, 이봐요. 내가 고독한 시간을 갖도록 우
리 조용히 지내기로 합의했지.

그대는 나를 속이고, 나에게 전갈을 팔았어.

(밀러의 동작을 보고) 아니오! 놀라지 마시오, 노인장.

(감동해서 그의 목을 껴안고) 그대에겐 아무 죄가 없소.

밀러   (두 눈을 닦으며) 전지하신 하느님이 아시겠죠.

페르디난트 (다시 이리저리 왔다 갔다 하면서 음울한 생각에 빠져
         들어) 이상해,

아, 하느님은 이해할 수 없을 정도로 이상야릇하게
우리를 갖고 노신단 말이야.

보일락 말락 하는 가는 줄에 끔찍한 추가 달려 있
을 때가 더러 있지…….

이 사과를 따 먹으면 죽음을 맞이한다는 걸 인간이
안다면…… 음…… 인간이 그런 사실을 알까?

(보다 격해져서 왔다 갔다 하다가, 밀러의 손을 힘차게
잡으며) 이보시오!

나는 얼마 안 되는 플루트 수업료를 너무 비싸게
치르고 있어……. 그런데 그대는 이익도 남기지 못
하고……

그대도 손해를 보고 있어……. 어쩌면 모든 걸 잃을
지도 모르지. (답답한 기분으로 그에게서 떠나며) 불행
을 안겨 준 플루트 연주, 애당초 그런 생각을 하지
말았어야 했는데.

밀러   (감동받은 것을 숨기려고 하며) 레몬주스가 빨리 안
         나오네. 괜찮으시다면

어찌 됐는지 보고 오겠습니다.

페르디난트 서두를 거 없어요, 밀러……. (혼자 중얼거리며) 아
　　　　　버지 입장으론 특히 그렇지…….

　　　　　그냥 계세요……. 내가 무얼 물어보려고 그랬더라?
　　　　　……그렇지!

　　　　　……루이제가 외동딸이오? 그 애 말고는 다른 자식
　　　　　이 없소?

밀러　　　(다정하게) 그 애 말고는 자식이 없어요, 남작님…….
　　　　　더 이상 바라지도 않고요.

　　　　　딸아이에게 내 마음을 송두리째 바쳤지요……. 사
　　　　　랑이라는 전 재산을 딸아이에게 맡겼지요.

페르디난트 (심한 충격을 받으며) 음! ……음료수가 다 되었는지
　　　　　가 보게나, 밀러.

(밀러, 물러간다.)

4장

페르디난트 혼자.

페르디난트 외동딸이라! ……그런 사실을 느끼는가, 살인자여?
외동딸이라! 살인자여! 외동딸이란 사실을 들었는
가? ……저 노인은 이 넓은 세상에 자신의 악기와
외동딸밖에 없는데…… 그에게서 딸을 빼앗으려는
가? 빼앗으려는가?
……거지가 지닌 마지막 동전 한 닢을 빼앗는다?
절름발이의 목발을 부러뜨려 발 앞에 내던진다!
나에게 그럴 용기라도 있는가? ……그가 서둘러 집
에 돌아가,
딸의 얼굴에서 기쁨의 합계를 세어 내려갈 기대를
할 수 없다면,
방 안에 들어서 보니 딸이 누워 있다면, 꽃이…… 시

들고…… 죽어…… 짓밟혀서, 경솔하게……

유일한, 더할 나위 없는 마지막 희망이…… 음!

그리고 그가 딸 앞에 가만히 서서, 온 자연이 살아 있는 그의 숨을 멈추게 하고,

굳어진 그의 시선이 사람이 없어진 영원의 시간을 향해 부질없이 두리번거리며

하느님을 찾지만 더 이상 발견하지 못하고 빈손으로 돌아온다면…… 주여! 주여!

하지만 나도 외동아들이지……. 외동아들이지만 유일한 재산은 아니야…….

(잠시 후) 하지만 어떡한다? 그가 대체 뭘 잃게 될까? 더 없이 신성한 사랑의 감정이라도 인형에 불과한 소녀가 아버지를

행복하게 해 줄 수 있을까? ……못 할 거야! 못 할 거야!

그러니 그녀가 아버지에게도 상처를 내기 전에 내가 독사를 밟아 죽이고

고맙다는 인사를 받아야지.

5장

돌아온 밀러와 페르디난트.

밀러   곧 음료수를 드리겠습니다, 남작님. 그 가련한 것이
          바깥에 앉아,
          한없이 울려고만 합니다. 레몬주스에 눈물도 들어
          있을 겁니다.
페르디난트   그런데 눈물*뿐이라면 얼마나 좋을까! ……아까
          우리가 음악 이야기를
          하다가 말았는데…… (지갑을 끄집어내며) 나는 아직
          그대에게 빚지고 있소.
밀러   어째서요? 뭐라고요? 그러려면 가세요, 남작님!
          저를 어떻게 보는 겁니까? 제대로 임자를 만난 건

---

* 이후에 독약을 탈 것임을 암시.

데, 저에게 모욕을 주지 마시오.

게다가 우리는, 일이 잘되면, 다시는 안 볼 사람들도 아닌데요.

페르디난트 누가 알 수 있겠어요? 그냥 받아 두세요. 이건 생사가 걸린 문제니까요.

밀러 (웃으면서) 아, 그 때문에요, 남작! 그렇다면 감히 남작한테서 받아 두는 게 좋겠네요.

페르디난트 정말 그럴 만하지요……. 청소년들이 타락했다는 말 들어 보지 못했소?

……희망의 자식들이자, 기만당한 아버지들의 공중누각인 소년들과 소녀들.

벌레*와 노인이 하지 못한 일을 천둥이 해치울 때가 가끔 있소…….

루이제도 불사신은 아니지요.

밀러 하느님이 내려 주셨지요.

페르디난트 들어 보시오……. 그녀도 죽지 않는 것은 아니란 말이오. 이 딸은 그대의 보배지요.

그대는 이 딸을 애지중지하지요. 조심하시오, 밀러. 자포자기한 노름꾼이나 모든 것을 한 번에 건다오. 자신의 전 재산을 배 한 척에 싣는 사람을 무모한 사람이라 부른다오…….

들어 보시오, 경고의 말을 귀담아 들으시오……. 그런데 왜 돈을 받지 않는 거요?

---

* 퇴폐의 상징.

밀러　　　 뭐라고요, 남작님? 이 엄청난 돈지갑을요? 왜 이러
　　　　　 세요, 나리?

페르디난트 빚을 갚으려는 거요……. 자! (돈지갑을 탁자에 던지
　　　　　 니 금화가 쏟아진다.)

　　　　　 이런 하찮은 것을 언제까지나 들고 다닐 수 없어.

밀러　　　 (어리둥절해서) 이게 대체 뭡니까? 은화 소리 같지
　　　　　 않은데요!

　　　　　 (탁자로 가더니 깜짝 놀라 소리친다.) 아니, 원 세상에,
　　　　　 남작님? 남작님?

　　　　　 어디서 이런 일을? 이게 무슨 짓이오, 남작님? 이런
　　　　　 분별없는 일을 하다니요!

　　　　　 (두 손을 맞잡으며) 여기 있군요……. 아니면 내가 마
　　　　　 법에라도 걸렸나, 아니면……

　　　　　 이런 천벌 받을! 진짜 누런 금화가 아닌가……. 아
　　　　　 니야, 악마야! 나를 유혹하지 마라.

페르디난트 술이라도 마신 거요, 밀러?

밀러　　　 (거칠게) 이런, 말도 안 돼! 이걸 좀 보기나 하세요!
　　　　　 ……금이야!

페르디난트 그래서 어쩔 테요?

밀러　　　 말도 안 돼……. 난 말이오……. 제발 부탁입니다…….
　　　　　 황금이라고요!

페르디난트 그거야 물론 흔히 있는 일은 아니지.

밀러　　　 (잠시 말을 멈추었다가 그에게 다가가며 감정을 넣어) 나
　　　　　 리, 나는 소박하고 솔직한 사람이오.

　　　　　 나리가 나더러 나쁜 짓을 하도록 부추긴다면……

좋은 일을 해서는 이렇게 많은 돈을 도저히 벌 수
없을 테니까요.

페르디난트 (감동해서) 전혀 걱정 마시오, 밀러. 진작 받았어야
할 돈이오.

그렇다고 노인의 양심을 버리라곤 하지 않을 테니
까요.

밀러 (얼간이처럼 공중으로 뛰어오르며) 그러니까 내 거라
고! 내 것이라고!

하느님의 뜻과 의지에 따라, 내 거라고!

(문 쪽으로 달려가며 소리친다.) 여보! 애야! 승리야!
이리들 와 봐! (돌아오면서) 아이고 맙소사!

어쩌다가 이런 엄청난 떼돈을 단번에 얻게 됐지? 이
돈을 가질 만한가? 그럴 만한가? 응?

페르디난트 음악 교습을 한 돈이 아니오, 밀러…… 이 돈을
주는 것은…… (부르르 떨면서 말을 멈춘다.)

이 돈은, (잠시 슬픔에 잠겼다가) 그대의 딸과 세 달
동안

꿈결같이 행복한 시간을 보낸 대가요.

밀러 (그의 손을 잡고 세게 누르며) 나리! 나리께서 만약 지
체 낮고 보잘 것 없는 평민이라면……

(재빨리) 그리고 내 딸이 나리를 사랑하지 않는다면……
나는 그 애를 찔러 죽일지도 모릅니다.

(다시 돈이 있는 곳으로 가서, 그런 후 풀이 죽어) 하지
만 이제 나는 모든 것을 차지하고, 나리한테는 아무
것도 없으니,

이 모든 즐거움을 얻은 대가를 치러야 하지 않을까
요? 네?

페르디난트 그런 걱정일랑 마시오. 이봐요…… 나는 떠날 거
요, 그리고 내가 정착하려는 나라에선

이런 돈이 소용없소.

밀러 (그러는 사이 돈에서 눈을 떼지 않고, 환희에 가득 차서)
그럼 이게 내 거라고?

……하지만 떠나신다니 유감일 따름이오……. 이제
내가 어떻게 하는지 두고 보시오!

이제 보란 듯이 뻐길 거요. (모자를 덮어 쓰고, 방을
쏜살같이 가로지른다.)

광장에서 음악 교습을 할 거고, 삼왕 5번 담배*를
피울 거요. 그리고

극장의 제일 싸구려 좌석에 다시 앉는다면 악마가
나를 잡아가도 좋아요. (가려고 한다.)

페르디난트 거기 멈추시오! 입 다물고요! 그리고 돈은 집어넣
으시오.

(힘을 주어) 오늘 저녁만은 입을 다물고, 이제부터는
음악 교습을 하지 않았으면 좋겠소.

밀러 (더욱 열을 올리며, 그의 조끼를 꽉 붙잡고 마음속으로
기쁨에 넘쳐) 나리! 내 딸이!

(그를 다시 놓아 주며) 돈이 사람을 만드는 건 아니

---

* 갑에 삼왕(예수가 태어났을 때 경배하러 온 동방의 세 박사)의 그림이 그려
진 질 좋은 담배 상표.

오······. 돈이 아니오······.

나야 감자나 야생 닭고기를 먹었지요. 배부르긴 마찬가지니까요. 그리고 이 윗도리는 소매 사이로 햇빛이 비치지 않으면 그저 그만이지요······. 나로선 이런 잡동사니로 족하지요······.

하지만 축복을 받아야 할 사람은 딸이지요. 딸의 눈치를 봐서 해 줘야지요······.

페르디난트 (재빨리 그의 말을 가로막으며) 조용히, 쉿, 조용히······.

밀러   (더욱 열정적으로) 그리고 프랑스어를 기초부터 가르치고, 미뉴에트와 노래를 가르쳐,

신문에 나게 해야지. 그리고 추밀 고문관 딸이 쓰는 모자를 쓰게 하고,

키데바리*인가 뭔가 하는 옷을 입게 해야지. 그래서 온 사방에서 악사의 딸이

화제에 오르게 해야지.

페르디난트 (아주 무서운 동작으로 그의 손을 잡으며) 이제 그만해요! 이제 그만하라니까요!

제발 입 좀 다물어요! 오늘만이라도 입을 다물어 주시오. 내가 요구하고

고맙게 생각하는 건 이것뿐이오.

---

* 치마의 뒷자락을 부풀리기 위해 이용하는 허리받이.

6장

레몬주스를 든 루이제와 앞에 등장한 인물들.

루이제   (쟁반에 담긴 잔을 소령에게 건넨다. 눈은 울어서 붉게 충혈되었고, 목소리는 떨린다.) 충분히 진하지 않으면 말씀하세요.

페르디난트   (잔을 받아서 내려놓고는, 얼른 밀러 쪽으로 몸을 돌리며) 아차, 하마터면 깜빡 잊을 뻔했소!
……내가 부탁을 하나 해도 되겠소, 밀러?
한 가지 작은 부탁을 좀 들어 주시오.

밀러   하다마다겠습니까! 말씀하세요…….

페르디난트   사람들이 축하연에서 나를 기다릴 거요. 불행히도 나는 오늘 심기가 무척 불편하오.
도저히 사람들과 어울리지 못하겠소……. 우리 아버지한테 가서 내가 못 간다고 전해 주겠소?

루이제   (깜짝 놀라서 얼른 말을 가로채며) 제가 대신 가면 안
           될까요?

밀러   수상한테요?

페르디난트 수상한테 직접 가는 게 아니고, 현관에서 시종에
           게 전해 주면 되오······.
           신임의 증거로 이 시계를 가지고 가시오······.
           다시 돌아올 때까지 나는 여기 있겠소······. 답변을
           듣고 오시오.

루이제   (무척 불안해하며) 제가 그 일을 하면 안 될까요?

페르디난트 (막 가려는 밀러에게) 잠깐, 또 한 가지 있소! 여기
           아버지한테 온 편지가 있는데,
           오늘 저녁 내 편지 사이에 끼여 온 거요····· 아마
           급한 공무인 모양인데······
           한꺼번에 전해 주시오.

밀러   좋습니다, 남작님!

루이제   (말할 수 없는 두려움에 떨며 아버지의 팔에 매달려) 하
           지만 아버지, 이 모든 것을
           제가 잘 할 수 있을 텐데요.

밀러   너 혼자 가겠다니, 게다가 어두운 밤인데, 애야. (퇴
           장한다.)

페르디난트 아버지에게 불을 비춰 드려, 루이제. (그녀가 등을
           들고 아버지를 배웅하는 동안 탁자로 가서 레몬주스 잔
           에다 독약을 탄다.) 됐어! 그녀 차례야! 그래야지!
           저 위의 힘이 고개를 끄덕이며 끔찍한 허가를 내려

주고, 하늘의 복수가 서명하며,
천사가 그녀를 버리는구나…….

7장

페르디난트와 루이제.

루이제가 등을 들고 천천히 되돌아와 그것을 내려놓고, 소령의 맞은편에 앉는다. 그녀는 얼굴을 바닥으로 숙이고 겁에 질려 몰래 그를 흘끔흘끔 볼 뿐이다. 그는 다른 쪽에 서서 멍하니 앞을 바라본다. 커다란 침묵이 앞으로 일어날 장면을 예고한다.

루이제   플루트로 반주를 하시면, 폰 발터 씨, 제가 피아노 곡을 하나 연주하죠. (판탈레온*을 연다.)

(페르디난트는 아무 대답도 하지 않는다. 침묵이 흐른다.)

---

* 작은 나무망치로 연주하는 피아노의 전신으로, 악기 제조가인 판탈레온 헤벤슈트라이트의 이름을 따서 명명.

루이제   체스 복수전을 할 게 있잖아요. 한판 하시겠어요, 폰
        발터 씨?

(다시 침묵이 흐른다.)

루이제   폰 발터 씨, 제가 언젠가 지갑을 떠 드리겠다고 약
        속했잖아요……. 시작했는데……
        자수 본을 보시지 않겠어요?

(다시 침묵이 흐른다.)

루이제   아, 너무 비참해요!
페르디난트 (지금까지와 같은 자세로) 옳은 말일지도 모르지.
루이제   즐겁게 해 드리지 못하는 게, 폰 발터 씨, 제 잘못
        은 아니에요.
페르디난트 (모욕하듯 혼자 웃으며) 내가 수줍어하며 겸손하게
        서 있는 것에 대해
        그대는 뭘 할 수 있는가?
루이제   이제 우리 둘이 어울리지 않는다는 것을 전 알고
        있었어요. 고백하자면,
        저의 아버지를 보내실 때 전 깜짝 놀랐어요……. 폰
        발터 씨, 우리 둘이 이 순간을
        견딜 수 없으리라 생각했어요……. 괜찮으시다면 제
        가 가서 아는 사람들을 이리 오라고 하겠어요.
페르디난트 아, 그래, 그러지. 나도 가서 아는 사람들을 오라고

해야겠어.

루이제　(놀라 주춤하며 그를 쳐다보고) 폰 발터 씨?

페르디난트　(아주 음흉하게) 맹세코 정말이야! 이런 상황에서 생각해 낼 수 있는

　　　　가장 현명한 발상이야. 이런 언짢은 이중주는 집어치우고 신나게 즐기거나, 우아하게

　　　　놀면서 사랑의 변덕에 복수나 하지.

루이제　기분이 좋아졌군요, 폰 발터 씨?

페르디난트　말도 못 하게 좋지, 장터에서 아이들을 몰고 다닐 정도니까! 아니야!

　　　　사실은, 루이제, 그대의 선례가 내 마음을 바꾸었어…… 그대가 내 선생이 되어 줘.

　　　　바보들이나 영원한 사랑을 지껄이지, 영원한 단조로움은 마음에 들지 않아.

　　　　변화만이 향락의 소금이지……. 좋아, 루이제! 나도 한몫 끼겠어…….

　　　　이 연애에서 저 연애로 깡충 뛰어다니며,

　　　　진흙탕에서 이리저리 뒹굴어 보자…… 그대는 이리로…… 나는 저리로…….

　　　　혹시 잃어버린 마음의 안정을 유곽에서 다시 찾을 수 있을지도 모르지……. 우리가 재미나는

　　　　경주를 한 뒤에, 둘이 썩어 가는 해골이 되어, 뜻밖에도 반갑게 다시 서로 마주칠지도 모르고,

　　　　유곽을 드나드는 사람들이 걸리지 않을 수 없는 성병의 뚜렷한 징후로 희극에서처럼

서로를 알아볼지도 모르지. 그러면 역겨움과 수치심
이 아주 다정하게 사랑할 때도
불가능했던 조화를 이루겠지.

루이제   아, 풋내기! 풋내기야! 왜 그대는 그렇게, 억지로라
도 불행해지려는 거죠?

페르디난트   (격분해서 잇새로 중얼거리며) 내가 불행하다고? 누
가 그러던가?

이 여자야, 넌 너무나 못돼서, 스스로 느낄 줄도 모
른단 말인가……. 무엇으로 남의 감정을 헤아릴 수
있어?

……불행하다고 말했지? ……쳇! 이 말이 무덤에서
도 나의 분노를 불러내겠어!

……너도 알다시피, 나는 불행해지지 않을 수 없었
어. 빌어먹을!

그걸 알면서도 나를 배신하다니…… 이거 놀랍군,
뱀 같은 여자야! 용서해 줄 수 있는 오점은
그것밖에 없었는데…… 너의 진술이 너를 파멸시키
는구나…….

지금까지 너의 못된 행실이 순박함으로 인해 미화
될 수 있었고, 경멸이나 받으며 나의 복수를 피할
뻔했는데.

(급히 잔을 집어 들며) 그러고 보니 네가 경솔한 것도
아니었구나…….

네가 어리석은 게 아니었어……. 너는 악마였을 뿐
이야.

(주스를 마시고) 너의 영혼처럼 레몬주스가 밋밋하구나……. 어디 마셔 봐라!

루이제 　오, 큰일 났구나! 이유 없이 이런 다툼을 겁낸 게 아니었구나.

페르디난트 　(명령조로) 어서 마셔 보라니까!

루이제 　(마지못해 잔을 집어 들고 마신다.)

페르디난트 　(그녀가 잔을 입에 갖다 대자마자 갑자기 얼굴이 창백해지면서 급히 몸을 돌려 방에서 제일 후미진 구석으로 간다.)

루이제 　레몬주스 맛이 좋은데요.

페르디난트 　(뒤를 돌아보지 않고 전율하며) 쭉 마셔!*

루이제 　(잔을 내려놓은 후) 오, 발터, 당신이 제 영혼을 얼마나 끔찍하게 모욕하는지 모르실 거예요.

페르디난트 　흠!

루이제 　언젠가 때가 올 거예요, 발터…….

페르디난트 　(다시 앞으로 걸어 나오며) 아! 그런 때는 오지 않을 거야.

루이제 　오늘 저녁이 당신의 마음을 무겁게 짓누르는지도 몰라요…….

페르디난트 　(견장과 대검을 떼어서 내던진다. 발걸음이 보다 강하고 불안해지기 시작하며) 안녕, 공직 생활이여!

루이제 　아니, 왜 이러세요!

페르디난트 　뜨겁고 답답해서…… 몸을 좀 더 편하게 하려고.

---

* 원문장 "Wohl bekomm's!"에는 '어디 두고 보자!'라는 뜻도 있음.

루이제   마셔요! 좀 마시라니까요! 주스가 몸을 식혀 줄 거
         예요.

페르디난트 물론 그렇겠지……. 창녀가 마음씨도 곱군! 다 그
         렇긴 하지만!

루이제   (사랑이 넘치는 표정으로 그의 품에 와락 안기며) 그대
         의 루이제한테 무슨 그런 말을 하세요, 페르디난트?

페르디난트 (그녀를 밀치며) 저리 가! 저리 가라니까! 마음을
         녹이는 이 부드러운 눈을 치워!

         못 견디겠어. 말할 수 없이 끔찍한 모습으로 와라,
         뱀 같은 여자야, 내 몸에 기어올라라,

         벌레 같은 여자야…… 내 앞에서 너의 흉측한 혹을
         드러내고, 척추를 하늘로 향해라……

         언젠가 심연이 너를 보았을 때처럼 혐오스럽게…….
         더는 천사도 필요 없어…… 이젠 천사 같은 건 필요
         없어…… 너무 늦었어…….

         나는 너를 독사처럼 밟아 죽여야지, 그렇지 않으면
         절망이야…….

         주여, 우리를 어여삐 여기소서!

루이제   아, 이렇게까지 하다니!

페르디난트 (그녀를 옆에서 바라보며) 하늘이 빚은 이 아름다운
         작품…… 누가 그걸 믿을 수 있겠는가?

         ……누가 그걸 믿어야 한단 말인가? (그녀의 손을 잡
         고 들어 올리며) 난 그대에게

         따지고 들지는 않겠습니다, 창조주 하느님이여…….
         하지만 이 아름다운 그릇에다 왜

독을 타셨나요? ……이런 온화한 지대에서 죄악이 사라질 수 있을까요? ……아, 이상한 일입니다.

루이제　　　이런 소리를 듣고도 침묵해야 하다니!

페르디난트　이 달콤한 선율의 목소리…… 끊어진 현에서 어떻게 이런 맑고 아름다운 음색이 나올 수 있을까?

모든 게 너무 아름다워……. 이렇게 균형이 너무 잘 잡히고……

신이 빚은 것처럼 완벽하다니! ……어디로 보나 특히 행복한 순간에 만든 작품이야! 분명해!

창조주가 이 위대한 세상을 만든 것은 이 걸작을 만들 기분을 내기 위해서인 것 같아!

……그런데 영혼을 만들 때만 실수를 했단 말인가? 이러한 불쾌한 기형아가 태어났는데도

비난을 받지 않을 수 있단 말인가? (그녀를 재빨리 떠나면서) 혹은 끌 아래에서 천사가 만들어지는 줄 알고 있다가, 급한 나머지 이런 실패작을 고친다면서 더욱 나쁜 마음을 줘 버렸단 말인가?

루이제　　　오, 말도 안 되는 말을 멋대로 하시는군요! 자신의 성급한 마음은 인정하지 않고

오히려 하늘을 탓하다니.

페르디난트　(격렬하게 흐느끼며 그녀의 목에 매달려) 다시 한 번, 루이제…….

그대가 '페르디난트' 하고 말을 더듬으며, 처음으로 불타는 입술로 '그대'라는 말을 내놓던,

우리가 처음으로 입맞춤을 하던 그날처럼 다시 한

번…… 오, 그 순간

이루 말할 수 없는 무한한 즐거움의 씨앗이 꽃봉오

리 속에 들어 있는 듯했어…….

그때는 화창한 어느 5월의 날처럼 영원이 우리 눈

앞에 펼쳐져 있었어. 수천 년의 황금기가

신부들처럼 우리 영혼 앞에서 깡충깡충 뛰어갔지…….

그때 나는 행복한 사람이었어!

……오! 루이제! 루이제! 루이제! 왜 나에게 그런 짓

을 했어?

루이제 우세요, 실컷 우세요, 발터. 슬퍼하는 것이 화내는

것보다 나에게 더 공정한 거예요.

페르디난트 너는 자신을 속이고 있어. 이건 슬픔의 눈물이 아

니야……. 영혼의 상처에 향유처럼 스며들어,

굳은 감정의 바퀴를 다시 돌려주는 따스하고 환희

에 넘치는 이슬이 아니야.

이건 낱낱이 흩어진…… 차가운 물방울이야……. 내

사랑이 고하는 소름 끼치는 영원한 작별이야.

(손을 그녀의 머리에 얹고 무섭고도 엄숙하게) 너의 영

혼 때문에 흘리는 눈물이야,

루이제…… 자신의 최고 걸작을 잃게 된 신 때문에,

한없는 호의를 베풀었지만

쓴맛을 본 신 때문에 흘리는 눈물이야……. 아, 내

생각에는, 자신들에게 일어난 실패에 당황하여,

온 피조물이 상복을 입어야 할 것 같아……. 인간이

타락하고 낙원을 잃는 것은

흔히 있는 일이지. 하지만 천사들 사이에 흑사병이
창궐하면 온 자연에 초상이 났다 알리겠지.

루이제 나를 극단으로 몰지 마세요, 발터. 나의 정신력은
여느 여자와 다름없어요……

하지만 나는 인간으로서의 시험을 받아야 해요. 발
터, 한 마디만 더 하고는

헤어지겠어요……. 끔찍스러운 운명에 우리 가슴의
언어가 혼란에 빠졌어요.

내가 입을 열어도 된다면, 발터, 그대에게 할 말이
많아요…… 많아요…….

하지만 가혹한 숙명이 나의 사랑처럼 내 혀도 묶어
놓았어요.

그러니 그대가 천한 창녀라고 나를 학대해도 그냥
참을 수밖에요.

페르디난트 기분 괜찮아, 루이제?

루이제 왜 그런 질문을?

페르디난트 이런 거짓말을 하고 이 세상을 떠나간다면 네가
애처롭게 생각될까 봐 그래.

루이제 제발 부탁이에요, 발터…….

페르디난트 (격하게 몸을 움직이며) 아니야! 아니야! 이런 복수
는 너무 흉악할지 몰라! 절대 그럴 순 없어! 저세상
까지 몰아붙이지는 않겠어……. 루이제! 시종장을
사랑했어?

너는 이 방에서 다시는 나가지 못할 거야.

루이제 마음껏 물어보세요. 아무 대답도 않겠어요. (주저앉

는다.)

페르디난트　(보다 진지하게) 네 불멸의 영혼이 염려돼서 그래, 루이제!

……시종장을 사랑했어? 너는 이 방에서 다시는 나가지 못할 거야.

루이제　아무 대답도 않겠어요.

페르디난트　(무서운 동작으로 그녀 앞에 무릎을 꿇고) 루이제! 시종장을 사랑했어?

이 불이 채 다 타 버리기 전에…… 너는…… 하느님 앞에 서 있을 거야!

루이제　(깜짝 놀라 벌떡 일어나며) 하느님 맙소사! 무슨 소리예요?

……속이 너무 메스꺼워. (의자에 도로 풀썩 주저앉는다.)

페르디난트　아니, 벌써? ……너희 여자들과 영원한 수수께끼에 저주 있어라!

연약한 신경이 인류의 뿌리를 갉아먹는 악행을 견뎌 낸다.

얼마 안 되는 미소가 그녀를 쓰러뜨린다…….

루이제　독약이야! 독약이야! 오, 하느님 맙소사!

페르디난트　그런 모양이지. 네가 가져온 레몬주스에 지옥의 향료를 탔지.

넌 죽으려고 그걸 마셨지.

루이제　죽다니! 죽다니! ……자비로운 하느님! 독약이 든 레몬주스를 마시고 죽다니!

오, 제 영혼을 불쌍히 여기소서, 자비로우신 하느님!

페르디난트 그게 중요한 문제지. 나도 그러기를 빈다.

루이제   그리고 우리 어머니…… 우리 아버지…… 세상의 구
          세주여!

          다 잃어버린 불쌍한 우리 아버지! 더는 구원받을 길
          이 없다는 말인가?

          이렇게 꽃다운 나이에 저세상으로 가야 하다니?

페르디난트 구원은 무슨, 넌 지금 저세상으로 가야 해……. 하
          지만 염려 마라.

          우리가 같이 가니까.

루이제   페르디난트, 그대도! 독약을, 페르디난트! 그대가 넣
          었나요?

          오, 주여, 그가 한 일을 잊어 주십시오……. 자비로
          우신 하느님, 그의 죄를 거두어 주십시오…….

페르디난트 너의 계산서를 살펴봐라……. 좋지 않을 거야.

루이제   페르디난트! 페르디난트! ……오, ……이제는 더는
          입 다물고 있을 수 없어. 죽음이……

          죽음이 모든 서약을 무효로 만드니까……. 페르디난
          트…… 세상 천지에 그대보다 불행한 사람이 없어
          요…….

          나는 죄 없이 죽는 거예요, 페르디난트.

페르디난트 (깜짝 놀라) 뭐라고? ……이 길을 떠날 때는 보통
          거짓말을 하지 않는 법인데?

루이제   나는 거짓말하지 않아…… 하지 않아……. 일평생
          단 한 번 거짓말을 했어…….

          어휴! 핏줄에 싸늘한 소름이 돋는구나……. 시종장

에게 편지를 쓸 때…….

페르디난트 아니! 이 편지가! ……원, 이런 일이! 이제 남자다
운 힘이 되살아나는구나.

루이제 (혀는 더 굳어 가고, 손가락은 실룩실룩 경련하기 시작한
다.) 이 편지 말이에요……. 단단히 각오하고 끔찍한
말을 들어 주세요……. 내 마음이 저주하는 것을
내 손으로 썼어요……. 그대 아버지가 부르는 대로.

페르디난트 (멍하니 장승처럼 오랫동안 말없이 서 있다가, 이윽고
벼락을 맞은 것처럼 쓰러진다.)

루이제 오, 딱하기 짝이 없는 오해야…… 페르디난트…….
나에게 강요했어……. 용서해 줘요…….
그대의 루이제는 차라리 죽음을 택했을 거예요…….
하지만 우리 아버지…….
위험을 무릅쓰고…… 그들은 계략을 썼어요.

페르디난트 (무섭게 격앙되어) 다행히도! 아직 독 기운이 느껴
지지 않아. (대검을 뽑아 든다.)

루이제 (정신이 가물거리는 가운데) 아, 슬프다! 뭘 하려고?
그대 아버지한테…….

페르디난트 (분노를 참지 못하는 표정으로) 살인자와 그의 아버
지! ……그도 같이 가야해,
세상의 심판관이 죄인만을 벌하도록. (나가려고 한다.)

루이제 우리 구세주는 죽어 가면서 용서하셨어……. 그대
와 그를 보호하소서. (죽는다.)

페르디난트 (재빨리 몸을 돌리고, 그녀가 죽어 가는 마지막 동작을
보고는 고통을 못 이겨 그녀 앞에 쓰러지며) 잠깐! 잠

깐! 나에게서 달아나지 마, 하늘의 천사여!

(그녀의 손을 잡았다가, 얼른 다시 놓고) 차가워, 차갑고 축축해! 영혼이 떠났어.

(다시 벌떡 일어나) 주여! 나의 루이제에게, 자비를 베풀어 주소서!

극악무도한 살인자에게 자비를! 이것이 그녀의 마지막 기도였어! ……시신의 모습도 얼마나 매력적이고 아름다운가!

감동받은 죽음이 이 다정한 뺨 위를 살짝 지나갔네……. 이러한 온화함은 가면이 아니었고…….

그것은 죽음도 이겨 냈어. (잠시 후) 하지만 어쩐 일인가? 나에겐 왜 아무런 징후가 없단 말인가? 내 청춘의 힘이 나를 구하려는가? 애써 봐야 아무 보람이 없지! 그것은 내 뜻이 아니야. (잔을 집는다.)

마지막 장

페르디난트. 수상. 부름과 하인들. 이들은 깜짝 놀라 방 안으로 뛰어든다.
이들 뒤로 밀러와 사람들 및 정리(廷吏)들이 들어와서 뒤쪽에 모인다.

수상　　　(편지를 손에 들고) 아들아, 이게 무슨 짓이냐? ……도
　　　　　저히 믿을 수 없구나…….

페르디난트　(그의 발 앞에 잔을 던지고) 이걸 좀 보세요, 살인자
　　　　　같으니!

수상　　　(비틀거리며 뒤로 물러나자, 모두 얼굴이 굳어지고 끔찍
　　　　　한 침묵이 흐른다.) 내 아들아!
　　　　　왜 나에게 이런 짓을 했느냐?

페르디난트　(아버지를 쳐다보지 않고) 아, 물론 그렇겠죠!
　　　　　그런 행위가 카드 패에 맞는지 정치가에게 먼저 물

어봤어야 했나요?

……고백하자면, 질투심을 야기해 우리 둘의 관계
를 끊어 놓으려는 술책이

우아하고 경탄할 만했지요……. 계획은 대가가 세웠
지만, 노한 사랑이 나무 인형*처럼

줄에 따라 고분고분 움직이지 않아 애석할 따름입
니다.

수상   (눈을 부릅뜨고 주위를 둘러보며) 절망한 아버지를 위
해 울어 줄 사람이

여기 아무도 없느냐?

밀러   (무대 뒤에서 소리치며) 나를 들여보내 줘! 제발! 나를!

페르디난트 이 아가씨는 성녀요……. 하느님이 루이제를 심판
해야 해요. (그가 문을 열어 주자, 밀러는 사람들 및 정
리들과 함께 뛰어 들어온다.)

밀러   (극도로 불안해하며) 얘야! 얘야! ……독약을, ……독
약을 마셨다는데…….

내 딸아! 어디 있느냐?

페르디난트 (그를 수상과 시신 사이로 데려가) 나는 아무 죄가
없소……. 여기 이 사람에게 고마워하시오.

밀러   (딸 옆에 쓰러지며) 오, 하느님 맙소사!

페르디난트 몇 마디만 하겠어요, 아버지……. 한 마디 한 마디
가 나에게는 소중해지기 시작합니다…….

나는 내 인생을 비열하게 도둑맞았어요, 아버지 때

---

* 시종장.

문에요.

하느님과의 관계를 생각하면 벌벌 떨립니다……. 하지만 나는 악한은 결코 아니었습니다.

나의 영원한 운명이 어떻게 되든 그건 상관없습니다……. 아버지와는 아무 상관이 없으니까요…….

하지만 나는 살인을 범했어요. (끔찍하게 고양된 목소리로) 이러한 살인으로 나 혼자

세상의 심판관 앞에 끌려가리라고는 생각하지 않겠지요. 이 자리에서 더 없이 크고

끔찍하기 짝이 없는 절반을 아버지에게 엄숙하게 넘겨드립니다. 그걸 어떻게 처리할지는

마음대로 알아서 하십시오. (그를 루이제한테로 데려가면서) 여기요, 잔인한 분이여!

아버지의 술수가 낳은 끔찍한 열매를 보고 즐기시오. 이 얼굴에 아버지의 이름이 일그러진 채

쓰여 있으니, 죽음의 천사들이 그걸 읽을 겁니다……. 아버지가 주무실 때 이런 자태가

침대의 휘장을 걷고, 그녀의 차디찬 손을 내밀 겁니다……. 아버지가 돌아가실 때는

이런 자태가 영혼 앞에 나타나, 아버지의 마지막 기도를 방해할 겁니다……. 아버지가 부활하실 때

이런 자태가 아버지의 무덤 앞에 서 있을 겁니다……. 그리고 하느님이 아버지를 심판하실 때

이런 자태가 아버지 옆에 서 있을 겁니다. (정신을 잃자 하인들이 그를 붙잡는다.)

수상   (하늘을 향해 팔을 무섭게 흔들며) 나에게서가 아니라,
     세상의 심판관이여,
     나에게가 아니라 이자에게 두 영혼의 값을 청구하
     시오! (부름 쪽으로 간다.)

부름   (발끈 화를 내며) 나에게서요?

수상   빌어먹을 놈아, 너에게서 말이다! 너에게서, 악마 같
     은 놈아!
     ……너는, 너는 뱀같이 교활한 충고를 했어……. 네
     가 책임져야 해……. 나는 손을 씻겠다.*

부름   나보고 책임지라고? (무서운 얼굴로 웃기 시작한다.)
     우스운 일이야!
     우스운 일이야! 악마가 어떤 식으로 고마워하는지
     이제야 알겠어……. 나보고 책임지라고,
     멍청한 악한아, 그게 내 아들이었어? 내가 너의 주
     인이었어? ……나보고 책임지라고?
     흥! 내 뼈마디마다 소름이 돋게 하는 이런 광경을
     보고! 내가 책임을 져야 하다니!
     ……나는 이제 파멸이지만, 너도 같이 당해야 해.
     ……자! 자! 나가서 골목에 살인이 났다고 소리쳐!
     사법부를 깨워! 정리들, 나를 묶어라! 나를 여기서
     끌고 가라!
     나는 비밀을 밝혀 듣는 사람으로 하여금 피부에 소

---

* 신약 성서의 내용 중 빌라도가 예수를 재판한 뒤 손을 씻으며 무고를 주장
한 것에 대한 비유.(「마태복음」 27장 24절 참조.)

름이 돋도록 하겠다. (나가려고 한다.)

수상   (그를 붙잡으며) 정말 그러진 않겠지, 정신 나간 놈아!

부름   (그의 어깨를 두드리며) 하고 말 거야, 동지! 하고 말 거야……. 나는 정말이지 정신이 나갔어…….

그건 너의 작품이야……. 그러니 나는 이제 미친 자처럼 행동할 거야…….

팔에 팔을 끼고 너와 단두대로 갈 거야! 팔에 팔을 끼고 너와 지옥으로 갈 거야!

너와 같이 저주받는 게 얼마나 기분 좋은 일인지 모르겠어, 악당아. (끌려간다.)

밀러   (그동안 내내 루이제의 품에 고개를 떨어뜨리고 말없이 고통에 잠겨 있다가, 재빨리 일어나 돈지갑을 소령의 발치에다 내던지며) 이 독살자야! 빌어먹을 너의 금을 가져라!

……그걸로 내 아이를 사려고 했더냐? (방에서 뛰쳐나간다.)

페르디난트   (목소리가 변하며) 그를 따라가 봐! 절망하고 있어…….

여기 이 돈으로 그를 구해 주도록 해라…….

이건 나의 크나큰 감사의 표시이다.

루이제…… 루이제…… 나도 갈게…… 안녕히……

이 제단*에서 죽게 해 다오…….

수상   (멍하게 마비된 상태에서 아들에게) 내 아들 페르디난트야! 처참하게 박살난 아비에게 눈길 한 번 주지

---

* 죽음을 초월한 사랑의 제단을 뜻함.

간계와 사랑 **465**

않겠느냐?

(소령이 루이제 옆에 눕혀진다.)

페르디난트 이 마지막 눈길은 자비로우신 하느님께 드리는 겁
            니다.
수상   (격심한 고통에 못 이겨 아들 앞에 무릎을 꿇으며) 피조
            물과 창조주가 나를 버리는구나……
            마지막으로 나를 위로하는 눈길을 주지 않겠느냐?
페르디난트 (죽어 가며 손을 내민다.)
수상   (재빨리 일어나며) 아들이 나를 용서했어! (다른 사람
            들한테) 이제 나를 잡아 가라!

(그가 물러가고, 정리들이 그의 뒤를 따라가며, 막이 내린다.)

자유와 정의, 격정과 혁명의 작가 실러

1. 생애와 작품

1) 숨 막히는 압제에서 탈출하다

실러는 독일의 뛰어난 극작가, 시인, 문학 이론가, 역사가이자 철학자로, 절대주의 시대에서 시민 시대와 프랑스 대혁명 시대로 넘어가는 과도기의 작가이다. 실러가 활동한 18세기 후반에는 시민 계급이 공국(公國) 영주들의 지배 아래 자신의 정치적 의견을 직접 표현할 수 없었기 때문에 문학이 시민의 자의식을 높이는 중추 역할을 했다. 1781년에서 1785년에 이르기까지 실러의 작품에 나타나는 열정과 감상주의는 시민 계급의 권리를 신장해 전제 군주와 귀족의 통치에 맞서려는 의지의 표현이다. 「간계와 사랑(Kabale und Liebe)」에서 이러한 시민 비극의 요소가 두드러진다.

실러는 1759년 11월 10일 남독일 네카르 강변의 마르바흐에서 아버지 요한 카스파르 실러와 어머니 도로테아 사이에서 장남으로 태어났다. 나중에 군의관을 지낸 아버지는 당시 가난한 외과 의사였고, 어머니는 음식점 주인의 딸이었다. 실러는 조용하고 경건한 성품의 어머니보다는 아버지의 영향을 많이 받았다. 아버지는 군에서 은퇴한 후 원예 일에 몰두했고, 뷔르템베르크 공국의 카를 오이겐 대공(1729~1793)이 살던 루트비히스부르크 성(城)의 원예 감독관으로 임명되었다.

어려서부터 신앙심이 깊고 기독교적인 자선심이 강했던 실러는 카를 오이겐 대공의 명에 따라 사관학교에 진학했다. 전제 군주인 대공이 세운 이 학교는 공국의 장교와 공무원을 양성하고자 엄격한 스파르타식 교육을 했다. 가혹하고 비인간적인 규율과 무미건조한 학교 공부는 실러에게 지옥과 같았고, 예민한 시기에 자유에 대한 그의 갈망을 고조시켰다. 실러의 부모는 아들이 성직자가 되기를 바랐으나, 대공은 그에게 법률 공부를 하라고 명령했으며, 나중에는 의학으로 전공을 바꾸는 것을 허락했다.

실러는 열세 살이 되던 1772년에 작가가 되기로 결심하고 첫 희곡을 썼지만 지금은 남아 있지 않다. 문학 소년이었던 실러는 이 시기에 질풍노도 시인들, 그리고 클롭슈토크를 비롯해 플루타르크, 볼테르, 루소, 괴테 등의 작품을 읽었다. 특히 그는 아벨이라는 철학 교수의 영향을 많이 받았고, 그의 권유로 셰익스피어의 작품을 접하게 되었다. 칠 년 동안 악몽 같은 사관학교의 단체 생활을 견뎌 낸 실러는 마침내 군의관이 되어 슈투트가르트 연대로 떠났다.

실러는 생도 시절부터 오이겐 대공의 눈을 피해 희곡을 썼다. 1781년 희곡 『도적들(Die Räuber)』이 익명으로 출간되었고, 1782년 1월 13일에 만하임에서 초연되어 커다란 성공을 거두었다. 실러는 엄격한 군대 규율 속에서 청년기를 보내며 권력의 이용과 남용이라는 문제에 직면했는데, 이것은 후에 그의 희곡 대부분에서 끊임없이 주제화되었고, 몇몇 초기 시에서도 이에 대한 그의 분노가 드러난다. 처녀작인 『도적들』에 숨 막히는 관습과 고위층의 부패에 대한 맹렬한 저항이 특히 잘 나타나 있다. 하여 이 희곡을 무대에 올리기 위해서는 원작이 지닌 열정적인 반란의 색채를 다소 누그러뜨려야 했다. 그럼에도 이 작품은 초연 당시 커다란 화제를 불러일으켰으며, 독일 연극사의 획기적인 이정표가 되었다. 실러는 대공의 만류에도 공연 첫날 저녁 관객들 앞에 서기 위해 만하임에 다녀왔다. 그 소식을 들은 대공은 실러를 이 주간 구류형에 처했을 뿐만 아니라 의학서 말고는 더 이상 희곡을 쓰지 못하도록 명령했다. 실러는 이런 상황에서 탈출하기 위해 1782년 9월 22일 밤을 틈타 음악 교사인 친구 안드레아스 슈트라이허와 함께 슈투트가르트를 몰래 빠져나와 그의 첫 희곡을 무대에 올린 극장장 헤리베르트 폰 달베르크에게 도움을 청하기 위해 만하임으로 도망쳤다.

이때 그는 새 희곡 『피에스코의 모반(Die Verschwörung des Fiesko zu Genua)』(1783)의 원고를 가지고 갔다. '어느 공화주의자의 비극'이라는 부제가 붙은 이 작품은 16세기 제노바를 무대로 독재자가 되려는 사람의 흥망을 그리고 있는데, 실러의 표현대로 "야심을 행동으로 옮기면 최후에는 패배뿐"이라는 것을 보여 준다. 그러나 이 희곡은 공연을 거절당했다. 실러가 결말부를 고쳤지만 마찬가지였다. 도망자를 도와주어 외교상의 문제를 일으키고 싶지 않았던 달베르크는 그를 되도록 멀리했다. 실러는 몇 주 동안 어느 피난처에서 불안하게 보내다가 마침내 슈투트가르트에서부터 알고 지낸 후원자 헨리에테 폰 볼초겐 부인의 집에서 당분간 묵게 되었다. 실러는 그녀의 아들들과 동창이었던 까닭에 그녀가 소유한 마이닝겐 근교의 바우어바흐 농장에 머물 수 있었다. 그는 여기서 그해 12월부터 이듬해 7월까지 머물면서 나중에 매부가 되는 도서관 사서 라인발트와 활발하게 교제했다. 그리고 이때 세 번째 희곡인 시민 비극「간계와 사랑」을 완성했다.

1783년 달베르크는 결국 실러에게 만하임 극장의 전속 작가 자리를 제안했다. 실러는 이 제안을 받아들였고 「간계와 사랑」이 대대적인 성공을 거두자 크게 만족했다. 그러나 일 년 계약이 끝난 후 극장과의 재계약이 성사되지 않아, 빚을 깨끗이 청산하고 경제적으로 안정된 수입을 얻으려던 실러의 희망은 무산되고 말았다. 그는 또다시 자신을 재정적 곤경에서 구해줄 지인들의 도움을 필요로 했고, 또한 매력적이지만 불안한 성격의 유부녀 샤를로테 폰 칼프와의 위태로운 관계에서 빠져나오기 위해서도 도움이 필요했다. 1785년 4월 실러는 자신을 숭배하는 작가 쾨르너의 초청을 받고 라이프치히로 가서 그의 친구가 되었다.

경제적 여유가 있던 쾨르너는 실러가 라이프치히에서 『돈 카를로스(Don Carlos)』를 끝낼 무렵까지 이 년 동안 그를 후원해 주었다. 첫 번째 주요 시극(詩劇)인 『돈 카를로스』는 1787년 출판되었으며, 실러가 극작가로 발전하는 데 전환점이 된 중요한 작품이다. 이 작품은 스페인의 노왕(老王) 펠리페 2세와 그의 세 번째 왕비인 발루아 가의 이사벨, 그리고 첫 번째 부인에게서 난 아들로 이사벨을 사랑하게 된 돈 카를로스 사이의 관계를 다룬 궁정 가정극이다. 이 작품에서 다루는 부자간의 갈등은 사생활에 국한되지 않고 넓은 정치적 의미를 함축하고 있다.

2) 역사학 교수가 된 작가

실러는 자신을 환대하며 재정 지원을 하겠다는 쾨르너의 관대한 제안을 순수하게 받아들였다. 그리하여 그는 시 「환희의 송가(An die Freude)」에서 이런 기쁜 심정을 노래했는데, 후에 베토벤이 교향곡 제9번을 작곡하면서 합창부의 악장에 이 시를 사용해 유명해졌다. 쾨르너의 집에 한없이 머물 수 없었던 실러는 1787년 7월 바이마르를 독일 문학의 중심지로 이끈 헤르더, 빌란트 같은 사람들을 만나리라는 희망을 품고 바이마르에 가서 그들과 교류했다. 바이마르에 살던 괴테는 당시 이탈리아를 여행 중이어서, 실러는 이듬해인 1788년 9월 7일에야 괴테와 첫 대면을 했다. 처음에 괴테는 실러에게 반감을 느꼈으나 그의 사람됨을 알고 나서는 그를 높이 평가하고 예나 대학의 역사학 교수로 추천했다. 그해 12월 15일 실러는 예나 대학의 무급 교수가 되었다. 그 후 1794년에 다시 만난 실러와 괴테는 원형 식물에 대한 대화로 친교가 더욱 두터워졌으며, 실러가 바이마르에 있는 괴테의 집에 잠시 머물기도 했다. 두 사람은 이후로도 계속 편지를 교환하며 친분을 유지했고, 이로써 정반대의 성격을 가진 독일 고전 문학 두 거장의 우정이 지속되었다.

실러는 이미 『스페인의 통치에 의한 네덜란드 제국의 몰락사 (Geschichte des Abfalls der vereinigten Niederlande von der spanischen Regierung)』(1788)로 교수 임명에 필요한 신임장을 제출한 것이나 다름없었다. 그는 1789년 5월 26일 예나 대학에서 행한 「세계사는 무엇이며, 무슨 목적으로 연구하는가?」라는 취임 강연으로 청중들에게 열광적인 찬사를 받았다. 그는 이때부터 거의 이 년간 역사 연구에 헌신해 주요 역사학 저서인 『30년 전쟁사(Geschichte des dreißigjährigen Krieges)』를 저술했다. 이 책은 나중에 그가 희곡 『발렌슈타인(Wallenstein)』(1800)을 쓰는 데 많은 자료를 제공해 주었다.

1790년 2월 22일 실러는 오랫동안 사귀어 온 샤를로테 폰 렝게펠트와 결혼했고 아들 둘과 딸 둘을 낳았다. 그런데 결혼 이 년 후 실러는 계속된 과로로 건강을 해치고 말았다. 그 후 그는 간간이 기력을 찾긴 했지만 완전히 회복하지는 못했으며 그의 병은 완치가 불가능한 것으로 판명되었다. 이제 그의 남은 생애는 놀라운 인내로 점차 악화되어 가는 병과 싸우는 전투였고 결국 그는 이 전투에서 승리하지 못했다. 이리하여 그는 1791년 병 때문에 가르치는 일을 중단했고, 1793년 여름 학기 이후에는 교수 생활도 끝나, 집 안에 틀어박혀 저술 활동에만 전념했다.

3) 철학, 미학 연구와 시 창작

실러에게 병은 불운한 것이긴 했지만 병중에 뜻밖의 행운이 찾아오기도 했다. 그가 쉬면서 건강을 회복할 시간을 갖도록 두 명의 덴마크인 후원자가 오 년 동안 매년 1000탈러씩 연금을 제공하겠다고 나선 것이다. 실러는 이러한 기회를 이용해 이마누엘 칸트의 철학을 공부하고자 결심했다. 그는 이렇게 칸트의 철학과 우연히 만나게 된 후 1793년부터 1801년까지 철학에 관련된 일련의 평론들을 발표했다. 「우미(優美)와 품위에 관하여(Über Anmut und Würde)」, 「숭고함에 관하여(Über das Erhabene)」를 비롯해 시적 창조 유형의 두 가지 차이에 관한 저명한 논문집 『소박 문학과 성찰 문학에 관하여(Über naive und sentimentalische Dichtung)』 등에서 실러는 인간의 미적 활동의 성격과 사회적 기능 및 도덕적 경험과의 상관관계를 정의하려고 했다. 이 글은 인간의 미적 교육에 관한 편지들을 모은 「인간의 미적 교육에 관한 서한(Briefe über die ästhetische Erziehung des Menschen)」과 마찬가지로 《호렌(Die Horen)》지에 처음 발표되었다. 실러가 편집을 맡고 코타가 출판을 담당한 이 문학잡지는 의도는 야심적이었으나 수명이 짧았다. 실러는 1793~1794년 고향 슈바벤을 방문했고 당시 독일의 지도적 출판인이었던 코타를 만나 자신의 작품들을 코타 출판사에서 출판하게 되었다.

실러는 괴테와 친교를 맺으면서 그의 조언을 바탕으로 1795년 이후부터 다시 창작 활동에 전념해 《호렌》지와 《문학 연감(Musen-Almanach)》지에 시들을 발표했다. 그리하여 이때 「이상과 삶(Das Ideal und das Leben)」, 「산책(Der Spaziergang)」, 「노래의 힘(Die Macht des Gesanges)」과 같은 뛰어난 성찰 시들이 나오게 되었다. 이 시들은 진정한 의미의 '철학적 서정시'인데, 이는 시로 쓴 철학이 아니라 지적 경험에 의해 영감을 얻은 시적 발언을 뜻한다. 이 시들은 그의 시 가운데 가장 뛰어나며 소수만이 감상할 수 있는 철학적이고 비판적인 실러 사상의 정수를 담고 있다. 또한 1797년에 쓴 「장갑(Der Handschuh)」, 「잠수부(Der Taucher)」, 「이비쿠스의 두루미(Die Kraniche des Ibykus)」와 같은 담시들은 대중적으로 가장 사랑받는 작품들이다. 그는 이러한 시들과 더불어 유명한 시 「종(鐘)의 노래(Das Lied von der Glocke)」를 통해 어떻게 하면 시가 품위를 떨어뜨리지 않고 거리의 평범한 사람들에게 가까이 다가갈 수 있는지를 보여 주고 있다.

4) 병마와 싸우며 쓴 고전주의 희곡

1796년 봄부터 실러는 다시 자신의 본래 영역이었던 희곡으로 돌아와서 거의 삼 년여에 걸쳐 고통스럽게 작업했는데, 그 결과 장대한 규모의 『발렌슈타인』 3부작이 완성되었다. 이 희곡은 30년 전쟁 당시 신성 로마 제국 군대의 대장이었던 알브레히트 벤첼 오이제비우스 폰 발렌슈타인을 주인공으로 그린 작품이다.

1799년 실러는 괴테가 살던 바이마르로 이주해 중병과 싸우면서도 네 편의 희곡을 잇달아 발표했다. 『마리아 슈투아르트(Maria Stuart)』(1800)는 국가 반역 혐의로 영국 법정에서 사형 선고를 받고 처형된 스코틀랜드의 여왕 메리의 도덕적 재탄생을 담은 심리극이다. 『오를레앙의 처녀(Die Jungfrau von Orleans)』(1801)는 100년 전쟁의 영웅인 잔 다르크가 주인공인 낭만주의 비극으로, 실제 역사에서 화형을 당한 잔 다르크가 이 작품에서는 승전 후 화염 속에서 영광스럽게 승천하는 것으로 그려졌다. 또한 실러의 마지막 비평적 발언이라 할 중요한 서문이 들어 있는 『메시나의 신부(Die Braut von Messina)』(1803)는 그리스극을 모방해 쓴 것이다. 그리고 이 책에 수록된 『빌헬름 텔(Wilhelm Tell)』(1804)이 있다. 그 외에도 십여 개의 희곡을 번안했고 시도 몇 편 썼다.

위에서 언급한 실러의 희곡들은 고전주의 시기에 쓰인 것으로 각기 나름대로 뚜렷한 장점을 갖고 있다. 그중 극적으로 가장 뛰어난 기교를 보여 주는 작품은 『마리아 슈투아르트』로, 여왕 메리와 프랑스 왕자의 짧은 결혼 생활, 문제가 많았던 스코틀랜드 통치기, 영국에서의 오랜 감금 생활 등 모든 사건들을 회상 기법으로 생생하게 그려 냈다. 실러는 1805년에 러시아를 배경으로 한 새로운 희곡 「데메트리우스(Demetrius)」를 쓰던 중 죽음을 맞이했다. 이 희곡은 남아 있는 미완성 원고들로 미루어 볼 때 충분히 걸작이 될 만한 작품이었다고 한다. 1802년 귀족 작위를 받은 실러는 1805년 5월 9일 급성 폐렴으로 숨을 거두었고, 바이마르에 있는 성 야콥스 교회의 구(舊)공동묘지에 안장되었다.

5) 작품의 시대적 가치

실러의 작품은 그의 조국인 독일뿐만 아니라 유럽의 다른 나라, 특히 폭정에 시달리던 이탈리아와 차르 치하에 있던 러시아에서도 열광적인 반응을 이끌어 냈다. 게다가 실러는 한편에서는 자유의 시인, 다른 한편에서는 시민적 미풍양속의 옹호자로 간주되어, 명료한 그의 시구와 날카로운 희곡 대사들이 속담처럼 자주 인용되었다. 1859년에는 전 유럽이 그의 탄생 100주년을 기념하고 축하했으며, 1867년까지 코타 출판사에서 판매한 그의 작품은 총 240만 부나 되었다.

프랑스 나폴레옹에 대항한 독일의 해방전쟁(1813~1815) 이후 실러는 자유사상의 전파자로 칭송되었다. 특히 당시 정치적 운동에 가담한 독일의 대학생 학우회는 「빌헬름 텔」, 『피에스코의 모반』, 『돈 카를로스』에 나오는 명대사들을 그들의 구호로 즐겨 인용하곤 했다. 그리하여 1859년에 거행된 실러 탄생 100주년 행사는 실러가 독일의 민족 시인이 되었음을 여실히 보여 주었으며, 특히 「빌헬름 텔」은 실러 찬양을 북돋우는 데 적합한 작품으로 지목되었다.

19세기와 20세기 초에도 독일 시민 계층은 실러의 작품에 많은 관심을 보였고, 노동 운동계에서도 그는 자유의 시인으로서 높은 평가를 받았다. 특히 「빌헬름 텔」은 19세기 후반부터 점차 교재로 채택되어 독일어권의 교양과 문화에서 빼놓을 수 없는 확고한 자리를 차지하게 되었다. 심지어 이 작품은 나치스 초창기에 괴벨스의 지시에 따라 '영도자의 드라마'로 칭송받으며 선전 용도로 자주 공연되기도 했다. 그러다 독재자 살해를 정당화하는 내용이 문제시되던 중에 히틀러 살해 음모가 몇 차례 발각되자, 1941년 히틀러의 명령으로 교재에서 빠지게 되었다. 한편 구동독에서는 실러를 공산주의를 준비한 진보적 시인으로 간주해 높이 평가했고 1959년에 탄생 200주년을 기념해 그를 기리는 성대한 행사가 벌어졌지만, 그의 모든 작품이 동독 정권의 마음에 든 것은 아니었다. 사상의 자유를 외치는 『돈 카를로스』 같은 작품은 제3제국 때와 마찬가지로 나중에는 동독에서 더 이상 상연되지 않았다.

1970년대 들어 실러의 작품들은 질풍노도 시기에서부터 빈

의회 시기까지의 다른 작가들의 작품들과 함께 독일의 시민적 교양 전범에서 사라졌다. 그리고 68혁명의 여파로 고전을 중시하는 김나지움에서도 더 이상 실러의 작품을 가르치지 않게 되었다. 그래서 학생들은 토마스 만, 게르하르트 하우프트만, 테오도르 폰타네, 하인리히 하이네까지만 관심을 기울였고, 그 이전 세대의 작가들에는 관심을 보이지 않았다. 그러다가 실러 사망 200주년이 되던 2005년에 그의 작품들이 통일 독일에서 다시 높은 평가를 받게 되어, 실러의 작품은 물론 이와 관련된 문예학이 새로운 붐을 맞이하게 되었다.

실러의 초기 비극들은 전제 군주의 정치적 억압과 전제적 사회 관습을 타파하는 내용이었으나, 후기 희곡들은 인간이 육신의 허약함을 초월하거나 물리적인 외부 조건들을 극복하는 영혼의 내적 자유에 관한 내용이 주류를 이룬다. 이 작품들은 현세가 우리에게 바라는 것과 영원한 도덕적 질서 사이에서 괴로워하는 주인공이 이러한 갈등 속에서도 성실성을 지키고자 분투하는 모습을 보여 준다. 또한 실러는 그의 성찰 시와 논문들을 통해서 인간이 예술을 통해 내적 조화를 이룰 수 있는 방법과 시민 각자의 '미적 교육'을 통해 보다 행복하고 인간적인 사회 질서를 수립할 수 있는 방법들을 보여 준다. 한동안은 여러 가지 이유로 실러의 작품들이 제대로 평가받지 못했지만 그의 역작들이 지닌 항구적인 가치는 어떤 비평의 시류에도 퇴색하지 않고 영원할 것이다.

2. 「빌헬름 텔」

1804년 완성된 실러의 희곡 「빌헬름 텔」은 그해 3월 17일 바이마르의 궁정 극장에서 초연되었다. 이 작품은 1291년부터 1315년까지 스위스 발트슈테테의 세 주 주민이 합스부르크 왕가의 압제에 항거해 자유권 수호를 위해 투쟁할 당시, 영웅적인 활약을 한 전설적인 인물 빌헬름 텔의 이야기를 소재로 한 운문극이다.

실러는 1804년 2월 19일에 「빌헬름 텔」의 원고를 괴테에게 보냈고 그의 지도 아래 공연 연습이 시작되었으며, 바이마르에서의 초연은 대성공을 거두었다. 그해 7월 14일에는 배우 이플란트의 요구로 약간의 수정을 가해 베를린에서 공연했는데 이 공연도 대성공이었다.

스위스의 인터라켄에서는 1912년부터 주민들이 자발적으로 「빌헬름 텔」 공연을 이어 오고 있다. 이 연극을 특별하게 만드는 것은 연극 속의 영웅보다 그 연극을 만들어 가는 평범한 시민들의 힘이다. 이 주민 참여 연극은 어느 고등학교 교사의 아이디어로 시작되어, 14세기 당시의 집, 가구, 성채를 재현한 무대에서 지금까지 그 전통을 이어 오고 있다.

이탈리아 초기 낭만파 작곡가 로시니는 이 희곡을 바탕으로 4막의 오페라 「빌헬름 텔 서곡」을 작곡했다. 이 오페라는 1829년 9월 「기욤 텔(Guillaume Tell)」이라는 이름으로 파리 오페라 극장에서 초연되었고, 로시니의 많은 오페라 가운데 마지막 대작으로 명성을 얻었다. 오늘날에는 표제음악으로 뛰어난 서곡만이 잘 알려져 있다.

1) 줄거리

13세기 말엽, 우리, 슈비츠, 운터발덴 등 스위스 발트슈테테의 세 주는 오스트리아 왕의 지배를 받고 있었다. 그러나 합스부르크 왕가의 탐욕스럽고 잔인한 알브레히트 대공이 독일 신성로마제국의 황제로 선출되면서 사태가 악화되기 시작했다. 오스트리아의 알브레히트 대공은 1304년 자신의 임무를 대행하도록 두 명의 태수, 즉 게슬러와 란덴부르거를 임지로 보낸다. 게슬러는 우리 주와 슈비츠 주를, 란덴부르거는 운터발덴 주를 통치한다. 게슬러는 슈비츠의 퀴스나흐트와 우리 주의 알트도르프에 성채를 짓게 하고, 란덴부르거는 자르넨에 거주하면서 자신의 대리인인 볼펜쉬센을 로스부르크에 파견해 근무하게 한다.

1306년 가을, 운터발덴 주에 사는 바움가르텐은 자기 아내를 겁탈하려한 태수 볼펜쉬센을 때려죽이고 우리 주의 명사수 빌헬름 텔의 도움을 받아 슈비츠 주의 슈타우파허의 집에 피신한다. 한편 우리 주에서는 새로운 성을 짓기 위한 태수의 부역과 착취가 더욱 심해진다. 운터발덴의 태수 란덴부르거는 청년 멜히탈이 하찮은 잘못을 저질렀다는 이유로 황소 두 마리를 내놓으라고 명령한다. 멜히탈이 태수가 보낸 심부름꾼의 손가락을 부러뜨리고 그를 두들겨 팬 후 도망쳐 버리자, 태수는 그의 늙은 아버지를 붙잡아 두 눈을 파내고 전 재산을 몰수한다. 슈타우파허에게서 그런 사실을 전해 들은 멜히탈은 태수의 만행에 대한 복수와 주의 해방에 대한 의지를 다진다.

한편 게슬러는 신망이 높고 재산이 있는 사람을 무너뜨리려고 기회를 엿보면서 특히 슈비츠 주의 대표 슈타우파허를 주목

한다. 그의 현명한 아내 게르트루트가 남편을 설득해서 동지를 규합하고 태수에게 대항할 동맹을 조직하도록 권유하자, 슈타우파허는 우리 주의 발터 퓌르스트를 찾아가 멜히탈과 함께 세 주의 공수 동맹을 맺는다. 슈타우파허는 텔에게도 동참을 권하나, 텔은 필요할 때 부르면 언제든지 참여하겠다고만 말한다. 그들은 각자 자기 주에서 동지들을 규합해 1307년 11월 6일 밤 뤼틀리에 모여 맹약을 맺은 후, 이듬해 정초에 일제히 거사를 결행하기로 한다.

한편 스위스의 귀족 아팅하우젠 남작은 게슬러의 부하가 되어 오스트리아에 충성을 바치려는 조카 루덴츠에게 조국을 위해 일하라고 충고하지만 루덴츠는 오스트리아를 주인으로 섬기는 것이 스위스가 살아남을 수 있는 대안이라고 주장한다. 그러자 아팅하우젠은 오스트리아의 귀족 베르타와 결혼하기 위해 그러는 게 아니냐고 루덴츠를 꾸짖는다. 루덴츠는 베르타에게 사랑을 고백하지만 베르타는 오스트리아에 충성하는 것이 조국을 위함이 아니라 조국의 자유를 빼앗는 배신 행위임을 그에게 일깨워 준다. 베르타의 진심과 사랑을 확인한 루덴츠는 자신의 잘못된 생각을 뉘우치고 조국을 위해 일할 것을 다짐한다.

텔의 아내 헤트비히는 남편에게 자신과 가족을 챙기고 알트도르프에 가지 말라며 그를 말리지만 텔은 발터를 데리고 집을 나선다. 한편 태수 게슬러는 풀밭 광장의 장대에 모자를 걸어 놓고 주민들에게 경의를 표하게 하는데, 텔이 아들과 함께 이곳을 그냥 지나다가 파수병에게 잡힌다. 포악한 태수는 텔을 없앨 좋은 기회라 생각하고 아들의 머리 위에 놓인 사과를 활로 쏘아 떨어뜨릴 것을 텔에게 명한다. 텔과 주위의 모든 사람들이 태수에게 용서를 빌지만 그가 물러서지 않자 텔은 활을 쏘아 사과를 맞힌다. 그러나 태수는 텔이 숨기고 있던 다른 화살을 핑계로 텔을 붙잡아 간다. 게슬러는 텔을 포박한 채 배를 타고 호수를 건너 퀴스나흐트로 가서 종신 감옥에 가두려 한다.

텔을 태우고 퀴스나흐트로 가던 배가 큰 폭풍우를 만나 키잡이들이 공포에 질리자 게슬러는 텔의 포박을 풀어 주고 배를 젓게 한다. 텔은 꾀를 내어 배를 바위 쪽으로 몬 다음 뛰어내려 도망친다. 그는 퀴스나흐트로 가는 길목에 숨어 있다가 구사일생으로 호수에서 살아남은 게슬러에게 활을 쏘아 죽인다. 한편 스위스의 독립을 꾀하던 아팅하우젠 남작이 죽자 조카인 루덴츠는 그 자리에서 주민들과 화해한다. 남작의 뒤를 이은 루덴츠가 봉기를 서두르자고 주장하고 모두 이에 동의한다.

섣달 그믐날 밤 뤼틀리의 맹약은 결행되었다. 멜히탈과 바움가르텐이 츠빙 우리 요새를 공격하는 발터 퓌르스트에게 와서 다른 주에서의 봉기가 성공했음을 알린다. 이어 츠빙 우리 요새도 함락되고, 로스부르크, 자르넨, 알트도르프의 성채도 파괴된다. 이제 발트슈테테 각 주는 유혈 참사 없이 합스부르크 왕가의 전제정치에서 완전히 해방된다. 알브레히트 황제는 슈바벤의 공작인 조카 요하네스 파리치다의 손에 암살되고 룩셈부르크의 하인리히 7세가 새 황제로 즉위한다. 그는 스위스의 가장 오래된 세 주의 자유를 허락한다. 수도승의 모습으로 텔을 찾아온 황제의 암살자 파리치다는 텔의 권유로 이탈리아로 떠난다.

주민들이 기뻐하는 가운데 베르타는 스위스 국민이 되어 루덴츠와 결혼하겠노라고 선언하고 루덴츠는 하인들을 해방시킨다. 텔의 집 앞에 농부들이 모여 섰다가 텔이 나타나자 일제히 명사수이자 구원자인 텔 만세를 외친다. 폭풍이 사라진 스위스의 마을에는 평화로운 태양이 아름답게 빛난다.

2) 전설과 역사적 사실

어떤 명사수가 아들의 머리 위에 놓인 사과를 활로 쏘아 맞히라는 명령을 받자 사과를 명중시키고 나중에 그 압제자를 활로 쏘아 죽였다는 이야기는 서양뿐만 아니라 멀리 동방에도 퍼져 있었다. 많은 이야기 중 「빌헬름 텔」과 가장 비슷한 이야기는 덴마크 역사가인 삭소 그라마티쿠스의 역사책에 나온다. 이 북구 전설은 민족의식이 생겨나기 시작한 15세기부터 오늘날의 스위스 지역에 알려져 있었다. 텔이 등장하는 역사책 가운데 『동맹의 노래』(1477)에서는 명사수 빌헬름 텔이 발트슈테테 지역의 독립 투쟁을 돕는 이야기를 다루고 있지만, 『자르넨 백서』(1470~1472)에서는 텔을 동맹의 창시자로 보지 않고 그저 하나의 일화 속 인물로 다룬다. 그러나 여기에는 구체적인 지명도 나오고 『동맹의 노래』에서는 익명이었던 태수가 '게슬러'라는 이름으로 나온다. 이 소재가 처음으로 극화된 것은 『우리 주의 텔 놀이』(1512~1513)이다. 이 작품에서는 앞서 얘기한 역사책들과 달리 텔이 멜히탈, 슈타우파허와 함께 동맹의 창시자로 나온다. 실러가 이 작품을 알고 있었는지는 분명치 않지만, 독일 문학 사상 최초의 정치적 연극이라는 점에 이 작품의 문학사적 의미가 있다.

실러는 작품을 집필하면서 여러 역사책을 참고했으나, 이를 그대로 수용한 것은 아니다. 그는 스위스 독립 투쟁사와 관련된 역사적인 사건을 희곡 기법상 축소 혹은 확대하면서 빌헬름 텔의 운명을 좀 더 부각시켰다.

스위스 역사가 요하네스 폰 뮐러의 『스위스 연방사』(1786)와 역사가 추디의 『스위스 연대기』는 실러가 「빌헬름 텔」을 집필하는 데 이용한 가장 중요한 원전들이다. 실러의 부인이 된 샤를로테 폰 렝게펠트는 1789년에 이미 실러에게 뮐러의 책을 읽어 보라고 권하기도 했다. 자기 시대의 눈으로 스위스 역사를 본 뮐러의 그 책은 스위스에 가 본 적이 없는 실러에게는 무척 소중한 것이었다.

3) 자유를 위한 투쟁

실러는 이 작품에서 빌헬름 텔을 선두로 스위스의 자유민들이 냉혹한 세 태수의 학정에 맞서 어떤 희생을 치르며 어떻게 오스트리아의 압제에 대항하는가를 잘 보여 주고 있다. 즉 실러는 이 작품에서 자신이 생각하는 최고의 이념인 '자유'를 위한 인간적 투쟁을 미적인 차원으로 승화시켜 나간다. 그는 작품의 첫 장면부터 극적 효과를 살리기 위해 관객과 독자를 목가적인 전원 속으로 끌어들인다. 소 떼와 양 떼의 방울 소리가 조화를 이루며 들려오는 가운데 호수를 노래하는 고기잡이 소년과 자연의 운행을 읊는 목부의 소리가 울려온다. 그러나 갑자기 날씨가 급변하면서 아름답던 전원의 풍경이 순식간에 먹구름으로 뒤덮이며 죽음의 위험을 암시한다.

텔이 폭풍우로 날뛰는 호수로 배를 몰아 바움가르텐의 위태로운 목숨을 구하는 것은 실러 철학의 '미학적인 총체성'으로 설명될 수 있다. 텔은 자신이 가진 힘을 의지대로 마음껏 발휘하는 '완전한 인간의 구속되지 않는 행동성' 그 자체다. 그러므로 텔은 실러가 「인간의 미적 교육에 대한 서한」에서 기획한 이상적인 인물로 부각된다. 하지만 텔 자신은 봉기를 일으키려는 슈타우파허에게 "참고 침묵"하라는 충고를 한다. 그는 오스트리아의 폭정을 일시적 자연 현상에 비유하며 가만히 물러서 있으면 폭정은 스스로 흔적도 없이 사라질 거라고 말한다. 그렇지만 자연 현상에 기초한 텔의 사고로는 그 '역사적인 시간'이 언제인지 알 수 없다. 텔의 이러한 소박하고 목가적인 존재 양식은 그의 이상적인 행동력에서 뿐만 아니라 자연과 결부된 비역사적인 사고에서도 잘 나타난다.

이 극은 긴장과 이완이 조화를 이루면서 진행되는 것처럼 보이지만 실제로는 긴장감으로 가득 차 있다. 세 주의 동맹자들이 홀로 고립된 텔과는 달리 행동하기 때문이다. 슈타우파허는 부인 게르트루트의 설득으로 우리 주의 주민 발터 퓌르스트, 도망자 멜히탈과 함께 뤼틀리 동맹을 맺어 폭정을 무너뜨릴 단초를 마련한다. 태수 게슬러로 인해 인간에 대한 소박하고 목가적인 믿음을 송두리째 잃어버린 텔은 마침내 그를 살해하기로 결심하고, 독백 형식으로 자신의 행위를 계속 검토하고 숙고해 본다. 이는 신중한 행동력을 가진 외고집의 사나이가 사색과 숙고를 통해 원래 자기 결심의 자발성을 보완하려는 것이다. 그는 게슬러 살해 계획에 폭정에 대한 응징과 가족의 보호라는 정당성을 부여하고 자신의 개인적인 살인을 스위스 민중을 위한 보편적인 행위로 이해한다. 이런 점은 행동 후에 늘 죄의식에 사로잡혀 변증법적 독백을 하는 실러의 다른 비극 속 주인공들과 대조를 이룬다.

이 극의 마지막 장에서 텔과 스위스 사람들은 역사의 소용돌이에서 벗어나 다시 본래의 소박하고 목가적인 삶으로 돌아간다. 실러는 이러한 삶을 미적인 삶이라고 말하기도 했다. 여기서 개개인은 자신들의 행동을 일반화하는 동시에 자신들의 고유성을 추구함으로써 보편성과 개별성을 생산적으로 관철시킨다. 헤겔은 바로 이러한 실러의 진보적이고 시민적인 휴머니즘을 그의 철학적 동력으로 고양시켰다.

4) 자연권과 시민혁명

자연권은 인간이 태어날 때부터 천부적으로 가지는 권리이다. 실정법론에서는 권리란 법률이 인정하는 경우에만 성립된다고 하나, 자연법론에서는 인간의 자연권은 법률 이전의 천부적 권리이며 국가가 법률로도 이를 제한하거나 침해할 수 없다고 주장한다. 인간의 성악설을 전제로 보는 홉스는 자연 상태를 전쟁 상태와 동일시해 국민의 자연권인 자유를 제한하는 강력한 전제 군주제를 이상적인 국가 형태로 본 반면, 로크는 이에 반대해 자연 상태가 안정적인 평화 상태와는 거리가 있지만 그래도 전쟁 상태는 아니라고 보고 재산권과 저항권을 인정한다. 루소는 한 걸음 더 나아가 자연 상태를 인간이 아무런 외적 방해도 받지 않는 평화 상태라고 생각한다. 이러한 로크와 루소의 자연권 사상은 프랑스에서 시민혁명의 사상적 지도 이념이 되었으며, 영국의 권리장전(1689), 미국의 독립선언서(1776), 프랑스의 인권선언(1789)에도 막대한 영향을 미쳤다.

실러 시대에 자연권 논쟁을 촉발한 사람은 법과 통치권의 절대적 보호를 옹호하는 칸트였다. 그는 1793년에 발표한 「'이론으로는 맞을지 모르지만 실제로는 맞지 않다.'라는 상투어에 대하여」라는 논문에서 정부에 대한 국민의 저항을 기본적으로 인정하치 않고, 최고 권력에 대한 모든 정치적 저항 행위를 범죄로 간주했다. 프랑스 혁명 전에는 자연권을 인정하던 칸트가 생각을 바꾼 것은 폭동을 야기하는 봉기가 공동체의 기본 토대를 파괴한다고 봤기 때문이다. 실러는 홉스나 칸트의 사상에 반대하고 특정한 경우 정치적 저항권을 인정하는 입장을 취했다.

그렇지만 「빌헬름 텔」은 폭력 혁명을 통해 문제를 해결하는 것과는 다소 거리가 있다. 뤼틀리 동맹자들은 무력 행위를 통해 사회 변혁을 추구하는 것이 아니라 평화롭던 원래 모습으로 돌아가기를 희구한다. 그들은 황제와의 계약을 파기함으로써 전제적 폭정으로 훼손된 선조들의 법질서를 회복해 자유롭고 평화로운 목가적 상태로 되돌아가고자 한다. 극의 초반부에 자신을 돌보지 않고 의로운 행위를 함으로써 구원자로 등장하는 텔도 성찰하는 인물이 아니라 소박함을 체현하는 자연인이다. 그는 자연의 거대한 힘에 순응하며 자연과 합일하면서 살아가고자 한다. 홀로 사냥을 하러 돌아다니는 그는 단독자이며 개인으로서 어려운 사람을 도울 수는 있지만 공적인 영역에는 나설 뜻이 없다. 그러나 텔은 아내와 자식을 폭군의 폭행에서 보호하기 위해 살인을 저지르고 그것을 자연권 행사로 정당화한다. 이는 무뢰와 명예욕으로 가증스러운 살인을 저지른 파리치다의 황제 살해와는 대비된다. 이러한 정당성에도 불구하고 텔은 살인이라는 죄를 범했기 때문에 내적으로 고뇌하는 자로 남는다. 실러는 민중의 저항이 비폭력적으로 끝나기를 바라는 마음에서 텔과 파리치다를 살인자로 만들었는데, 두 사람의 범죄 행위가 없었다면 스위스 사람들의 봉기는 무혈의 순수한 승리로 끝나지 않았을 것이다.

이처럼 이 작품에는 민중의 저항권을 인정하면서도 과도한 폭력과 사회질서의 와해를 피하고자 하는 실러의 치열한 고민이 담겨 있다. 인간의 자연적 본성을 이성적이라고 보지 않은 실러는 폭력을 통한 혁명이 그 과정에서 세상을 다시 폭력적인 상태로 되돌려 놓는 것을 바람직하게 여기지 않았던 것이다.

3. 「간계와 사랑」

실러는 「간계와 사랑」을 1782년에 쓰기 시작해 1784년에 발표했다. 이때는 실러에게 매우 힘든 시기였다. 군의관으로 근무하던 실러는 「도적들」이 큰 반향을 일으키면서 작가로 살고 싶었지만 공작이 이를 허용하지 않아 결국 공국을 탈출했다. 그후 다행히 만하임 국립극장에 전속 극작가로 들어가지만, 임금은 형편없었고 1년 계약직이라 안정된 직장도 아니었다. 이런 상황에서 그는 극작가로서 관객의 사랑을 받고 작품 판매로 수입을 올리는 데 관심을 갖게 되었다. 관객은 「간계와 사랑」에 뜨거운 반응을 보였지만, 국립극장 측은 계약을 연장해 주지 않았고, 실러는 다시 궁핍에 시달리게 된다.

「간계와 사랑」은 1783년에 집필이 끝나 이듬해 4월 13일 프랑크푸르트에서 초연된 후 4월 15일에 만하임에서 공연되었다.

이 시민 비극은 18세기 중엽 독일 어느 영주의 궁정과 시민 계급의 집을 무대로 신분이 다른 귀족 청년과 시민 계급 소녀의 사랑과 그로 인한 갈등을 다루고 있다. 원래 제목이 '루이제 밀러린(Luise Millerin)'이었던 이 희곡은 만하임 극장의 배우 이플란트의 제안에 따라 「간계와 사랑」으로 제목이 바뀌었다.

만하임에서의 공연이 성공을 거둔 후 이 작품은 곧 독일의 연극 무대를 점령해 그해 베를린에서 한 달 동안 일곱 번이나 상연되었다. 그리고 1795년에는 영국에서, 1799년에는 프랑스에서 번역본이 출간되었다. 우리나라에서는 처음으로 1989년 11월에, 그리고 1990년 9월에 서울 국립극장에서 공연되어 관객들에게 좋은 반응을 얻었다.

1) 줄거리

시민 비극이라는 부제가 암시하듯 이 희곡에서는 시민 계급 여주인공 루이제의 비극적인 사랑이 주제가 된다. 당시 독일은 민족적인 통일국가를 이루기 전 수많은 군소 공국(公國)으로 나뉘어 각 공국을 다스리는 절대적인 봉건 영주들의 지배를 받고 있었다. 이때 시민 계급이 대두해 점차 자의식을 키워 가면서 봉건 영주들의 독단적인 전제정치와 필연적으로 충돌하게 된다. 시민비극은 이러한 시대적 배경에서 나타나는 귀족 계급과 시민 계급 간의 갈등을 주제로 다루는 당시의 새로운 연극 갈래였다.

악사의 딸인 루이제는 봉건 영주의 궁정에서 수상으로 있는 폰 발터의 아들 페르디난트 소령과 사랑에 빠진다. 한데 루이제를 짝사랑하는 수상의 비서 부름이 이런 사실을 수상에게 일러바친다. 그러나 서로 신분이 다른 페르디난트와 루이제의 사랑은 애초에 이루어질 가망성이 없는 것이다. 그도 그럴 것이 페르디난트의 아버지인 수상은 높은 귀족 신분으로서 원칙에 철저한 사람이며 궁정에서 자기의 권력을 강화하는 데 아들을 도구로 사용하려 하기 때문이다. 더군다나 그는 아들을 자기의 후계자로 만들려는 야심을 품고 있다. 그는 자기 아들이 루이제를 일시적인 희롱의 대상으로 삼는 것만 용인할 뿐이다. 아니, 오히려 그런 것은 사내다운 짓이라고 은근히 만족해하며 보상금도 지불할 용의가 있다고 말한다. 한편 시민적 자의식이 강한 악사 밀러는 이런 애정 관계가 신분상의 차이 때문에 이루어질 수 없다고 단정하며 딸에게 단념할 것을 권한다.

수상은 궁정에서의 자기 권력을 강화하고 아들의 연애를 막기 위해 시종장 칼프에게 아들 페르디난트와 영주의 애첩인 밀포드 부인이 결혼한다는 소문을 퍼뜨려 줄 것을 부탁하고 아들에게 밀포드 부인과 형식상의 결혼을 하도록 명한다. 페르디난트는 모든 간계를 무너뜨리고 아버지와 의절하더라도 루이제와의 사랑을 지킬 것을 굳게 다짐한다. 이처럼 페르디난트가 반발하자 수상은 루이제를 짝사랑하는 서기 부름과 간계를 꾸민다. 두 연인을 떼어 놓기 위해서 페르디난트가 루이제의 사랑을 의심하게 만드는 것이다. 그들은 우선 밀러 부부를 구속하고 루이제로 하여금 부모의 석방을 조건으로 시종장 폰 칼프에게 연애편지를 쓰도록 강요한다. 루이제는 부름이 불러 주는 대로 시종장에게 보내는 편지를 쓴다. 서기 부름은 이 일을 발설하지 않겠다는 루이제의 맹서까지 받아 둔다. 이 편지를 우연히 입수한 페르디난트는 도망가자는 자신의 제안을 루이제가 거절한 것이 부모에 대한 걱정 때문이 아니라 시종장 때문이라고 오해하고 배신감에 사로잡힌다.

절망에 빠진 페르디난트는 루이제를 죽이고 자기도 죽겠다고 결심한다. 한편 페르디난트의 사랑을 얻으려는 밀포드 부인은 루이제를 불러 그녀에게 하녀 자리를 제안하나 거절당한다. 목숨을 끊으려던 루이제는 아버지의 애끓는 만류에 마음을 돌리고 함께 이곳을 떠나 멀리 가서 살자고 한다. 그때 페르디난트가 나타나 루이제가 시종장에게 보낸 편지를 꺼내며 정말 그녀가 쓴 것이냐고 따진다. 루이제가 그렇다고 대답하자, 그는 몹시 괴로워하며 그녀가 가져다준 레몬주스에 몰래 독약을 타서 그녀와 함께 마신다. 죽음이 임박해 오자 루이제는 맹서를 지킬 의무감에서 해방되어 그 편지가 수상이 강요해서 쓴 가짜 편지라는 사실을 고백한 다음 페르디난트를 용서하고 눈을 감는다. 절망한 페르디난트는 미리 써 둔 유서를 보고 나타난 아버지의 발 앞에 잔을 던지며 "살인자 같으니!"라고 외치고 루이제의 죽음에 대해 아버지가 절반의 책임을 지라고 말하며 정신을 잃는다. 수상과 부름이 서로 책임을 전가하는 중에 밀러가 달려와 딸의 발치에서 오열한다. 페르디난트가 루이제에게 마지막 인사를 하고 죽어 가는 모습을 보며 수상은 무릎을 꿇고 "마지막으로 나를 위로하는 눈길을 주지 않겠느냐?"라고 하며 용서를 빈다.

2) 신분을 초월한 사랑의 비극

고대 비극 및 그 전통을 이어받은 근세 비극에서는 왕후나 귀족, 혹은 기사가 주인공이었다. 그래서 시민의 비극은 기본적으로 극의 소재가 될 수 없었다. 혹시 어떤 작품이 시민의 비극적 사건을 다루었다면 이는 비극이라 하지 않고 희극(喜劇)이라 부르는 습관이 있었다. 그래서 셰익스피어의 「베니스의 상인」은 비극이 아니라 희극이었다. 시민의 지위는 그만큼 보잘것 없는 것이었다. 그런데 제3계급인 시민 계급이 점차 하나의 계층으로 발전하면서 자아의식을 가지고 그들의 권리를 주장하게 되자 문학도 이 계층의 생활을 반영하기 시작했다. 역사적으로 시민 계층은 17세기 말부터 18세기에 걸쳐 영국에서 나타나기 시작했다. 따라서 최초의 시민 비극으로 일컬어지는 조지 릴로의 「런던의 상인」도 영국에서 나왔으며, 이런 경향이 리처드슨, 루소의 소설들을 통해 프랑스에 전파되어 드니 디드로의 희곡 「사생아」와 「아버지」가 나오게 되었다.

독일 국민문학의 시조인 고트홀트 레싱은 이런 작품들을 독일에 소개하면서 자신도 시민 비극 「미스 사라 삼프슨」(1755)을 썼다. 그리하여 1755년부터 약 이십 년간에 걸친 제1기 독일 시민극에서는 사랑의 유혹, 흔들리는 남자의 마음, 여성에 대한 박해가 사건의 주를 이뤘다. 반면 1772년 레싱이 발표한 「에밀리아 갈로티」에 자극을 받은 제2기 시민극에서는 사회문제를 제시하기에 이르렀다. 사건의 구도나 묘사에 도덕적, 정치적, 사회적 문제가 나타나기 시작했고, 작가는 단지 사건을 단순히 묘사하는 데 그치지 않고 관객에게 무언가를 호소하고자 했다. 그래서 이들 작품에는 도덕적 교훈과 권선징악적인 면이 강하게 나타나게 되었다. 레싱의 「에밀리아 갈로티」는 물론이고, 괴테의 「클라비고」, 실러의 「수상 발터」가 이에 해당한다.

독일의 시민극은 질풍노도 운동에 의해 일선에 나오게 되었다. 이 시기의 문학은 왕이나 귀족 세계에 대항하는 시민 세계를 끌어내고 그 대립에서 생기는 여러 현상에 주목했으며 특히 계급적 편견과 인습적 결혼에 대해 신랄하게 공격했다. 귀족과 시민이 대립하고 그 사이에 연애 관계가 끼어들면 대립 구도가 악화된다. 이 비극의 결말은 대체로 두 가지로 귀결된다. 하나는 귀족이 시민에게 폭력을 가해서 시민이 참변을 당하는 경우이고, 또 하나는 귀족 자신이 주위의 반대와 음모로 쓰러지는 경우이다. 「간계와 사랑」은 이 두 가지를 한 작품에 담아냈다. 순수한 사람이 비열한 사람들 때문에 파멸하는 퇴폐한 사회에 대한 의분에서 쓰인 이 시민 비극에서는 죄악과 음모로 가득 찬 궁정 생활과 교양 면에서는 다소 떨어지나 윤리적으로 더 우월한 시민 계급이 극명한 대조를 이루고 있다.

이 작품은 1784년 3월에 출판되고 4월에 초연되었는데 그 후 동시대인들의 평가는 찬양과 배척으로 양분되었다. 소설 「안톤 라이저」의 저자인 카를 필리프 모리츠는 이 희곡을 "우리 시대의 치욕적인 작품"이라고까지 매도했다. 마찬가지로 슐레겔, 그릴파르처, 브렌타노, 헤벨 등은 이 작품을 혹평했다. 반면 19세기 전반기에는 점차 이 작품을 찬양하는 쪽으로 평가가 기울어졌다. 소설가이자 연극 평론가였던 폰타네는 「간계와 사랑」 공연을 스무 번이나 보고 "항상 새롭게 매료된다."라며 극찬을 아끼지 않았다. 파토스를 배척하는 자연주의 작가들은 처음에는 실러를 적대시했으나, 「간계와 사랑」의 사회 비판적 특성 때문에 차츰 그에게 호감을 갖기 시작했다. 그 결과 「간계와 사랑」은 당시 독일 무대에서 가장 인기 있는 작품이 되었다. 이처럼 「간계와 사랑」은 실러의 어떤 작품보다도 커다란 반향을 일으킨 문제작이며, 해석에 있어서도 극단적으로 대립되는 양상을 보인다. 작품의 사회 비판적인 경향을 강조하는 쪽에서는 이 작품을 '사회극' 또는 '정치적 경향극'이라 규정하나, 반대로 이 작품을 순수한 사랑의 비극으로 보고 형이상학적, 종교적 측면에서 해석하는 사람들도 있다.

열여섯 살의 소녀 루이제는 순진하고 감상적인 소녀이다. 그녀의 교양은 철저하지 못하고 불완전하다. 귀족 청년을 사랑하게 된 그녀는 귀족 사회와 시민 사회의 차이를 통감하고, 시민 계급인 자신의 신세를 한탄한다. 그러나 그녀는 어려움을 겪으면서 마침내 용기 있고 미덕을 갖춘 여성이 되어 죽는다. 루이제에 비하면 페르디난트는 능동적이다. 그의 비극은 자신의 성격에서 비롯되지만 그에게는 루이제에게서 나타나는 마음의 갈등은 없다. 그는 전체의 소유냐 아니냐 하는 철저히 지배적인 성격 때문에 부득이 비극으로 치닫게 되는 것이다. 현실을 도외시한 채 절대적 사랑의 실현을 목표로 하는 이상주의적인 페르디난트와 신분상의 차이로 처음부터 이 세상에서 사랑을 실현하는 것을 체념한 루이제는 자신들의 사랑을 순조롭게 발전시켜 나갈 수 없었다. 결국 그들은 주위의 반대와 음모, 더불어 자신들의 성격으로 인해 그들의 사랑과 삶을 스스로 파괴해 버린다.

실러는 이 작품에서 부패와 타락이 만연하고 새로운 전망을 기대할 수 없는 절망적인 시대상을 보여 준다. 과도한 출세욕에 사로잡힌 수상의 서기 부름은 페르디난트 때문에 루이제를 향한 사랑이 이뤄지지 않자 간계를 쓰지만, 루이제에 대한 음모가 결국 자신을 향한 것이었음을 너무 늦게 알아차린다. 페르디난트와 결혼해 영주의 애첩 생활을 끝내려는 밀포드 부인은 자신의 사랑과 인간성에 대한 주장을 관철시키기 위해 그녀의 특권을 이용하려 한다. 페르디난트가 결혼을 거부하자 루이제를 설득해 그를 차지하려 했던 밀포드 부인은 루이제의 태도에 충격과 부끄러움을 느끼고 위선과 부패의 늪에서 탈출한다. 시종장과 서기 부름은 두 사람의 연애가 수상의 정치적 야심에 부합되지 않기 때문에 간계를 꾸며 둘의 결합을 방해한다.

한편 두 연인은 상대방을 인정하는 사랑을 가꾸어 나가는 데 내적 어려움을 겪고 있다. 페르디난트의 고백은 종종 루이제를 무시하는 반면, 루이제는 저 세상에 가서 페르디난트와의 사랑을 이루겠다고 한다. 결국 두 사람은 신분의 한계를 벗어나지 못하고 사랑과 삶의 파멸을 자초한다. 페르디난트는 자신의 행복을 방해하는 아버지에 대항하지만, 그의 항변에는 새로운 사회를 위한 구체적인 계획이 없다.

관객들이 이 희곡에 뜨거운 반응을 보인 것은 멜로드라마적인 성격 때문이기도 했지만, 특히 작품의 노골적인 현실 비판이 관객들에게 큰 반향을 불러일으켰기 때문이다. 당시 시대를 비판하는 작품들이 대부분 과거를 무대로 삼아 검열과 탄압을 피했던 것과는 달리, 이 작품은 동시대를 배경으로 영주의 독선적이고 폭압적인 통치, 귀족들의 파렴치하고 부도덕한 행동을 적나라하게 묘사하고 있다. 특히 병사 판매에 관한 일화는 실제로 관객들이 직접 목격한 사건으로 관청을 의식해야 하는 국립극장에서는 해당 장면을 삭제하고 공연했다. 또 여러

신랄한 대사들도 완곡하게 바꿔야 했다. 그럼에도 관객들은 이 작품의 비판 정신에 공감하고 열광적인 반응을 보인 것이다.

오랫동안 서랍에서 꿈꾸고 있던 원고가 이제 눈을 비비고 세상에 나오려고 한다. 몇 년 전 예나에 있는 실러의 생가에 가 본 기억이 난다. 바이마르에 있는 괴테의 화려한 저택과 비교하면 너무나 초라하고 서민적이었다. 사실상 무급으로 학생을 가르치는 입장이라 생계가 어려워서 그런 집에서 살지 않았나 싶다. 형편이 좋은 괴테가 질병과 궁핍에 시달리며 힘겹게 작품을 쓰는 실러를 도와주기는 했지만 그의 이른 죽음을 막을 수 없었나 보다. 그러나 비록 고통과 궁핍 속에서 살았지만 시대를 뛰어넘는 위대한 작품들을 쓴 것을 보면 실러는 정신적으로 누구보다도 깊은 환희와 찬란한 순간들을 맛보았을지도 모른다.

「빌헬름 텔」과 「간계와 사랑」은 비록 200여년 전의 작품이지만 우리 시대에도 공감할 만한 시사성을 가지고 있다. 실러는 두 작품에서 여성의 실제적 가치를 보여 주며 여성이 지닌 덕목을 높이 평가하고 있다. 「빌헬름 텔」에서 태수들의 폭정과 탄압에 맞서 봉기에 나서라고 슈타우파허의 결단을 촉구하는 사람은 그의 아내 게르트루트이다. 그리고 스위스 국민을 배반하고 오스트리아 편에 선 루덴츠를 정신 차리게 하는 것도 그가 연모하는 베르타이다. 한편 권력자 게슬러는 텔을 두려워하고 그에게 열등감을 느껴 그를 감옥에 가두려 하는 등 실질적으로 강자가 아닌 약자의 모습을 보인다. 「간계와 사랑」에서 시민 계급의 소녀 루이제는 자기를 죽음에 몰아넣은 페르디난트를 용서하는 숭고한 모습을 보이지만, 지체 높은 남성인 수상과 서기는 서로에게 책임을 전가하며 치졸한 모습을 보인다. 또한 현대 사회의 소통 부재, 정치적 탄압, 경제적 불평등에 의해 야기된 촛불 시위나 사회 변혁 운동, 재스민 혁명, 월가 시위와 같은 시민혁명을 보면, 실러의 작품에 등장하는 핵심 문제가 모습만 약간 바꾸었을 뿐 현재에도 여전히 해결되지 않고 계속 진행 중에 있음을 알 수 있다.

2011년 11월
홍성광

작가 연보

1759년   11월 10일 네카르 강변의 마르바흐에서 뷔르템베르크 공국의 군의관인 요한 카스파르 실러와 어머니 엘리자베트 도로테아 사이에서 태어남.

1763년   로르히로 이사. 목사 모저에게서 기초 교육을 받음.

1766년   여동생 루이제 태어남. 루트비히스부르크로 이주.

1767년   성직자가 되려고 루트비히스부르크의 라틴어 학교에 입학.

1772년   13세의 나이로 희곡 작품을 쓰기 시작.

1773년   카를 오이겐 대공이 세운 사관학교(튀빙겐 에버하르트 카를 대학교의 전신)에 대공의 명으로 입학.

1776년   시 「저녁(Der Abend)」이 최초로 인쇄 발행됨. 희곡 『도적들(Die Räuber)』 집필 시작.

1779년   졸업 논문 「생리학의 철학(Philosophie der Physiologie)」 이 통과되지 않음.

1780년	두 번째 졸업 논문 「인간의 동물적 속성과 정신적 속성의 연관성에 관한 시론(Über den Zusammenhang der tierischen Natur des Menschen mit seiner geistigen)」 발표.
	12월 14일 졸업과 동시에 군의관이 되어 슈투트가르트에서 지내며 작품을 씀.
1781년	『도적들』 익명으로 출판.
1782년	1월 13일 『도적들』이 만하임에서 초연되어 대대적인 성공을 거둠. 희곡 『피에스코의 모반(Die Verschwörung des Fiesko zu Genua)』 집필. 8월에 카를 오이겐 대공이 의학 이외의 저술 금지령을 내림. 9월 22일 친구 안드레아스 슈트라이허와 만하임으로 도망. 10월부터 12월 초까지 둘은 만하임과 프랑크푸르트에서 잠시 머문 후 오거스하임의 여관에 가명으로 투숙.
	12월 7일부터 이듬해 7월 24일까지 후원자 헨리에테 폰 볼초겐 부인의 초대로 튀링겐의 바우어바흐의 농가에 체재.
1783년	희곡 「간계와 사랑(Kabale und Liebe)」 탈고. 희곡 『돈 카를로스(Don Karlos. 후에 'Don Carlos'로 개칭.)』 집필 시작. 7월 24일에 만하임으로 출발. 말라리아에 걸림. 만하임 극장 전속 작가로 달베르크와 1년 계약.
1784년	「간계와 사랑」이 4월 13일 프랑크프르트에서 초연되고, 이어서 4월 15일 만하임에서 공연되어 대대적인 성공을 거둠. 6월 26일에 연설한 「훌륭한 상설 극장은 실제로 어떤 영향을 줄 수 있는가?」가 후일 「도덕

적 기관으로서의 극장(Die Schaubühne als moralische Anstalt betrachtet)」으로 발표됨. 문학잡지 《라인의 탈리아(Rheinische Thalia)》 창간 준비. 12월 27일 카를 아우구스트 공이 궁정 고문관 칭호 수여.

1785년   쾨르너의 초대를 받아 라이프치히와 드레스덴에 체류하며 그 일가와 친교. 『돈 카를로스』 발표.

1786년   자신의 잡지 《라인의 탈리아》에 시 「환희의 송가(An die Freude)」, 「체념(Resignation)」과 소설 「명예를 잃어 범죄자가 된 사람(Der Verbrecher aus verlorener Ehre)」 발표.

1787년   7월 21일에 바이마르로 가서 샤를로테 폰 칼프, 빌란트, 헤르더, 크네벨, 코로나 슈뢰더 등과 일 년간 교제. 《라인의 탈리아》에 1789년까지 소설 「심령술사(Der Geisterseher)」 발표.

1788년   『스페인의 통치에 의한 네덜란드 제국의 몰락사 (Geschichte des Abfalls der vereinigten Niederlande von der spanischen Regierung)』 집필을 계속해 가을에 출간. 시 「그리스의 제신들(Die Götter Griechenlandes)」 발표. 9월 7일 이탈리아 여행에서 돌아온 괴테와 첫 대면. 12월 15일 괴테의 추천으로 예나 대학의 무급 역사학 교수로 초빙됨.

1789년   5월 예나로 이주. 5월 26일에 취임 강연 「세계사는 무엇이며 어떤 목적으로 연구하는가?(Was heißt und zu welchem Ende studiert man Universalgeschichte?)」 발표. 8월 라이프치히에 체류. 샤를로테 폰 렝게펠트와

약혼. 12월 빌헬름 폰 훔볼트와 친교를 맺음. 에우리
피데스의 「아울리스의 이피게니에(Iphigenie in Aulis)」
번역.

1790년 궁정 고문관의 칭호를 받음. 2월 22일 샤를로테
폰 렝게펠트와 결혼. 「30년 전쟁사(Geschichte des
dreißigjährigen Krieges)」 발표 시작.

1791년 폐결핵으로 추정되는 중병이 들어 회복되지 않음. 카
를스바트에서 요양. 칸트 연구.

1792년 프랑스 공화국의 명예시민이 됨.

1793년 미학 논문인 「우미와 품위에 관하여(Über Anmut und
Würde)」, 「숭고함에 관하여(Über das Erhabene)」 발표.
슈바벤으로 귀향. 93년 10월 카를 오이겐 공 사망. 부
모, 자매, 친구들과 재회. 슈투트가르트와 튀빙겐에
체류. 9월에 괴테와 원형 식물에 관한 대화로 친교가
두터워짐. 1794년까지 바이마르의 괴테 집에 거처.

1795년 문학잡지 《호렌(Die Horen)》 첫 호 발간, 여기에 헤르
더, 피히테, 빌헬름 슐레겔, 훔볼트, 횔덜린 등이 기
고함. 실러를 지원한 덴마크의 폰 아우구스텐부르
크 대공에게 보낸 편지들을 모아 「인간의 미적 교
육에 관한 서한(Briefe über die ästhetische Erziehung des
Menschen)」이라는 논문으로 개작해 실음. 『소박 문학
과 성찰 문학에 관하여(Über naive und sentimentalische
Dichtung)』 발표.

1796년 문학잡지 《문학 연감(Musen-Almanach)》 간행. 1800년
까지 괴테, 헤르더, 티크, 횔덜린, 빌헬름 슐레겔 등이

여기에 기고함. 괴테와 함께 「크세니엔(Xenien)」 작시. 9월 7일 아버지 사망. 뒤이어 누이 사망. 희곡 『발렌슈타인(Wallenstein)』 집필 시작.

1797년 담시의 해, 괴테와 경쟁적으로 담시 집필. 「잠수부(Der Taucher)」, 「장갑(Der Handschuh)」, 「이비쿠스의 두루미(Die Kraniche des Ibykus)」, 「폴리크라테스의 반지(Der Ring des Polykrates)」 등.

1798년 담시 「보증(Die Bürgerschaft)」, 「용과의 싸움(Der Kampf mit dem Drachen)」 집필.

1799년 희곡 『마리아 슈투아르트(Maria Stuart)』 집필 시작. 장시 「종의 노래(Das Lied von der Glocke)」 발표. 12월 3일 바이마르로 이주.

1800년 『마리아 슈투아르트』 완성. 『발렌슈타인』, 시 「새로운 세기의 시작(Der Antritt des neuen Jahrhunderts)」 발표. 셰익스피어의 『맥베스(Macbeth)』 번역. 희곡 『오를레앙의 처녀(Die Jungfrau von Orleans)』 집필 시작.

1801년 『오를레앙의 처녀』 완성. 고치의 『투란도트(Turandot)』 번안.

1802년 희곡 「빌헬름 텔(Wilhelm Tell)」 구상. 희곡 『메시나의 신부(Die Braut von Messina)』 집필 시작. 4월 29일 어머니 사망. 11월 16일 빈의 황제가 귀족 작위 수여.

1803년 『메시나의 신부』 완성. 시 「승리의 축제(Das Siegesfest)」 발표.

1804년 2월 18일 「빌헬름 텔」 완성. 희곡 「데메트리우스(Demetrius)」 구상. 4~5월 동안 베를린 여행.

1805년   라신의 『페드르(Phèdre)』 번안. 「데메트리우스」 작업
        시작. 4월 29일 마지막으로 연극 관람. 「데메트리우
        스」 집필을 끝내지 못한 채 5월 9일 급성 폐렴으로
        사망.

세계문학전집 277

빌헬름 텔·간계와 사랑

1판 1쇄 펴냄 2011년 11월 21일
1판 12쇄 펴냄 2022년 5월 24일

지은이 프리드리히 실러
옮긴이 홍성광
발행인 박근섭, 박상준
펴낸곳 (주)민음사

출판등록 1966. 5. 19. (제 16-490호)
서울특별시 강남구 도산대로1길 62(신사동) 강남출판문화센터 5층 (우편번호 06027)
대표전화 02-515-2000 팩시밀리 02-515-2007
www.minumsa.com

© 홍성광, 2011. Printed in Seoul, Korea

ISBN 978-89-374-6277-1 04800
ISBN 978-89-374-6000-5 (세트)

세계문학전집 목록

1·2 변신 이야기 오비디우스 · 이윤기 옮김 서울대 권장도서 100선

3 햄릿 셰익스피어 · 최종철 옮김 서울대 권장도서 100선 | 미국대학위원회 선정 SAT 추천도서

4 변신 · 시골의사 카프카 · 전영애 옮김 서울대 권장도서 100선 | 미국대학위원회 선정 SAT 추천도서 | 논술 및 수능에 출제된 책(1998~2005)

5 동물농장 오웰 · 도정일 옮김 미국대학위원회 선정 SAT 추천도서 | 《타임》 선정 현대 100대 영문소설

6 허클베리 핀의 모험 트웨인 · 김욱동 옮김 《뉴스위크》 선정 100대 명저

7 암흑의 핵심 콘래드 · 이상옥 옮김 미국대학위원회 선정 SAT 추천도서 | 《뉴스위크》 선정 10대 명저

8 토니오 크뢰거 · 트리스탄 · 베니스에서의 죽음 토마스 만 · 안삼환 외 옮김 노벨 문학상 수상 작가

9 문학이란 무엇인가 사르트르 · 정명환 옮김

10 한국단편문학선 1 김동인 외 · 이남호 엮음 국립중앙도서관 선정 청소년 권장도서

11·12 인간의 굴레에서 서머싯 몸 · 송무 옮김

13 이반 데니소비치, 수용소의 하루 솔제니친 · 이영의 옮김 노벨 문학상 수상 작가

14 너새니얼 호손 단편선 호손 · 천승걸 옮김

15 나의 미카엘 오즈 · 최창모 옮김

16·17 중국신화전설 위앤커 · 전인초, 김선자 옮김

18 고리오 영감 발자크 · 박영근 옮김

19 파리대왕 골딩 · 유종호 옮김 노벨 문학상 수상 작가 | 《타임》 선정 현대 100대 영문소설

20 한국단편문학선 2 김동리 외 · 이남호 엮음

21·22 파우스트 괴테 · 정서웅 옮김 서울대 권장도서 100선 | 미국대학위원회 선정 SAT 추천도서

23·24 빌헬름 마이스터의 수업시대 괴테 · 안삼환 옮김

25 젊은 베르테르의 슬픔 괴테 · 박찬기 옮김 논술 및 수능에 출제된 책(1998~2005)

26 이피게니에 · 스텔라 괴테 · 박찬기 외 옮김

27 다섯째 아이 레싱 · 정덕애 옮김 노벨 문학상 수상 작가

28 삶의 한가운데 린저 · 박찬일 옮김

29 농담 쿤데라 · 방미경 옮김

30 야성의 부름 런던 · 권택영 옮김

31 아메리칸 제임스 · 최경도 옮김

32·33 양철북 그라스 · 장희창 옮김 노벨 문학상 수상 작가 | 서울대 권장도서 100선

34·35 백년의 고독 마르케스 · 조구호 옮김 노벨 문학상 수상 작가 | 서울대 권장도서 100선

36 마담 보바리 플로베르 · 김화영 옮김 서울대 권장도서 100선

37 거미여인의 키스 푸익 · 송병선 옮김

38 달과 6펜스 서머싯 몸 · 송무 옮김

39 폴란드의 풍차 지오노 · 박인철 옮김

40·41 독일어 시간 렌츠 · 정서웅 옮김

42 말테의 수기 릴케 · 문현미 옮김

43 고도를 기다리며 베케트 · 오증자 옮김 노벨 문학상 수상 작가 | 서울대 권장도서 100선

44 데미안 헤세 · 전영애 옮김 노벨 문학상 수상 작가

45 젊은 예술가의 초상 조이스 · 이상옥 옮김 서울대 권장도서 100선

46 카탈로니아 찬가 오웰 · 정영목 옮김

47 호밀밭의 파수꾼 샐린저 · 공경희 옮김 《타임》 선정 현대 100대 영문소설 | 미국대학위원회 선정
SAT 추천도서 | 《뉴스위크》 선정 100대 명저 | BBC 선정 꼭 읽어야 할 책

48·49 파르마의 수도원 스탕달 · 원윤수, 임미경 옮김

50 수레바퀴 아래서 헤세 · 김이섭 옮김 노벨 문학상 수상 작가 | 국립중앙도서관 선정 청소년 권장도서

51·52 내 이름은 빨강 파묵 · 이난아 옮김 노벨 문학상 수상 작가

53 오셀로 셰익스피어 · 최종철 옮김 서울대 권장도서 100선

54 조서 르 클레지오 · 김윤진 옮김 노벨 문학상 수상 작가

55 모래의 여자 아베 코보 · 김난주 옮김

56·57 부덴브로크 가의 사람들 토마스 만 · 홍성광 옮김 노벨 문학상 수상 작가

58 싯다르타 헤세 · 박병덕 옮김 노벨 문학상 수상 작가

59·60 아들과 연인 로렌스 · 정상준 옮김 《뉴스위크》 선정 100대 명저

61 설국 가와바타 야스나리 · 유숙자 옮김 노벨 문학상 수상 작가 | 서울대 권장도서 100선

62 벨킨 이야기 · 스페이드 여왕 푸슈킨 · 최선 옮김

63·64 넙치 그라스 · 김재혁 옮김 노벨 문학상 수상 작가

65 소망 없는 불행 한트케 · 윤용호 옮김 노벨 문학상 수상 작가

66 나르치스와 골드문트 헤세 · 임홍배 옮김 노벨 문학상 수상 작가

67 황야의 이리 헤세 · 김누리 옮김 노벨 문학상 수상 작가

68 뻬쩨르부르그 이야기 고골 · 조주관 옮김

69 밤으로의 긴 여로 오닐 · 민승남 옮김 노벨 문학상 수상 작가 | 미국대학위원회 선정 SAT 추천도서

70 체호프 단편선 체호프 · 박현섭 옮김

71 버스 정류장 가오싱젠 · 오수경 옮김 노벨 문학상 수상 작가

72 구운몽 김만중 · 송성욱 옮김 서울대 권장도서 100선 | 국립중앙도서관 선정 청소년 권장도서

73 대머리 여가수 이오네스코 · 오세곤 옮김

74 이솝 우화집 이솝 · 유종호 옮김 논술 및 수능에 출제된 책(1998~2005)

75 위대한 개츠비 피츠제럴드 · 김욱동 옮김 《타임》 선정 현대 100대 영문소설

76 푸른 꽃 노발리스 · 김재혁 옮김

77 1984 오웰 · 정회성 옮김 《타임》 선정 현대 100대 영문소설 | 《뉴스위크》 선정 100대 명저

78·79 영혼의 집 아옌데 · 권미선 옮김

80 첫사랑 투르게네프 · 이항재 옮김

81 내가 죽어 누워 있을 때 포크너 · 김명주 옮김 노벨 문학상 수상 작가

82 런던 스케치 레싱 · 서숙 옮김 노벨 문학상 수상 작가

83 팡세 파스칼 · 이환 옮김

84 질투 로브그리예 · 박이문, 박희원 옮김

85·86 채털리 부인의 연인 로렌스 · 이인규 옮김

87 그 후 나쓰메 소세키 · 윤상인 옮김

88 오만과 편견 오스틴 · 윤지관, 전승희 옮김 미국대학위원회 선정 SAT 추천도서

89·90 부활 톨스토이 · 연진희 옮김 논술 및 수능에 출제된 책(1998~2005)

91 방드르디, 태평양의 끝 투르니에 · 김화영 옮김

92 미겔 스트리트 나이폴 · 이상옥 옮김 노벨 문학상 수상 작가

93 뻬드로 빠라모 룰포 · 정창 옮김

94 차라투스트라는 이렇게 말했다 니체 · 장희창 옮김 국립중앙도서관 선정 청소년 권장도서

95·96 적과 흑 스탕달 · 이동렬 옮김 국립중앙도서관 선정 청소년 권장도서

97·98 콜레라 시대의 사랑 마르케스 · 송병선 옮김 노벨 문학상 수상 작가 | BBC 선정 꼭 읽어야 할 책

99 맥베스 셰익스피어 · 최종철 옮김 서울대 권장도서 100선 | 미국대학위원회 선정 SAT 추천도서

100 춘향전 작자 미상 · 송성욱 풀어 옮김 서울대 권장도서 100선

101 페르디두르케 곰브로비치 · 윤진 옮김

102 포르노그라피아 곰브로비치 · 임미경 옮김

103 인간 실격 다자이 오사무 · 김춘미 옮김

104 네루다의 우편배달부 스카르메타 · 우석균 옮김

105·106 이탈리아 기행 괴테 · 박찬기 외 옮김

107 나무 위의 남작 칼비노 · 이현경 옮김

108 달콤 쌉싸름한 초콜릿 에스키벨 · 권미선 옮김

109·110 제인 에어 C. 브론테 · 유종호 옮김 미국대학위원회 선정 SAT 추천도서 | BBC 선정 꼭 읽어야 할 책

111 크눌프 헤세 · 이노은 옮김 노벨 문학상 수상 작가

112 시계태엽 오렌지 버지스 · 박시영 옮김 《타임》 선정 현대 100대 영문소설 | 《뉴스위크》 선정 100대 명저

113·114 파리의 노트르담 위고 · 정기수 옮김 미국대학위원회 선정 SAT 추천도서

115 새로운 인생 단테 · 박우수 옮김

116·117 로드 짐 콘래드 · 이상옥 옮김 《뉴스위크》 선정 100대 명저

118 폭풍의 언덕 E. 브론테 · 김종길 옮김 미국대학위원회 선정 SAT 추천도서

119 텔크테에서의 만남 그라스 · 안삼환 옮김 노벨 문학상 수상 작가

120 검찰관 고골 · 조주관 옮김

121 안개 우나무노 · 조민현 옮김

122 나사의 회전 제임스 · 최경도 옮김 미국대학위원회 선정 SAT 추천도서

123 피츠제럴드 단편선 1 피츠제럴드 · 김욱동 옮김

124 목화밭의 고독 속에서 콜테스 · 임수현 옮김

125 돼지꿈 황석영

126 라셀라스 존슨 · 이인규 옮김

127 리어 왕 셰익스피어 · 최종철 옮김 서울대 권장도서 100선 | 논술 및 수능에 출제된 책(1998~2005) | 《뉴스위크》 선정 100대 명저

128·129 쿠오 바디스 시엔키에비츠 · 최성은 옮김 노벨 문학상 수상 작가

130 자기만의 방 울프 · 이미애 옮김

131 시르트의 바닷가 그라크 · 송진석 옮김

132 이성과 감성 오스틴 · 윤지관 옮김

133 바덴바덴에서의 여름 치프킨 · 이장욱 옮김

134 새로운 인생 파묵 · 이난아 옮김 노벨 문학상 수상 작가

135·136 무지개 로렌스 · 김정매 옮김

137 인생의 베일 서머싯 몸 · 황소연 옮김

138 보이지 않는 도시들 칼비노 · 이현경 옮김

139·140·141 연초 도매상 바스 · 이운경 옮김 《타임》 선정 현대 100대 영문소설

142·143 플로스 강의 물방앗간 엘리엇 · 한애경, 이봉지 옮김 미국대학위원회 선정 SAT 추천도서

144 연인 뒤라스 · 김인환 옮김

145·146 이름 없는 주드 하디 · 정종화 옮김

147 제49호 품목의 경매 핀천 · 김성곤 옮김 《타임》 선정 현대 100대 영문소설 | 미국대학위원회 선정 SAT 추천도서

148 성역 포크너 · 이진준 옮김 노벨 문학상 수상 작가 | 퓰리처상 수상 작가

149 무진기행 김승옥

150·151·152 신곡(지옥편·연옥편·천국편) 단테 · 박상진 옮김 서울대 권장도서 100선 | 미국대학위원회 선정 SAT 추천도서 | 국립중앙도서관 선정 청소년 권장도서 | 《뉴스위크》 선정 100대 명저

153 구덩이 플라토노프 · 정보라 옮김

154·155·156 카라마조프가의 형제들 도스토옙스키 · 김연경 옮김 서울대 권장도서 100선 | 국립중앙도서관 선정 청소년 권장도서

157 지상의 양식 지드 · 김화영 옮김 노벨 문학상 수상 작가

158 밤의 군대들 메일러 · 권택영 옮김 퓰리처상 수상 작가

159 주홍 글자 호손 · 김욱동 옮김 서울대 권장도서 100선 | 미국대학위원회 선정 SAT 추천도서

160 깊은 강 엔도 슈사쿠 · 유숙자 옮김

161 욕망이라는 이름의 전차 윌리엄스 · 김소임 옮김

162 마사 퀘스트 레싱 · 나영균 옮김 노벨 문학상 수상 작가

163·164 운명의 딸 아옌데 · 권미선 옮김

165 모렐의 발명 비오이 카사레스 · 송병선 옮김

166 삼국유사 일연 · 김원중 옮김 서울대 권장도서 100선

167 풀잎은 노래한다 레싱 · 이태동 옮김 노벨 문학상 수상 작가

168 파리의 우울 보들레르 · 윤영애 옮김

169 포스트맨은 벨을 두 번 울린다 케인 · 이만식 옮김

170 썩은 잎 마르케스 · 송병선 옮김 노벨 문학상 수상 작가

171 모든 것이 산산이 부서지다 아체베 · 조규형 옮김 《타임》 선정 현대 100대 영문소설 | 《뉴스위크》 선정 100대 명저

172 한여름 밤의 꿈 셰익스피어 · 최종철 옮김 미국대학위원회 선정 SAT 추천도서

173 로미오와 줄리엣 셰익스피어 · 최종철 옮김 미국대학위원회 선정 SAT 추천도서

174·175 분노의 포도 스타인벡 · 김승욱 옮김 노벨 문학상 수상 작가 | 《타임》 선정 현대 100대 영문소설

176·177 괴테와의 대화 에커만 · 장희창 옮김

178 그물을 헤치고 머독 · 유종호 옮김 《타임》 선정 현대 100대 영문소설

179 브람스를 좋아하세요... 사강 · 김남주 옮김

180 카타리나 블룸의 잃어버린 명예 하인리히 뵐 · 김연수 옮김 노벨 문학상 수상 작가

181·182 에덴의 동쪽 스타인벡 · 정회성 옮김 노벨 문학상 수상 작가

183 순수의 시대 워튼 · 송은주 옮김 《뉴스위크》 선정 100대 명저 | 퓰리처상 수상작

184 도둑 일기 주네 · 박형섭 옮김

185 나자 브르통 · 오생근 옮김

186·187 캐치-22 헬러 · 안정효 옮김 《타임》 선정 현대 100대 영문소설 | 《뉴스위크》 선정 100대 명저 | BBC 선정 꼭 읽어야 할 책

188 숄로호프 단편선 숄로호프 · 이항재 옮김 노벨 문학상 수상 작가

189 말 사르트르 · 정명환 옮김

190·191 보이지 않는 인간 엘리슨 · 조영환 옮김 《타임》 선정 현대 100대 영문소설 | 미국대학위원

회 선정 SAT 추천도서 | 《뉴스위크》 선정 100대 명저

192 왑샷 가문 연대기 치버·김승욱 옮김 풀리처상 수상 작가

193 왑샷 가문 몰락기 치버·김승욱 옮김 풀리처상 수상 작가

194 필립과 다른 사람들 노터봄·지명숙 옮김

195·196 하드리아누스 황제의 회상록 유르스나르·곽광수 옮김

197·198 소피의 선택 스타이런·한정아 옮김 풀리처상 수상 작가

199 피츠제럴드 단편선 2 피츠제럴드·한은경 옮김

200 홍길동전 허균·김탁환 옮김

201 요술 부지깽이 쿠버·양윤희 옮김

202 북호텔 다비·원윤수 옮김

203 톰 소여의 모험 트웨인·김욱동 옮김

204 금오신화 김시습·이지하 옮김

205·206 테스 하디·정종화 옮김 미국대학위원회 선정 SAT 추천도서 | BBC 선정 꼭 읽어야 할 책

207 브루스터플레이스의 여자들 네일러·이소영 옮김

208 더 이상 평안은 없다 아체베·이소영 옮김

209 그레인지 코플랜드의 세 번째 인생 워커·김시현 옮김 풀리처상 수상 작가

210 어느 시골 신부의 일기 베르나노스·정영란 옮김

211 타라스 불바 고골·조주관 옮김

212·213 위대한 유산 디킨스·이인규 옮김 서울대 권장도서 100선 | BBC 선정 꼭 읽어야 할 책

214 면도날 서머싯 몸·안진환 옮김

215·216 성채 크로닌·이은정 옮김

217 오이디푸스 왕 소포클레스·강대진 옮김 서울대 권장도서 100선 | 미국대학위원회 선정 SAT 추천도서

218 세일즈맨의 죽음 밀러·강유나 옮김

219·220·221 안나 카레니나 톨스토이·연진희 옮김 서울대 권장도서 100선

222 오스카 와일드 작품선 와일드·정영목 옮김

223 벨아미 모파상·송덕호 옮김

224 파스쿠알 두아르테 가족 호세 셀라·정동섭 옮김 노벨 문학상 수상 작가

225 시칠리아에서의 대화 비토리니·김운찬 옮김

226·227 길 위에서 케루악·이만식 옮김 《타임》 선정 현대 100대 영문소설 | 《뉴스위크》 선정 100대 명저

228 우리 시대의 영웅 레르몬토프·오정미 옮김

229 아우라 푸엔테스·송상기 옮김

230 클링조어의 마지막 여름 헤세·황승환 옮김 노벨 문학상 수상 작가

231 리스본의 겨울 무뇨스 몰리나·나송주 옮김

232 뻐꾸기 둥지 위로 날아간 새 키지·정회성 옮김 《타임》 선정 현대 100대 영문소설 | 《뉴스위크》 선정 100대 명저

233 페널티킥 앞에 선 골키퍼의 불안 한트케·윤용호 옮김 노벨 문학상 수상 작가

234 참을 수 없는 존재의 가벼움 쿤데라·이재룡 옮김

235·236 바다여, 바다여 머독·최옥영 옮김

237 한 줌의 먼지 에벌린 워·안진환 옮김 《타임》 선정 현대 100대 영문소설

238 뜨거운 양철 지붕 위의 고양이·유리 동물원 윌리엄스·김소임 옮김 풀리처상 수상작

239 지하로부터의 수기 도스토옙스키·김연경 옮김

240 키메라 바스 · 이운경 옮김

241 반쪼가리 자작 칼비노 · 이현경 옮김

242 벌집 호세 셀라 · 남진희 옮김 노벨 문학상 수상 작가

243 불멸 쿤데라 · 김병욱 옮김

244·245 파우스트 박사 토마스 만 · 임홍배, 박병덕 옮김 노벨 문학상 수상 작가

246 사랑할 때와 죽을 때 레마르크 · 장희창 옮김

247 누가 버지니아 울프를 두려워하랴? 올비 · 강유나 옮김

248 인형의 집 입센 · 안미란 옮김

249 위폐범들 지드 · 원윤수 옮김 노벨 문학상 수상 작가

250 무정 이광수 · 정영훈 책임 편집 서울대 권장도서 100선

251·252 의지와 운명 푸엔테스 · 김현철 옮김

253 폭력적인 삶 파솔리니 · 이승수 옮김

254 거장과 마르가리타 불가코프 · 정보라 옮김

255·256 경이로운 도시 멘도사 · 김현철 옮김

257 야콥을 둘러싼 추측들 욘존 · 손대영 옮김

258 왕자와 거지 트웨인 · 김욱동 옮김

259 존재하지 않는 기사 칼비노 · 이현경 옮김

260·261 눈먼 암살자 애트우드 · 차은정 옮김 《타임》 선정 현대 100대 영문소설

262 베니스의 상인 셰익스피어 · 최종철 옮김

263 말리나 바흐만 · 남정애 옮김

264 사볼타 사건의 진실 멘도사 · 권미선 옮김

265 뒤렌마트 희곡선 뒤렌마트 · 김혜숙 옮김

266 이방인 카뮈 · 김화영 옮김 노벨 문학상 수상 작가 | 미국대학위원회 선정 SAT 추천도서

267 페스트 카뮈 · 김화영 옮김 노벨 문학상 수상 작가 | 국립중앙도서관 선정 청소년 권장도서

268 검은 튤립 뒤마 · 송진석 옮김

269·270 베를린 알렉산더 광장 되블린 · 김재혁 옮김

271 하얀 성 파묵 · 이난아 옮김 노벨 문학상 수상 작가

272 푸슈킨 선집 푸슈킨 · 최선 옮김

273·274 유리알 유희 헤세 · 이영임 옮김 노벨 문학상 수상 작가

275 픽션들 보르헤스 · 송병선 옮김 서울대 권장도서 100선

276 신의 화살 아체베 · 이소영 옮김

277 빌헬름 텔 · 간계와 사랑 실러 · 홍성광 옮김

278 노인과 바다 헤밍웨이 · 김욱동 옮김 노벨 문학상 수상 작가 | 퓰리처상 수상작

279 무기여 잘 있어라 헤밍웨이 · 김욱동 옮김 미국대학위원회 선정 SAT 추천도서

280 태양은 다시 떠오른다 헤밍웨이 · 김욱동 옮김 《타임》 선정 현대 100대 영문 소설

281 알레프 보르헤스 · 송병선 옮김

282 일곱 박공의 집 호손 · 정소영 옮김

283 에마 오스틴 · 윤지관, 김영희 옮김

284·285 죄와 벌 도스토옙스키 · 김연경 옮김 미국대학위원회 선정 SAT 추천도서

286 시련 밀러 · 최영 옮김

287 모두가 나의 아들 밀러 · 최영 옮김

288·289 누구를 위하여 종은 울리나 헤밍웨이 · 김욱동 옮김 노벨 문학상 수상 작가 | 《뉴스위

크》 선정 100대 명저

290 구르브 연락 없다 멘도사 · 정창 옮김

291·292·293 데카메론 보카치오 · 박상진 옮김

294 나누어진 하늘 볼프 · 전영애 옮김

295·296 제브데트 씨와 아들들 파묵 · 이난아 옮김 노벨 문학상 수상 작가

297·298 여인의 초상 제임스 · 최경도 옮김 미국대학위원회 선정 SAT 추천도서

299 압살롬, 압살롬! 포크너 · 이태동 옮김 노벨 문학상 수상 작가

300 이상 소설 전집 이상 · 권영민 책임 편집

301·302·303·304·305 레 미제라블 위고 · 정기수 옮김

306 관객모독 한트케 · 윤용호 옮김 노벨 문학상 수상 작가

307 더블린 사람들 조이스 · 이종일 옮김

308 에드거 앨런 포 단편선 앨런 포 · 전승희 옮김 미국대학위원회 선정 SAT 추천도서

309 보이체크 · 당통의 죽음 뷔히너 · 홍성광 옮김

310 노르웨이의 숲 무라카미 하루키 · 양억관 옮김

311 운명론자 자크와 그의 주인 디드로 · 김희영 옮김

312·313 헤밍웨이 단편선 헤밍웨이 · 김욱동 옮김 노벨 문학상 수상 작가

314 피라미드 골딩 · 안지현 옮김 노벨 문학상 수상 작가

315 닫힌 방 · 악마와 선한 신 사르트르 · 지영래 옮김

316 등대로 울프 · 이미애 옮김 《타임》 선정 현대 100대 영문소설 | 《뉴스위크》 선정 100대 명저

317·318 한국 희곡선 송영 외 · 양승국 엮음

319 여자의 일생 모파상 · 이동렬 옮김

320 의식 노터봄 · 김영중 옮김

321 육체의 악마 라디게 · 원윤수 옮김

322·323 감정 교육 플로베르 · 지영화 옮김

324 불타는 평원 룰포 · 정창 옮김

325 위대한 몬느 알랭푸르니에 · 박영근 옮김

326 라쇼몬 아쿠타가와 류노스케 · 서은혜 옮김

327 반바지 당나귀 보스코 · 정영란 옮김

328 정복자들 말로 · 최윤주 옮김

329·330 우리 동네 아이들 마흐푸즈 · 배혜경 옮김 노벨 문학상 수상 작가

331·332 개선문 레마르크 · 장희창 옮김

333 사바나의 개미 언덕 아체베 · 이소영 옮김

334 게걸음으로 그라스 · 장희창 옮김 노벨 문학상 수상 작가

335 코스모스 곰브로비치 · 최성은 옮김

336 좁은 문 · 전원교향곡 · 배덕자 지드 · 동성식 옮김 노벨 문학상 수상 작가

337·338 암 병동 솔제니친 · 이영의 옮김 노벨 문학상 수상 작가

339 피의 꽃잎들 응구기 와 시옹오 · 왕은철 옮김

340 운명 케르테스 · 유진일 옮김 노벨 문학상 수상 작가

341·342 벌거벗은 자와 죽은 자 메일러 · 이운경 옮김 퓰리처상 수상 작가

343 시지프 신화 카뮈 · 김화영 옮김 노벨 문학상 수상 작가

344 뇌우 차오위 · 오수경 옮김

345 모옌 중단편선 모옌 · 심규호, 유소영 옮김 노벨 문학상 수상 작가

346 일야서 한사오궁 · 심규호, 유소영 옮김

347 상속자들 골딩 · 안지현 옮김 노벨 문학상 수상 작가

348 설득 오스틴 · 전승희 옮김

349 히로시마 내 사랑 뒤라스 · 방미경 옮김

350 오 헨리 단편선 오 헨리 · 김희용 옮김

351·352 올리버 트위스트 디킨스 · 이인규 옮김

353·354·355·356 전쟁과 평화 톨스토이 · 연진희 옮김

357 다시 찾은 브라이즈헤드 에벌린 워 · 백지민 옮김

358 아무도 대령에게 편지하지 않다 마르케스 · 송병선 옮김

359 사양 다자이 오사무 · 유숙자 옮김

360 좌절 케르테스 · 한경민 옮김 노벨 문학상 수상 작가

361·362 닥터 지바고 파스테르나크 · 김연경 옮김 노벨 문학상 수상 작가

363 노생거 사원 오스틴 · 윤지관 옮김

364 개구리 모옌 · 심규호, 유소영 옮김 노벨 문학상 수상 작가

365 마왕 투르니에 · 이원복 옮김 공쿠르상 수상 작가

366 맨스필드 파크 오스틴 · 김영희 옮김

367 이선 프롬 이디스 워튼 · 김욱동 옮김 퓰리처상 수상 작가

368 여름 이디스 워튼 · 김욱동 옮김 퓰리처상 수상 작가

369·370·371 나는 고백한다 자우메 카브레 · 권가람 옮김

372·373·374 태엽 감는 새 연대기 무라카미 하루키 · 김연경 옮김

375·376 대사들 제임스 · 정소영 옮김

377 족장의 가을 마르케스 · 송병선 옮김 노벨 문학상 수상 작가

378 핏빛 자오선 매카시 · 김시현 옮김

379 모두 다 예쁜 말들 매카시 · 김시현 옮김

380 국경을 넘어 매카시 · 김시현 옮김

381 평원의 도시들 매카시 · 김시현 옮김

382 만년 다자이 오사무 · 유숙자 옮김

383 반항하는 인간 카뮈 · 김화영 옮김 노벨 문학상 수상 작가

384·385·386 악령 도스토옙스키 · 김연경 옮김

387 태평양을 막는 제방 뒤라스 · 윤진 옮김

388 남아 있는 나날 가즈오 이시구로 · 송은경 옮김

389 앙리 브륄라르의 생애 스탕달 · 원윤수 옮김

390 찻집 라오서 · 오수경 옮김

391 태어나지 않은 아이를 위한 기도 케르테스 · 이상동 옮김 노벨 문학상 수상 작가

392 서머싯 몸 단편선 1 서머싯 몸 · 황소연 옮김

393 서머싯 몸 단편선 2 서머싯 몸 · 황소연 옮김

394 케이크와 맥주 서머싯 몸 · 황소연 옮김

395 월든 소로 · 정회성 옮김

396 모래 사나이 E. T. A. 호프만 · 신동화 옮김

397·398 검은 책 오르한 파묵 · 이난아 옮김 노벨 문학상 수상 작가

399 방랑자들 올가 토카르추크 · 최성은 옮김 노벨 문학상 수상 작가

400 시여, 침을 뱉어라 김수영 · 이영준 엮음

세계문학전집은 계속 간행됩니다.